L'Héritage occulte

Du même auteur
au **cherche midi**

Le Troisième Secret, traduit de l'anglais (États-Unis) par Jean-Luc Piningre.

L'Héritage des Templiers, traduit de l'anglais (États-Unis) par Françoise Smith.

L'Énigme Alexandrie, traduit de l'anglais (États-Unis) par Françoise Smith.

La Conspiration du Temple, traduit de l'anglais (États-Unis) par Françoise Smith.

La Prophétie Charlemagne, traduit de l'anglais (États-Unis) par Diniz Galhos.

Le Musée perdu, traduit de l'anglais (États-Unis) par Gilles Morris-Dumoulin.

Le Mystère Napoléon, traduit de l'anglais (États-Unis) par Danièle Mazingarbe.

Le Complot Romanov, traduit de l'anglais (États-Unis) par Gilles Morris-Dumoulin.

Le Monastère oublié, traduit de l'anglais (États-Unis) par Danièle Mazingarbe.

Le Code Jefferson, traduit de l'anglais (États-Unis) par Danièle Mazingarbe.

Le Temple de Jérusalem, traduit de l'anglais (États-Unis) par Danièle Mazingarbe.

Le Secret des rois, traduit de l'anglais (États-Unis) par Danièle Mazingarbe.

Steve Berry

L'Héritage occulte

TRADUIT DE L'ANGLAIS (ÉTATS-UNIS)
PAR **DANIÈLE MAZINGARBE**

COLLECTION **THRILLERS**

cherche **midi**

Vous aimez la littérature étrangère ? Inscrivez-vous à notre newsletter pour suivre en avant-première toutes nos actualités :
www.cherche-midi.com

DIRECTION ÉDITORIALE : ARNAUD HOFMARCHER
COORDINATION ÉDITORIALE : ROLAND BRÉNIN

Titre original : *The Lincoln Myth*
Éditeur original : Ballantine Books, Random House

23, rue du Cherche-Midi
75006 Paris

Pour Augustus Eli Reinhardt IV, jeune homme exceptionnel

Tout peuple enclin à prendre le pouvoir, où qu'il soit, a le droit de se rebeller et de se débarrasser du gouvernement en place pour en former un nouveau qui lui convient mieux. Ce droit est précieux et particulièrement sacré – un droit dont nous espérons et croyons qu'il peut libérer le monde.

Et ce droit n'est pas limité à des cas où le peuple entier dépendant d'un gouvernement existant choisit de l'exercer. N'importe quelle partie d'un tel peuple, qui en est capable, peut se révolter et faire sien le territoire qu'il habite.

Abraham Lincoln
Le 12 janvier 1848

Prologue

Washington, D.C.
10 septembre 1861

Abraham Lincoln s'efforçait de rester calme, mais la femme debout en face de lui commençait à lui faire perdre patience.

« Le général a fait ce que toute personne normale aurait trouvé juste », dit-elle.

Jessie Benton Frémont était la femme du général John Frémont de l'armée des États-Unis, responsable des opérations à l'ouest du fleuve Mississippi. Héros de la guerre avec le Mexique et explorateur célèbre, Frémont avait reçu son dernier ordre de commandement en mai. Puis, en août, alors que la guerre de Sécession faisait rage dans le Sud, il avait émis de son propre chef un décret affranchissant tous les esclaves appartenant aux rebelles du Missouri qui avaient pris les armes contre les États-Unis. Et comme si cela ne suffisait pas, Frémont allait encore plus loin en déclarant que tous les prisonniers de guerre seraient fusillés.

« Madame, dit-il en baissant la voix, votre mari pense-t-il vraiment que tout rebelle capturé doit être tué ?

– Ces hommes doivent savoir qu'ils sont traîtres à leur pays, et les traîtres ont toujours mérité la mort.

– Vous rendez-vous compte qu'une fois ce processus enclenché, les confédérés fusilleront en représailles ceux des nôtres qu'ils détiennent ? Homme pour homme. Indéfiniment.

– Monsieur, ce n'est pas nous qui avons fomenté cette rébellion. »

L'horloge sur la tablette de la cheminée indiquait qu'il était presque minuit. Une note était arrivée à la résidence présidentielle trois heures plus tôt, avec un message concis. Mme Frémont apportait au président une lettre ainsi qu'un message oral de la part du général Frémont, qu'elle souhaitait lui remettre dans les plus brefs délais : si cela convenait au président, pourrait-il indiquer l'heure à laquelle il serait disposé à la recevoir, ce soir, ou à la première heure demain matin ?

Il lui avait répondu de venir immédiatement.

Ils étaient restés debout dans le salon rouge du premier étage, illuminé par un chandelier brûlant de tous ses feux. Il savait parfaitement qui était cette femme impressionnante. Fille d'un ancien sénateur, parfaitement éduquée, élevée à Washington, formée en politique. Contre l'avis de ses parents, elle avait épousé Frémont à l'âge de 17 ans et lui avait donné cinq enfants. Elle avait soutenu son mari financièrement pendant qu'il explorait l'Ouest et avait été à ses côtés quand il avait servi comme gouverneur militaire de Californie, puis lorsqu'il était devenu l'un des premiers sénateurs de cet État. Elle avait fait campagne avec lui lorsqu'il était devenu, en 1856, le premier candidat du nouveau parti républicain à la présidentielle. Cela lui avait valu le surnom de Pionnier, et sa candidature avait réveillé l'enthousiasme populaire. Certes, il avait perdu contre

John Buchanan, mais il aurait été élu si la Pennsylvanie avait voté différemment.

Pour Lincoln, en tant que premier président républicain élu, nommer John Frémont commandant des armées de l'Ouest avait donc été un choix évident.

Maintenant il le regrettait.

La situation ne pouvait pas être pire.

L'immense fierté qu'il avait ressentie en mars en prêtant serment comme seizième président avait cédé la place à la douleur que lui procurait la guerre de Sécession. Onze États avaient fait sécession et quitté l'Union pour former leur propre confédération. Ils avaient attaqué fort Sumter, l'obligeant à bloquer tous les ports du Sud et à suspendre l'*Habeas corpus*. L'armée de l'Union avait été envoyée, mais elle avait subi une défaite humiliante à Bull Run, et ce coup dur avait achevé de le convaincre que le conflit serait long et sanglant.

Et maintenant, c'était Frémont et sa glorieuse émancipation. Il pouvait comprendre le général. Les rebelles avaient battu les forces de l'Union à plates coutures dans le sud du Missouri et ils progressaient vers le nord. Frémont était isolé, avec des hommes et des ressources en nombre limité. La situation exigeait qu'il agisse, aussi avait-il instauré la loi martiale dans le Missouri. Puis il était allé trop loin en ordonnant que les esclaves de tous les rebelles soient libérés.

Ni Lincoln lui-même ni le Congrès n'avaient été aussi audacieux.

Plusieurs messages ainsi qu'un ordre direct visant à modifier sa décision n'avaient servi à rien. À présent, le général comptait sur sa femme pour remettre une lettre et plaider sa cause.

« Madame, certains éléments dépassent de loin le cas du Missouri. Comme vous me l'avez rappelé, la guerre fait rage. Malheureusement, les questions qui divisent les opposants dans ce conflit ne sont pas si évidentes. »

L'esclavage était le principal sujet de désaccord.

Pour Lincoln, l'esclavage n'était pas un problème en soi. Il avait déjà fait une offre aux sécessionnistes, leur disant qu'ils pouvaient garder leurs esclaves. Ils pouvaient même avoir un nouveau drapeau, envoyer des représentants à Montgomery et *maintenir* leur confédération – à condition d'autoriser l'application des tarifs douaniers du Nord dans leurs ports. Si le Sud en était exempté, les intérêts industriels nordistes seraient affectés, et le gouvernement national ruiné. L'intervention de l'armée ne servirait à rien. Les tarifs douaniers étaient la source principale de revenus du pays. Sans eux, le Nord serait en difficulté.

Mais le Sud avait rejeté ses offres en ouvrant le feu sur fort Sumter.

« Monsieur le président, j'ai passé trois jours dans un train bondé, par une chaleur atroce. Ce voyage n'a pas été agréable du tout, mais je suis venue parce que le général veut que vous compreniez qu'il faut régler les questions qui sont de la plus grande importance pour cette nation. Les rebelles ont pris les armes contre nous. Il faut qu'ils soient stoppés et qu'on mette fin à l'esclavage.

– J'ai écrit au général, et il sait ce que j'attends de lui, déclara-t-il.

– Il s'estime particulièrement désavantagé, puisqu'il est contredit par des gens en qui vous avez une entière confiance. »

Curieuse réplique.

« De qui voulez-vous parler ?

– Il pense que vos conseillers ont davantage votre oreille, étant plus proches de vous.

– Et cela l'autorise à désobéir à mes ordres ? Madame, sa déclaration d'émancipation des esclaves ne relève pas de la loi militaire ou de l'urgence. Il a pris une décision politique, une décision qui ne lui appartient pas. Il y a quelques semaines, j'ai envoyé mon secrétaire personnel, M. Hay, voir le général et lui faire modifier la partie du décret prévoyant de libérer tous les esclaves dans le Missouri. Ma demande n'a reçu aucune réponse. Et maintenant, le général vous envoie pour me parler directement. »

Pire encore, les rapports de Hay avaient révélé que le commandement de Frémont était gangrené par la corruption, et que ses troupes étaient au bord de la rébellion. Ce n'était pas surprenant. Frémont était têtu, surexcité et imprudent. Sa carrière avait été une succession de fiascos. En 1856, il avait ignoré les conseils d'experts politiques et fait de l'esclavage la priorité de sa campagne. Mais le pays n'était pas près pour un tel changement. L'idée n'avait pas encore fait son chemin.

Et cela lui avait coûté la victoire.

« Le général est persuadé que vaincre les rebelles seulement par les armes sera horriblement long et difficile, dit elle. Pour pouvoir compter sur le soutien de pays étrangers, d'autres éléments doivent être pris en compte. Le général connaît le point de vue des Anglais qui préfèrent une émancipation graduelle, et leur désir de voir ce sentiment partagé par des hommes importants dans le Sud. Nous ne pouvons pas permettre cela. En tant que président, vous savez certainement que l'Angleterre, la France et l'Espagne sont sur le point de reconnaître la nouvelle confédération du Sud. L'Angleterre en raison de ses intérêts dans le coton. La France parce que l'empereur ne nous aime pas…

– Vous êtes une vraie femme politique.

– Je m'intéresse à ce qui se passe dans le monde. Peut-être vous-même, qui venez tout juste d'obtenir cet important mandat, devriez-vous tenir compte des opinions des autres. »

Une injure qu'il avait déjà entendue. Il avait remporté l'élection grâce à une scission dans le parti démocrate qui avait bêtement proposé deux candidats. Puis l'ambitieux Parti constitutionnel de l'Union en avait choisi un autre. À eux trois, ils avaient obtenu 60 % du vote populaire et s'étaient ensuite partagé cent vingt-trois votes électoraux, ce qui lui avait permis de remporter la victoire avec ses presque 40 % et cent quatre-vingts votes électoraux. Il est vrai qu'il n'était qu'un simple avocat de l'Illinois, avec pour toute expérience nationale un seul mandat au Congrès. Il avait même perdu les élections sénatoriales de 1858 dans l'Illinois au profit de son ennemi de toujours, Stephen Douglas. Mais maintenant, à 52 ans, installé à la Maison-Blanche pour un mandat de quatre ans, il se trouvait pris dans la plus grande crise constitutionnelle que la nation eût jamais affrontée.

« Je dois dire, madame, qu'il m'est difficile de ne pas prendre en compte les avis des autres, puisque j'y suis confronté tous les jours. Le général n'aurait jamais dû impliquer les nègres dans cette guerre. Il s'agit là d'un conflit d'importance nationale, qui ne concerne absolument pas les nègres.

– Vous vous trompez, monsieur. »

Il avait laissé une certaine latitude à cette femme, sachant qu'elle ne faisait que défendre son mari, comme une bonne épouse.

Mais maintenant les Frémont mari et femme étaient à deux doigts de la trahison.

« Madame, les actions du général ont amené le Kentucky à hésiter à rester dans l'Union ou à rejoindre les rebelles. Le Maryland, le Missouri et plusieurs autres États limitrophes sont également en train de revoir leur position. Si ce conflit devait concerner la libération des esclaves, alors nous perdrions certainement. »

Elle allait parler, mais il l'arrêta d'un geste.

« Je n'ai laissé personne dans le doute. Ma tâche est de préserver l'Union. Je le ferai de la manière la plus directe possible, et en accord avec la Constitution. Plus vite l'autorité nationale sera rétablie, plus vite l'Union redeviendra ce qu'elle était. Si je pouvais sauvegarder l'Union sans libérer le moindre esclave, je le ferais. Si je pouvais le faire en libérant tous les esclaves, je le ferais. Si je pouvais en libérer certains sans toucher aux autres, je le ferais également. Mon action concernant l'esclavage, et les gens de couleur, répond à ma volonté de sauvegarder l'Union. Ce dont je m'abstiens, je m'en abstiens parce que je crois que cela ne servirait à rien. J'en ferais moins si je croyais que ce que je fais est dommageable à la cause, et j'en ferais plus si je croyais que cela pouvait servir la cause.

– Dans ce cas, vous n'êtes pas mon président, monsieur. Ni celui de ceux qui ont voté pour vous.

– Mais je suis le président. Alors portez ce message au général : il a été envoyé dans l'Ouest pour conduire l'armée jusqu'à Memphis et continuer à avancer vers l'est. Les ordres n'ont pas changé. Soit il obéit, soit il est destitué de son poste.

– Je dois vous prévenir, monsieur, que vous risquez d'avoir des difficultés si vous continuez à vous opposer au général. Il pourrait agir de son côté. »

Les caisses de la trésorerie fédérale étaient vides. Le ministère de la Guerre dans une confusion totale.

Aucune armée de l'Union n'était préparée à avancer. Et maintenant, cette femme et son mari – tellement insolent – menaçaient de se révolter ? Il aurait dû les faire arrêter tous les deux. Malheureusement, la décision unilatérale de Frémont avait séduit les abolitionnistes et les républicains libéraux qui voulaient voir l'esclavage aboli tout de suite. S'attaquer de front à leur champion pourrait entraîner un suicide politique.

« Cet entretien est clos », dit-il.

Elle lui jeta un regard menaçant, signifiant qu'elle n'avait pas l'habitude d'être renvoyée. Ignorant son air méprisant, il traversa la salle pour lui ouvrir la porte. Hay, son secrétaire personnel, patientait dehors avec un des serviteurs. Mme Frémont passa devant Hay sans dire un mot, et le serviteur la reconduisit. Le président attendit que la porte d'entrée se soit refermée avant de faire signe à Hay de le rejoindre dans le salon.

« Voilà une créature bien impertinente, dit-il. Nous ne nous sommes même pas assis. Elle ne m'a pas laissé le temps de le lui proposer. Elle m'a attaqué si violemment sur tant de sujets que j'ai dû me retenir pour éviter de me quereller avec elle.

– Son mari ne vaut guère mieux. Son commandement est un échec. »

Le président acquiesça.

« Frémont a tort de s'isoler. Il ignore tout de l'affaire dont il s'occupe.

– Et il refuse d'écouter.

– Elle m'a même menacé en disant qu'il risquait de constituer son propre gouvernement. »

Hay secoua la tête, dégoûté.

Le président prit alors une décision : « Le général sera destitué. Mais pas avant d'avoir trouvé quelqu'un de valeur pour le remplacer. Trouvez quelqu'un. Discrètement, bien sûr. »

Hay inclina la tête.

« Je comprends. »

Il aperçut alors une grande enveloppe dans la main de son fidèle adjoint.

« De quoi s'agit-il ? demanda-t-il.

– C'est arrivé tard dans la journée de Pennsylvanie. De Wheatland précisément. »

Il connaissait l'endroit. La maison de famille de son prédécesseur, James Buchanan. Un homme détesté par le Nord. Beaucoup disaient qu'il avait ouvert la voie de la sécession à la Caroline du Sud, en condamnant *l'interférence excessive de la population du Nord dans la question de l'esclavage.*

Des paroles fortes et partisanes de la part d'un président.

Puis Buchanan était allé encore plus loin, affirmant que les États esclavagistes devraient avoir la liberté de gérer leurs institutions intérieures à leur manière. Les États du Nord devraient également abroger toutes les lois qui encourageaient les esclaves à devenir des fugitifs. Sinon, *les États incriminés, après avoir d'abord mis en œuvre tous les moyens pacifiques et constitutionnels pour procéder aux amendements nécessaires, seraient alors en droit d'opposer une résistance révolutionnaire au gouvernement de l'Union.*

L'équivalent d'un aval présidentiel à une rébellion.

« Que veut l'ancien président ?

– Je ne l'ai pas ouverte. »

Hay lui tendit l'enveloppe. On avait griffonné dessus à L'ATTENTION EXCLUSIVE DE M. LINCOLN.

« J'ai respecté sa demande. »

Lincoln était fatigué, et Mme Frémont lui avait sapé le peu d'énergie qui lui restait après cette longue journée. Mais il était curieux. Buchanan avait été si pressé de quitter le poste. Le jour de l'investiture, pendant leur trajet en calèche depuis le Capitole, il n'avait pas caché ses intentions. *Si vous êtes aussi heureux d'entrer à la Maison-Blanche que je le suis de retourner à Wheatland, vous êtes vraiment un homme comblé.*

« Vous pouvez partir, dit-il à Hay. Je vais en prendre connaissance avant d'aller me coucher. »

Son secrétaire quitta le salon et Lincoln resta seul. Il brisa le sceau de cire sur l'enveloppe et en sortit deux feuillets. L'un, un parchemin bruni par le temps, sec et cassant, avec par endroits des traces d'eau. Le deuxième, un vélin doux, plus récent, couvert d'une écriture masculine décidée, à l'encre noire encore fraîche.

Il lut d'abord le vélin.

> *Le pays que je vous ai laissé est dans un triste état, et pour cela, je vous demande de m'excuser. Ma première erreur est d'avoir déclaré lors de mon investiture que je ne me représenterais pas comme candidat à ma réélection. Mon intention était sincère. Je voulais que rien ne puisse influencer ma conduite du gouvernement sinon le désir de servir fidèlement et de façon compétente, et de vivre ensuite dans la gratitude de mes concitoyens. Mais ce ne fut pas le cas. À mon retour à la Maison-Blanche le jour où j'ai prêté serment, un paquet scellé m'attendait, de la taille et de la forme de celui-ci. À l'intérieur se trouvait une note de mon prédécesseur, M. Pierce, accompagné du deuxième document que je vous ai remis. Pierce écrivait que le document joint avait d'abord été donné à Washington lui-même, qui avait décidé qu'il serait transmis de président en président, chacun restant libre d'en faire ce qu'il voulait. Je sais que vous, ainsi que beaucoup d'autres, me rendez responsable du conflit national actuel. Mais, avant de juger, lisez-le. Et vous reconnaîtrez que j'ai fait tout mon possible pour respecter*

ses recommandations. J'ai écouté avec beaucoup d'attention votre discours d'investiture. Vous avez dit que pour vous l'Union était immuable, aussi bien dans les textes que dans les faits. N'en soyez pas si certain. Tout n'est pas conforme aux apparences. Mon intention première avait été de ne pas transmettre ce document. J'avais prévu de le brûler. Au cours des derniers mois, loin de l'agitation du gouvernement et des pressions engendrées par la crise nationale, je suis arrivé à la conclusion que la vérité ne devait pas être éludée. Quand la Caroline du Sud a rompu l'Union, j'ai dit publiquement qu'il se pourrait que je sois le dernier président des États-Unis. Vous avez ouvertement traité ce commentaire de ridicule. Peut-être verrez-vous que je n'étais pas aussi stupide que vous l'avez cru. J'ai maintenant le sentiment que mon devoir a été fidèlement accompli, bien que, sans doute, imparfaitement. Quel que soit le résultat, j'emporterai dans ma tombe la certitude que, malgré tout, j'étais plein de bonnes intentions pour mon pays.

Il leva les yeux du document. Quel étrange discours. Et ce message ? Transmis de président à président ? Conservé jusqu'à maintenant par Buchanan ?

Il se frotta les yeux de lassitude et rapprocha le deuxième feuillet. L'encre commençait à s'effacer, et l'écriture plus élégante était aussi plus difficile à lire.

Des signatures ornaient le bas.

Il parcourut la page.

Puis il le relut.

Plus attentivement.

Il n'était plus question de dormir.

Qu'avait écrit Buchanan ?

Tout n'est pas conforme aux apparences.

« Je ne peux pas le croire », murmura-t-il.

PREMIÈRE PARTIE

1

AU LARGE DES CÔTES DU DANEMARK

MERCREDI 8 OCTOBRE
19 H 40

Au premier coup d'œil, Cotton Malone avait compris que quelque chose n'allait pas. L'Øresund, qui séparait l'île danoise de Seeland, au nord du Danemark, de la province suédoise du Sud, la Scanie, un des passages maritimes les plus fréquentés au monde, était pratiquement désert. Il n'y avait que deux bateaux en vue sur l'eau gris bleu – le sien et un autre qui se rapprochait rapidement d'eux.

Il avait remarqué l'embarcation juste après qu'ils eurent quitté le quai à Landskrona, du côté suédois du détroit. Un six-mètres, rouge et noir, avec deux moteurs in-bord. Le sien était un bateau loué sur le front de mer à Copenhague, côté danois, un cinq-mètres avec un seul moteur hors-bord. L'engin rugissait à chaque fois qu'il rencontrait une nouvelle lame, mais la mer était presque calme, le ciel clair, l'air du soir vivifiant – un temps d'automne idéal pour la Scandinavie.

Trois heures plus tôt, il était en plein travail dans sa librairie à Højbro Plads. Comme presque tous les soirs, il avait prévu de dîner au Café Norden. Mais un appel de Stéphanie Nelle, son ancienne patronne au ministère de la Justice, avait chamboulé ses plans.

«J'ai un service à te demander, avait-elle dit. Je ne t'embêterais pas si ce n'était pas important. Il s'agit d'un certain Barry Kirk. Cheveux noirs ras, nez pointu. Il faut que tu me le trouves.»

On percevait l'urgence dans sa voix.

«J'ai un agent en route mais il a été retardé. Je ne sais pas quand il arrivera, et il faut retrouver cet homme. Tout de suite.

– Et tu ne vas pas me dire pourquoi.

– Impossible. Mais tu es le seul à proximité. Il se trouve de l'autre côté de l'Øresund, en Suède, et il attend que quelqu'un vienne le chercher.

– Ça sent le roussi.

– J'ai un agent qui a disparu.»

Il détestait ces mots.

«Kirk sait peut-être où il est, et c'est pour ça qu'il nous le faut tout de suite. J'espère que nous pourrons éviter les problèmes. Ramène-le simplement à ton magasin et garde-le jusqu'à l'arrivée de mon agent.

– Je m'en occupe.

– Encore une chose, Cotton. N'oublie pas ton arme.»

Il était monté aussitôt dans son appartement au troisième étage au-dessus de la librairie pour prendre le sac à dos sous son lit, celui qui était toujours prêt, avec carte d'identité, argent, téléphone et son Beretta délivré par la division Magellan, que Stéphanie lui avait permis de conserver lorsqu'il avait pris sa retraite.

Le pistolet était maintenant niché dans son dos, sous sa veste.

« Ils se rapprochent », dit Barry Kirk.

Comme s'il ne le savait pas. Deux moteurs valaient toujours mieux qu'un seul.

Il maintint la barre dans sa position, avec la commande des gaz ouverte aux trois quarts. Puis il décida d'accélérer, et la proue se souleva tandis que le bateau prenait de la vitesse. Il regarda en arrière. Il y avait deux hommes à bord de l'autre bateau, l'un conduisant, l'autre debout avec un pistolet.

De mieux en mieux.

Ils n'avaient pas encore traversé le canal et se trouvaient toujours du côté suédois, se dirigeant en diagonale au sud-ouest, vers Copenhague. Il aurait pu venir en voiture et traverser le pont de l'Øresund qui reliait le Danemark à la Suède, mais ça aurait pris une heure de plus. Sur l'eau, c'était plus rapide, et comme Stéphanie était pressée, il avait loué un canot Bowrider au magasin où il avait ses habitudes. Compte tenu des rares fois où il naviguait, la location était la solution la plus économique.

« Qu'est-ce que vous allez faire ? »

Question idiote. Ce Kirk était vraiment agaçant. Il l'avait trouvé en train d'arpenter les quais, exactement où Stéphanie avait dit qu'il attendrait, pressé de partir. Des noms de codes avaient été prévus afin que tous deux soient certains de tomber sur la bonne personne. *Joseph* pour lui, *Moroni* pour Kirk.

Drôle de choix.

« Vous savez qui sont ces hommes ? » demanda Malone, tout en maintenant le cap vers le Danemark.

La proue se cabrait contre les vagues avec des mouvements brusques qui les secouaient et faisaient jaillir des embruns.

« Ils veulent me tuer, répondit Kirk.

– Et pourquoi veulent-ils vous tuer ? cria-t-il par-dessus le bruit du moteur.

– Et vous, qui êtes-vous exactement ? »

Il jeta un coup d'œil à Kirk.

« Je suis le type qui va vous sauver la vie. »

L'autre bateau était à moins de trente mètres.

Il scruta l'horizon à la recherche d'autres bateaux, mais en vain. Le crépuscule approchait, l'azur du ciel tournant au gris.

Un coup de feu. Puis un autre.

Il fit volte-face.

Le deuxième homme leur tirait dessus.

« Baissez-vous ! » cria-t-il à Kirk.

Il s'accroupit aussi, tout en maintenant leur cap à la même vitesse.

Deux autres coups de feu. Une balle se logea dans la fibre de verre sur sa gauche avec un bruit sourd.

Leurs poursuivants étaient maintenant à quinze mètres. Il était temps de les retarder. Il prit son pistolet et tira dans leur direction.

La vedette vira à tribord.

Ils étaient à plus de mille cinq cents mètres de la côte danoise, presque au centre de l'Øresund. L'autre bateau décrivit un arc de cercle, de façon à arriver à tribord pour couper leur trajectoire. Il vit que le pistolet avait été remplacé par un fusil automatique à canon court.

Il n'y avait plus qu'une chose à faire. Foncer droit sur eux, et voir qui se dégonflerait le premier.

Une salve retentit. Il plongea au sol, tout en gardant une main sur le volant. Des balles passaient au-dessus de leurs têtes et plusieurs se fichèrent dans la proue. Il se redressa pour jeter un coup d'œil. L'autre bateau avait fait demi-tour pour préparer une attaque par l'arrière, visant le pont ouvert qui n'offrait pas grande protection.

Cette approche directe exigeait un parfait timing. Il laissa les pleins gaz, en maintenant la vitesse maximale. La proue de leurs adversaires arrivait vers lui.

« Baissez-vous », dit-il à nouveau à Kirk.

Il n'y avait pas de risque qu'il refuse d'obtempérer. Kirk s'accrocha au pont, sous les panneaux latéraux. Malone tenait toujours son Beretta, veillant à le dissimuler. La vedette se rapprochait.

Rapidement.

Cinquante mètres.

Quarante.

Trente.

Il tira l'accélérateur en arrière et mit le moteur au ralenti. Le bateau perdit de la vitesse. La proue retomba dans l'eau. Ils glissèrent encore sur quelques mètres puis s'arrêtèrent complètement. L'autre poursuivait sa course.

Parallèlement.

L'homme au fusil visa. Mais, avant qu'il ne fasse feu, Malone lui tira dans la poitrine. Le bateau passa à toute vitesse à côté d'eux.

Malone engagea à nouveau l'accélérateur, et le moteur reprit vie.

L'autre conducteur se baissa pour prendre le fusil. Il fit une grande boucle pour se replacer sur son trajet initial.

Sa ruse avait marché une fois. Mais certainement pas une deuxième.

Plus d'un kilomètre les séparait encore de la côte danoise, et il ne pouvait pas distancer leurs poursuivants. Peut-être réussirait-il à déjouer leurs manœuvres, mais pendant combien de temps ? Non, il allait devoir faire face et se battre.

Il évalua sa position. Il se trouvait à quelque huit kilomètres au nord des faubourgs de Copenhague, tout près de l'endroit où vivait autrefois son vieil ami Henrik Thorvaldsen.

« Regardez ça », dit soudain Kirk.

Il se retourna.

La vedette était maintenant à une centaine de mètres et leur arrivait droit dessus. Mais à l'ouest, dans un ciel de plus en plus obscur, un Cessna monomoteur avait surgi et piquait maintenant du nez. Son train d'atterrissage typique à trois roues frôla le bateau, à moins de deux mètres au-dessus de la surface de l'eau, manquant de toucher le skipper qui abandonna le volant et plongea au sol. La proue fit une embardée et vira à gauche. Malone en profita pour foncer sur son assaillant.

L'avion fit un virage sur l'aile, reprit de l'altitude et vira de nouveau pour repasser au-dessus d'eux. Malone se demanda si le pilote était bien conscient qu'on se préparait à lui tirer dessus avec une arme automatique. Malone se dirigeait maintenant à toute vitesse vers le bateau qui était à l'arrêt à présent, l'attention du conducteur étant totalement focalisée sur l'avion.

Cette diversion avait été salutaire, mais les choses étaient sur le point de se gâter pour celui qui lui avait prêté assistance. Le fusil automatique avait l'avion en ligne de mire.

« Venez par ici ! » cria-t-il à Kirk.

L'homme ne bougea pas.

« Ne m'obligez pas à venir vous chercher. »

Kirk se leva.

« Prenez le volant et gardez le cap.

– Quoi ? Moi ?

– Allez-y. »

Kirk saisit le volant.

Malone gagna la poupe, trouva son équilibre et visa avec son pistolet.

L'avion continuait sa course. L'homme sur la vedette se tenait prêt avec son arme. Malone savait que ses chances étaient minces, compte tenu du mouvement de la mer. Son adversaire avait soudain réalisé que le bateau venait vers lui en même temps que l'avion.

Deux menaces à la fois.

Que faire ?

Malone tira à deux reprises. Raté.

Un troisième tir atteignit le bateau.

L'homme se jeta sur la droite, jugeant certainement que Malone constituait la menace la plus importante. Celui-ci fit feu une quatrième fois et toucha l'homme à la poitrine, ce qui le précipita par-dessus bord.

L'avion passa en trombe, les roues toujours baissées.

Kirk et Malone plongèrent au sol tous les deux.

Malone reprit le volant et ralentit, pour revenir en direction de l'ennemi, toujours prêt à tirer. Ils s'approchèrent côté poupe. Un corps flottait dans l'eau, un autre était étendu sur le pont. Il n'y avait personne d'autre à bord.

« On peut dire que vous portez la poisse », dit-il à Kirk.

Le silence était revenu, et on n'entendait plus que le bruit du moteur au ralenti. L'eau tapait contre les deux coques. Il allait devoir contacter les autorités locales. Suédoises ? Danoises ? Mais avec Stéphanie et la division Magellan dans le coup, mieux valait ne pas faire intervenir les locaux.

Elle détestait ça.

Il leva les yeux vers le ciel sombre. Le Cessna, volant maintenant à quelque cinq cents mètres d'altitude, effectuait un nouveau passage au-dessus d'eux.

Quelqu'un sauta de l'avion.

Un parachute s'ouvrit, et descendit en une spirale étroite. Pour avoir sauté plusieurs fois, Malone se rendait bien compte que le parachutiste connaissait la musique. En guidant la voilure, il mit le cap droit sur eux, et ses pieds vinrent fendre l'eau à moins de cinquante mètres.

Malone s'approcha doucement.

L'homme qui grimpa à bord avait à peine la trentaine, des cheveux blonds tondus plutôt que coupés, un visage plaisant rasé de près et un sourire chaleureux qui dévoilait une dentition parfaite. Il portait un polo noir sur un jean moulant un corps musclé.

« Cette eau est glacée, dit le jeune homme. J'apprécie beaucoup que vous m'ayez attendu. Désolé d'être arrivé en retard. »

Malone fit un geste en direction de l'avion qui disparaissait vers l'est.

« Il y a quelqu'un à bord ?

– Non. Pilote automatique. Mais il ne reste plus beaucoup d'essence. Il tombera dans la Baltique d'ici quelques minutes.

– Un beau gâchis. »

Le jeune homme haussa les épaules : « Ça arrangeait le type à qui je l'ai volé de le perdre.

– Qui êtes-vous ?

– Oh, pardon. Parfois j'en oublie ma bonne éducation. »

Il tendit une main mouillée.

« Luc Daniels. Division Magellan. »

2

KALUNDBORG, DANEMARK
20 HEURES

Josepe Salazar attendait que l'homme reprenne ses esprits. Son prisonnier gisait dans la cellule, à moitié conscient mais assez éveillé tout de même pour l'entendre dire : « Ça suffit. »

L'homme souleva la tête du sol en pierre poussiéreux.

« Je me demandais… pendant ces trois derniers jours… comment vous pouvez être aussi cruel. Vous êtes croyant… vous croyez au Père céleste. Vous êtes un homme… de Dieu certainement. »

Salazar ne voyait là aucune contradiction.

« Les prophètes ont connu de grandes menaces, peut-être encore plus grandes que celles que j'affronte aujourd'hui. Mais ils n'ont jamais hésité à faire ce qui devait être fait. »

« Tu dis la vérité », lui dit l'ange.

Il leva les yeux. L'image flottait tout près, dans une large robe blanche, baignée de lumière et pure, plus brillante que tout ce qu'il avait jamais vu.

« N'hésite pas, Josepe. Aucun prophète n'a jamais hésité à faire ce qui devait être fait. »

Son prisonnier ne pouvait pas entendre l'ange. Personne ne le pouvait, sauf lui. Mais l'homme allongé sur le sol remarqua que son regard s'était tourné vers le mur au fond de la cellule.

« Que regardez-vous ?

– Une vision glorieuse. »

« Il ne peut pas comprendre ce que nous savons. »

Il se tourna vers le prisonnier.

« Je tiens Kirk. »

Il n'avait pas encore reçu de confirmation sur ce qui s'était passé en Suède, mais ses hommes lui avaient dit que la cible était en vue. Enfin. Au bout de trois jours. C'était le temps que cet homme avait passé dans la cellule, sans rien manger, ni boire. Sa peau était meurtrie et pâle, ses lèvres fendues, son nez cassé, ses yeux enfoncés. Avec probablement quelques côtes fêlées. Pour augmenter son supplice, on avait placé un seau d'eau juste derrière les barreaux, bien en vue, mais hors de portée.

« Mets-le sous pression, ordonna l'ange. *Il doit comprendre que nous ne tolérerons pas l'insolence. Les gens qui l'ont envoyé doivent savoir que nous nous battrons. Il reste beaucoup à faire, et ils se sont mis en travers de notre chemin. Il faut le briser. »*

Il acceptait toujours les conseils de l'ange. Comment faire autrement d'ailleurs ? Il venait directement du Père céleste. Mais ce prisonnier était un espion. Envoyé par l'ennemi.

« Nous avons toujours traité les espions avec sévérité, dit l'ange. *Au début ils étaient nombreux et nous ont fait beaucoup de mal. Nous devons rendre ce mal. »*

« Mais ne suis-je pas censé l'aimer ? demanda-t-il à l'apparition. Il est tout de même un fils de Dieu.

– À… qui… parlez-vous ? »

Salazar se tourna vers le prisonnier et lui demanda ce qu'il voulait savoir :

« Pour qui travailles-tu ? »

Aucune réponse.

« Avoue. »

Il entendit son ton monter d'un cran. Inhabituel pour lui. Il était connu pour sa voix douce, dégageant une impression de calme – au prix d'efforts surhumains. La bienséance était un art oublié, lui avait souvent dit son père.

Le seau d'eau était à ses pieds.

Il en remplit une louche et jeta le contenu à travers les barreaux sur le visage tuméfié du prisonnier. L'homme passa sa langue sur ses lèvres pour tenter de profiter d'un peu de fraîcheur. Mais il lui en faudrait beaucoup plus pour étancher trois jours de soif.

« Dis-moi ce que je veux savoir.

– Encore de l'eau. »

Il avait banni toute pitié depuis longtemps. Il était chargé d'une mission sacrée, et le sort de millions de gens dépendait de ses décisions.

« Il faut une expiation par le sang, dit l'ange. *C'est la seule façon. »*

Selon la doctrine, il y avait des péchés pour lesquels les hommes ne pouvaient pas recevoir de pardon, ni dans ce monde ni dans celui à venir. Mais si leurs yeux s'étaient ouverts, leur permettant de voir leur état véritable, ils devraient certainement être prêts à répandre leur sang en rémission de ces péchés.

« Le sang du fils de Dieu a coulé pour les péchés commis par les hommes, dit l'ange. *Mais il reste des péchés qui peuvent être rachetés par une offrande sur un autel, comme dans les anciens temps. Il y a aussi des péchés que le sang d'un agneau ou d'un*

veau ou d'une tourterelle ne peut régler. Ceux-là doivent être expiés avec le sang d'un homme. »

Des péchés tels que le meurtre, l'adultère, le mensonge, la rupture de l'alliance et l'apostasie.

Il s'accroupit et regarda fixement l'âme rebelle de l'autre côté des barreaux.

« Tu ne pourras pas m'arrêter. Personne ne le peut. Ce qui doit arriver arrivera. Mais je veux bien te montrer un peu de considération. Dis-moi simplement pour qui tu travailles et en quoi consiste ta mission, et ensuite cette eau sera pour toi. »

Il prit encore une louche d'eau et la tint à bout de bras.

L'homme était couché sur le ventre, les bras étendus, le visage mouillé contre le sol. Il se retourna lentement sur le dos, les yeux au plafond.

Ils attendaient tous les deux, l'ange et lui.

« Je suis un agent… du… ministère de la Justice. Nous sommes tous… après vous. »

Le gouvernement américain. Pendant cent quatre-vingts ans, le gouvernement américain avait toujours été un obstacle.

Mais que savaient ses ennemis ?

L'homme tourna la tête vers lui, ses yeux las le regardant bien en face.

« Me tuer ne servira… à rien, sinon vous apporter… davantage d'ennuis. »

« Il ment, dit l'ange. *Il pense pouvoir nous faire peur. »*

Fidèle à sa parole, il passa la louche à travers les barreaux. L'homme s'en saisit et avala l'eau à grandes gorgées. Salazar rapprocha le seau, et l'homme versa encore du liquide dans son gosier desséché.

« Ne faiblis pas, dit l'ange. *Il a commis un péché dont il sait qu'il le privera de l'exaltation qu'il désire. Il ne peut pas*

l'atteindre sans verser son sang. En faisant couler son sang, il expiera pour ce péché, il sera sauvé et vivra dans l'exaltation avec Dieu. Il n'existe ni homme ni femme qui ne dirait pas : "Répands mon sang afin que je sois sauvé et exalté avec Dieu." »

En effet, il n'en existait aucun.

« Dans de nombreuses circonstances, Josepe, des hommes ont été justement tués pour expier leurs péchés. J'ai vu des dizaines de cas où il aurait pu y avoir une chance d'exaltation si leurs vies avaient été abrégées, leur sang versé comme un encens pour le Tout-Puissant. Mais ce sont maintenant des anges du Diable. »

Contrairement à cet émissaire qui prêchait la parole de Dieu.

« Il s'agit ici d'aimer son voisin comme soi-même. S'il a besoin d'aide, aide-le. S'il cherche le salut et qu'il faut pour cela répandre son sang pour qu'il puisse être sauvé, alors répands-le. Si tu as commis un péché qui demande que ton sang soit répandu, ne t'estime pas satisfait et refuse le repos jusqu'à ce que ton sang soit répandu afin d'obtenir le salut que tu désires. C'est ainsi qu'il faut aimer l'humanité. »

Salazar détourna son regard de l'apparition et demanda au prisonnier : « Cherches-tu le salut ?

– Qu'est-ce que ça peut vous faire ?

– Tes péchés sont considérables.

– Pas plus que les vôtres. »

Les siens étaient différents. Mentir pour obtenir la vérité n'était pas un mensonge. Tuer pour le salut d'un autre était un acte d'amour. Il devait à ce pêcheur la paix éternelle, aussi il sortit son pistolet de dessous sa veste.

Le prisonnier écarquilla les yeux. Il recula, mais il n'y avait nulle part où se cacher.

Le tuer serait facile.

« Pas maintenant », dit l'ange.

Il baissa son arme.

« Nous avons encore besoin de lui. »

L'apparition remonta alors et sa forme disparut dans le plafond, laissant la cellule aussi lugubre qu'avant.

Un sourire affable se dessina sur les lèvres de Salazar. Ses yeux brillaient d'un nouvel éclat, qu'il attribua à la reconnaissance du ciel pour son obéissance. Il regarda sa montre et fit un rapide calcul.

Il était midi dans l'Utah.

Il fallait informer Rowan l'Aîné.

3

SUD DE L'UTAH

12 H 02

Le sénateur Thaddeus Rowan descendit de la Land Rover et profita de la chaleur familière du soleil. Il avait vécu dans l'Utah toute sa vie et en était maintenant le « sénateur senior », un mandat qu'il détenait depuis trente-trois ans. C'était un homme de pouvoir et d'influence, suffisamment important pour que le ministre de l'Intérieur soit venu en personne par avion pour l'accueillir aujourd'hui.

« Quel bel endroit », lui dit le ministre.

La partie sud de l'Utah appartenait au gouvernement fédéral, et comptait des endroits comme Arches, Capitol Reef et Bryce Canyon. Ici, à l'intérieur du parc national de Zion, soixante mille hectares s'étendaient du nord-ouest au sud-est entre les autoroutes 15 et 9. Les Indiens Païute vivaient ici autrefois, mais dès 1863, les saints des derniers jours, migrant vers le sud depuis Salt Lake, les avaient déplacés et avaient donné à cet endroit désert le nom de Sion. Isaac Behunin, le saint qui s'était installé le premier ici avec ses fils, avait écrit que « parmi ces grandes cathédrales, on pouvait prier Dieu aussi bien que dans une église bâtie par l'homme ». Mais, après sa visite en 1870, Brigham Young avait manifesté son désaccord et surnommé l'endroit Pas Sion, un surnom qui était resté.

Rowan avait parcouru les quatre cents kilomètres en hélicoptère depuis Salt Lake en direction du sud et s'était posé dans le parc avec le ministre, où le responsable local les attendait. Son poste de président du comité sénatorial de la commission des finances lui conférait beaucoup de prérogatives. Ainsi, pas un seul centime de l'argent fédéral ne pouvait être dépensé sans son approbation.

« Un pays magnifique », répondit-il au ministre.

Il avait fait beaucoup de randonnées dans ce désert de pierres rouges aux canyons si profonds que le soleil n'en atteignait jamais le fond. Des villes en périphérie étaient peuplées de saints, ou de mormons, comme on les appelait fréquemment. Certains saints, dont lui-même, n'aimaient pas beaucoup cette appellation. Elle datait du milieu du XIXe siècle, lorsque, à force de préjugés et de haine, ils avaient été contraints de fuir progressivement vers l'ouest, jusqu'au moment où ils avaient découvert la cuvette isolée de Salt Lake. Ses ancêtres avaient occupé les premiers chariots qui y étaient entrés le 24 juillet 1847. Il n'y avait rien là-bas que de l'herbe verte, et, à en croire la légende, un seul et unique arbre.

Une splendeur solitaire. C'est ainsi que l'avait décrit un saint.

On dit que, quand Brigham Young, leur chef, était arrivé, fiévreux, couché à l'intérieur d'un des chariots, il s'était levé et avait proclamé : *C'est ici.*

Des dizaines de milliers de colons avaient suivi, évitant les routes habituelles, empruntant les pistes ouvertes par les saints pionniers, semant des graines derrière eux pour que les caravanes suivantes aient de quoi manger. En un jour, lors de la première vague, 143 hommes, 3 femmes, deux enfants, 70 chariots, 1 canon, 1 bateau, 93 chevaux, 52 mules, 66 bœufs, 19 vaches, 17 chiens et quelques poules avaient trouvé un foyer.

« C'est juste en haut de cette crête », dit le directeur, en montrant un endroit devant eux.

Les trois hommes avaient pris la Land Rover en quittant l'hélicoptère. Ils portaient tous des bottines, des jeans, une chemise à manches longues et un chapeau. À 71 ans, le sénateur était encore solide – prêt à affronter le paysage menaçant qui s'étalait dans toutes les directions.

« Où sommes-nous ? demanda-t-il. À soixante-dix kilomètres à l'intérieur du parc ? »

Le directeur acquiesça.

« Plutôt quatre-vingts. Cette zone est totalement interdite. Nous n'admettons ni randonneurs ni campeurs. Les canyons sont trop dangereux. »

Il connaissait les chiffres. Trois millions de personnes venaient visiter Zion chaque année, et c'était une des attractions les plus populaires de l'Utah. Des permis étaient nécessaires pour la moindre activité, si bien que les amateurs de tout-terrain, chasseurs et autres aventuriers insensibles à l'écologie avaient demandé que le droit d'accès soit moins contraignant. Personnellement, il était d'accord, mais il avait préféré ne pas se mêler de cette bataille.

Le directeur les précéda, s'avançant vers un canyon aux parois abruptes, couvert d'érables Bigtooth. Moutardiers sauvages et buissons touffus de créosote se mêlaient à des touffes d'herbe rêche. Haut dans le ciel clair, un condor tournoyait lentement, disparaissant par instants de la vue.

« Ce sont des intrus qui ont permis cette découverte, dit le directeur. Trois personnes sont entrées illégalement dans cette partie du parc la semaine dernière. L'un d'eux a glissé et s'est cassé la jambe. Nous avons dû le faire évacuer par les services médicaux. C'est à ce moment-là que nous avons remarqué ça. »

Le directeur montra une fente sombre dans la paroi rocheuse. Rowan savait qu'on trouvait fréquemment des grottes dans le grès et qu'il y en avait des milliers dans le sud de l'Utah.

« En août, il y a eu une crue subite dans cette zone, expliqua le ministre. Une bonne inondation pendant trois jours. Nous pensons que l'ouverture est apparue à ce moment-là. Jusque-là, elle était restée scellée. »

Le sénateur regarda le fonctionnaire.

« Et pourquoi êtes-vous ici ?

– Pour m'assurer que le président du comité sénatorial de la commission des finances soit satisfait des services du ministère de l'Intérieur. »

Il en doutait, car, ces sept dernières années, l'administration du président Danny Daniels ne s'était pas beaucoup souciée de ce que pensait le sénateur senior de l'Utah. Ils appartenaient à des partis différents, le sien contrôlant la Chambre des députés, et celui de Daniels détenant la Maison-Blanche. D'habitude, ce genre de répartition encourageait la coopération et le compromis. Mais, dernièrement, il n'était plus question de la moindre relation amicale. On appelait ça une impasse. Ce qui compliquait encore davantage les choses, c'était que Daniels vivait les derniers jours de son deuxième mandat, et qu'on ignorait qui serait son successeur.

Les deux partis avaient leur chance.

Mais les élections ne l'intéressaient plus. Il avait d'autres projets, plus grandioses.

Ils s'approchèrent de l'ouverture et le directeur sortit trois torches électriques de son sac à dos.

« Ça nous sera utile. »

Rowan prit une lampe.

« Montrez-nous le chemin. »

Ils se faufilèrent dans le passage et débouchèrent dans une vaste caverne de six à sept mètres de hauteur. En balayant l'entrée avec la lumière de sa torche, il constata qu'elle avait dû être nettement plus large et plus haute.

« Autrefois, c'était une ouverture de bonne taille, dit le directeur. Comme une énorme porte de garage. Mais elle a été recouverte volontairement.

– Comment le savez-vous ? »

L'homme indiqua quelque chose avec son faisceau lumineux.

« Je vais vous montrer. Mais faites attention. C'est un vrai nid à serpents. »

Il s'en doutait. Soixante ans passés à explorer la nature dans l'Utah lui avaient enseigné à respecter la terre et ses habitants.

Après avoir parcouru une quinzaine de mètres à l'intérieur, il vit des formes qui sortaient de l'ombre. Trois chariots à empâtement large d'environ trois mètres de long sur un mètre et demi. Ils étaient hauts également et les arceaux et les capotes cylindriques en toile avaient disparu depuis longtemps. Il s'approcha et en toucha un. C'était du bois massif, avec des jantes en fer couvertes de rouille. Des attelages de quatre ou six chevaux devaient les tirer, ou parfois des mules ou des bœufs.

« Cela remonte au XIXe siècle, dit le directeur. Je connais leur histoire. L'air du désert et le fait d'être enfermés là-dedans ont permis leur conservation. Ils sont intacts, ce qui est rare. »

Le sénateur s'approcha et vit qu'ils étaient vides.

« Ils sont forcément entrés par l'ouverture, dit le fonctionnaire. Elle devait donc être bien plus grande.

– Il y en a d'autres », remarqua le ministre.

Il suivit un faisceau de lumière et aperçut des débris. Des morceaux d'autres wagons empilés.

« Ils les ont détruits, dit le directeur. À mon avis, il devait y en avoir une bonne vingtaine avant qu'ils ne les mettent en pièces. »

Vingt-deux précisément. Mais il préférait ne rien dire. Il suivit le directeur de l'autre côté du tas, où leurs lampes éclairèrent des squelettes. Il s'approcha, les gravillons s'écrasant comme de la neige sèche sous ses bottes, et en compta trois, tout en remarquant aussitôt comment ils étaient morts. Des trous dans le crâne provoqués par des balles.

Il restait encore des lambeaux de vêtements, ainsi que deux chapeaux en cuir.

Le directeur fit un geste avec sa torche.

« Celui-ci a survécu un peu plus longtemps. »

Une quatrième victime était couchée le long du mur de la caverne. Sans trou dans le crâne, celle-là. En revanche sa cage thoracique était enfoncée.

« Une balle dans la poitrine, précisa le directeur. Mais il a survécu assez longtemps pour laisser ceci. »

La lampe révéla des traces d'écriture sur le mur, semblables aux pétroglyphes qu'il avait vus dans d'autres cavernes de l'Utah.

Il se baissa pour lire.

FJELDSTED HYDE WOODRUFF EGAN
DAMNATION AU PROPHÈTE
NE NOUS OUBLIEZ PAS

Il comprit aussitôt la signification des noms.

Mais lui seul, un des douze apôtres de l'Église de Jésus-Christ des saints des derniers jours, pouvait savoir de qui il s'agissait.

« C'est la référence au prophète qui nous a incités à vous appeler », dit le ministre.

Rowan reprit ses esprits et se releva.

« Vous avez raison. Ces hommes étaient des saints.

– C'est aussi ce que nous avons pensé. »

Dans toute l'histoire de l'humanité, Dieu avait toujours traité avec ses enfants par l'intermédiaire de prophètes. Des hommes comme Noé, Abraham et Moïse. En 1830, Joseph Smith avait été sacré par le ciel comme un prophète des derniers jours voué à ressusciter l'Évangile, en vue de la deuxième venue du Christ. Smith avait donc fondé une nouvelle Église. Depuis, dix-sept hommes avaient pris le titre de prophète et de président, chacun issu du quorum des douze apôtres, qui venait juste après le prophète dans la hiérarchie de l'Église.

Son objectif était de devenir le dix-huitième. Et cette découverte pourrait l'y aider.

Il scruta la caverne et imagina ce qui avait pu se passer ici en 1857.

Tout dans cet endroit était conforme à la légende. Laquelle se révélait aujourd'hui conforme à la vérité.

4

Copenhague, Danemark

20 h 40

Malone pilotait le bateau tandis que Luc Daniels, les vêtements trempés, restait accroupi, à l'abri du froid derrière le pare-brise.

« Tu sautes souvent ? lui demanda-t-il.

– J'ai plus de cent sauts à mon actif, mais ça faisait longtemps que je n'avais pas atterri dans l'eau. »

Le jeune homme montra Kirk, qui était recroquevillé près de la poupe, et lui cria par-dessus le bruit du moteur : « Tu m'emmerdes.

– Tu voudrais bien m'expliquer ? demanda Malone.

– Qu'est-ce que Stéphanie vous a dit ? »

Bien joué. Répondre à une question par une autre question.

« Simplement qu'un agent manquait et que ce type savait peut-être où il était.

– C'est exact. Et celui-ci a pris ses jambes à son cou.

– Et pourquoi ça ?

– Parce que c'est une balance. Et que personne n'aime les balances. »

Luc se tourna vers Kirk.

« Une fois à terre, nous allons avoir une petite discussion, toi et moi. »

Kirk ne répondit pas.

Luc se rapprocha, toujours baissé pour éviter le vent, et en pliant les genoux pour suivre le mouvement des vagues.

« Dites-moi, papy, vous êtes vraiment aussi bon qu'on le dit ?

– Je ne suis pas toujours aussi bon, mais il m'arrive de l'être une fois de temps en temps.

– Je vois que vous connaissez la chanson. J'adore Toby Keith. Je l'ai vu en concert il y a cinq ans. Je ne vous imaginais pas en amateur de *country*.

– Quant à moi, je ne sais pas très bien à qui j'ai à faire.

– Un simple serviteur du gouvernement américain, c'est tout.

– C'est moi qui dis ça habituellement.

– Je sais. Stéphanie m'a conseillé de répondre ça.

– Tu savais que ton avion allait se faire arroser par une rafale de fusil automatique, affirma Malone. Piquer aussi bas était complètement idiot.

– J'avais vu le fusil. Mais le type était debout sur un bateau qui tanguait, et vous, vous aviez nettement besoin d'un coup de main.

– Tu es toujours aussi casse-cou ? »

Malone ralentit le moteur à l'approche de Copenhague.

« Admettez quand même que mon pilotage était assez cool. Les roues étaient, quoi, à deux mètres au-dessus de l'eau.

– J'ai vu mieux. »

Luc se serra la poitrine comme s'il se tordait de douleur.

« Aïe, papy, là, vous me faites mal. Je sais que vous étiez autrefois une star de la marine. Un combattant de choc. Mais accordez-moi un peu de crédit. Rien qu'un tout petit peu. Je vous ai quand même sauvé la peau.

– Ah bon ? Vraiment ? »

Dans une autre vie, Malone avait fait partie des douze premiers agents de la division Magellan, sous les ordres de Stéphanie Nelle. Il était alors avocat, formé à Georgetown, et ancien capitaine de frégate. Maintenant, à 47 ans, il avait conservé tous ses cheveux, son sang-froid et un esprit vif. Mais son corps robuste avait gardé les cicatrices des blessures reçues en service, et c'était pour ça, entre autres, qu'il avait pris sa retraite trois ans auparavant. Désormais propriétaire d'une boutique de livres anciens à Copenhague, il aurait pu rester tranquille dans son magasin.

« Allez, admettez-le, dit Luc. Vous auriez eu du mal à échapper à ces types. Je vous ai sauvé la vie. »

Malone ralentit le moteur et passa doucement devant la résidence royale du Danemark, puis l'embarcadère de Nyhavn, et tourna à tribord pour s'engager dans un canal tranquille. Il accosta juste après le palais de Christiansborg, près d'un alignement de terrasses de cafés où des clients bruyants mangeaient, buvaient et fumaient. La place bondée à cinquante mètres était Højbro Plads. Chez lui.

Le moteur s'arrêta, et il se retourna pour décocher à Luc un uppercut du droit qui précipita l'agent sur le pont. Le jeune homme secoua la tête et se remit debout, prêt à se battre.

« *Primo*, dit Malone, tu ne m'appelles pas papy. *Secundo*, je n'aime pas ton attitude suffisante, on peut se faire tuer pour ça. *Tertio*, qui étaient ces hommes qui voulaient nous tuer ? Et pour finir – il désigna Kirk – qui est-il censé espionner ? »

Le jeune aurait visiblement bien aimé se battre avec lui. Mais il y avait autre chose dans son regard. Une certaine retenue.

Malone n'avait reçu de réponse à aucune de ses questions. On se moquait de lui, et il n'aimait pas ça.

« Il y a vraiment un homme qui manque ?

– Et comment. Et ce type peut nous guider.

– Donne-moi ton téléphone.

– Comment savez-vous que j'en ai un ?

– Il est dans ta poche arrière. Je l'ai vu. Fourni par la division Magellan. 100 % étanche, ce qui n'était pas le cas de mon temps. »

Luc prit l'appareil et le déverrouilla.

« Appelle Stéphanie. »

Le garçon composa le numéro.

Malone saisit alors le téléphone et dit : « Emmène Kirk, et attendez-moi dans ce café. J'ai besoin de lui parler seul à seul.

– Je n'aime pas beaucoup recevoir des ordres de types à la retraite.

– Considère que c'est pour me remercier de t'avoir sorti de l'eau. Et maintenant, allez-y. »

En attendant qu'elle décroche, il regarda Luc et Kirk sauter du bateau. Il n'était pas complètement idiot. Il était clair que son ex-patronne avait appris à ce petit morveux comment s'y prendre avec lui. On lui avait probablement dit de le pousser à bout, mais pas trop quand même, pour ne pas le dégoûter. Sinon un champion de la trempe de Luc Daniels lui serait aussitôt tombé dessus. Mais il n'aurait pas été contre. Il y avait longtemps qu'il ne s'était pas battu pour de bon.

« Tu as attendu combien de temps avant de lui taper dessus ? demanda Stéphanie au bout de la cinquième sonnerie.

– En fait, j'ai probablement trop attendu. Et je viens de tuer deux méchants. »

Il lui raconta ce qui s'était passé.

« Je comprends, Cotton. Tu n'es pas impliqué dans cette affaire. Mais j'ai vraiment un homme qui a disparu, un homme qui a une femme et trois enfants. Il faut que je le retrouve. »

Elle savait comment lui parler.

Il aperçut Kirk et Luc à une cinquantaine de mètres. Il aurait dû attendre d'être dans sa librairie pour appeler, mais il mourait d'envie de savoir. Il baissa la voix et tourna le dos aux cafés.

« Barry Kirk sait des choses, reprit Stéphanie. Il faut qu'il soit débriefé, et ensuite que tu me donnes un coup de main. Toi et Luc irez à la recherche de mon agent.

– Il vaut quelque chose, ton petit étudiant ?

– En fait, il n'est jamais allé à l'université. Ça n'est pas son genre. »

D'après lui, Luc devait avoir dans les 27, 28 ans, probablement un ex-militaire, étant donné que Stéphanie aimait chasser dans leurs rangs. Mais son manque de respect et son imprudence semblaient contraires à toute forme de discipline. Et il n'était même pas avocat.

Mais il savait aussi que Stéphanie avait fini par baisser ses exigences pour le recrutement de ses agents.

« Il doit te donner du fil à retordre, non ? demanda-t-il.

– C'est le moins qu'on puisse dire. Mais il est bon. Raison pour laquelle je tolère son… excès de confiance en lui. Un peu comme avec quelqu'un d'autre qui a travaillé pour moi autrefois.

– Ces hommes étaient là, lui dit-il. Sur l'eau. En train de nous attendre. Autrement dit, soit ils étaient suffisamment vernis pour se trouver exactement au bon endroit, soit quelqu'un savait que tu m'avais appelé. Ton agent manquant connaissait le lieu où allait Kirk ?

– Non. Nous avons seulement dit à Kirk de se rendre en Suède. »

Elle devait se poser la même question : comment ces hommes savaient-ils qu'il fallait se trouver à cet endroit ?

« Je suppose que tu ne m'en diras pas plus.

– Tu connais la routine. Ce n'est pas ton opération. Occupe-toi seulement de retrouver mon homme. Ensuite tu en auras terminé.

– Je m'en charge. »

Il mit fin à la communication, sauta à terre et se dirigea vers Luc.

« Tu as gagné un compagnon pour la nuit.

– Vous avez un carnet et un crayon pour que je note ce que je vais apprendre ?

– Tu fais toujours autant le malin ?

– Vous êtes toujours aussi sympathique ?

– Quelqu'un doit bien veiller à ce que les gosses ne se fassent pas mal.

– Ne vous en faites pas pour moi, papy. Je me débrouille très bien tout seul.

– Je croyais t'avoir dit de ne pas m'appeler comme ça. »

Luc se raidit.

« Ouais. Je vous ai entendu. Et conformément aux ordres reçus, je vous ai laissé me donner un coup de poing. Mais je ne vous ferai plus de cadeaux. »

Les yeux verts de Malone défièrent alors le gamin.

Lequel sembla relever le défi.

Mais ça n'était pas le moment. Plus tard peut-être.

Il fit un geste en direction de Kirk.

« Voyons ce que cette balance a à nous dire. »

5

Atlanta, Géorgie
14 h 45

Stéphanie Nelle regarda sa montre. Sa journée avait commencé à 6 heures du matin – midi au Danemark – et elle était loin d'être terminée. Sur ses douze agents, neuf étaient actuellement en mission. Les trois autres étaient en repos. Contrairement à ce qui se passe dans les romans d'espionnage et dans les films d'action, les agents ne travaillaient pas vingt-quatre heures sur vingt-quatre et sept jours par semaine. La plupart avaient des femmes et des enfants, une vie en dehors du travail. Ce qui était une bonne chose. Le job était déjà assez stressant, il n'y avait nul besoin de le rendre encore plus obsédant.

Elle avait créé la division Magellan seize ans plus tôt. C'était son bébé, et elle l'avait accompagné durant son adolescence et sa puberté. Maintenant, la division consistait en une équipe adulte, qui avait permis aux États-Unis de connaître certains de leurs plus récents succès en matière de renseignement.

Mais, pour l'instant, elle n'avait qu'une seule idée en tête.

L'agent disparu au Danemark.

Elle regarda la pendule posée sur le coin de son bureau et se rendit compte qu'elle avait sauté le petit déjeuner et le déjeuner. Elle mourait de faim, et elle décida d'aller manger quelque chose dans la cafétéria de l'immeuble, trois étages plus bas.

Elle sortit de son bureau.

Tout était calme.

La division Magellan n'était pas pléthorique. En dehors de ses douze agents, elle employait cinq administratifs et trois auxiliaires. Elle avait insisté pour avoir une équipe réduite. Avec moins d'yeux et moins d'oreilles, on avait moins de fuites. La sécurité de la division n'avait jamais été compromise. Aucun des douze agents d'origine ne faisait plus partie du personnel – Malone était le dernier à l'avoir quittée, il y a quatre ans. Elle remplaçait en moyenne une personne par an. Mais elle avait eu de la chance. Toutes ses recrues avaient été formidables, et ses problèmes administratifs très rares.

Elle sortit par la porte principale et se dirigea vers les ascenseurs.

L'immeuble était situé dans un parc de bureaux tranquille dans la partie nord d'Atlanta, qui hébergeait également des services des ministères de l'Intérieur et de la Santé. À sa demande expresse, la division Magellan avait été logée à part, avec comme seule mention sur la porte : Commission du ministère de la Justice.

Elle poussa le bouton et attendit l'arrivée de l'ascenseur.

Les portes s'ouvrirent, et un homme mince, avec un long visage émacié et des cheveux gris touffus, en sortit.

Edwin Davis.

Comme elle, c'était un fonctionnaire de carrière, et il avait débuté au ministère de l'Intérieur deux décennies auparavant, et trois ministres l'avaient utilisé pour remettre leurs services au pas. Nanti d'un doctorat en relations internationales, il avait surtout un incroyable sens politique. Homme courtois et sympathique que les gens avaient tendance à sous-estimer, il était conseiller adjoint à la sécurité nationale quand le président Danny Daniels l'avait nommé secrétaire général de la Maison-Blanche.

Que pouvait-il y avoir de suffisamment important pour que Davis vienne par avion de Washington, sans être annoncé ? Son patron à elle était le procureur général, le ministre de la Justice des États-Unis, et le protocole voulait qu'il soit inclus dans la chaîne de communication en provenance de la Maison-Blanche.

Mais ça n'avait pas été le cas.

Était-il là pour affaires ? Ou pour une visite de courtoisie ? Davis était vraiment un ami proche. Ils avaient traversé pas mal de difficultés ensemble.

« Tu allais quelque part ? demanda-t-il.

– À la cafétéria.

– Allons-y tous les deux.

– Tu crois que je pourrais le regretter ?

– Possible. Mais c'est indispensable.

– Tu te rends compte que la dernière fois que nous y sommes allés, et en pleine conversation comme aujourd'hui, nous avons bien failli nous faire tuer tous les deux ?

– Mais nous avons gagné cette bataille-là. »

Elle sourit.

« En effet. »

Ils se rendirent à la cafétéria et s'installèrent à une table. Elle grignota des carottes et sirota du jus d'airelles, pendant que Davis descendait une bouteille d'eau minérale. Elle n'avait plus faim du tout.

« Comment va le président ? » demanda-t-elle.

Elle n'avait pas parlé avec Danny Daniels depuis trois mois.

« Il attend sa retraite avec impatience. »

Le deuxième mandat de Daniels allait bientôt prendre fin. Sa carrière politique était terminée. Mais il avait fait un sacré chemin depuis son poste de conseiller municipal dans une petite ville du Tennessee, jusqu'à ses deux mandats de président des États-Unis. Entre-temps, il avait perdu une fille et une épouse.

« Il aimerait bien que tu l'appelles », dit Davis.

Elle aussi. Mais c'était mieux ainsi. Au moins jusqu'à ce que son mandat soit terminé.

« Je le ferai, le moment venu. »

Le président et elle s'étaient découvert des sentiments mutuels et un attachement né peut-être de toutes les batailles qu'ils avaient menées ensemble. Ni l'un ni l'autre n'était sûr de rien. Mais il était encore le président des États-Unis. Son patron. Il valait mieux garder ses distances.

« Tu n'es pas venu ici seulement pour me dire ça. Accouche, Edwin. »

Une lueur d'amusement traversa le regard de son ami. Il approchait de la retraite, mais paraissait bien plus jeune.

« J'ai cru comprendre que tu avais attiré l'attention du Congrès. »

Elle acquiesça.

Six demandes écrites de la commission des finances du Sénat visant des renseignements classés top secret lui étaient parvenues la semaine dernière. Ce qui n'était pas rare. Le Congrès cherchait régulièrement à obtenir des informations de la part de la communauté du renseignement. Si le département ou l'agence concernés refusait de coopérer, les « demandes » étaient suivies d'assignations qu'on ne pouvait ignorer sous peine d'une confrontation au tribunal. Les affrontements publics concernant des informations classifiées étaient rares. Il fallait apaiser le Congrès. Après tout, c'étaient eux qui tenaient les cordons de la bourse. Les querelles finissaient donc généralement par un compromis négocié en privé. Mais ces six demandes n'avaient laissé aucune place à la négociation.

« Ils veulent tout et n'importe quoi en ce qui concerne mon agence, dit-elle. De la cave au grenier. Rapports financiers, de missions, analyses internes, tout. Du jamais vu, Edwin. Presque tout ça est classé secret. J'ai transmis ma réponse au procureur général.

– Qui me l'a fait parvenir. Je suis venu te dire que ces requêtes sont liées à cette faveur que je t'ai demandée à propos de Josepe Salazar. »

Six mois auparavant, un appel de Davis avait diligenté une enquête de la division sur Salazar. La Maison-Blanche voulait un dossier complet sur toutes ses manœuvres financières, ses relations d'affaires et politiques. Né de parents de nationalités différentes, Salazar avait toujours eu deux passeports, un espagnol et l'autre danois, ce qui lui permettait de vivre la moitié de l'année en Espagne et le reste du temps au Danemark. Mais cet homme d'affaires cosmopolite avait confié à d'autres la gestion de ses investissements multimilliardaires en Europe pour pouvoir se consacrer uniquement à ses devoirs d'aîné dans l'Église mormone. Selon tous les rapports, c'était un homme dévot, sans casier judiciaire, qui menait une vie exemplaire. Le fait qu'il ait attiré l'attention de la Maison-Blanche intriguait beaucoup Stéphanie. Mais, en bonne fonctionnaire loyale qu'elle était, elle n'avait posé aucune question.

Erreur.

Ce dont elle s'était rendu compte trois jours plus tôt, quand l'homme qu'elle avait envoyé en Europe pour réunir des informations sur Salazar avait disparu.

Et elle était encore plus inquiète après avoir parlé à Malone.

«Je n'ai plus de nouvelles de mon agent qui travaille sur Salazar, dit-elle. J'ai en ce moment des gens sur le terrain pour le retrouver. Dans quoi m'as-tu fourrée, Edwin ?

– Je l'ignorais. Que s'est-il passé ?

– La situation s'est aggravée. Un des associés de Salazar, un certain Barry Kirk, a contacté mon agent. Il avait des informations confidentielles et prétendait même que son patron aurait pu tuer quelqu'un. Nous ne pouvions pas ignorer ça. Kirk est maintenant sous bonne garde, mais deux hommes de Salazar ont été tués en cours de route. Par Cotton.

– Comment t'es-tu débrouillée pour qu'il intervienne ?»

Davis et Malone avaient jadis travaillé ensemble.

«Il était tout près, et lui non plus n'aime pas que nos hommes disparaissent.

– Il y a un lien entre Josepe Salazar et le sénateur Thaddeus Rowan.

– Et tu as attendu jusqu'à maintenant pour me dire ça ?»

Rowan était président de la commission des finances du Sénat. Les six demandes reçues la semaine dernière portaient sa signature.

«Je n'avais pas l'intention de te le cacher.»

Elle savait parfaitement ce que ça voulait dire. Une personne et une seule pouvait annuler les décisions du secrétaire général de la Maison-Blanche.

«Le président devrait comprendre qu'il ne peut pas s'attendre à ce que je fasse mon boulot si tu me caches des informations, dit-elle. Tout ça devient un véritable cirque. Un de mes hommes est peut-être mort. »

Il acquiesça.

« Je comprends. »

Mais ce n'était pas tout.

Elle avait deux atouts sur le terrain – Luc et son agent manquant. Et Malone avait maintenant rejoint la mêlée, tout au moins pour la nuit, ce qui faisait trois.

Il y en avait aussi un quatrième.

Dont elle n'avait pas parlé à Malone.

6

KALUNDBORG, DANEMARK

20 H 50

Salazar souriait en entrant dans le restaurant et il repéra aussitôt son invitée. Il était en retard, mais avait téléphoné pour qu'on lui transmette ses excuses et qu'on lui serve un verre du vin de son choix.

«Je suis vraiment désolé, dit-il à Cassiopée Vitt. J'ai été retenu par un dossier important.»

Ils étaient amis d'enfance, lui plus âgé qu'elle de deux ans, et leurs parents se connaissaient intimement depuis toujours. Passé 20 ans, ils étaient devenus très proches et étaient sortis ensemble pendant cinq ans, jusqu'à ce que Cassiopée comprenne que leur attirance mutuelle était surtout liée à leur désir de faire plaisir à leurs familles.

En tout cas, c'était ce qu'elle lui avait dit à l'époque.

Mais lui savait que c'était autre chose.

Ce qui les avait éloignés était bien plus fondamental.

Il appartenait depuis sa naissance à l'Église de Jésus-Christ des saints des derniers jours. Et elle aussi. Pour lui, cela voulait tout dire, mais pas pour elle.

Onze années s'étaient écoulées depuis leur dernière rencontre. Ils étaient restés en contact et se voyaient de temps en temps à des réceptions. Il savait qu'elle s'était installée en France et avait commencé à construire un château pierre par pierre, en n'utilisant que des matériaux et des méthodes de construction du XIIIe siècle, ce qui lui prenait évidemment beaucoup de temps. Il en avait vu des photos, ainsi que de sa résidence de campagne. Les deux étaient magnifiques et particulièrement pittoresques.

À son image.

« Ce n'est pas grave, dit-elle. Je profite de la vue. »

Kalundborg, à l'origine une colonie viking sur la côte ouest du Seeland, était une des plus anciennes villes du Danemark. Sa place pavée était dominée par l'église Notre-Dame, un chef-d'œuvre du début du XIIIe siècle avec cinq tours octogonales. Le café se trouvait sur un côté de la place, et ses tables éclairées à la chandelle étaient prises d'assaut. Celle qu'il avait retenue était nichée contre la vitrine, offrant une vue sur l'église en briques illuminée.

« J'ai pensé à ce dîner toute la journée, lui dit-il. J'adore cet endroit. Je suis ravi que tu aies pu enfin venir. »

Sa mère avait été une Danoise introvertie, totalement dévouée à son mari et à leurs six enfants, dont il était le plus jeune. Quand les missionnaires étaient arrivés à la fin du XIXe siècle, la famille de Cassiopée avait été une des premières au Danemark à rejoindre les saints des derniers jours. Le grand-père maternel de Salazar avait aidé à organiser la première paroisse de Scandinavie, et d'autres avaient suivi. Ces paroisses avaient ensuite été regroupées en pieux, sortes de divisions administratives. La même chose s'était produite en Espagne, où ses parents avaient vécu. Avec le temps, les deux grands-pères s'étaient retrouvés à la tête d'importants pieux. Il avait hérité du domaine danois de sa mère à Kalundborg où il restait chaque année de mai à octobre pour échapper à la chaleur estivale de l'Espagne.

Le serveur arriva, et il commanda un verre d'eau minérale. Cassiopée demanda la même chose. Puis ils consultèrent le menu, passant en revue les spécialités de la maison.

« Tu repars toujours demain ? demanda-t-elle.

– Malheureusement, oui. J'ai une affaire importante en cours.

– Dommage. Nous commencions tout juste à refaire connaissance.

– Et toi, tu es restée tellement évasive. Il est temps que tu me racontes. Pourquoi es-tu revenue ? Pourquoi es-tu ici ? »

Elle avait d'abord repris contact par téléphone cinq mois plus tôt environ. S'étaient ensuivis d'autres coups de fil et des e-mails. Puis un la semaine dernière lui avait valu une invitation ici.

Qu'elle avait acceptée.

« Je me suis aperçue que je m'étais trompée sur pas mal de choses. »

Intrigué, il posa son menu.

« En vieillissant, dit-elle, je me suis rendu compte que les croyances de mes parents n'étaient peut-être pas si erronées. »

Comme lui, elle avait été éduquée dès son plus jeune âge avec le *Livre de Mormon*, on lui avait enseigné *Doctrine et Engagements*, et on l'avait encouragée à lire *La Perle de grand prix*. Elle aurait ainsi appris toutes les révélations faites aux prophètes qui avaient conduit l'Église dans la parfaite compréhension de son histoire. Chaque saint du dernier jour devait étudier ces textes.

Mais il savait qu'elle s'était rebellée et avait rejeté son héritage. Ce dont, par chance, aucun de ses parents n'avait pu être témoin de son vivant.

«J'ai attendu longtemps pour t'entendre prononcer ces mots, dit-il. Ton hostilité envers notre Église a été la source de notre éloignement.

– Je m'en souviens. Et vois ce que tu es devenu, toi. À l'époque, tu allais diriger une paroisse. Maintenant, tu es membre du premier quorum des soixante-dix, sur le point de rejoindre le quorum des douze apôtres. Peut-être le premier homme venu d'Espagne à obtenir un tel honneur.»

Visiblement, elle en était très fière.

La première présidence formait la direction de l'Église avec le prophète et deux conseillers soigneusement sélectionnés. En dessous, il y avait les douze apôtres, nommés à vie, qui contribuaient à élaborer la politique de l'Église. Venaient ensuite les différents quorums de soixante-dix, chacun de ses membres étant un aîné respecté, chargé d'aider à l'organisation et à l'administration, ayant reçu son autorité apostolique comme *témoin spécial du Christ*. Beaucoup d'apôtres avaient fait partie des Soixante-dix, et tout prophète était issu des apôtres.

«Je veux redécouvrir ce que j'ai perdu», lui dit-elle.

Le serveur revint avec l'eau.

Salazar posa doucement sa main sur la sienne. Le geste ne sembla pas la surprendre.

«Je serais ravi de t'aider à retrouver ta foi. Te ramener à elle serait pour moi un honneur.

– C'est pour ça que j'ai repris contact avec toi.»

Il sourit, sa main toujours posée sur la sienne. Les plus fervents des saints des derniers jours ne croyaient pas aux rapports sexuels avant le mariage, si bien que leur relation n'avait jamais été physique.

Mais leurs liens avaient été sincères.

Au point qu'il ne l'avait jamais oubliée pendant ces onze années.

« J'ai faim, dit-il, les yeux rivés sur elle. Profitons du dîner. Ensuite, j'aimerais te montrer quelque chose. À la propriété. »

Elle sourit.

« Je m'en réjouis. »

7

ATLANTA, GÉORGIE

Stéphanie était avocate de carrière. Juste après ses études de droit, elle avait été engagée par le ministère des Affaires étrangères, avant d'être transférée à la Justice où elle avait gravi les échelons pour devenir adjointe du procureur général. Elle aurait pu, un jour, être nommée elle-même à ce poste par un président, mais la division Magellan avait tout changé. L'idée initiale avait été de créer une unité d'enquête spéciale, en dehors du FBI, de la CIA et de l'armée, répondant directement à l'exécutif, avec des agents aussi bien formés en droit qu'en espionnage.

Indépendance. Innovation. Discrétion.

C'était les idéaux de départ.

Et le projet avait fonctionné.

Mais Stéphanie connaissait aussi la politique. Elle avait servi des présidents et des procureurs généraux des deux partis. Bien qu'ayant été élu et réélu sur une promesse de coopération bipartite, depuis sept ans et demi Danny Daniels était pris au piège d'une guerre politique féroce. Son vice-président avait fait preuve de traîtrise, comme un des procureurs généraux et un ancien adjoint du conseiller sur la sécurité. Et il avait même essuyé une tentative d'assassinat. Avec sa division, elle avait été impliquée dans toutes ces crises. Et voilà que ça recommençait. Elle se retrouvait encore une fois au beau milieu d'une affaire hors du commun.

« Tu ne t'es jamais demandé ce que tu ferais après ? » lui demanda Davis.

On était au milieu de l'après-midi et la cafétéria était vide.

« J'ai prévu de ne jamais m'arrêter.

– Nous pourrions écrire des livres tous les deux et tout raconter. Ou faire de la télévision. CNN ou CNBC. Être leur expert attitré et jouer les mouches du coche. Histoire de montrer combien le nouveau gouvernement est bête. C'est tellement plus facile de commenter les matchs du dimanche le lundi matin que de jouer. »

Elle s'étonnait du fatalisme de Davis. Probablement le blues du dernier mandat. Elle avait déjà vu ça. Pendant le premier mandat de Daniels, il avait été fortement question de la remplacer, mais la tentative avait échoué. Peut-être que personne ne voulait son poste. Ça n'avait rien de prestigieux de travailler dans un bureau tranquille en Géorgie, loin des feux de la rampe de Washington. Il fallait une autre étoffe pour faire vraiment carrière. Une chose était indéniable en tout cas : Edwin Davis était parfaitement loyal à son patron. Comme elle. Et ce n'était pas tout. Généralement, personne à la Justice, au Congrès ou à la Maison-Blanche, ne prêtait attention à sa division. Mais, à présent, elle était apparue sur l'écran radar du sénateur senior de l'Utah.

« Et Rowan, qu'attend-il de moi ?

– Il poursuit quelque chose dont nous pensions que c'était un mythe. »

Le ton de sa voix annonçait des problèmes.
« Il faut que je te raconte une histoire. »

Le 1er janvier 1863, Abraham Lincoln émit sa proclamation d'émancipation. L'histoire juge que c'est un événement capital. La réalité est pourtant bien différente. La proclamation n'était pas une loi. Le Congrès ne l'a jamais promulguée, et aucun État ne l'a adoptée. Lincoln l'a émise en s'appuyant sur son autorité supposée en tant que chef de l'armée. Mais personne ne fut libéré. Le mandat ne s'appliquait qu'aux esclaves des dix États qui étaient alors en rébellion. La proclamation ne mettait pas l'esclavage hors la loi et n'accordait aucune citoyenneté à ceux qui étaient libérés. Dans les endroits du Sud tenus par les fédéraux, qui incluaient une grande partie du Tennessee et de la Virginie, là où les Noirs auraient pu être affranchis et faits citoyens, la proclamation ne pouvait pas s'appliquer. Le Maryland et le Kentucky en étaient également exemptés, tout comme des parties de la Louisiane. Bref, la proclamation d'émancipation n'était qu'une ruse politique. Elle n'a libéré des esclaves que là où Lincoln n'avait aucune autorité. William Seward, le secrétaire d'État de Lincoln, l'a parfaitement exprimé : « Nous montrons notre sympathie pour les esclaves en émancipant ceux qui sont dans des endroits où nous ne pouvons pas les atteindre et les maintenons en esclavage là où nous pouvons les libérer. »

Lincoln déclara publiquement que la proclamation était une « mesure de guerre », mais admit en privé qu'elle ne servait à rien. D'ailleurs, la Constitution elle-même sanctionnait déjà l'esclavage. L'article I, section 2, stipulait que les esclaves seraient comptés comme trois cinquièmes de personne en matière de représentation au Congrès et pour les impôts. L'article IV, section 2, demandait que les esclaves fugitifs dans les États libres soient rendus à leurs maîtres. De nombreux députés qui participaient à la Convention constitutionnelle possédaient des esclaves – il n'était donc pas étonnant que rien n'ait été ajouté qui soit susceptible de remettre ces droits en cause.

À l'époque, le Sud était en train de gagner la guerre de Sécession. Le seul effet pratique qu'aurait pu avoir la proclamation aurait été d'inciter les esclaves à se soulever – une rébellion de l'intérieur qui aurait pu affaiblir l'ennemi. La perspective d'une révolte était effectivement un sujet de préoccupation, étant donné que, comme la plupart des sudistes valides étaient au combat, leurs fermes et plantations restaient sous la surveillance des plus âgés ou de leurs femmes.

Mais aucun soulèvement ne se produisit.

La proclamation eut surtout des répercussions dans le Nord.

Et pas de façon positive.

La plupart des nordistes furent choqués par la manœuvre. Ils ne voyaient aucun rapport entre la guerre et l'abolition de l'esclavage. Les nordistes en général méprisaient les Africains, et leurs Codes noirs n'envisageaient aucune mesure d'égalité pour les esclaves libérés qui vivaient là. La discrimination était inscrite dans les mœurs. Les journaux nordistes s'opposaient radicalement à la fin de l'esclavage. Et après la proclamation d'émancipation de Lincoln, la violence contre les Noirs du Nord avait nettement augmenté.

Ainsi que les désertions.

Presque deux cent mille hommes quittèrent l'armée de l'Union. Douze mille échappèrent à la conscription et quatre-vingt-dix mille s'enfuirent au Canada. Le taux d'enrôlement chuta drastiquement. Les titres d'emprunt militaire restèrent invendus.

Pour le Nord, la guerre n'avait rien à voir avec l'esclavage.

« Qu'est-ce que c'est que cette histoire ? demanda Stéphanie.

– Abraham Lincoln n'était pas un émancipateur, dit Davis. Avant 1854, il n'avait pratiquement jamais parlé de l'esclavage. En réalité, il était officiellement opposé à toute égalité politique ou sociale des races. Il était partisan de la loi concernant les esclaves fugitifs, qui permettait aux propriétaires de réclamer le retour des fuyards, et ce, à l'intérieur des États libres. Pas une seule fois, en tant qu'avocat, il ne défendit un esclave fugitif. Mais il défendit un propriétaire d'esclaves. Il aimait la colonisation et était partisan du retour des esclaves libérés en Afrique, en Haïti, en Guinée britannique, aux Antilles néerlandaises. Mais surtout pas aux États-Unis. Son gouvernement voulait absolument organiser la déportation des Noirs après la guerre. Mais il y avait alors plus de quatre millions d'esclaves en Amérique. Les renvoyer n'était pas possible, aussi bien pour des raisons financières que pratiques. »

Elle connaissait assez bien Lincoln. Son personnage faisait depuis longtemps partie des mythes, histoires et légendes popularisés par d'innombrables livres, films et émissions de télévision.

« Dans son discours d'investiture, Lincoln avait été très clair, continua Davis. Il avait dit au pays qu'il ne se mêlerait pas des droits à posséder un esclave dans les États du Sud. Point final. Ce à quoi il s'opposait, c'était *l'extension* de l'esclavage dans les nouveaux territoires.

– J'ignorais que tu étais un tel expert sur Lincoln.

– Je ne le suis pas, mais la réalité est ce qu'elle est. La guerre de Sécession n'avait rien à voir avec l'esclavage. Comment aurait-il pu en être autrement ? La Constitution elle-même approuvait cette pratique. Et un arrêt de la Cour suprême l'a reconnue en 1857, l'arrêt *Dred Scott*[1]. Aucun amendement à la Constitution n'a été voté jusqu'au

1. Dans cet arrêt rendu en 1857, le juge Taney établit que, même libre, un Noir ne peut être citoyen des États-Unis. Il déclarait également l'inconstitutionnalité de l'interdiction de l'esclavage. *(N.d.T.)*

treizième amendement, *après* que la guerre a pris fin. Alors pourquoi se battre pour mettre fin à quelque chose que notre Constitution avait clairement autorisé ? »

Bonne question.

« Mais Lincoln, que Dieu le bénisse, dit Davis, a été confronté à des décisions difficiles qu'aucun autre président n'avait dû affronter. Il voyait le pays s'enfoncer. L'Europe était aux aguets, prête à profiter de la situation. Il était dans une situation désespérée. Et c'est justement ce dont nous sommes en train de discuter. »

Elle attendait.

« La sécession.

– Comme quand un État veut sortir de l'Union ? »

Davis acquiesça.

« C'est pour ça qu'il y a eu la guerre de Sécession. Les États sudistes disaient qu'ils en avaient assez et qu'ils avaient le droit de quitter l'Union. Lincoln disait que non – que l'Union était éternelle et ne pouvait pas être dissoute. Six cent mille personnes sont mortes avant que l'on ne parvienne à régler ce différend. »

Elle en connaissait un bout sur le sujet, le droit constitutionnel étant sa passion.

« La Cour suprême a mis fin à ce débat en 1869, dit-elle. L'arrêt *Texas contre White*. La Cour a jugé que la sécession n'était pas autorisée. L'Union était immuable et indissoluble.

– Qu'est-ce que la Cour pouvait dire d'autre ? La guerre était terminée, laissant un nombre incalculable de victimes, et le Sud en ruines. Le pays essayait de se reconstruire. Et tu crois que quelques vautours nordistes en robe noire allaient décréter que tout ça était anticonstitutionnel ? Certainement pas.

– Je ne savais pas que tu avais un tel mépris pour les juges. »

Il sourit.

« Les juges fédéraux font chier. À chaque fois qu'on nomme quelqu'un à vie, on a des problèmes. En 1869, la Cour suprême n'avait pas d'autre choix que de voter comme elle l'a fait.

– Et nous, nous l'avons, ce choix ?

– Voilà le problème, Stéphanie. Imagine que Lincoln et la Cour suprême se soient tous les deux trompés. »

8

Malone ouvrit la porte de sa librairie et fit entrer Luc Daniels et Barry Kirk. La Højbro Plads était animée, mais pas comme en été, lorsque le soleil se couchait tard et que la place était bondée jusqu'à minuit. Il restait alors ouvert au moins jusqu'à 22 heures, mais à cette époque de l'année, il fermait à 18 heures.

Il alluma et referma la porte à clé.

« C'est cool ici, dit Luc. On dirait le collège Poudlard. Et cette odeur. Tous les magasins de livres anciens sentent la même chose.

– Ça s'appelle l'odeur du savoir. »

Luc le montra du doigt.

« C'est de l'humour spécial libraires ? Je parie que vous vous réunissez pour échanger des blagues dans ce genre-là. Pas vrai ? »

Malone jeta ses clés sur le comptoir à l'entrée et se tourna vers Barry Kirk.

« Il paraît que tu sais où se trouve notre homme. »

Kirk resta silencieux.

« Je ne te le redemanderai qu'une seule fois gentiment.

– Je suis d'accord, dit Luc. Dis-nous ce que tu sais. Tout de suite.

– C'est Salazar qui a votre agent.

– Qui est Salazar ? demanda Malone.

– C'est lui qui est au centre de tout ça, dit Luc. Un Espagnol. Richissime. Sa famille possède des grues. Comme celles qu'on voit sur les sites de construction, le long des immeubles. Son père a créé l'entreprise après la Seconde Guerre mondiale.

– J'ai été engagé pour faire partie des assistants personnels du señor Salazar il y a cinq ans. Mais je me suis rendu compte qu'il y avait un problème. Mon employeur est mormon.

– Et pourquoi est-ce un problème ? demanda Malone.

– C'est un aîné, un membre senior du premier quorum des soixante-dix, probablement destiné à être nommé apôtre de l'Église.

– C'est très haut dans la hiérarchie, dit Luc.

– Je connais les saints des derniers jours. »

Malone ne quittait pas Kirk des yeux.

« Quel est le *problème* avec Salazar ?

– Il est impliqué dans de drôles d'opérations. J'ai d'abord fait semblant de ne rien voir… jusqu'à récemment, quand je me suis aperçu qu'il avait peut-être tué quelqu'un.

– Comment le sais-tu ?

– Je n'en suis pas certain. Mais il voulait se procurer un journal du XIXe siècle. Señor Salazar est un collectionneur passionné par l'histoire des mormons. Le propriétaire du livre a refusé de le lui vendre et il en a été très frustré. Puis il a obtenu le journal, et j'ai appris que son propriétaire avait été trouvé mort.

– Et quel rapport avec Salazar ? demanda Malone.

– C'est une drôle de coïncidence, non ? »

Malone se tourna vers Luc, espérant en apprendre davantage.

« Tu pourrais m'en dire plus ?

– J'aimerais bien. Nous avons reçu l'ordre d'enquêter sur Salazar. C'est tout. Des faits et des chiffres. Nous avions un agent sur le terrain qui travaillait là-dessus ces derniers mois. Kirk a pris contact avec lui. Mais il y a trois jours, cet agent a disparu. On m'a envoyé pour le retrouver. Cet après-midi, j'ai eu un accrochage avec des hommes de Salazar et j'ai donc volé un de ses avions.

– Il en a plus d'un ?

– Il en a une armada. Comme je vous l'ai dit, il est richissime.

– Votre agent m'a parlé, dit Kirk. Il allait me mettre à l'abri. Mais, quand j'ai appris que Salazar l'avait capturé, j'ai paniqué et je me suis enfui. Il m'avait donné un contact téléphonique que j'ai appelé. On m'a alors dit de me rendre en Suède, mais les hommes de Salazar m'ont suivi.

– Ton patron a des *hommes* ? demanda Malone.

– Les Danites. »

Un mot qu'on entendait rarement, qu'il connaissait pourtant.

Il se dirigea vers la rangée RELIGION et chercha le livre qu'il espérait avoir encore. Il l'avait acheté quelques semaines auparavant à une vieille dame qui avait apporté plusieurs cartons pleins d'ouvrages anciens.

Et oui – il était sur l'étagère du haut.

Royaume des saints.

Publié au milieu du XXe siècle.

Le terme « Danites » avait déclenché quelque chose dans sa mémoire absolue. Il n'en fallait pas plus. L'adjectif « photographique » était trop simple pour décrire cette caractéristique génétique, et pas tout à fait exact. Il s'agissait plutôt d'un don pour retenir les détails. Un emmerdement qui pouvait parfois servir.

Il consulta l'index et trouva la référence à un sermon donné le 17 juin 1838 par Sidney Rigdon, un des premiers convertis de Joseph Smith.

« Vous êtes le sel de la terre, mais si le sel a perdu sa saveur, par quoi la terre sera-t-elle salée ? Il ne sert plus à rien, sinon à être jeté et foulé aux pieds par les hommes. Nous avons traité le monde avec bonté, nous avons souffert de ses abus sans raison, avec patience, et les avons endurés sans ressentiment, jusqu'à ce jour, mais leurs persécutions et leurs violences ne cessent pas. Aussi, à compter de ce jour et de cette heure, nous ne le souffrirons plus. »

Par ses commentaires, Rigdon visait d'autres apostats qu'il soupçonnait d'avoir trahi les autres, mais il faisait aussi référence aux Gentils qui infligeaient la mort et la violence aux saints des derniers jours. Un nouveau converti, Sampson Avard, un homme décrit comme étant *malin, ingénieux et extrêmement ambitieux*, avait joué ensuite sur les sentiments suscités par ce qu'on appela désormais le sermon du sel. Il avait créé une organisation militaire secrète à l'intérieur des rangs baptisée les Fils de Dan, d'après un passage de la Genèse. *Dan sera un serpent sur la route, une vipère sur le chemin, qui mord les talons des chevaux pour faire tomber le cavalier.* Les Danites enrôlaient dans ce corps d'élite clandestin les plus jeunes, les plus irréfléchis et les plus vigoureux. Ils n'agissaient pas en tant que groupe, mais en tant qu'individus, à qui on pouvait faire appel pour une vengeance expéditive après tout acte de violence pratiqué contre les saints.

Malone leva les yeux.

« Les Danites étaient des fanatiques. Des radicaux à l'intérieur de l'Église mormone des premiers temps. Mais ils ont disparu depuis longtemps. »

Kirk secoua la tête.

« Le señor Salazar croit vivre à une autre époque. Il est obsédé par Joseph Smith et il a gardé les anciennes coutumes. »

Malone connaissait l'histoire de Smith et ses visions de l'ange Moroni, qui l'auraient conduit vers les plaques en or. Smith les avait traduites et utilisées pour créer une nouvelle religion – appelée d'abord l'Église du Christ, et connue maintenant comme l'Église de Jésus-Christ des saints des derniers jours.

« Señor Salazar est intelligent, dit Kirk. Il a un doctorat de l'université de Barcelone.

– Et pourtant, il est le disciple d'un homme qui prétend avoir trouvé des plaques en or portant des inscriptions gravées dans une langue étrangère. Mais personne n'a jamais vu ces plaques, en dehors de Smith et de quelques témoins. Si je me souviens bien, certains de ces témoins ont même réfuté leur témoignage. Mais Smith a quand même été capable de traduire ces plaques grâce à une pierre de voyance posée au fond d'un chapeau.

– Cela ne rappelle-t-il pas la croyance selon laquelle un homme fut crucifié, mourut et ressuscita des morts trois jours plus tard ? Dans les deux cas, il est question de foi. »

Malone était curieux.

« Vous êtes mormon ?

– Troisième génération.

– Ça a une signification pour vous ?

– Depuis mon enfance.

– Et pour Salazar ?

– C'est sa vie.

– Vous avez pris des risques en vous enfuyant.

– J'ai prié, et on m'a dit que c'était ce qu'il fallait faire. »

Personnellement, Malone n'avait jamais été partisan de s'en remettre à la foi. Mais ce n'était pas le moment de discuter religion.

« Où est notre homme ? demanda-t-il.

– Votre agent est retenu en dehors de Kalundborg, dit Kirk. Dans une propriété appartenant à Salazar. Pas son domaine principal, mais juste à côté, à l'est. Il y a une cellule dans le sous-sol.

– Et est-ce qu'il conserve des informations dans la maison principale ? » demanda Luc.

Kirk acquiesça.

« Son bureau est un sanctuaire. Personne ne peut y pénétrer sans sa permission. »

Près du comptoir, Malone regardait à travers la vitrine la place qui s'assombrissait. De ses douze années au service du ministère de la Justice comme agent de terrain, il avait gardé des habitudes dont il ne se déferait jamais. Comme être toujours conscient de ce qui se passait autour de lui. Aujourd'hui encore, il ne s'asseyait jamais au restaurant en tournant le dos à la porte. Il repéra deux hommes à une trentaine de mètres de sa boutique. Jeunes, en vestes sombres et pantalons noirs. Ils n'avaient pas bougé depuis quelques minutes, à la différence de tous les gens autour d'eux. Il s'était efforcé de ne pas les fixer, mais avait continué à les surveiller.

Luc s'approcha du comptoir, en tournant le dos à la vitrine.

« Vous les avez vus aussi ?

– Difficile de ne pas les remarquer », répondit-il en regardant le jeune homme dans les yeux.

Luc leva les bras comme s'il était agacé.

« Dites-moi, papy, il y a une sortie par-derrière dans cette librairie ? »

Malone entra dans le jeu, en faisant des gestes d'énervement, et il fit oui de la tête.

« Qu'est-ce qui se passe ? » demanda Kirk.

Les deux hommes qui les surveillaient sur la place avancèrent vers la boutique.

Puis on entendit des sirènes qui approchaient.

9

Stéphanie écoutait les explications de Davis.

« La Révolution américaine n'en était pas une. À aucun moment le but n'a été de renverser le gouvernement britannique. Aucun de ses objectifs n'incluait la conquête de Londres et le remplacement de la monarchie par une démocratie. Non. La Révolution américaine était une guerre de sécession. La Déclaration d'indépendance était un manifeste de sécession. Les États-Unis d'Amérique ont été fondés par des sécessionnistes. Leur but était de quitter l'Empire britannique et créer un gouvernement à eux. Il y a donc eu deux guerres de Sécession dans l'histoire américaine. La première en 1776, et l'autre en 1861. »

Ces considérations la fascinaient, mais elle était surtout curieuse de savoir où son interlocuteur voulait en venir.

« Le Sud voulait quitter l'Union, n'étant plus d'accord avec ce que faisait le gouvernement fédéral, dit Davis. Les tarifs douaniers étaient la principale source de revenus de l'Union. Le Sud importait beaucoup plus que le Nord et, de ce fait, payait énormément de taxes. Mais, comme il concentrait les trois quarts de la population, le Nord absorbait la majorité des dépenses fédérales. Ça posait un problème, sans compter que les industriels du Nord devaient leur existence aux tarifs élevés. Si on les éliminait, leurs entreprises risquaient de péricliter. La bataille sur les tarifs douaniers était une source de dispute depuis 1824, le Sud opposant une résistance et le Nord continuant à les imposer. La Constitution confédérée nouvellement créée décréta que les tarifs étaient hors la loi. Ce qui voulait dire que, désormais, les ports du Sud auraient un avantage décisif sur leurs homologues du Nord.

– Ce que Lincoln ne pouvait pas permettre.

– Comment aurait-il pu ? Le gouvernement fédéral n'aurait plus d'argent. Fin de la partie. Au fond, le Nord et le Sud n'étaient pas du tout d'accord sur les décisions concernant aussi bien les revenus que les dépenses. Après des décennies de dissensions, le Sud a fini par décider de ne plus faire partie des États-Unis. Et ces États sont donc partis.

– Qu'est-ce que Josepe Salazar et le sénateur Rowan ont à voir là-dedans ?

– Ils sont tous les deux mormons. »

Elle attendit la suite.

Au moment où fut édictée la proclamation d'émancipation, en janvier 1863, Lincoln était très inquiet. Après avoir gagné la bataille de Manassas en juillet 1861, l'armée de l'Union avait subi une succession de défaites. La bataille de Gettysburg ne se déroulerait que six mois plus tard, et permettrait à l'autre camp de sortir victorieux. Donc, pendant l'hiver 1863, Lincoln était en pleine crise. Il fallait qu'il tienne aussi bien le Nord que le Far West. Perdre le Far West au profit des confédérés aurait signifié une défaite certaine.

Tenir le Far West voulait dire passer un marché avec les mormons. Ils occupaient la vallée de Salt Lake depuis 1847. Cette zone avait toujours été connue comme le grand désert américain avant leur arrivée, et le lac asséché à proximité avait découragé toute colonisation. Mais ils avaient travaillé seize ans durant, bâtissant une ville, créant le territoire de l'Utah. Ils voulaient devenir un État, mais cette demande avait été rejetée en raison de leur attitude rebelle et de leurs croyances et coutumes peu orthodoxes, surtout la polygamie, qu'ils avaient refusé d'abandonner. Leur chef, Brigham Young, était déterminé et valeureux. En 1857, il s'opposa au président James Buchanan quand une troupe fédérale forte de cinq mille hommes fut envoyée à l'Ouest pour restaurer l'ordre. Heureusement pour Young, cette force d'invasion n'était pas conduite par des stratèges militaires. Ce furent des politiques qui prirent les décisions. Ils ordonnèrent aux soldats une marche de mille six cents kilomètres à travers une région sauvage, et les troupes arrivèrent près de l'Utah juste au début de l'hiver et restèrent bloquées dans les montagnes, où beaucoup périrent. Young jugea qu'il aurait été absurde d'affronter directement une telle armée et il adopta une tactique de guérilla, incendiant les convois d'approvisionnement, volant les animaux servant au transport, brûlant la terre. Acculé, Buchanan finit par faire ce que tout bon politique aurait fait – il mit fin au conflit et entama des pourparlers de paix. Un pardon total fut accordé à Young et aux mormons. Le conflit s'acheva sans que le moindre affrontement direct ait eu lieu, et Young se retrouva à nouveau totalement aux commandes. En 1862, le chemin de fer ainsi que les lignes de télégraphe traversèrent le territoire de l'Utah pour rejoindre le Pacifique. Si Lincoln ne voulait pas qu'ils subissent des dommages – ce qui l'aurait coupé du Far West – il fallait qu'il trouve un accord avec Brigham Young.

« C'est une histoire formidable, dit Davis. Le Congrès avait adopté la loi Morrill anti-bigamie au milieu de 1862, qui visait la polygamie. Les mormons n'aimaient pas du tout ça. Donc, au début de 1863, Young a envoyé un émissaire voir Lincoln. Le message était clair. *Si vous nous cherchez, vous nous trouverez.* Ce qui signifiait l'interruption du chemin de fer et des lignes télégraphiques. Des troupes mormones pourraient même entrer en guerre aux côtés du Sud. Lincoln savait que c'était grave. Il envoya donc un message à Brigham Young. »

« Quand j'étais enfant dans une ferme de l'Illinois, il y avait une grande quantité de bois mort à nettoyer. De temps en temps, on trouvait un tronc d'arbre trop dur pour être fendu, trop mouillé pour brûler et trop lourd pour le déplacer, alors nous labourions autour. Dites à votre prophète que je le laisserai tranquille s'il me laisse tranquille. »

« Et c'est ce qui s'est passé, dit Davis. Le général Conner, commandant des troupes fédérales en Utah, reçut l'ordre de ne pas s'opposer aux mormons sur la question de la polygamie, ou tout autre sujet d'ailleurs. Ce n'est qu'en 1882 que fut proclamée une nouvelle loi fédérale condamnant la polygamie. Celle-là fut à l'origine de remous, et des milliers de gens furent poursuivis en justice. Mais, à ce moment-là, la guerre de Sécession était terminée depuis longtemps, et Lincoln et Young étaient morts tous les deux.

– Comment es-tu au courant de cet accord ?

– Documents classifiés.

– Datant de 1863 ? »

Davis resta un moment silencieux, visiblement troublé. Il était connu pour son impassibilité, digne d'un joueur de poker, mais elle n'était pas dupe. Elle l'avait vu à des moments d'extrême vulnérabilité, et lui pouvait en dire autant d'elle. Entre eux, il n'y avait aucun faux-semblant.

« Les mormons se méfiaient de Lincoln, dit Davis. Ils n'avaient aucune raison de faire confiance à qui que ce soit à Washington. On les avait ignorés, repoussés, et on leur avait menti pendant des décennies. Le gouvernement était leur pire ennemi. Mais ils se retrouvaient finalement dans une situation privilégiée. Ils signèrent donc un accord, mais ils demandèrent également une garantie. »

Elle était stupéfaite.

« Qu'est-ce que Lincoln pouvait leur donner ?

– À ce stade, nous n'avons que des bribes d'information. Mais nous en connaissons assez quand même. Le pire, c'est que le sénateur Thaddeus Rowan est lui aussi au courant. C'est un apôtre de l'Église mormone, et à part nous, ce sont les seules personnes vivantes à savoir de quoi il retourne.

– C'est pour ça que tu voulais qu'on enquête sur Salazar ? Ses liens avec Rowan ? »

Davis acquiesça.

« Il y a environ un an, nous avons été informés de certaines choses que faisait Rowan. On nous a alors parlé de ses relations avec Salazar. Quand nous t'avons demandé d'enquêter sur lui, nous savions que nous avions un problème. Maintenant, nous avons un gros problème. »

Elle essaya de se souvenir de ce qu'elle savait sur les mormons. Elle n'était pas particulièrement férue de religion et, à sa connaissance, Davis ne l'était pas non plus.

« Rowan est malin, dit Davis. Il a manigancé tout ça très soigneusement et il a attendu le bon moment pour agir. Nous devons mettre nos meilleurs éléments sur l'affaire. Ce qui risque d'arriver pourrait avoir des conséquences catastrophiques.

– Tous mes agents sont bons.

– Pouvons-nous garder Malone ?

– Je n'en sais rien.

– Paie-le. Fais tout ce que tu peux. Mais je veux qu'il se joigne à nous sur ce coup.

– Je ne crois pas t'avoir déjà vu aussi inquiet. C'est si grave que ça ?

– Je suis désolé de ne pas avoir été honnête avec toi. Quand j'ai demandé le dossier sur Salazar, j'aurais dû te dire ce que je savais. J'ai hésité, espérant que nous nous étions trompés.

– Qu'est-ce qui a changé ?

– Nous avions raison. Je viens d'avoir des nouvelles du ministre de l'Intérieur, qui est avec Rowan dans l'Utah. Ils ont trouvé des corps et des chariots du XIXe siècle dans le parc national de Zion. Il y a un rapport avec les mormons. Rowan est reparti par avion à Salt Lake City, et il est en réunion avec le prophète de l'Église en ce moment même. Ce dont ils discutent pourrait changer la face de ce pays.

– J'ai toujours un agent porté disparu. Pour l'instant, c'est mon principal souci. »

Davis se leva.

« Alors occupe-t'en. Mais je te veux à Washington demain matin. Nous devons agir rapidement et prudemment. »

Elle acquiesça.

Davis secoua la tête.

« Thomas Jefferson a dit un jour qu'une petite rébellion de temps en temps, c'est comme un orage qui purifie l'atmosphère, une sorte de médicament pour la bonne santé du gouvernement. Jefferson n'a pas connu notre monde. Je ne suis pas sûr que ce qu'il a dit serait encore vrai aujourd'hui.

« De quoi parlons-nous précisément ? »

Davis la fixa avec un regard glacial.

« De la fin des États-Unis d'Amérique. »

10

Copenhague

Malone avait observé la réaction de Luc. Il avait protégé Kirk dès qu'il avait vu les deux hommes avancer. Il s'approcha alors de la devanture, la main sur le pistolet. Il n'avait pas donné de précisions à Luc sur une éventuelle sortie derrière.

« Qu'est-ce qui se passe ? demanda Kirk.

– Nous avons de la visite.

– Où ? Qui ?

– Dehors. »

Kirk regarda en direction de la place. Les deux hommes étaient presque arrivés devant la boutique.

« Tu les connais ? demanda Luc à Kirk.

– Des Danites. Ils sont tout dévoués à Salazar. Je les connais. Ils m'ont trouvé en Suède. Ils m'ont trouvé ici. Décidément, vous ne servez à rien. Vous allez me faire tuer.

– Papy, la porte de derrière. Où est-elle ?

– Prends l'allée devant toi. Avec tous les gens dehors, ces deux-là ne vont pas risquer de faire un esclandre.

– OK, j'ai compris. C'est pour ça qu'ils veulent qu'on sorte par-derrière. Combien croyez-vous qu'ils sont ?

– Assez pour qu'un seul pistolet pour deux ne suffise pas à résoudre le problème.

– Appelez la police», dit Kirk.

Luc secoua la tête.

«Inutile. D'ailleurs, on dirait que c'est déjà fait. Les sirènes se rapprochent.

– Nous ne savons pas s'ils viennent ici, dit Malone. Mais mieux vaut ne pas avoir maille à partir avec la police locale. Nous allons sortir par la porte de devant, en espérant que ces types préfèrent rester discrets.

– Ensuite, vous avez un plan ?

– Tout bon agent en a un.»

Il s'était moqué de Luc pour avoir voulu sortir précipitamment par l'arrière, mais il admirait le calme du jeune homme, compte tenu de la situation.

Et il avait entendu comment Kirk avait appelé les hommes dehors.

Des Danites.

Si ce groupe avait jamais existé – et il y avait eu de nombreux débats historiques sur le sujet –, c'était deux siècles auparavant. Une réaction à une autre époque et un autre lieu. Une façon compréhensible de riposter à la violence que les mormons subissaient régulièrement. Mais pourquoi ici ?

Il saisit ses clés sur le comptoir et ouvrit la porte d'entrée. Le bruit des gens qui profitaient de la nuit danoise monta d'un cran, en même temps que celui des sirènes. Il sortit et attendit que Luc et Kirk le rejoignent, puis referma la porte à clé.

Les deux hommes les regardaient.

Il tourna à droite vers le Café Norden, à l'extrémité est de la Højbro Plads. Le café était à cinquante mètres, de l'autre côté des trottoirs bondés. Au milieu, la fontaine

Stork illuminée envoyait des jets d'eau. Des gens étaient assis au bord, en train de discuter. Du coin de l'œil, il repéra les deux hommes qui les suivaient. Il ralentit pour leur donner le temps de s'approcher. Son pouls s'accéléra, tous ses sens en alerte. S'il devait y avoir une confrontation, il voulait qu'elle ait lieu ici, en public.

Les deux hommes modifièrent leur trajectoire pour arriver devant eux et leur barrer la route. Le poids de son pistolet dans sa veste ne le rassurait pas entièrement. De l'autre côté de la place, près du canal, là où se terminait la rue et où était amarré son bateau de location, quatre voitures de police freinèrent brutalement.

Deux policiers se précipitèrent dans leur direction. Deux autres se dirigèrent vers le bateau.

« Ça sent mauvais, papy », murmura Luc.

Les hommes en uniforme se ruèrent sur Højbro Plads et tournèrent en direction de sa boutique. Ils regardèrent par la vitrine et vérifièrent la porte. Puis l'un d'eux brisa la vitre et ils entrèrent, pistolets en main.

« Vous avez tué nos collègues. »

Malone fit face aux deux Danites.

« Aïe, je suis vraiment désolé. Que puis-je faire pour me racheter ?

– Vous croyez que c'est une plaisanterie ?

– Je n'en sais rien. Mais vos types sont venus chercher la bagarre. Avec moi, ils l'ont trouvée.

– C'est lui que nous voulons, dit l'homme, en désignant Kirk.

– On ne peut pas tout avoir dans ce monde.

– Nous l'aurons, d'une façon ou d'une autre. »

Il passa devant eux et ils continuèrent en direction du café.

Il avait deviné juste. Ces deux-là ne tenaient pas à faire un esclandre.

Autour de lui, l'attention des gens était focalisée par la police et ce qui se passait dans sa boutique. Heureusement, ils avaient trois étages à fouiller.

Des tables étaient disposées sur la chaussée devant les vitrines du Café Norden, toutes occupées par des dîneurs tardifs. Il en faisait généralement partie, une habitude qu'il avait prise après avoir quitté la Géorgie pour le Danemark.

Mais pas ce soir.

« Combien croyez-vous qu'il y en a encore en embuscade ? demanda Luc.

– Difficile à dire. Mais tu peux être sûr qu'ils sont là.

– Ne fais pas l'idiot, Barry », cria l'un des hommes.

Kirk s'arrêta et se retourna.

« Tu seras bien traité si tu te conduis bien, toi aussi, dit le plus jeune. Tu as sa parole. Sinon, il faudra expier. »

Kirk parut terrorisé, mais Luc l'éloigna.

Malone s'approcha.

« Dites à Salazar que nous allons bientôt nous voir.

– Il s'en réjouira. » Un silence. « Et moi aussi. »

Les deux policiers sortirent de la boutique. La fouille n'avait pas pris longtemps. Malone fit un geste en direction d'un des jeunes hommes et cria : « *Jeg ringede til dig. Zdet er Malone. Det er ham, du er efter, og han har en pistol.* Je vous ai appelés. Je suis Malone. C'est lui l'homme que vous recherchez et il a un pistolet. »

L'effet fut immédiat. Les policiers se précipitèrent vers leur cible.

Malone se réfugia dans le Café Norden.

« Qu'est-ce que vous avez fait ? demanda Luc.

– J'ai ralenti un peu nos anges gardiens. »

Malone passa devant l'escalier qui menait au restaurant

du premier étage et contourna les tables encombrées pour gagner le fond de la salle. L'endroit était bondé, comme d'habitude. Par les fenêtres, on voyait des gens arpenter la chaussée pavée. En tant qu'habitué, il connaissait les employés et le patron. Aussi, quand il pénétra dans la cuisine, personne ne fit attention à lui. Il gagna la porte du fond et emprunta un escalier en bois descendant au sous-sol.

Il y avait trois sorties en bas. Une pour l'ascenseur qui desservait les étages supérieurs de l'immeuble, une autre qui donnait sur un bureau et une troisième qui menait à une réserve.

Il appuya sur un interrupteur et une ampoule à incandescence éclaira la réserve. L'endroit était encombré de matériel de nettoyage, de cartons à fruits et à légumes vides, et d'autres fournitures pour le restaurant. Il y avait des toiles d'araignées dans les coins et une odeur de désinfectant flottait dans l'air frais. Sur le mur du fond, il repéra une porte en métal. Il se fraya un chemin jusque-là et l'ouvrit. Débouchant dans une autre salle, il alluma une autre lumière. À trois mètres au-dessus, une ruelle longeait l'arrière du café. Les caves sous les immeubles avaient depuis longtemps été réunies pour former un espace souterrain qui s'étendait d'une rue à l'autre, et que les commerçants se partageaient. Il était déjà descendu ici plusieurs fois.

«Je suppose que nous allons sortir par un endroit où ils ne pourront pas nous voir, dit Luc.

– C'est ce qui est prévu.»

Passé la deuxième cave, un escalier en bois menait à la rue. Il monta les marches quatre à quatre et déboucha dans un espace de vente au détail qui avait abrité autrefois un magasin de vêtements haut de gamme. Des piles de cartons, des sacs-poubelle, des mannequins et des portants métalliques jonchaient le sol de la boutique plongée dans l'obscurité. Par les fenêtres, il aperçut les arbres de la place Nikolaj, qui se trouvait à une rue derrière le Café Norden.

« Sortons par la droite, dit-il, nous ne devrions pas avoir de problèmes. J'ai une voiture garée à quelques rues.

– Pas question. »

Il se retourna.

Barry Kirk était derrière Luc Daniels. Il tenait un pistolet appuyé sur la tempe droite du jeune agent.

« Nous y voilà… », dit Malone.

11

Salt Lake City, Utah

Pour rentrer chez lui, Rowan avait pris le même hélicoptère gouvernemental qui l'avait amené au parc national de Zion. De tels avantages allaient de pair avec ses responsabilités politiques. Mais il veillait à ne jamais en abuser. Il avait vu trop de ses semblables tomber de leur piédestal. Son collègue, sénateur de l'Utah, en était un parfait exemple. Pas un mormon, juste un Gentil qui ne respectait pas son poste et encore moins les gens qui l'avaient élu. Il faisait actuellement l'objet d'une enquête menée par le comité d'éthique du Sénat, et on disait en privé qu'il serait blâmé pour mauvaise conduite caractérisée. Heureusement, c'était une année d'élection, et compte tenu de l'opposition qui s'était déjà manifestée, les électeurs devraient le sortir de cette mauvaise passe.

On croyait, à tort, que l'Utah était presque exclusivement peuplé de saints des derniers jours. Mais ce n'était pas le cas. Seuls 62,1 % l'étaient, selon le recensement le plus récent, un chiffre en baisse chaque année. Il était entré en politique quarante ans plus tôt en tant que maire de Provo, puis avait fait un bref passage comme député, avant de se retrouver à Washington comme sénateur. Sans qu'aucun soupçon de scandale ne l'ait jamais effleuré. Il était marié avec la même femme depuis cinquante et un ans. Ils avaient élevé six enfants – deux avocats, un médecin et trois enseignants –, tous mariés, avec des enfants. Ils avaient tous grandi dans la religion et lui demeuraient fidèles en restant actifs dans leurs paroisses. Il allait souvent les voir et était très proche de ses dix-huit petits-enfants.

Il vivait selon la Parole de Sagesse. Pas d'alcool, de tabac, de café ou de thé. Le premier prophète, Joseph Smith, avait proclamé ces interdits en 1883. Il y a quelques années, un autre avait été ajouté, incitant à restreindre la consommation de viande au profit de céréales, de fruits et de légumes. Une étude indépendante avait été menée sur des membres qui pratiquaient ce régime, et les résultats n'étaient pas surprenants. Le taux de cancer du poumon était bas et celui des maladies cardiaques encore plus. D'une façon générale, la santé des saints pieux était bien meilleure que celle de l'ensemble de la population. Les paroles d'un cantique qu'il avait souvent chanté à l'église se vérifiaient largement aujourd'hui.

Pour que vivent longtemps les enfants
Et qu'ils soient beaux et forts,
Thé et café et tabac ils haïront
Ne boiront pas d'alcool et ne mangeront
Que très peu de viande ;
Ils cherchent à être grands, bons et sages.

Il avait téléphoné depuis l'hélicoptère et ils étaient convenus d'une rencontre privée. Vingt-trois ans auparavant, il avait été appelé à servir au sein du auorum des douze apôtres. À l'origine, c'étaient des conseillers itinérants, chargés des nouvelles missions, mais ils avaient évolué et étaient devenus l'organe de gouvernance de l'Église. Un mandat à vie. Ses membres devaient se consacrer pleinement à leur devoir, mais on avait fait certaines exceptions. Comme pour lui.

Le fait d'avoir un aîné membre du Sénat américain apportait certains avantages. D'ailleurs, il y avait eu un précédent. Reed Smoot avait été le premier à occuper dignement ces deux postes. Mais il avait fallu batailler pendant quatre ans pour y arriver, sous prétexte que sa religion empêchait Smoot de pouvoir devenir sénateur. Un comité du Congrès pour l'éligibilité avait fini par recommander qu'il soit destitué, mais en 1907, le Sénat tout entier avait rejeté la proposition et lui avait permis de servir, ce qu'il avait fait jusqu'en 1933.

La titularisation de Rowan n'avait pas été aussi difficile.

Les temps avaient changé.

Aujourd'hui, personne n'osait plus utiliser la religion pour remettre en question le droit de servir dans le gouvernement. Ce serait considéré comme discriminatoire. Un saint avait même réussi à devenir le candidat du parti républicain aux élections présidentielles. Pourtant, cela ne signifiait pas pour autant que les discriminations avaient fait leur temps. Au contraire. Les saints étaient toujours confrontés à certaines résistances. Pas les passages à tabac, les vols et les tueries d'il y a cent cinquante ans. Mais une forme de ségrégation persistait.

Il entra dans un grand bâtiment résidentiel qui se trouvait à l'est du Temple Square de Salt Lake City, un quartier populaire qui hébergeait une copropriété appartenant à l'Église où vivait le prophète actuel. À l'entrée, les deux agents de sécurité lui firent signe de passer. Il monta dans l'ascenseur et composa un code numérique.

Étant non seulement un aîné, mais aussi président du quorum des douze, il était probablement destiné à devenir le prochain dirigeant, ce qui lui permettait de côtoyer facilement le prophète en activité. L'Église aimait la loyauté et l'ancienneté était récompensée comme elle devait l'être.

Il ne s'était pas changé depuis l'aéroport et portait toujours les mêmes vêtements poussiéreux. L'homme qui l'attendait lui avait dit que les formalités n'étaient pas de mise. Pas aujourd'hui. Pas avec ce qui venait d'être découvert.

« Entre, Thaddeus, lui dit le prophète, et Rowan pénétra dans l'appartement ensoleillé. Je t'en prie, assieds-toi. J'ai hâte de t'entendre. »

Charles R. Snow occupait la fonction de prophète depuis dix-neuf ans. Il avait 63 ans à l'époque, 82 maintenant. Il marchait uniquement quand il était à l'extérieur de la résidence, sinon il utilisait un fauteuil roulant. Les apôtres avaient été tenus informés de ses différents problèmes de santé, dont une anémie chronique, une tension basse et des reins qui fonctionnaient de moins en moins bien. Mais l'esprit du vieil homme restait vif, aussi agile que quarante ans plus tôt quand il était devenu un aîné.

« Je t'envie, lui dit Snow. Tu portes des vêtements de randonnée, je vois que tu as pu profiter du désert. Ces expéditions à travers les canyons me manquent. »

Snow, qui était né près du parc de Zion, était un saint de la troisième génération, descendant en ligne directe des familles pionnières qui avaient fait la première marche vers l'ouest en 1847. Alors que la plupart des immigrants s'étaient installés dans la cuvette de Salt Lake, Brigham Young avait envoyé des éclaireurs dans différentes régions de la nouvelle terre. La famille de Snow était allée vers le sud et avait prospéré dans cet environnement malgré la désolation. Lui-même était économiste, diplômé de la Brigham Young University, où il avait enseigné pendant vingt ans. Il avait servi en tant que clerc assistant de pieu, puis clerc, évêque et haut conseiller, avant d'être appelé à rejoindre le premier quorum des soixante-dix pour devenir finalement un apôtre. Pendant de nombreuses années, il avait été président de la mission Angleterre, une responsabilité que les frères avaient désormais confiée à Rowan. Son mandat en tant que prophète s'était déroulé tranquillement, sans grande controverse.

« J'ai proposé de t'emmener un jour dans les montagnes, dit Rowan en s'asseyant en face du vieillard. Dis-moi quand, et je m'en occuperai.

– Comme si mes médecins allaient me le permettre. Non, Thaddeus, mes jambes ne me portent presque plus. »

La femme de Snow était morte dix ans plus tôt, et ses enfants et petits-enfants vivaient tous en dehors de l'Utah. L'Église était toute sa vie, et il s'était comporté en gestionnaire particulièrement actif, très soucieux de l'administration quotidienne. Hier, Rowan avait appelé Snow pour le mettre au courant de la découverte faite à Zion. Une découverte qui posait de nombreuses questions. Le prophète avait demandé à Rowan d'y aller, pour voir s'il y avait des réponses à ces questions.

Il lui raconta ce qu'il avait trouvé, puis dit : « Ce sont les bons chariots. Cela ne fait aucun doute. »

Snow acquiesça.

« Les noms sur la paroi en sont la preuve. Je pensais ne plus jamais entendre parler de ces hommes.

Fjeldsted. Hyde. Woodruff. Egan.

« *Damnation au prophète.* Ils nous ont maudits en mourant, Thaddeus.

– Peut-être en avaient-ils le droit ? Ils ont tous été assassinés.

– J'avais toujours cru que cette affaire était une histoire inventée de toutes pièces à l'époque. Mais, apparemment, c'est vrai. »

Une histoire que Rowan connaissait en détail.

En 1856, la guerre entre les États-Unis et les saints des derniers jours semblait inévitable. Des différends portant sur la polygamie et l'autonomie politique les opposaient jusqu'à atteindre un point de rupture. Brigham Young dirigeait sa communauté isolée comme il l'entendait, sans tenir compte de la loi fédérale. Il imprimait son propre argent, établissait ses propres règles, créait ses propres tribunaux, éduquait les enfants selon ses critères et priait en accord avec ses croyances. Même le nom à donner au nouveau territoire avait été source de dispute. Les autochtones l'appelaient Deseret. Le Congrès le nomma Territoire de l'Utah. Finalement, on apprit qu'une armée de l'Union s'avançait vers l'ouest pour soumettre les rebelles que les gens de l'Est appelaient mormons.

Young décida alors de rassembler la fortune de la communauté et de la cacher jusqu'à la fin du conflit. Tous les avoirs furent convertis en lingots d'or, les membres de l'Église s'étant volontiers défaits de presque tous leurs biens. Vingt-deux chariots furent réquisitionnés pour transporter l'or vers la Californie, où d'autres saints attendaient pour le réceptionner. Pour éviter qu'ils ne se fassent repérer, ils choisirent un itinéraire compliqué qui contournait les colonies peuplées.

On ne savait pas grand-chose de la suite des événements.

L'histoire officielle voulait que la caravane se soit mise en route avec l'or à travers les territoires hostiles de la partie centrale du sud de Deseret. Les hommes manquèrent bientôt d'eau, et tous leurs efforts pour trouver une source se révélèrent vains. La décision fut prise de revenir sur leurs pas jusqu'à la dernière source située à plus d'une journée. Des chefs d'équipe devaient s'occuper des chevaux et surveiller l'or pendant que quarante miliciens se mettaient en route vers la source. À leur retour, plusieurs jours plus tard, ils trouvèrent les chariots calcinés, tous les chefs d'équipe morts. Les chevaux et l'or avaient disparu.

Des Indiens Païutes furent accusés de les avoir attaqués.

Les miliciens passèrent des jours entiers à fouiller la région, mais les traces se perdaient sur les escarpements rocheux, ou s'arrêtaient brusquement dans le lit tortueux des cours d'eau à sec. Ils finirent par renoncer et revinrent bredouilles pour faire part de leur échec à Brigham Young.

D'autres équipes de recherche furent dépêchées.

L'or ne fut jamais retrouvé.

D'après les archives, environ quatre-vingt mille onces d'or avaient été transportées. À l'époque, le métal précieux valait 19 dollars l'once. Ce chargement vaudrait aujourd'hui plus de 150 millions de dollars.

« L'histoire dont on nous a si longtemps bercés est fausse », dit Rowan.

Visiblement, Snow en avait parfaitement pris conscience.

« Ces chariots n'ont pas été brûlés, continua Rowan. Ils ont été délibérément mis en pièces à l'intérieur d'une caverne où ils ont été cachés. Quatre hommes furent tués par balle. Puis la caverne fut scellée. »

Et ce n'était pas tout.

« Il n'y avait pas la moindre trace d'or », dit-il.

Snow resta silencieux dans son fauteuil roulant, en pleine réflexion.

« J'avais espéré que cela ne ressurgirait pas pendant mon mandat », murmura le vieillard.

Rowan observait le prophète.

« *Ne nous oubliez pas*. C'est intéressant qu'ils aient choisi ces mots, parce que nous ne les avons pas oubliés, Thaddeus. Pas un seul instant. Il y a quelque chose que tu ignores. »

Il attendit.

« Il faut que nous traversions la rue pour aller au temple. Je vais te montrer quelque chose. »

12

Malone prit la mesure de la situation. Il était évident que Kirk était venu armé. Avec toute cette effervescence, personne n'avait pensé à le fouiller. Pourtant, d'emblée, ce type lui avait paru bizarre.

Et la conversation avec Stéphanie avait confirmé ses doutes.

« Tu travailles avec les deux types qui faisaient le gué sur la place, dit-il.

– Ce sont plutôt eux qui travaillent pour moi. »

Luc se tenait au garde-à-vous, avec l'air de dire *On devrait s'occuper de ce salaud tout de suite.*

Mais ce qu'il lut dans les yeux de Malone fut sans équivoque. *Non.*

Pas tout de suite.

Kirk arma son pistolet.

« J'adorerais lui faire sauter la cervelle. Vous avez intérêt à faire ce que je vous dis.

– La police est venue bien trop rapidement, dit Malone. Ces corps dans l'eau auraient été retrouvés, mais pas aussi vite. Et il n'y avait aucune raison pour qu'elle retrouve notre piste si tôt. Ce sont vos hommes qui les ont appelés ?

– Un bon moyen de vous faire sortir. De vous mettre en branle. Il fallait que vous quittiez la ville.

– Et ces deux types sur l'eau. Juste au bon endroit au bon moment. Ils n'avaient qu'une seule façon de savoir où il fallait être.» Il montra Kirk du doigt. «Tu leur as dit. À quoi rime tout ce cirque ?

– Nous pensions en apprendre davantage en infiltrant le camp ennemi. Votre agent rôdait partout depuis des mois en posant des questions. Après l'avoir observé patiemment, nous avons pensé qu'un agent double pourrait accélérer le processus.

– Et vous avez sacrifié deux de vos hommes ?»

Le visage de Kirk s'assombrit.

«Ça n'était pas prévu. Ils devaient vous impressionner, exercer une pression sur vous, renforcer la menace. Malheureusement vous avez décidé de les tuer.

– Salazar doit avoir beaucoup à cacher.

– Mon patron veut simplement qu'on le laisse tranquille. Il n'apprécie pas l'ingérence de votre gouvernement dans sa vie.

– Notre homme est mort ? demanda Luc.

– S'il ne l'est pas encore, ça ne va pas tarder. L'idée était de vous attirer à l'endroit où il est retenu et de négocier avec vous. Mais ce petit jeu tout à l'heure sur la place consistant à lancer la police sur les traces de mes hommes a tout gâché.

– Désolé de jouer les emmerdeurs, dit Malone.

– Il vaut mieux que nous nous débarrassions de vous ici. Ce magasin vide semble parfait, autant que les salles en bas. Nous allons attendre que mes hommes soient là.

– Vous êtes connectés ?» demanda Malone.

Kirk haussa les épaules.

«C'est à ça que servent les mobiles.»

Autrement dit, Malone n'avait pas de temps à perdre.

«Tu es un Danite ?

– Ordonné et assermenté. À présent, jetez votre arme par terre. »

Amateur. Seul un imbécile pouvait demander à son adversaire de jeter une arme. Les gens intelligents se contentaient de la prendre.

Malone mit sa main dans sa veste et prit le Beretta. Mais, au lieu de le laisser tomber par terre, il braqua le canon sur Kirk, qui recula tout en gardant son pistolet sur la tempe de Luc.

« Ne faites pas l'idiot, dit Kirk. Je vais le tuer. »

Malone haussa les épaules.

« Vas-y. J'en ai rien à foutre. C'est une grande gueule, un emmerdeur. »

Du coin de l'œil, il jaugea le canon court du Beretta. Sans entraînement depuis quatre ans, il était un peu rouillé, mais l'affrontement sur l'eau lui avait prouvé qu'il n'avait pas perdu la main. L'endroit était sombre, mais tant pis. Il visa.

« Posez le pistolet », dit Kirk, en haussant le ton.

Le regard de Luc était fixé sur le Beretta, mais le garçon semblait parfaitement maître de lui. Malone compatissait. Être pris entre deux feux n'était pas ce qu'il y avait de plus agréable.

« Je vais compter jusqu'à trois, dit-il. Tu ferais mieux de baisser ton arme avant.

– Ne faites pas l'idiot, Malone. Mes hommes vont arriver d'une seconde à l'autre.

– Un. »

Il vit le doigt de Kirk se resserrer sur la gâchette. Le dilemme était clair. Soit il tuait Luc, ce qui voulait dire que Malone ferait feu sur lui, soit il faisait volte-face pour tirer à travers le magasin. Mais il n'y arriverait jamais avant qu'une balle ne sorte du Beretta. Le mieux était de baisser son arme. Hélas, les amateurs font rarement le bon choix.

« Deux. »

Malone tira.

La détonation fit trembler la pièce.

La balle atteignit Kirk en plein visage, et il tourna sur lui-même. Ses mains s'agitèrent, puis il s'affaissa sur le côté avant de s'écraser sur le sol.

« Trois.

– Vous êtes complètement cinglé, cria Luc. J'ai senti la balle siffler à mon oreille.

– Prends son pistolet. »

Luc avait déjà récupéré l'arme.

« Malone, vous êtes fou à lier. Vous jouez avec la vie des autres. J'aurais pu le maîtriser. Il nous aurait été plus utile vivant.

– Il n'en était pas question. Il avait raison. Nous allons bientôt avoir de la visite. »

Il ouvrit la porte qui donnait à l'extérieur et s'assura que la rue pavée était calme et que le coup de feu n'avait alerté personne. Dans une autre rue, à une dizaine de mètres sur sa gauche, la foule déambulait. À la gauche de celle-ci se trouvait Højbro Plads, à une vingtaine de mètres en arrière. Au-dessus de lui, le dôme vert de l'église Nikolaj luisait dans la nuit.

« Prends son téléphone, dit-il à Luc.

– Je l'ai déjà. J'en connais quand même un bout dans ce business.

– Dans ce cas, tire le corps derrière le comptoir et partons. »

Luc s'exécuta, puis le rejoignit à la porte. Ils quittèrent les lieux en vitesse, empruntant une ruelle tranquille en direction du Kongens Nytorv, la place la plus animée de la ville. Autour de la statue de Christian V, toutes les rues étaient encombrées par la circulation nocturne. Le théâtre royal était illuminé, tout comme l'Hôtel d'Angleterre. Les cafés de Nyhavn, de l'autre côté de la place près du front de mer, grouillaient encore de monde. Malone avait retardé les deux Danites sur la Højbro Plads, mais sans doute pas pour longtemps. Si Kirk disait vrai et qu'ils le suivaient, il fallait faire vite. Il observa l'endroit noir de monde avant de décider ce qu'il convenait de faire.

Ils traversèrent la rue et coururent vers l'arrêt de bus.

Copenhague avait un excellent système de transport public, et Malone avait souvent pris le bus ici. Ils passaient toutes les deux ou trois minutes, toute la journée, et il y en avait justement un qui arrivait. Des voyageurs montèrent et d'autres descendirent.

« Le téléphone », dit-il à Luc qui le sortit d'une poche.

Il le posa discrètement à l'arrière du bus, qui repartit vers le nord de la place royale.

« Ça devrait occuper les suivants, dit Malone.

– Vous pensez qu'il disait la vérité ? »

Il acquiesça.

« Il a pris un risque en montrant son jeu. Mais il croyait pouvoir maîtriser la situation.

– Oui. Grosse erreur. Il ne savait pas qu'il avait à faire à un vrai cow-boy.

– Il faut que nous allions voir l'endroit dont il a parlé, même si ça a l'air d'un piège. »

Malone fit un geste en direction du sud.

« J'ai une voiture pas loin d'ici. Où se trouve le domaine de Salazar ?

– À Kalundborg. »

13

KALUNDBORG, DANEMARK
23 HEURES

Salazar profitait de son dîner, ravi que Cassiopée soit revenue dans sa vie, après tant d'années. Ses appels, quelques mois plus tôt, avaient été une heureuse surprise. Elle lui avait manqué. Elle avait été son premier amour et il avait longtemps pensé qu'elle finirait par devenir sa femme.

Hélas, leur relation n'avait pas duré.

« *Ça ne peut pas continuer*, lui avait-elle dit.

– *Je t'aime. Tu le sais bien.*

– *Mes sentiments pour toi sont profonds, mais nous avons des… différences.*

– *La foi ne devrait pas nous séparer.*

– *C'est pourtant le cas. Toi, tu es un vrai croyant. Le* Livre de Mormon *est sacré pour toi. La Parole de Sagesse guide ta vie. Je respecte tout ça, mais tu dois aussi admettre qu'elle n'a pas la même signification pour moi.*

– *Nos parents croyaient, comme moi.*

– *Je n'étais pas d'accord avec eux non plus.*

– *Tu vas donc aller contre ton cœur ?*

– *Avant de commencer à t'en vouloir un jour, je préfère que nous nous séparions bons amis.* »

Elle avait eu raison sur une chose au moins. Sa foi comptait beaucoup pour lui. *Aucune réussite ne peut compenser un échec à la maison.* C'est ce qu'enseignait David O. McKay. Seuls les époux qui agissent ensemble peuvent prétendre à la vie éternelle. Si l'un ou l'autre se montre impie, le salut leur sera refusé à tous les deux. Le mariage était un lien éternel – entre un homme et une femme –, la famille ici-bas étant le reflet de la famille au ciel. Chacun devait être résolument engagé.

« J'ai été vraiment désolée quand j'ai appris pour ta femme », lui dit-elle.

Il s'était marié moins d'un an après leur rupture. Avec une charmante femme madrilène, née dans la foi et confite dans l'obéissance des prophètes. Ils avaient essayé d'avoir des enfants, mais sans succès, les médecins ayant diagnostiqué un problème chez elle. Il avait considéré que c'était la volonté de Dieu et avait accepté la situation. Puis, quatre ans plus tard, elle était morte dans un accident de voiture. Cela aussi, il l'avait accepté comme une volonté de Dieu. Un signe, peut-être, pour lui intimer l'ordre de changer de direction. Et maintenant cette femme, belle et pleine de vie, avait ressurgi de son passé. Était-ce un autre signe ?

« Ça a dû être affreux, dit-elle, et il apprécia sa compassion.

– J'essaie de toutes mes forces de ne pas l'oublier. La douleur de sa perte est toujours vivace. C'est indéniable. Je suppose que c'est pour ça que je n'ai pas cherché une autre femme. » Il hésita un instant. « Mais j'ai une question à te poser : t'es-tu jamais mariée ? »

Elle secoua la tête.

« Un peu triste, non ? »

La morue qu'il avait commandée était excellente et Cassiopée semblait apprécier les crevettes de la Baltique qu'elle avait dans son assiette. Elle n'avait pas demandé de vin, mais de l'eau minérale. En dehors de toute interdiction religieuse, il avait toujours pensé que l'alcool vous poussait à dire et à faire des choses que vous regrettiez ensuite, si bien qu'il avait préféré s'en abstenir.

Elle était superbe. Ses cheveux noirs bouclés lui tombaient juste en dessous des épaules, mettant parfaitement en valeur les sourcils fins, les pommettes hautes et le nez busqué dont il se souvenait si bien. Sa peau mate était toujours aussi lisse et parfaite qu'un pain de savon brun, son cou sculpté comme une colonne. La sensualité qui se dégageait d'elle était si harmonieuse qu'elle évoquait une chorégraphie.

Une beauté venue du ciel.

« L'amour est cette qualité constante, infaillible, qui a le pouvoir de nous élever au-dessus du mal. C'est l'essence de l'Évangile. C'est la sécurité du foyer. C'est la sauvegarde de la vie communautaire. C'est une lueur d'espoir dans un monde en détresse. »

Il savait cela.

Il aimait que l'ange veille sur lui.

Infaillible. Toujours juste.

« À quoi penses-tu ? » lui demanda Cassiopée.

Elle attirait son attention comme un aimant.

« Simplement que c'est merveilleux de me retrouver avec toi, ne serait-ce que pour ces quelques jours.

– Devons-nous nous limiter à cela ?

– Pas du tout. Mais je me souviens de notre dernière conversation, il y a des années, quand tu m'avais dit clairement ce que tu pensais de notre foi. Il faut que tu saches que rien n'a changé pour moi.

– Mais, comme je te l'ai dit tout à l'heure, les choses ont changé… pour moi. »

Il attendit son explication.

« J'ai fait récemment quelque chose que je n'avais jamais fait jeune fille. » Elle le regardait droit dans les yeux. « J'ai lu le *Livre de Mormon* du début jusqu'à la fin. Et je me suis rendu compte que tout ce qu'il y avait dedans était vrai. »

Il s'arrêta de manger pour l'écouter.

« J'ai compris alors que mon mode de vie n'était pas digne des droits que j'avais acquis à ma naissance. Je suis née et j'ai été baptisée mormone, mais je ne l'ai jamais été. Mon père a dirigé l'un des premiers pieux d'Espagne. Mes deux parents étaient de fervents croyants. De leur vivant, j'étais une gentille fille et je faisais toujours ce qu'ils me demandaient. »

Elle s'arrêta un instant.

« Mais je n'ai jamais cru. Ce dont je me suis aperçue à la lecture de ce livre a été une surprise totale. Comme si une personne invisible n'arrêtait pas de me chuchoter à l'oreille que ce que je lisais était vrai. Je me suis mise à pleurer en reconnaissant le cadeau du Saint-Esprit que j'avais reçu étant enfant. »

Il avait entendu des histoires semblables de la part de convertis dans toute l'Europe. Son propre pieu en Espagne comprenait quelque cinq mille saints dispersés dans douze paroisses. En tant que membre du premier quorum des soixante-dix, il supervisait des pieux sur tout le continent. Chaque jour, de nouveaux convertis venaient les rejoindre avec cette même joie qu'il lisait maintenant sur le visage de Cassiopée.

C'était merveilleux.

Si cela avait été le cas onze ans plus tôt, ils se seraient certainement mariés. Peut-être le ciel leur offrait-il maintenant une nouvelle chance ?

« J'ai été frappée par la véracité de ce que j'ai lu, dit-elle. Je suis convaincue que la vérité de chaque page a été confirmée par le Saint-Esprit.

– Je me souviens de la première fois, dit-il. J'avais 15 ans. Mon père lisait avec moi. J'en étais arrivé à croire que Joseph Smith avait vraiment vu Dieu et Son Fils lui apparaître, et qu'on lui avait demandé de n'embrasser aucune autre religion. Il devait rétablir la véritable Église. Ce témoignage m'a bien servi au cours des années. Il m'a permis de rester concentré et de me consacrer de tout mon cœur à ce qui doit être fait.

– J'ai été idiote d'avoir ignoré cette joie pendant toutes ces années, dit-elle. Je voulais te le dire. C'est pour ça que je suis venue, Josepe. »

Il était tellement content.

Ils mangèrent en silence pendant quelques instants. Il était dans un état d'excitation extrême, aussi bien en raison de ce qui s'était passé plus tôt que pour ce qui se produisait maintenant. Il avait essayé d'appeler Rowan l'Aîné pour lui dire ce qu'il avait appris de l'agent capturé, mais n'avait pas pu le joindre.

Son téléphone vibra dans sa poche.

Normalement, il n'aurait pas dû en tenir compte, mais il attendait qu'on le rappelle de l'Utah et qu'on l'informe de ce qui se passait à Copenhague.

« Excuse-moi. »

Il regarda l'écran.

Un texto.

SUIVONS KIRK. ÇA BOUGE.

« Des problèmes ? demanda Cassiopée.

– Au contraire. De bonnes nouvelles. Encore une affaire qui marche.

– J'ai remarqué que les affaires de ta famille ont prospéré, dit-elle. Ton père serait fier.

– Mes frères et sœurs travaillent beaucoup dans l'entreprise. Ils assurent la gestion quotidienne, et ce depuis cinq ans. Ils comprennent que l'Église me prend tout mon temps à présent.

– Ce n'est pas une obligation pour un membre des Soixante-dix. »

Il acquiesça.

« Je sais. C'est un choix personnel.

– En prévision du moment où tu seras nommé apôtre ? »

Il sourit.

« J'ignore complètement si cela arrivera un jour.

– Tu sembles être la personne idéale pour le poste. »

Peut-être l'était-il. Il l'espérait en tout cas.

« Tu seras choisi, Josepe. Un jour. »

« La décision appartient au Père céleste et au prophète », dit-il.

14

SALT LAKE CITY

Rowan aida le prophète Snow à gravir les marches en pierre menant à l'entrée est. Quatre jours après que les pionniers furent entrés pour la première fois dans la cuvette de Salt Lake, Brigham Young avait planté sa canne dans la terre et proclamé : *Ici nous bâtirons un temple dédié à notre Dieu.*

La construction avait commencé en 1853 et duré quarante ans, la majeure partie ayant été financée par ces premiers saints. Les meilleurs matériaux avaient été utilisés, en particulier du quartz adamellite pour les murs de soixante-cinq mètres de hauteur, transporté par des bœufs depuis des carrières situées à plus de trente kilomètres. Les murs terminés faisaient trois mètres d'épaisseur à la base et deux mètres en haut. Sous le toit, l'édifice avait une superficie de vingt-cinq mille mètres carrés sur quatre étages, le tout surmonté d'une statue en or de l'ange Moroni qui, avec les flèches remarquables du temple, était devenu l'emblème de l'Église.

Le symbolisme était omniprésent.

Les trois tours à l'est représentaient la première présidence. Les douze pinacles s'élevant depuis les tours symbolisaient les douze apôtres. Les tours à l'ouest représentaient les évêques régnant et le haut concile de l'Église. Le côté est avait été volontairement construit deux mètres plus haut pour montrer clairement sa supériorité. Ses remparts semblables à ceux d'un château signifiaient la séparation d'avec le reste du monde et la protection des saintes ordinations pratiquées à l'intérieur, une façon d'affirmer au moyen de la pierre que personne ne détruirait ce puissant édifice, comme cela avait été le cas pour les temples du Missouri et de l'Illinois.

Au-dessus des tours centrales, des yeux symbolisaient le pouvoir de Dieu de voir toute chose. Les pierres représentant la Terre, la Lune, le Soleil, les nuages et les étoiles évoquaient l'histoire du royaume céleste et la promesse de salut. C'est un des premiers aînés qui l'avait le mieux exprimé : *Chaque pierre est un sermon.*

Et Rowan était bien de cet avis.

L'Ancien Testament enseignait que les temples étaient les maisons de Dieu. L'Église en possédait maintenant cent trente dans le monde. Celui-ci occupait quatre hectares au centre de Salt Lake, avec, juste derrière, l'immeuble du Tabernacle de forme ovale, et la vieille salle de réunion tout près, ainsi que deux espaces modernes destinés à l'accueil des visiteurs. Un immense centre de conférences, capable de recevoir plus de vingt mille personnes, se trouvait de l'autre côté de la rue.

L'accès à tous les temples était réservé aux membres qui avaient mérité une « recommandation du temple ». Pour obtenir ce statut, un saint devait croire en Dieu le Père et en Jésus comme Sauveur. Il devait adhérer à l'Église et à tous ses enseignements, y compris la loi sur la chasteté qui exigeait l'abstinence en dehors du mariage. Il devait être honnête, ne jamais maltraiter sa famille, rester moralement propre et payer la dîme chaque année. Il devait également respecter tous ses vœux solennels et porter les vêtements du temple, jour et nuit. Une fois accordée par un évêque et le président du pieu, la recommandation restait valable deux ans avant d'être réexaminée.

Obtenir une recommandation était une bénédiction que tout saint désirait.

Rowan avait été admis au temple à 19 ans, après avoir rempli sa mission. Depuis, il avait toujours gardé le statut de « recommandé » par le temple. Maintenant, il était le numéro deux de l'Église, à quelques mois peut-être d'en devenir le prochain prophète.

« Où allons-nous ? » demanda-t-il à Snow.

Le vieil homme pouvait à peine marcher, mais il arriva quand même à franchir les portes.

« Il faut que tu voies quelque chose. »

À chaque niveau de la hiérarchie, Rowan avait découvert de plus en plus d'informations secrètes. L'Église avait toujours fonctionné en compartimentant les renseignements transmis verticalement et horizontalement, en fonction des besoins. Il était logique que certains ne soient détenus que par l'homme au sommet.

Deux jeunes employés du temple attendaient au pied d'un escalier. Généralement, seuls des retraités servaient à l'intérieur, mais ces deux-là avaient une mission particulière.

« Devons-nous changer de vêtements ? » demanda Rowan au prophète.

Normalement, seuls les vêtements blancs étaient admis à l'intérieur du temple.

« Pas aujourd'hui. Il n'y a personne d'autre. »

Snow s'avança péniblement vers les deux hommes et dit : « J'aurai besoin de votre aide. Je crains que mes jambes ne puissent pas me porter jusqu'en haut. »

Les deux hommes acquiescèrent, le regard plein de tendresse et de respect. Personne en dehors des apôtres n'avait le droit de leur demander leur aide. Snow s'assit sur leurs bras croisés et ils soulevèrent son corps frêle du tapis bleu pâle. Rowan monta l'escalier victorien derrière eux, en suivant de la main la rampe polie en bois de cerisier.

Ils grimpèrent jusqu'au deuxième étage et entrèrent dans la salle du conseil.

Des murs blancs, un tapis blanc et un plafond blanc donnaient une impression de pureté absolue. Des lampes victoriennes éclairaient la pièce. Quinze chaises capitonnées à dossier bas étaient disposées sur le tapis. Douze d'entre elles, en demi-cercle, faisaient face au mur sud devant lequel se trouvait un bureau tout simple avec trois chaises alignées derrière. Celle du milieu était réservée au prophète.

Snow fut installé sur son siège et les deux jeunes hommes sortirent en refermant la porte derrière eux.

« Pour nous, dit Snow, c'est l'endroit le plus sûr de cette planète. Je me sens en sécurité ici. »

Rowan avait toujours éprouvé ce même sentiment.

« Ce dont nous allons parler, personne, en dehors du prochain prophète après toi, ne doit le savoir. Tu auras le devoir de le transmettre. »

Ils n'avaient encore jamais parlé de succession.

« Tu supposes que c'est moi qui serai choisi, déclara Rowan.

– Il en va ainsi depuis longtemps chez nous. Tu es le prochain dans la ligne de succession. Je doute que nos collègues veuillent s'écarter de la tradition. »

Les douze chaises en demi-cercle étaient pour les apôtres, celle destinée à Rowan étant au centre, face au prophète, avec le bureau symboliquement entre eux. De chaque côté du prophète, siégeaient les deux conseillers de la première présidence. Il s'était déjà demandé qui il choisirait pour l'entourer quand son heure viendrait.

« Regarde autour de toi, Thaddeus, dit Snow d'une voix éraillée. Les prophètes nous regardent. Chacun se demande comment tu vas réagir à ce que tu vas entendre. »

Sur les murs blancs étaient alignés les portraits dans des cadres dorés des seize hommes qui avaient conduit l'Église avant Snow.

« Mon portrait va bientôt les rejoindre, dit Snow en montrant un espace vide. Accroche-le là-bas, pour que tu m'aies toujours sous les yeux. »

Sur le bureau devant le vieil homme, il y avait une boîte en bois toute simple, d'environ soixante centimètres de long, trente de large et quinze de haut. Son couvercle était fermé. Rowan l'avait remarquée tout de suite et se doutait que c'était la raison de leur présence ici.

Snow vit qu'elle avait attiré son attention.

«J'ai fait venir ça des archives secrètes. C'est réservé aux prophètes.

– Ce que je ne suis pas.

– Mais tu le seras bientôt et il est temps que tu saches ce que je suis sur le point de te révéler. Cela m'a été dit par mon prédécesseur quand je servais à ta place comme président des Douze. Te souviens-tu de ce qui est arrivé ici au temple en 1993 ? Avec la pierre contenant les archives. »

L'histoire était légendaire. Un trou de trois mètres de profondeur avait été creusé près du coin sud-est. Le but était de retrouver un bloc creux qui faisait partie des fondations. En 1867, au cours de la construction du temple, Brigham Young avait rempli le bloc avec des livres, des pamphlets, des journaux et des pièces en or de 2,50, 5, 10 et 20 dollars, pour créer une capsule témoin. La pierre avait été retrouvée fêlée, ce qui avait fait pourrir une grande partie du papier à l'intérieur. Des fragments avaient été récupérés et versés aux archives de l'Église, certains étaient parfois exposés à la Bibliothèque historique. En 1993, Rowan entamait son troisième mandat au Sénat et venait d'être nommé apôtre. Il n'était pas présent le 13 août, cent vingt-six années jour pour jour après le premier scellement de la pierre.

« J'étais là quand ils sont sortis du trou avec des seaux pleins d'une bouillie ressemblant à du papier mâché, dit Snow. En revanche, les pièces d'or étaient spectaculaires. Frappées ici à Salt Lake. C'est ça qui caractérise l'or – le temps ne l'altère pas. Mais, pour le papier, c'était autre chose. L'humidité avait fait son œuvre. » Le prophète fit une pause. « Je me suis toujours demandé pourquoi Brigham Young avait inclus des pièces. Elles paraissaient complètement incongrues. Peut-être voulait-il montrer qu'il y a des choses sur lesquelles le temps n'a pas de prise.

– Tu parles par énigmes, Charles. »

Il n'y avait qu'ici, à l'intérieur du temple, derrière les portes closes de la salle du conseil, qu'il se permettait d'appeler le prophète par son prénom.

« Brigham Young n'était pas parfait, dit Snow. Il a fait des erreurs de jugement. Ce n'était qu'un homme, comme nous. Pour l'or disparu, il se peut qu'il se soit lourdement trompé. Et, en ce qui concerne Abraham Lincoln, il se pourrait qu'il ait commis une faute majeure. »

15

DANEMARK

Malone sortit de Copenhague au volant de sa Mazda et prit la route de Kalundborg, à soixante kilomètres à l'ouest, vers la côte nord-ouest du Seeland. Un trajet rapide, compte tenu de l'autoroute à quatre voies.

« Toi aussi, tu soupçonnais Kirk, non ? demanda-t-il à Luc.

– Il débitait ses infos un peu trop rapidement dans la boutique. Qu'est-ce que Stéphanie vous a dit au téléphone ?

– Suffisamment pour que je sache que Kirk n'était pas fiable.

– Quand il est arrivé derrière moi avec son pistolet, j'ai pensé qu'il valait mieux que je lui laisse un peu de mou pour voir où ça mènerait. Puis j'ai vu que vous pensiez la même chose. Évidemment, je ne savais pas que vous alliez jouer les Guillaume Tell avec moi.

– Tu as de la veine que ma vue soit encore bonne... pour un vieux. »

Le portable de Luc sonna et Malone se douta de qui il s'agissait.

Stéphanie.

Le jeune homme écouta, impassible, sans trahir aucune émotion. Exactement ce qu'on attendait de lui. Malone se souvenait de nombreuses conversations avec son ex-patronne. Elle faisait la même chose, quand elle lui disait juste le nécessaire pour poursuivre sa mission. Et pas un mot de plus.

Luc termina sa conversation, puis lui indiqua la direction du domaine de Salazar, une propriété magnifique au nord de la ville, face à la mer. Ils quittèrent l'autoroute et s'arrêtèrent dans les bois, à cinq cents mètres à l'est de l'allée principale.

« Je connais l'endroit, dit Luc. Salazar possède un terrain qui touche cette propriété. Il y a quelques bâtiments là-bas. On devrait pouvoir les apercevoir à travers ces bois. »

Il sortit dans la nuit.

Ils étaient tous les deux armés à présent, Luc ayant récupéré le pistolet de Kirk. Et Malone était bel et bien entré dans la partie malgré lui, une partie à laquelle il s'était juré de ne plus jamais jouer. Quatre ans auparavant, il avait décidé que quelles que soient les récompenses, elles ne valaient pas de risquer sa vie, et, bibliophile dans l'âme, la perspective de tenir une boutique de livres anciens était trop tentante. Il avait donc sauté sur l'occasion d'aller vivre en Europe et de tout recommencer.

Mais tout cela avait un coût. Comme toujours. L'avantage d'être intelligent, c'est de savoir ce qu'on veut. Et il adorait sa nouvelle vie. Mais il y avait un agent disparu. Autrefois, des gens étaient venus à son aide. C'était à lui de rendre service maintenant. Au diable les risques.

Ils trouvèrent un chemin gravillonné qui menait au-delà d'un portail en briques. Les branches des arbres cachaient le ciel noir. Il ressentait une excitation familière à la perspective de plonger dans l'inconnu. Une lueur jaune pâle venait de quelque part au loin, vacillant à travers les arbres comme une bougie dans le vent. Une habitation probablement.

« Le truc avec cet endroit, chuchota Luc, c'est qu'il n'y a pas de gardiens. Pas de caméras. Pas d'alarmes. Salazar fait profil bas.

– Quelle confiance.

– Il paraît que les mormons sont comme ça.

– Mais ils ne sont pas fous. »

Il restait inquiet au sujet des Danites. Ces deux hommes à Højbro Plads étaient bien réels. D'autres menaces allaient-elles surgir de l'obscurité dans laquelle ils se trouvaient ? Possible. Pour lui, c'était un piège. Avec un peu de chance, les renforts de Kirk étaient encore en train de poursuivre le téléphone mobile déposé dans le bus.

Ils sortirent des bois et il aperçut trois constructions dans la pénombre. Une maison en briques à un étage avec un toit à pignons, à côté de deux autres bâtisses plus petites. Deux lumières brillaient dans la maison la plus grande, juste sous le niveau du sol, dans ce qui devait certainement être une cave.

Ils se précipitèrent vers l'arrière, en restant dans l'ombre, et trouvèrent quelques marches qui s'enfonçaient dans la terre. Luc descendit et Malone fut surpris de voir que la porte du bas s'ouvrait. Le jeune homme le regardait.

Bien trop facile.

Ils prirent leurs pistolets.

À l'intérieur, une cave mal éclairée courait sur toute la longueur de la maison. Des arches en briques soutenaient les étages supérieurs. Avec de nombreux coins et recoins inquiétants. Divers équipements et outils jonchaient le sol, destinés probablement à l'entretien de la propriété.

« Là-bas », murmura Luc, et il montra quelque chose.

Malone regarda dans la direction indiquée.

Dans une des arches, près d'un coin, il y avait des barreaux en fer. Derrière, gisait contre le mur un homme avec une balle dans le front, le visage couvert de bleus et de sang. Ils s'approchèrent et virent un seau d'eau avec une louche devant les barreaux. Ici, il faisait plus sombre et le sol de la cellule était dur et sec comme celui d'un désert. La porte en fer était fermée. Sans clé en vue.

Luc s'accroupit et regarda son camarade.

« Je le connaissais. Nous avons travaillé ensemble. Il a une famille. »

Malone aussi était écœuré. Il se força à déglutir, puis il s'agenouilla à côté du seau.

« Tu comprends que Salazar voulait que tu voies ça. Je suis sûr que nous aurions eu de la compagnie aussitôt après. »

Luc se releva.

« Je comprends. Il nous prend pour des idiots. À présent, je vais tuer ce salopard.

– Ça, ça n'avancera pas à grand-chose.

– Vous avez une meilleure idée ? »

Il haussa les épaules.

« C'est ton affaire, pas la mienne. Je suis là pour une durée limitée et j'ai l'impression d'avoir fait ce pour quoi on m'avait contacté.

– Ah, oui. Continuez à vous répéter ça, Malone, et vous finirez par le croire.

– Il se peut que tu aies le champ libre maintenant. Ces types sont probablement encore en train de poursuivre le bus. Mais il risque d'y en avoir d'autres dans les parages. »

Luc secoua la tête.

« Salazar n'a que cinq hommes à son service. Trois sont morts. Les deux autres étaient sur la place.

– Je vois que tu as des informations. Ç'aurait été gentil de m'en faire part. »

Il savait que Luc était prêt à l'écarter de son chemin. Lui non plus n'avait jamais aimé avoir de partenaires, surtout difficiles à gérer. Il ne demandait qu'à disparaître. Il y avait encore ce problème avec la police de Copenhague, mais Stéphanie pouvait s'en occuper.

«J'ai du boulot, dit Luc. Vous pouvez m'attendre dans la voiture. »

Malone lui coupa la route.

« Arrête tes conneries, lança-t-il. Qu'est-ce que t'a dit Stéphanie dans la voiture ?

– Écoutez, mon vieux, je n'ai pas le temps de vous expliquer. Débarrassez-moi le plancher et retournez dans votre librairie. Laissez maintenant agir ceux qui sont chargés du boulot. »

Sa colère était légitime. Perdre un homme affectait tout le monde.

«J'ai dit à Stéphanie que j'irais jusqu'au bout, répliqua Malone. Et c'est ce que j'ai l'intention de faire. Que ça te plaise ou non. Je suppose que tu veux jeter un coup d'œil dans la maison principale, pour voir ce bureau dont Kirk t'a si gentiment parlé.

– C'est mon job. Je n'ai pas le choix. »

Ils sortirent de la cave et prirent à l'ouest, à travers les bois, parallèlement à la mer dont on entendait les vagues au loin. Le manoir éclairé qui les attendait était un parfait exemple de baroque hollandais. Trois niveaux, trois ailes, avec un toit en croupe. L'extérieur était recouvert de la traditionnelle brique rouge mince vitrifiée. Il compta trente fenêtres en face d'eux, dont seules quelques-unes étaient éclairées, et uniquement au rez-de-chaussée.

« Il n'y a personne, dit Luc.

– Comment le sais-tu ?

– Le type est sorti pour la soirée. »

Encore quelque chose que Stéphanie avait dû lui dire au téléphone.

L'arrière du manoir donnait sur une grande terrasse, face à la masse obscure de la mer quinze mètres plus loin. Une série de portes-fenêtres et de fenêtres s'ouvraient sur l'extérieur.

Luc essaya d'en déverrouiller une. En vain. Une lumière s'alluma à l'intérieur, ce qui les surprit tous les deux.

Malone plongea dans un bosquet sur sa gauche, protégé par l'obscurité et le mur extérieur. Luc trouva un refuge similaire de l'autre côté de la terrasse. Derrière la vitre, on apercevait un salon avec des murs rouges et des meubles d'époque, des miroirs dorés et des tableaux.

Et deux personnes.

Un visage – celui d'un homme – qu'il ne reconnut pas. Mais il n'était pas sorcier de savoir de qui il s'agissait.

Josepe Salazar.

L'autre, en revanche, lui causa un choc. Personne n'avait dit un mot sur son implication. Ni Stéphanie. Ni le gamin. Personne.

Pourtant, elle était bien là. Sa propre petite amie.

Cassiopée Vitt.

DEUXIÈME PARTIE

16

Cassiopée Vitt admirait l'intérieur du manoir, qui reflétait bien l'élégance de la mère de Josepe. Elle avait gardé le souvenir d'une femme tranquille et raffinée, toujours respectueuse de son mari, et attentive à sa famille. La mère de Cassiopée était du même genre, et l'attitude apparemment passive des deux femmes l'avait incitée à rompre avec Josepe et la religion de ses parents. Ces préceptes étaient peut-être bons pour certains, mais pas pour d'autres, et elle-même ignorait ce que voulaient dire dépendance et vulnérabilité.

« J'ai tout laissé à peu près comme du temps de ma mère. J'ai toujours aimé son style, je n'avais donc aucune raison de tout changer. Je me sens tellement proche d'elle quand je suis ici. »

Josepe avait toujours la même allure impressionnante. Élancé, bien bâti, avec un teint mat, d'épais cheveux noirs dus à ses origines espagnoles et de grands yeux marron pleins d'assurance. Diplômé de plusieurs écoles, il parlait plusieurs langues et avait parfaitement réussi en affaires. Les entreprises de sa famille, comme les siennes, étaient dispersées en Europe et en Afrique. Et, comme Cassiopée, il menait la vie privilégiée de quelqu'un de fortuné. Mais contrairement à elle, il avait décidé de se consacrer à sa foi.

« Tu passes beaucoup de temps ici ? » demanda-t-elle.

Il acquiesça.

« Mes frères et sœurs n'aiment pas beaucoup cet endroit. Je passe donc l'été ici. D'ici peu, je rentrerai en Espagne pour l'hiver. »

Elle n'avait jamais rendu visite à la famille Salazar au Danemark. Elle les voyait toujours en Espagne, où ils vivaient à quelques kilomètres du domaine de sa propre famille. Elle s'approcha des portes-fenêtres qui ouvraient sur la terrasse obscure.

« La vue sur la mer doit être magnifique d'ici. »

Josepe s'approcha.

« Une vue superbe, c'est vrai. »

Il ouvrit les panneaux, laissant entrer l'air frais.

« Ça fait du bien », dit-elle.

Elle n'était pas très contente d'elle. Elle venait de passer la soirée à mentir à un homme qu'elle avait aimé autrefois. Elle n'avait effectué aucun retour vers la religion. Elle n'avait pas lu le *Livre de Mormon.* La seule fois où elle avait tenté de le faire, adolescente, elle avait renoncé au bout de dix pages. Elle s'était toujours demandé à quoi tenait cette admiration pour les philosophies des peuples perdus décrits dans le livre. Les Néphites avaient disparu. Il ne restait aucun survivant, aucune trace de leur civilisation. Qu'y avait-il à imiter ?

Mais cette duplicité était indispensable.

Son ancien amour, Josepe Salazar, était mêlé à une affaire suffisamment importante pour avoir attiré l'attention du ministère de la Justice des États-Unis. La semaine dernière, Stéphanie avait même indiqué que Josepe pouvait être impliqué dans la mort d'un homme. Rien de certain encore, mais suffisant pour faire naître des soupçons.

Elle trouvait tout ça difficile à croire.

« Un embryon d'enquête, c'est tout, avait précisé Stéphanie six mois plus tôt. Salazar pourrait te dire des choses qu'il ne dirait à personne d'autre.

– Pourquoi ça ?

– Tu savais qu'il y avait une photo de vous deux dans sa maison en Espagne ? Elle semble remonter à des années. Juste près de son bureau, parmi d'autres photos de famille. C'est là que je me suis dit qu'il fallait te contacter. Un homme ne garde pas une photo comme ça sans raison. »

En effet.

Surtout un homme qui avait été marié et dont la femme était morte. Puis, la semaine dernière, Stéphanie lui avait demandé si elle pouvait précipiter la rencontre. Elle avait donc organisé ce voyage au Danemark.

À une époque, elle avait cru sincèrement aimer Josepe. Lui l'avait aimée sans aucun doute et semblait éprouver encore des sentiments à son égard. Sa main posée longuement sur la sienne au cours du dîner le lui avait confirmé. Elle avait continué à jouer cette comédie pour se prouver, ainsi qu'à Stéphanie, que tous ces soupçons étaient faux. Josepe méritait bien ça. Il paraissait tout à fait à l'aise avec elle et elle espérait qu'elle ne regretterait pas de l'avoir ainsi mené en bateau. Quand ils étaient plus jeunes, il avait toujours été gentil. Leur relation avait pris fin parce qu'elle avait refusé d'accepter cette vérité à laquelle lui-même et sa famille, ainsi que ses parents à elle, adhéraient aveuglément. Heureusement, il avait trouvé quelqu'un pour partager sa vie. Mais cette personne n'était plus là.

De toute façon, il était trop tard pour faire machine arrière. Elle avait commencé. Il fallait jouer la comédie jusqu'au bout.

« Je viens m'asseoir ici presque tous les soirs, ou dehors sur la terrasse, lui dit-il. Nous pourrions profiter de cette brise d'ici un moment. Mais, d'abord, j'ai quelque chose à te montrer. »

Malone se releva.

En voyant l'homme qui se trouvait avec Cassiopée, – probablement Salazar –, ouvrir les portes-fenêtres, il s'était camouflé derrière une haie fournie. Luc en avait fait autant de l'autre côté. Heureusement, personne n'était sorti.

Luc se releva à son tour.

Malone se rapprocha.

« Tu savais qu'elle était là ? » demanda-t-il dans un chuchotement.

Le jeune homme acquiesça.

Stéphanie ne lui avait rien dit, exprès bien sûr. De la main, il brossa ses vêtements pour enlever le paillis humide qui recouvrait le parterre.

Les portes-fenêtres étaient restées ouvertes.

Il fit un geste pour lui signifier qu'ils allaient entrer.

Salazar conduisit Cassiopée à travers le rez-de-chaussée jusqu'à une bibliothèque qui était jadis celle de son grand-père. C'est le père de sa mère qui lui avait appris à apprécier le mode de vie des débuts de l'Église, quand le ciel exerçait une autorité sans partage et avant que tout ne *s'uniformise.*

Il détestait ce mot.

L'Amérique professait la liberté de religion, avec des croyances personnelles, et un gouvernement laïque. Mais ça n'était absolument pas vrai. Les saints avaient été persécutés dès le début. D'abord à New York, où l'Église avait été fondée, ce qui avait conduit à l'exode vers l'Ohio. Mais les attaques avaient continué. La congrégation s'était alors déplacée jusqu'au Missouri. Pourtant, des émeutes à répétition avaient entraîné des victimes et des destructions. Ils s'étaient donc enfuis vers l'Illinois, mais la violence avait continué, pour se terminer en tragédie entre les mains de la populace.

Chaque fois qu'il pensait à ce jour, son estomac se soulevait.

27 juin 1844.

Joseph Smith et son frère avaient été assassinés à Carthage, dans l'Illinois. Le meurtre du dirigeant de l'Église visait à la détruire. Mais c'est le contraire qui s'était produit. Le martyre de Smith agit comme un élément déclencheur, et les saints se multiplièrent. Ce que Salazar considérait comme une intervention divine.

Salazar ouvrit la porte de la bibliothèque et fit entrer son invitée. Il avait volontairement laissé la lumière allumée, espérant avoir l'occasion de l'amener ici. Ce qu'il n'aurait pas pu faire plus tôt car son prisonnier était incarcéré à proximité. En ce moment, l'âme de cet homme était sûrement en route vers le Père céleste et son expiation par le sang lui assurait d'être admis à ses côtés. Il était content d'avoir rendu ce service à son ennemi.

« Ne tue jamais un homme, sauf s'il doit être tué pour son salut », lui avait dit l'ange à plusieurs reprises.

« Je t'ai fait venir ici pour te montrer un objet rare, dit-il. Après notre séparation, j'ai commencé à rechercher tout ce qui est lié à l'histoire des saints. J'ai une grande collection maintenant, que je conserve en Espagne. Récemment, j'ai eu le privilège de faire partie d'un projet spécial.

– Pour l'Église ? »

Il acquiesça.

« J'ai été choisi par un des aînés. Un homme brillant. Il m'a demandé de travailler directement avec lui.

Normalement, je ne devrais en parler à personne, mais je crois que tu apprécieras. »

Il s'approcha du bureau et montra un livre déchiré, ouvert et posé sur le sous-main en cuir.

« Edwin Rushton était un saint de la première heure. Il connaissait Joseph Smith personnellement et avait travaillé étroitement avec lui. Il fit partie de ceux qui enterrèrent le prophète Joseph après son martyre. »

Elle semblait intéressée par ce qu'il disait.

« Rushton était un homme de Dieu qui aimait le Seigneur et se consacrait à la restauration de l'Église. Il avait subi de nombreuses épreuves dans sa vie et les avait toutes surmontées. Il avait fini par s'installer dans l'Utah où il a vécu jusqu'à sa mort en 1904. Rushton tenait un journal. Le récit, capital, des débuts de l'Église, et que beaucoup croyaient disparu. » Il montra le bureau. « Mais je l'ai acquis récemment. »

Une carte rigide des États-Unis était posée sur un chevalet à côté, et il vit que Cassiopée la regardait. Il avait épinglé les villes de Sharon, dans le Vermont, Palmyra, dans l'État de New York, Independence, dans le Missouri, Nauvoo, dans l'Illinois. Et Salt Lake City dans l'Utah.

« Cela retrace la route des saints depuis le lieu de naissance du prophète Joseph, jusqu'à l'endroit où l'Église fut créée, ensuite vers le Missouri et l'Illinois où nous nous sommes établis, et finalement vers l'ouest. Nous avons traversé l'Amérique et, en chemin, nous avons fini par faire partie intégrante de son histoire. Bien plus qu'on ne le pense généralement. »

Elle était visiblement intriguée.

« Ce journal en est la preuve.

– Cela semble important pour toi. »

Ses pensées étaient limpides. Son objectif indéniable.

« Dis-lui », lui souffla l'ange.

« Connais-tu la prophétie du Cheval blanc ? »

Elle secoua la tête.

« Laisse-moi te lire un passage du journal. Il explique cette vision glorieuse. »

Malone avait réussi à se glisser jusqu'à la porte ouverte, derrière laquelle on entendait parler Salazar et Cassiopée. Luc était dans la maison, profitant de l'occasion pour regarder un peu partout. Tant mieux. Malone voulait savoir ce que fabriquait Cassiopée avec un homme qui avait tué un agent du ministère de la Justice américaine.

Tout ça sonnait faux.

Cassiopée, la femme qu'il aimait, seule avec ce démon ? Cassiopée et lui se connaissaient depuis deux ans, et leur relation avait mal commencé. Mais, depuis quelques mois, les choses avaient changé, tous les deux reconnaissant qu'ils souhaitaient aller plus loin, mais sans trop s'engager non plus. Il comprenait parfaitement qu'ils n'étaient pas mariés, ni même fiancés, et que chacun avait le droit de vivre sa vie. Mais ils s'étaient téléphoné deux jours plus tôt, et elle n'avait jamais parlé d'un voyage au Danemark. Elle lui avait même dit qu'elle était obligée de rester en France la semaine suivante, mobilisée par son projet de reconstruction de son château.

Un mensonge.

À combien d'autres avait-il déjà eu droit ?

Il avait aperçu Salazar depuis l'extérieur. Un bel homme, sans aucun doute. Très élégant aussi dans un costume chic. Était-il jaloux ? Il espérait bien que non. Mais il ne pouvait pas nier la sensation étrange au creux de son estomac. Une sensation qu'il n'avait pas éprouvée depuis longtemps. La dernière fois ? C'était il y a neuf ans, quand son mariage avait commencé à péricliter. Ça n'avait pas été drôle non plus.

Salazar venait de faire allusion à un vieux journal récemment acquis et Malone se demandait s'il s'agissait du même ouvrage dont Kirk s'était servi pour l'appâter. Celui dont le propriétaire était prétendument mort. N'était-ce pas là que Kirk voulait les attirer ? N'avait-il pas été spécifiquement question de ce bureau ?

Pour l'instant, il était encore trop tôt pour échafauder une quelconque hypothèse. Il fallait patienter.

De l'endroit où il se trouvait, il n'osait même pas jeter un coup d'œil par la porte du bureau. Mais une autre pièce ouverte, à deux mètres de là, lui offrit une position de repli. Il resta parfaitement silencieux.

À écouter ce que Salazar lisait à Cassiopée.

17

Le 6 mai 1843 eut lieu une grande revue de la Légion de Nauvoo. Le prophète Joseph Smith fit des compliments aux hommes pour leur bonne discipline. En raison de la chaleur, il demanda un verre d'eau. Le verre en main il dit : « Je porte un toast à la défaite des masses. Je souhaiterais les voir au milieu de l'océan dans un canoë en pierre, avec des pagaies en fonte, et qu'un requin avale le canoë et que le diable avale le requin, et qu'ils soient tous enfermés dans le coin nord-ouest de l'enfer, la clé perdue avec un aveugle pour la chercher. »

Le lendemain matin, un homme qui avait entendu le toast vint à la maison du prophète avec d'autres et l'invectiva tant qu'il fut prié par Smith de s'en aller. Mon attention fut attirée par ces personnes et l'homme qui parlait fort. Je me dirigeai vers le groupe, l'homme était parti. Le prophète était présent ainsi que Théodore Turley et moi-même. Le prophète se mit à parler des violences collectives, des moqueries et des persécutions que nous avons endurées en tant que peuple.

« Nos persécuteurs pourront se lancer en masse contre nous tant qu'ils le voudront. Ne leur en veuillez pas car, quand vous verrez leurs souffrances, vous verserez pour eux des larmes amères. »

Pendant cette conversation, nous étions debout en triangle près du portillon qui se trouvait au sud. Se tournant vers moi, le prophète dit : « Je veux te dire quelque chose concernant le futur. Je parlerai en parabole comme Jean le Révélateur. Vous irez dans les montagnes Rocheuses. Vous serez un grand et puissant peuple et vous vous établirez là-bas. J'appellerai ce peuple le Cheval blanc de la paix et de la sécurité.

– Où serez-vous à ce moment-là ? demandai-je.

– Je n'irai jamais là-bas. Vos ennemis continueront à vous poursuivre de leurs persécutions et ils créeront des lois odieuses contre vous au Congrès afin de détruire le Cheval blanc, mais vous aurez un ou deux amis pour vous défendre et rejeter les pires articles de la loi afin que vous ne souffriez pas trop. Vous devrez envoyer sans arrêt des pétitions au Congrès, mais vous serez traités comme des étrangers et des clandestins, et ils ne vous concéderont pas de droits, mais vous gouverneront avec des étrangers et des commissaires. Vous verrez la Constitution des États-Unis presque détruite. Elle tiendra par un fil aussi fin qu'une fibre de soie. »

À ce moment-là, le prophète devint triste.

« J'aime la Constitution. Elle a été inspirée par Dieu, et sera toujours préservée et épargnée par le Cheval blanc et le Cheval rouge, qui, ensemble, se réuniront pour la défendre. Le Cheval blanc trouvera les montagnes pleines de minéraux et il deviendra riche. Vous verrez de l'argent plein les rues. Vous verrez de l'or entassé à la pelle comme du sable. Une terrible révolution aura lieu en Amérique, comme jamais il n'y en a eu, car le pays sera dépourvu de gouvernement suprême et le mal régnera partout sous toutes ses formes. Le père s'opposera au fils et le fils au père. La mère sera contre la fille et la fille contre la mère. Les pires scènes d'effusion de sang, de meurtre et de viol que l'on puisse imaginer se produiront. Des gens seront arrachés à la terre, mais la paix et l'amour régneront dans les montagnes Rocheuses. »

Le prophète dit alors qu'il ne supportait plus de regarder les scènes qui lui étaient montrées dans sa vision et demanda au Seigneur d'y mettre un terme.

Puis il ajouta : « Pendant ce temps le Grand Cheval blanc aura pris des forces et enverra des aînés pour recueillir ceux dont le cœur est honnête, parmi le peuple des États-Unis, pour défendre la Constitution telle qu'elle a été dictée par l'inspiration de Dieu. Pendant ces journées, qui sont encore à venir, Dieu créera un royaume qui ne sera jamais détruit et laissera entrer d'autres royaumes. Mais les royaumes où l'Évangile ne pourra être prêché seront humiliés jusqu'à ce que cela devienne possible. La paix et la sécurité dans les montagnes Rocheuses seront protégées par les Gardiens, les Chevaux blanc et rouge. L'arrivée du Messie parmi son peuple sera si naturelle que seuls ceux qui le voient sauront qu'il est là, mais il fera connaître ses lois à Sion et prêchera à son peuple. »

Cassiopée avait entendu de nombreuses histoires sur les mormons. La religion se nourrissait de récits grandioses et de métaphores compliquées. Mais elle ne connaissait pas celle que Josepe venait de lui lire.

« Le prophète Joseph avait prédit la guerre de Sécession dix-huit ans avant qu'elle ne commence. Il avait dit que nous, en tant que peuple, nous allions migrer vers l'ouest jusqu'aux montagnes Rocheuses, quatre années avant que cela ne se produise. Il savait également qu'il ne ferait jamais ce voyage. Il est mort un peu plus d'un an après avoir fait cette prophétie. Il avait prédit que justice serait faite des foules hostiles. De celles qui torturaient et tuaient les saints dans les débuts. Ce qui fut le cas. Sous la forme de cette guerre de Sécession qui fit des centaines de milliers de victimes. »

Le père de Cassiopée lui avait parlé des persécutions, nombreuses avant 1847. Maisons et boutiques brûlées, gens dépouillés, estropiés et tués. Un système de violence organisée qui avait contraint les saints à s'enfuir de trois

États. Mais pas de l'Utah. Là, ils avaient tenu bon et organisé la résistance. Puis ils avaient riposté.

« La prophétie dit que nous, le Cheval blanc, prendrons des forces, enverrons les aînés chercher ceux qui ont un cœur honnête parmi le peuple des États-Unis. Ce que nous avons fait. L'Église prospéra considérablement au cours de la deuxième moitié du XIXe siècle. Et nous devions tous défendre la Constitution des États-Unis telle qu'elle fut inspirée par Dieu. »

Elle se risqua à demander : « Qu'est-ce que cela signifie ?

– Que quelque chose d'important est sur le point de se produire.

– Tu sembles très excité par cette perspective. C'est tellement exaltant ?

– Ça l'est. Et ce journal confirme que ce que nous soupçonnions tous est vrai. La prophétie du Cheval blanc est authentique. »

Elle examina le livre, en tournant soigneusement quelques-unes de ses pages fragiles.

« Tu peux m'en dire un peu plus ?

– C'est un grand secret au sein de notre Église. Un secret qui remonte à Brigham Young. Chaque religion a ses secrets, voici l'un des nôtres.

– Et tu l'as découvert ? »

Il secoua la tête.

« C'est plutôt une redécouverte. J'ai trouvé des informations dans les archives fermées. Mes recherches ont attiré l'attention de Rowan l'Aîné. Il m'a convoqué et nous travaillons ensemble là-dessus depuis plusieurs années. »

Elle insista.

« Et la prophétie du Cheval blanc en fait partie ?

– Tout à fait, confirma-t-il. Mais c'est plus compliqué que la seule vision du prophète Joseph. De nombreux événements se sont produits depuis son assassinat. Des choses secrètes que peu de gens connaissent. »

Elle se demanda pourquoi Josepe se montrait si ouvert. Tellement confiant après toutes ces années. Peut-être la mettait-il à l'épreuve ?

« Ça paraît fascinant, dit-elle. Et important. Je te souhaite beaucoup de chance dans cette entreprise.

– À vrai dire, j'en attendais un peu plus de ta part. »

Salazar avait soigneusement programmé sa demande, donnant juste assez de renseignements à Cassiopée pour lui faire comprendre l'importance de sa mission. Il avait cherché le journal d'Edwin Rushton pendant deux ans, puis négocié son achat, en vain, pendant trois mois. Faire expier son propriétaire avait fini par être le plus simple, surtout après que l'homme lui eut menti et eut essayé de le tromper.

Il observa la jeune femme pendant qu'elle lisait le journal.

Rushton était le genre de saint auquel il voulait s'identifier. Un des premiers pionniers qui avait sublimé sa prêtrise grâce à de bonnes actions, acceptant les responsabilités de la famille qu'il avait fondée avec ses quatre épouses. Jusqu'à la fin, il était resté vertueux, devenant un de ceux que le Père céleste avait sûrement admis comme ayant *maintenu son deuxième état*, lui assurant ainsi la gloire éternelle. Comment pouvait-on douter que ces premiers saints aient été châtiés, mis à l'épreuve et préparés pour leur dernière heure ?

Impossible bien sûr.

Ces saintes personnes avaient fondé Sion sur terre.

Et aussi bien lui que tous les autres descendants étaient les bénéficiaires de leur dévouement.

« Cassiopée, je ne veux pas que tu disparaisses à nouveau de ma vie. M'aideras-tu dans ma mission ?

– Que puis-je faire ?

– D'abord, et surtout, être là avec moi. La réussite sera tellement plus douce si tu es là. Il y a aussi des choses que tu pourrais m'aider à faire. Toutes ces années, j'ai suivi ce que tu faisais, la reconstruction de ce château dans le sud de la France.

– J'ignorais que tu étais au courant.

– Oh, oui. J'y ai même contribué anonymement.

– Je n'en savais rien. »

Il l'avait toujours admirée. Elle était intelligente, elle possédait un diplôme en ingénierie et un autre en histoire médiévale. Elle avait hérité de la totalité des affaires de son père, un conglomérat valant aujourd'hui plusieurs milliards d'euros. Il savait qu'elle était une dirigeante compétente et que sa fondation néerlandaise travaillait étroitement avec les Nations unies dans le domaine de la santé et de la nutrition. Sa vie personnelle ne faisant l'objet d'aucun commentaire, il n'avait pas enquêté sur ce sujet, se limitant à ce qui était d'ordre public.

Mais il en savait assez pour être certain qu'il n'aurait jamais dû la laisser partir.

« Et elle ne le fera pas. Jamais plus », dit l'ange.

« J'étais sincère concernant ce que je t'ai dit au dîner, déclara-t-elle. J'ai fait une erreur, aussi bien en ce qui concerne ma foi que toi. »

Il était seul depuis longtemps.

Personne n'avait pu remplacer sa femme.

Puis, un jour, il avait retrouvé une photo de lui avec Cassiopée, du temps où ils étaient ensemble. Cette photo l'avait enchanté et il l'avait gardée à proximité, pour l'avoir constamment sous les yeux.

Maintenant l'image était là.
En chair.
À nouveau.
Et il était heureux.

18

SALT LAKE CITY

Rowan écoutait Snow, impatient de connaître le secret de la boîte en bois.

« Brigham Young s'est opposé à plusieurs présidents américains pour défendre notre indépendance religieuse et politique. Il ne tenait aucun compte du Congrès et de toutes les lois qu'il contestait, et se moquait des chefs militaires locaux. Mais, en 1857, James Buchanan finit par en avoir assez et il prit la décision extraordinaire d'envoyer l'armée pour nous mettre au pas. » Snow marqua une pause. « Le mariage plural a été une erreur patente de la part de Smith et de Young. »

Les prophètes de l'Ancien Testament, comme Abraham, avaient tous épousé plusieurs femmes. Salomon en avait eu sept cents ainsi que trois cents concubines. En 1831, Joseph Smith pria le Seigneur à propos de ces pratiques et il obtint en réponse une révélation qui confirmait que le mariage plural faisait partie de la vraie alliance, bien que l'Église ne l'ait reconnu publiquement qu'en 1852.

Seuls 2 % des membres en avaient profité, et encore fallait-il qu'ils soient tous choisis spirituellement par le prophète. La plupart du temps, il s'agissait de femmes plus âgées et dépendantes qui étaient intégrées dans un mariage plural, sans rôle sexuel, et toujours avec le consentement de la première épouse. Mais on ne pouvait pas non plus dissocier le mariage plural de la procréation, puisque Dieu avait ordonné que tous lui apportent une semence.

Rowan savait que les mariages pluraux agaçaient et offensaient la société américaine. La loi Morrill de 1862 autorisait la privation de citoyenneté de quiconque le pratiquait. Ensuite, la loi Edmunds-Tucker, qui permit la dissolution de l'Église et la confiscation de ses biens, en fit aussi un délit.

« Smith et Young avaient sous-estimé l'effet du mariage plural aussi bien sur les saints que les Gentils, dit Snow. Mais, au lieu d'y renoncer en voyant que c'était devenu parfaitement contre-productif, ils avaient continué à le pratiquer et réclamé une autonomie politique. »

Ce que Rowan admirait.

Les saints avaient migré jusqu'à Salt Lake pour trouver un refuge. Ils avaient occupé une terre stérile dont personne ne voulait et bâti une société où Église et État s'accordaient parfaitement. Un gouvernement provisoire avait été établi en 1849, et le statut d'État demandé. Ils l'avaient nommé Deseret, un nom tiré du *Livre de Mormon* qui désignait une ruche, symbole de travail et de coopération. Ses frontières auraient englobé ce qui est aujourd'hui l'Utah et le Nevada, la presque totalité de la Californie, un tiers de l'Arizona, et une partie du Colorado, du Wyoming, de l'Idaho et de l'Oregon. Le statut d'État fut refusé. Mais le Congrès accepta tout de même que les nouvelles terres forment un territoire, avec des frontières plus restreintes, et le renommèrent Utah. Young fut désigné comme le premier gouverneur et il parvint à sauver la fusion de l'Église et de l'État.

« D'un côté, continua Snow, nous voulions faire partie de la société en général, contribuer au bien public et être de bons citoyens. D'un autre, nous exigions de pouvoir faire ce que nous voulions.

– C'était une question de croyance religieuse. Une question de liberté. Le mariage plural faisait partie de notre religion.

– Allons, Thaddeus. Si notre religion nous forçait à tuer d'autres êtres humains, aurions-nous la liberté de le faire ? Cet argument est indéfendable. Le mariage plural, au sens physique, était une erreur. Nous aurions dû le reconnaître bien avant 1890, quand nous avons enfin pris la mesure qui s'imposait et que nous l'avons aboli pour toujours. »

Rowan n'était pas d'accord.

« Brigham Young a pris de nombreuses décisions sages, dit Snow. C'était un administrateur efficace, un véritable visionnaire. Nous lui devons beaucoup. Mais il a aussi commis des erreurs… qu'il n'a jamais reconnues ouvertement de son vivant, mais qui étaient néanmoins des erreurs. »

Mieux valait s'abstenir d'argumenter ou de réfuter ses propos. Il avait besoin d'informations, et entrer en conflit n'était pas le meilleur moyen de les obtenir.

« Nous devrions parler de la prophétie du Cheval blanc », dit Snow.

Avait-il bien entendu ? Rowan observa le prophète.

« Je suis au courant de tes recherches dans les archives, déclara Snow. Je sais aussi ce que frère Salazar cherchait dans nos dossiers confidentiels. Vous vous êtes tous les deux plongés dans l'étude de cette prophétie. »

Rowan préféra ne pas éluder le sujet.

« Je veux découvrir notre grand secret, Charles, dit-il. Il faut que nous le trouvions.

– Ce secret a disparu depuis longtemps. »

Mais la vue des chariots lui avait redonné espoir.

« J'ai pris la décision après ton appel d'hier, dit Snow. Quelque chose me disait que c'était le bon endroit. »

Le vieillard s'arrêta, essoufflé, et tenta de reprendre sa respiration.

« Le prophète Brigham avait caché le grand secret, dans l'espoir que nous le trouvions un jour », répondit Rowan.

Snow secoua la tête.

« Nous n'en savons rien. »

Seuls le prophète et lui pouvaient avoir cette conversation, étant donné qu'il n'y avait qu'eux à être au courant de cette histoire. Malheureusement, chacun en connaissait une partie différente. Ce que Rowan savait, lui, provenait d'un travail fastidieux et de recherches menées aussi bien dans l'Utah qu'à Washington. Quant aux connaissances de Snow, elles lui avaient été transmises par son prédécesseur.

« Chaque prophète depuis Brigham Young a été confronté à ce dilemme. J'avais espéré être épargné, dit Snow en montrant la boîte en bois. Vas-y. »

Rowan ouvrit le couvercle.

À l'intérieur, il y avait un ensemble de documents abîmés, protégés par un sac en plastique. Principalement des livres et des journaux anciens, moisis pour la plupart.

« C'est ce que nous avons pu sauver de la pierre contenant les archives en 1993, dit Snow. Des écrits anciens sans importance, sauf pour les deux paquets du dessus. »

Rowan les avait déjà remarqués. Des feuilles simples avec les bords noircis, comme s'ils avaient été brûlés. Mais l'écriture était intacte.

« Examine les deux », lui dit le prophète.

Il enleva la première protection en plastique.

L'écriture était serrée, les lettres petites et l'encre à peine visible.

Je crains que les choses ne soient devenues trop compliquées. Les faiseurs de mal de ce monde aimeraient beaucoup, maintenant que la grande guerre de Sécession n'est plus qu'un souvenir, que l'attention soit à nouveau dirigée sur nous et que des troupes soient envoyées pour nous détruire. Ils avouent ouvertement qu'ils ont l'intention de briser le pouvoir de la prêtrise et d'annihiler notre organisation sacrée. J'avais cru que nous pourrions coexister. Que des accords pourraient être respectés. Mais cela ne nous servira à rien de nous mélanger au monde en espérant qu'ainsi nous pourrions gagner acceptation et amitié. J'ai vraiment essayé de faire ce qui me paraissait correct et honnête. Au cours de ma vie, je n'ai parlé de ceci à personne. Je laisse donc ce message pour les fidèles qui viendront après moi. Sachez que nous portons un fardeau qui nous a été imposé par Lincoln lui-même, mais un fardeau que nous avons volontairement accepté. Quand la grande guerre de Sécession a éclaté, je la voyais comme la réalisation de la prophétie du Cheval blanc. Le prophète Joseph avait prédit tout ce qui a finalement eu lieu, y compris notre voyage dans les montagnes Rocheuses et sa propre mort. En 1863, la Constitution n'a vraiment tenu qu'à un fil, et, comme la prophétie l'avait annoncé, le Congrès vota une loi qui visait à nous détruire. J'ai donc envoyé un émissaire à M. Lincoln. Il fut reçu avec gentillesse et sans formalité. Sa mission était de s'enquérir de la réponse à notre demande de devenir un État. Une question que M. Lincoln évita d'aborder. Mais il me fit parvenir un message. Lincoln dit qu'il nous laisserait en paix si je le laissais en paix. C'était précisément ce que nous voulions entendre depuis tant d'années. Tout ce que nous avions toujours souhaité, c'était de pouvoir vivre comme nous le désirions. Lincoln nous connaissait depuis l'Illinois. Il dit à mon émissaire qu'il avait lu le Livre de Mormon, *ce qui était encourageant. Mais il aurait été peu judicieux de signer un accord avec quelque président que ce soit sans avoir l'assurance que ses termes seraient respectés. Ce qui fut dit à Lincoln, lequel proposa quelque chose de suffisamment important pour nous permettre de croire qu'il tiendrait parole. Et lui nous en demanda autant en échange. Je le lui fournis. Nous acceptâmes tous les deux nos propositions respectives, et les deux partis honorèrent l'accord. Malheureusement, M. Lincoln est mort avant qu'aucune garantie ne nous soit fournie. Personne au gouvernement n'a jamais demandé ce que nous tenions d'eux, ni ce qu'ils tenaient de nous, et j'en arrivai à la conclusion que personne d'autre que moi ne savait ce qui existait. Je me suis donc tu. En faisant cela, j'ai réalisé le reste de la prophétie, qui disait que nous deviendrions le Cheval blanc sauveur de la nation. Mais le prophète Joseph nous demandait également de respecter la Constitution des États-Unis car elle procédait de l'inspiration de Dieu. Cela n'a jamais été fait, en tout cas pas au cours de ma vie. Ce que j'ai donné à M. Lincoln était l'emplacement secret de notre richesse. Depuis que les troupes fédérales sont arrivées en 1857, les saints n'ont cessé de parler de notre or disparu. Je vous dis maintenant qu'aucune partie de cet or n'a jamais disparu. Tout a été utilisé à bon escient. J'ai fourni une carte de l'endroit de sa cachette, où j'ai également caché ce que M. Lincoln nous avait confié. Deux mois après notre accord, Lincoln m'avait envoyé un télégramme disant que Samuel le Lamanite était le gardien de notre secret à Washington, ce qui me réconforta grandement. Il m'informait également qu'il conservait constamment la partie la plus importante du secret près de lui. Je lui ai dit que la providence et la nature protégeaient sa partie de l'accord. Il semblait tirer un grand plaisir du mystère que nous avions créé, lui et moi.*

Le prophète Joseph avait raison dans tout ce qu'il avait prédit. Puissiez-vous avoir également raison.

« C'est Brigham Young qui a écrit ça ? demanda Rowan.

– C'est son écriture.

– L'or disparu et notre grand secret sont liés ? »

Snow acquiesça.

« Depuis le début. Trouve la solution pour l'un, et tu auras la solution pour l'autre.

– Qu'est-ce que voulait dire le prophète en parlant de Samuel et du télégramme ?

– C'est là où Lincoln se montra très astucieux. Au milieu de l'année 1863, pour s'assurer que les lignes fonctionnaient toujours, le président avait envoyé un télégramme à Brigham Young. Il disait au prophète que ce qu'il avait lu dans notre livre sur Samuel semblait vrai, et que donc, il n'y avait pas de meilleure sentinelle qu'un Lamanite. »

Plutôt obscur, évidemment. Mais tout ça était nouveau.

« Ce télégramme existe encore ? demanda Rowan.

– Scellé et réservé exclusivement au prophète. Sa formulation est d'ailleurs parfaitement incompréhensible, à moins d'avoir lu ce que tu as en main. Mais maintenant nous connaissons tous les deux la vérité. Dis-moi, Thaddeus, comment es-tu au courant de ce secret ? Seuls les prophètes devaient en avoir connaissance. »

Ce n'était plus la peine de faire semblant.

« Comme l'a dit le prophète Brigham, ce marché impliquait deux parties. La nôtre et celle de Lincoln. Une documentation sur les relations entre Brigham Young et les États-Unis existe dans les Archives nationales.

– Je savais depuis quelque temps que tu enquêtais. Ton complice, le señor Salazar, nous gêne.

– Josepe te pose un problème ?

– C'est un fanatique, et les fanatiques sont toujours dangereux, quel que soit leur degré de sincérité. Il suit aveuglément les préceptes de Joseph Smith, ignorant les révélations continuelles que les prophètes ont eues au cours des années.

– Cela ressemble à un blasphème.

– Parce que je remets en question ce que je sais ne pas être bien ? Disons plutôt que c'est intelligent et pratique.

– Étranges paroles de la part de notre prophète.

– Mais justement, Thaddeus. Je *suis* le prophète. Et mes paroles ont autant de poids que celles de ceux qui m'ont précédé. »

Rowan agita le message de Young.

« Pourquoi m'avoir montré cela ?

– Maintenant, moi aussi, je veux connaître le grand secret. La prophétie du Cheval blanc a toujours été considérée par nous comme étant fausse, écrite longtemps après les faits, en y incluant ce que les rédacteurs savaient déjà et faisant croire que le prophète Joseph était plus précis qu'il ne méritait de l'être.

– Elle est vraie, Charles. Frère Salazar l'a prouvé.

– J'aimerais voir cette preuve.

– Nous avons l'occasion de réaliser cette prophétie. Nous pouvons respecter la Constitution des États-Unis comme elle a été dictée par l'inspiration de Dieu.

– Et si cela détruisait tout ce qu'Il a créé ?

– Alors ainsi soit-il.

– Examine la deuxième page. »

À travers l'autre pochette en plastique rigide, Rowan aperçut une carte.

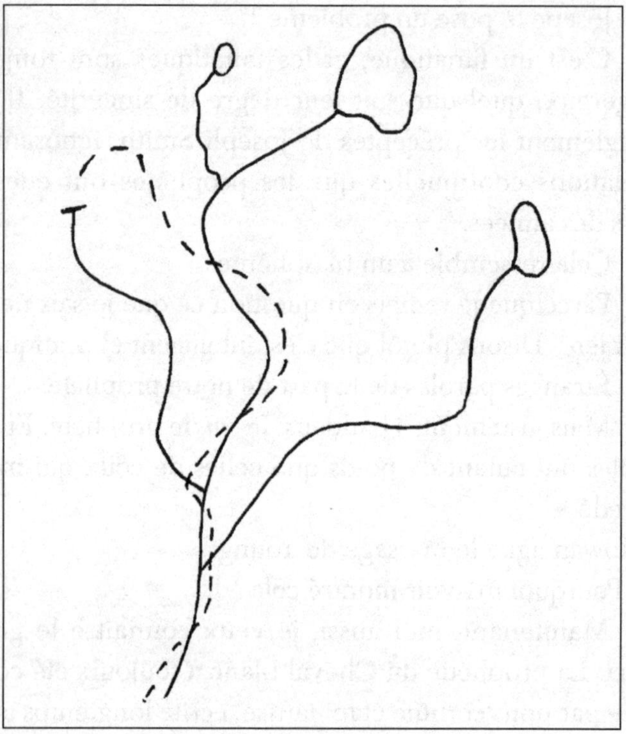

« C'est là où sont cachés à la fois le secret et l'or, dit Snow.

– Mais rien n'est indiqué.

– Young voulait que cette recherche constitue un défi. Je suppose qu'il avait une bonne raison pour ça. Il semble qu'on doit trouver ce que M. Lincoln a caché pour résoudre ce problème. »

Rowan savait déjà où chercher.

« Puis-je avoir ces documents ? »

Snow secoua la tête.

« Pas ceux-là. Mais je t'en donnerai des copies.

– Tu veux que je poursuive, n'est-ce pas ?

– Je veux que tes prières suivent le bon chemin. Quelle que soit la réponse que t'apporte le ciel, suis ce qu'il te dit. C'est ce que j'ai fait. »

19

ATLANTA

Stéphanie avait trouvé en ligne la décision de la Cour suprême pour *Texas contre White*, du 12 avril 1869.

La question était simple.

Les 10 millions de dollars en bons du Trésor transférés par le Texas à des personnes privées après que le Texas eut fait sécession de l'Union étaient-ils encore valables ? Tout le monde était d'accord sur le fait que le transfert avait enfreint la loi fédérale ; et qu'il avait eu lieu à un moment où le Texas s'était déclaré comme ne faisant plus partie de l'Union, l'ancien État instaurant ses propres règles pour le transfert. Donc, si la sécession du Texas était légale, les bons étaient valables et avaient conservé leur valeur faciale. Dans le cas contraire, ils ne valaient plus rien. Un débat élémentaire qui soulevait une question cruciale : la sécession était-elle autorisée par la Constitution ?

Elle relut la décision juridique, comme elle l'avait fait deux heures plus tôt avec Edwin. Il était reparti à Washington, ayant un rendez-vous le soir. Ils se retrouveraient demain. La partie pertinente se trouvait au milieu du texte.

L'union des États n'avait jamais été conçue comme un lien purement artificiel et arbitraire. Elle était née au cœur des colonies, d'un esprit de communauté et d'amitié, de principes familiaux et d'intérêts similaires ainsi que de relations géographiques. Elle fut renforcée par les besoins de la guerre ; sa forme, son caractère définitif et son accord, inscrits dans les articles de la Confédération. Ainsi, l'Union fut solennellement déclarée « immuable ». Lorsque ces articles furent considérés comme insuffisants pour les exigences du pays, la Constitution fut décrétée pour « former une Union encore plus parfaite ». Il est difficile de montrer la notion d'indissolubilité de manière plus explicite. Que peut-il y avoir de moins indissoluble qu'une union immuable rendue encore plus parfaite ?

Donc, quand le Texas est devenu un membre des États-Unis, il est entré dans une relation immuable. Toutes les obligations d'un lien perpétuel et toutes les garanties données par le gouvernement républicain de l'Union furent aussitôt attribuées à cet État. L'acte qui consacrait son admission dans l'Union était plus qu'un contrat ; c'était l'incorporation d'un nouveau membre dans le corps politique. Et c'était définitif. L'union entre le Texas et les autres États était aussi totale, immuable et indissoluble que l'union entre les États d'origine. Il n'y avait aucune possibilité de révision ou de révocation, sinon par une révolution, ou bien le consentement de tous les États.

Le décret de sécession, adopté par la Convention et ratifié par la majorité des citoyens du Texas, ainsi que toutes les lois de sa législature visant à mettre ce décret en application étaient absolument sans valeur. Ils étaient totalement invalides dans le cadre de la loi. Les obligations de l'État en tant que membre de l'Union et des citoyens de l'État en tant que citoyens des

États-Unis n'avaient pas changé. Il s'ensuivit que l'État ne pouvait pas cesser d'être un État, pas plus que ses citoyens cesser d'être des citoyens de l'Union. Pour qu'il en soit autrement, il faudrait que l'État soit devenu étranger et ses citoyens devenus des étrangers. La guerre aurait cessé d'être une guerre pour la répression de la rébellion pour devenir une guerre de conquête et de soumission.

Ce qui était précisément la façon dont le Sud considérait le conflit. Non pas une guerre entre les États, ni une guerre de sécession, mais une guerre contre l'agression du Nord.

Conquête et soumission. Absolument.

Les sudistes le ressentaient ainsi alors, et nombreux sont ceux qui continuent à le ressentir aujourd'hui. Allez au sud-est d'Atlanta, au cœur de la Géorgie, comme elle l'avait fait si souvent, et prononcez le nom du général William Tecumseh Sherman dans les bons endroits et devant les bonnes personnes : tout le monde se mettra à cracher par terre.

Elle ne s'était jamais vraiment interrogée sur la question de la sécession. Après Lincoln, ce problème aurait dû être résolu. Il y avait bien de temps en temps des rumeurs dans les journaux concernant une ville ou un comté, ou encore un groupe marginal qui voulait sortir. Key West était célèbre pour sa république de Conch. Mais cela n'avait jamais abouti à quoi que ce soit.

Puis elle avait écouté Edwin. Ce n'était pas un barjo qui essayait d'échapper au fisc ou d'enfreindre une loi qu'il n'aimait pas, ou simplement d'agir à son gré. C'était le secrétaire général de la Maison-Blanche.

Et il avait peur.

« Ça pourrait devenir un vrai problème, avait dit Davis. Nous espérions que le temps avait réglé les choses. Mais nous avons reçu des informations montrant que ce n'était pas le cas.

– Qu'est-ce qui peut être aussi alarmant ?

– Stéphanie, nous suivons l'actualité à longueur de journée, nous écoutons la radio, nous lisons les éditoriaux. Des informations nous arrivent toute la journée. Tout le monde a une opinion sur tout. Blogueurs, journalistes. Tweets et messages sur Facebook font autorité. Personne ne fait plus vraiment attention. Nous nous contentons d'effleurer les sujets, et il paraît que c'est suffisant. »

Il montra un paragraphe sur l'écran. Il était extrait de l'arrêt *Texas contre White.*

Elle le lut une nouvelle fois.

Notre conclusion est donc que le Texas continue d'être un État, et un État de l'Union, malgré les transactions auxquelles nous nous sommes référés. Et cette conclusion, au vu de notre jugement, n'est pas en désaccord avec quelque acte ou déclaration d'un quelconque département du gouvernement national, mais au contraire totalement en accord avec tous les actes et déclarations depuis le début de la rébellion.

« Cette sacrée Cour suprême n'a fait qu'effleurer le sujet, dit Davis. Ils ont émis une opinion politique, pas une opinion juridique. Son auteur, le président de la Cour, Salmon Chase, a servi dans le gouvernement de Lincoln. Que pouvait-il dire ? Que la guerre de Sécession était inconstitutionnelle ? Que la sécession était légale ? Et que, d'ailleurs, six cent vingt mille hommes étaient morts pour rien.

– N'est-ce pas un peu mélodramatique ?

– Pas du tout. *Texas contre White* demeure la déclaration définitive de la Cour suprême sur la question de la sécession. Si un État essayait de faire sécession, n'importe quel juge dirait immédiatement que c'est inconstitutionnel sur la base de cet arrêt. »

Elle savait que c'était vrai.

« Cette opinion est pourtant loin d'avoir fait l'unanimité, dit Davis. Trois juges étaient en désaccord. »

Elle regarda à nouveau l'écran.

Et cette conclusion, à notre avis, n'est pas en contradiction avec quelque acte et déclaration de n'importe quel département du gouvernement national.

Elle se souvenait encore de ce qu'Edwin lui avait dit et qui se terminait ainsi : « Et si nous savions quelque chose que la Cour suprême ne savait pas en 1869 ? »

En effet. Et si…

20

Danemark

Malone n'avait pas du tout aimé les propos de Cassiopée.

Luc était revenu juste à temps pour saisir la fin de la conversation. Son regard semblait lui dire : *Du calme.* Ce gamin était visiblement au courant de ses rapports avec Cassiopée.

« Laisse-moi te raccompagner à ton hôtel », dit Salazar depuis le bureau.

Malone montra la porte ouverte deux mètres plus loin, et ils se glissèrent dans une salle de projection plongée dans l'obscurité. Des fauteuils confortables faisaient face à un immense écran, incongru dans une maison aussi ancienne.

Ils se plaquèrent contre le mur.

Il entendit bouger dans le bureau, puis des pas dans le couloir. Salazar et Cassiopée apparurent derrière la porte entrouverte. Malone vit Salazar saisir Cassiopée par le bras, l'attirer vers lui et l'embrasser.

Elle l'enlaça, tout en lui caressant les épaules.

Le spectacle était horripilant en même temps que troublant.

« J'en avais envie depuis longtemps, lui dit Salazar. Je ne t'ai jamais oubliée.

– Je sais.

– Qu'allons-nous faire maintenant ?

– Profiter l'un de l'autre. Tu m'as manqué, Josepe.

– Tu as sûrement aimé quelqu'un et on t'a aimée.

– Oui, mais ce que nous avions ensemble était spécial, et tu le sais aussi bien que moi. »

Salazar l'embrassa à nouveau. Tendrement.

Malone sentit son cœur se soulever.

« Je pourrais passer la nuit ici, lui dit-elle.

– Ce ne serait pas une bonne idée, dit Salazar. Ni pour toi, ni pour moi.

– Je comprends. Mais j'en avais envie, c'est tout.

– Je sais, et tu ne peux pas savoir ce que ça représente pour moi. Demain, je passerai te prendre vers 10 heures. Sois prête à partir avec tes bagages.

– Où allons-nous ?

– Salzbourg. »

Ils disparurent dans le couloir. Une porte s'ouvrit et se referma. Quelques instants après, on entendit le bruit d'un moteur, puis il s'éloigna.

Malone ne bougeait pas, le cœur battant à tout rompre.

« Ça va ? » demanda Luc.

Il revint aussitôt à la réalité.

« Pourquoi ça n'irait pas ?

– C'est votre copine et…

– Je ne suis plus un ado. Et comment sais-tu que c'est ma copine ?

– Devinez. Écoutez, ça m'aurait fait mal aussi, si j'avais été à votre place.

– Tu n'es pas à ma place.

– D'accord. Je comprends. Pas touche.

– Stéphanie t'a demandé de ne pas me dire qu'elle était dans le coup ?

– Elle et Salazar n'avaient rien à faire ici. Le boulot de Vitt était de l'éloigner pour la soirée.

– Son *boulot* ?

– Elle donne un coup de main à Stéphanie. Elle lui rend un service. Nous avons découvert qu'elle et Salazar se connaissaient autrefois. Ils étaient… proches. Apparemment. Stéphanie a demandé à Cassiopée de le contacter pour voir ce qu'elle pourrait tirer de lui. Elle le travaille, c'est tout. »

Mais Malone ne pouvait pas s'empêcher de se poser des questions. Est-ce qu'elle jouait vraiment un rôle ? Juste pour gagner la confiance de Salazar ? Dans ce cas, c'était une excellente actrice dont chaque réplique sonnait vrai. Et voilà maintenant que Salazar voulait l'engager, *elle*, pour l'aider.

« Il faut que j'aille voir ce qu'il y a dans ce bureau. »

Malone attrapa Luc par le bras.

« Tu n'as rien d'autre à me dire ?

– Dans votre librairie, vous m'avez dit que vous étiez bien informé sur les mormons. Vous saviez que Cassiopée Vitt était née mormone ? »

Il jeta un regard furieux à Luc.

« Je m'en doutais. Tout ça part du fait qu'elle et Salazar sont des amis d'enfance. Leurs familles étaient proches. Et de même religion. »

Décidément, la nuit était pleine de surprises.

« Vous pouvez me lâcher le bras ? »

Il enleva sa main.

Luc passa devant lui et sortit à toute vitesse de la salle de projection.

Il le suivit.

Ils entrèrent dans la bibliothèque, une pièce chaude avec des lambris vert cendré. Les lumières étaient allumées et les rideaux tirés.

Malone essaya de se concentrer sur sa tâche.

« Il n'a pas d'employés dans cette maison ?

– Les rapports disent qu'il y en a, mais ils ne couchent pas là. Salazar aime qu'on lui fiche la paix. »

Mais les deux Danites pouvaient surgir à tout moment.

« Ces types ont peut-être compris le truc du bus. Fais ce que tu as à faire. Il lui lisait quelque chose. Ce vieux journal, là-bas. »

Luc s'approcha du bureau et prit quelques photos des pages abîmées avec le téléphone fourni par la division Magellan, en particulier celles marquées de papiers blancs. Pendant que Luc fouillait les tiroirs du bureau, l'attention de Malone fut attirée par la carte exposée sur un chevalet. Un peu plus tôt, il avait entendu Salazar citer tous les endroits où les mormons s'étaient installés lors de leur voyage vers l'ouest et la vallée de Salt Lake. Il s'était rendu une fois à Nauvoo, au centre de l'Illinois, où ils avaient séjourné pendant sept ans. Le temple qui s'y trouvait maintenant était une copie, le bâtiment d'origine du XIXᵉ siècle ayant été détruit par la populace.

La haine.

Un sentiment dévastateur.

Comme la jalousie.

Pour l'instant, il était en proie aux deux.

Il fallait qu'il se raisonne. Il n'était plus un ado, mais un homme qui aimait une femme. Il était divorcé depuis trois ans et séparé de son ex-femme depuis dix ans. Il avait longtemps vécu seul. L'irruption de Cassiopée dans sa vie avait tout changé. Pour le meilleur. En tout cas, c'est ce qu'il pensait à ce moment-là.

« Regardez ça », dit Luc.

Il s'approcha du bureau – un meuble énorme, avec des incrustations en ivoire, et un encrier en onyx sculpté.

Luc lui tendit un catalogue du Dorotheum, une des plus anciennes maisons de vente aux enchères du monde, située en Autriche. Malone avait traité avec eux au cours de différentes missions pour la division et ensuite pour sa librairie.

« Apparemment, il y a une vente demain soir, dit Luc. À Salzbourg. »

Il releva la date, l'heure et l'endroit dans le catalogue. En le feuilletant, il découvrit qu'il s'agissait d'un domaine. Mobilier, porcelaine, céramique, livres. Une des pages était cornée. La vente d'un exemplaire du *Livre de Mormon*. De mars 1830. Une édition originale, publiée par E. B. Grandin. Palmyra, New York.

Malone connaissait ce volume.

Le livre avait été réédité de nombreuses fois depuis 1830, mais il restait très peu d'exemplaires de l'édition originale. Il se souvenait d'avoir lu quelques mois plus tôt que l'un deux s'était vendu à près de 200 000 dollars.

« Apparemment, Salazar cherche à acheter un livre », dit-il.

Et pas n'importe quel livre. Un des plus rares au monde.

Il s'éloigna du bureau et étudia à nouveau la carte. Quelqu'un avait surligné le Texas, Hawaii, l'Alaska, le Vermont et le Montana.

« Pourquoi ces États sont-ils colorés ? Et ne me dis pas que tu n'en sais rien. »

Luc garda le silence.

Malone posa le doigt sur l'Utah, qui avait été passé en jaune.

« Et ça ?

– C'est le centre de toute cette connerie. »

L'Utah abritait l'Église de Jésus-Christ des saints des derniers jours. Quelques mouvements dissidents de cette religion existaient bien, mais le corps principal y avait son quartier général.

« Le centre de quoi ? demanda Malone.

– À vrai dire, c'est plutôt difficile à croire. Mais Stéphanie m'a dit au téléphone qu'il y avait un rapport entre Joseph Smith, Brigham Young, James Madison et Abraham Lincoln. Un truc sur lequel on venait de la briefer. Ça remonte à nos Pères fondateurs.

– Concernant ?

– La Constitution des États-Unis.

– Menant à quoi ?

– Un tas d'emmerdes. »

21

DANEMARK

JEUDI 9 OCTOBRE
9 H 20

Salazar était dans son bureau et parlait au téléphone tout en étudiant la carte. Il avait enfin pu joindre Rowan l'Aîné pour lui raconter les événements de la veille au Danemark. Leurs craintes étaient maintenant confirmées. Le gouvernement américain l'avait dans le collimateur.

« C'est par moi qu'ils sont arrivés jusqu'à toi, dit Rowan. Il y a des gens à Washington qui veulent nous empêcher de réussir. »

Sans aucun doute.

Ils avaient toujours fait l'objet d'une certaine animosité.

« Depuis le début, Josepe », lui dit l'ange dans sa tête.

Tout saint savait comment Joseph Smith avait frappé en 1839 à la porte de la Maison-Blanche – qu'il avait décrite comme *un immense palais magnifique, décoré avec tous les raffinements et l'élégance de ce monde* – et demandé à voir le président Martin Van Buren. Lorsque Smith avait souhaité se présenter comme un saint des derniers jours, la demande avait été jugée ridicule. Quand il avait insisté, Van Buren s'était contenté de sourire.

« Avec son arrogance habituelle, Josepe. »

Smith avait apporté une lettre qui décrivait toutes les atrocités que les saints avaient subies dans le Missouri, avec des détails sur les victimes et la perte de leurs biens. Il évoqua l'infâme décret 44, émis par le gouverneur du Missouri, qui appelait à l'extermination de tous les saints. Il demanda respectueusement que le gouvernement fédéral intervienne, mais Van Buren n'en fit rien.

« Il a dit qu'embrasser leur cause lui coûterait le vote du Missouri, lui rappela l'ange. *Il nous a jugés avant même de nous connaître. »*

Par la suite, beaucoup de présidents affichèrent la même indifférence que Van Buren.

« Le gouvernement a toujours fait preuve d'ignorance, de folie et de faiblesse. »

L'ange avait raison.

« En quoi consiste la force du gouvernement ? Elle est comme une corde de sable, aussi faible que l'eau. Sans grand respect pour la vérité ou le droit. Honte aux dirigeants de la nation américaine. »

Comme les prophètes l'avaient toujours fait avec les présidents, il préférait rester prudent avec Rowan l'Aîné. Mais pas par méfiance. Rowan avait précisé dès le début qu'il ne voulait pas de détails. Il passa donc sous silence ce qui était arrivé à l'agent américain, la mort de deux de ses propres hommes et la disparition de Barry Kirk. Il comprenait où se situait la ligne de démarcation entre le quorum des douze et le reste de l'Église. Joseph Smith et son successeur, Brigham Young, avaient utilisé des hommes comme lui, soucieux de l'intérêt collectif.

« La situation est-elle sous contrôle ? demanda Rowan.

– Totalement.

– Il faut qu'elle le reste. Le gouvernement va essayer par tous les moyens de nous mettre en échec. C'est inévitable. Nous ne pouvions pas garder ce secret éternellement. Heureusement, nous approchons du but.

– Ne nous serait-il pas utile de savoir de quelles informations exactes ils disposent ? demanda-t-il.

– J'ai prévu d'enquêter de ce côté. Peut-être pourrais-tu voir ce qu'il est possible d'apprendre là-bas ?

– C'est exactement ce à quoi je pensais.

– Mais sois tranquille, Josepe, aucun de nous n'a enfreint la loi. Leurs demandes de renseignements sont purement formelles. »

Il ne dit rien.

Les Danites avaient toujours travaillé en secret. Le recrutement, il y a cent cinquante ans, comme maintenant, s'opérait uniquement par contact personnel. Les réunions étaient très protégées. Les enseignements n'étaient pas discutés ouvertement en dehors de ces séances, même entre Danites. Les membres apprenaient à suivre les instructions de leurs chefs sans question ni hésitation, et devaient faire preuve d'une absolue fidélité en tout, à la vie ou à la mort. Chaque recrue faisait le serment de ne rien révéler. La punition encourue pour avoir violé ce code était administrée en secret.

« Nous vivons maintenant dans un régime différent, dit l'ange. *Un régime où le Royaume de Dieu se brisera en morceaux et consumera tous les royaumes terrestres. Le devoir de tous les nobles et loyaux Danites consiste à faire disparaître les Gentils et les vouer au Royaume de Dieu. La terre appartient au Seigneur, Josepe, pas à l'homme. Et les lois du pays ne s'appliquent pas quand on se consacre à Dieu. »*

« Ma crainte, dit-il à Rowan, c'est que leurs efforts d'investigation ne s'intensifient.

– C'est ce qui va arriver. Il faut donc que tu adaptes ta conduite. »

Il comprenait le message. L'action des Danites ne pouvait en aucun cas être révélée au grand jour. Josepe connaissait son rôle. Il était le marteau et l'épée. Sa seule récompense consistait en une satisfaction intime qui ne regardait pas les autres.

« Ce n'est pas ton affaire ni ton rôle de savoir ce qui est requis par Dieu, dit l'ange. *Il t'informera par le biais du prophète, et tu devras agir. »*

Amen, se dit-il.

« J'ai les choses bien en main.

– Je m'en doutais. Il se peut que j'aie besoin de toi ici prochainement, sois donc prêt à partir. Je retourne à Washington. Contacte-moi dès que tu auras davantage d'informations. »

Il considéra les États colorés sur la carte.

Texas, Hawaii, Alaska, Vermont et Montana.

Et Utah.

Il regarda sa montre.

« Que le Père céleste te protège, dit Rowan.

– Qu'il en soit de même pour vous, monsieur. »

22

COPENHAGUE

Malone se retrouvait comme au bon vieux temps. En train de jeter l'essentiel dans sa valise, de sortir le sac à dos de dessous son lit et de récupérer les quelques centaines d'euros qu'il avait toujours sous la main, ainsi que son passeport. Des années plus tôt, le passeport était le cadet de ses soucis. En tant qu'agent de la division Magellan, il se déplaçait à son gré dans le monde entier, parfois légalement, mais rarement. Quelle vie ! Ça lui manquait de temps en temps, même s'il prétendait le contraire. Il avait participé jadis à des missions importantes, dont certaines avaient même changé le cours de l'histoire. Mais tout ça était derrière lui maintenant. Ou du moins c'est ce qu'il s'était répété ces dernières années, depuis qu'il avait pris le large. Pourtant, depuis sa retraite, il avait quand même été mêlé à des histoires surprenantes.

Ce qui semblait être justement le cas.

Qu'est-ce que Luc Daniels avait dit hier soir ? *Il y avait un rapport entre Joseph Smith, Brigham Young, James Madison et Abraham Lincoln. Ça remonte à nos Pères fondateurs.*

Il avait quitté Luc après leur retour à Copenhague, et le jeune agent semblait content de se débarrasser de lui. Autrefois, lui aussi avait posé un regard neuf sur les affaires de la division Magellan. Sorti tout droit de la JAG, le service juridique de la marine, là où Stéphanie l'avait recruté pour ce qui était devenu une affectation permanente au ministère de la Justice. Quand il avait quitté le gouvernement, il avait également donné sa démission de la marine et pris sa retraite avec le titre de capitaine de frégate. Harold Earl « Cotton » Malone, fils de Forrest Malone – lui aussi capitaine de frégate de la marine des États-Unis, perdu en mer. Son regard se posa sur le cadre au mur et la note manuscrite, datée du 17 novembre 1971. Les six cent quarante derniers mots de son père. Écrits spécialement à l'intention de sa famille. Il les avait savourés jusqu'au dernier. Surtout la phrase finale.

Je t'aime, Cotton.

Des mots qu'il n'avait pas souvent entendus du vivant de son père.

Il avait essayé de ne pas reproduire les mêmes erreurs avec son propre fils, Gary, 16 ans maintenant. Il espérait que le garçon connaissait ses sentiments pour lui. Dieu sait qu'ils avaient vécu beaucoup de choses ensemble.

Il empoigna le Beretta. Il lui avait bien servi hier. Combien de personnes avait-il tuées avec durant toutes ces années ? Dix ? Douze ? Quinze ?

Difficile de s'en souvenir.

Ce qui l'ennuyait.

Autant que ce qu'il avait vu hier soir avec Cassiopée. Son baiser avec Salazar lui avait fait mal, même si c'était sans doute de la comédie. Il était jaloux, c'est tout. Elle lui avait proposé de rester pour la nuit. Et s'il avait dit oui ? Il ne voulait pas y penser. Mais comment savoir ce qui s'était passé après leur départ du domaine ? Salazar aurait très bien pu partager la chambre d'hôtel de Cassiopée.

Stop. Ça suffit.

Il détestait être tenaillé par le doute, mais il aurait préféré ne jamais avoir été témoin de tout ça et ne rien savoir.

Ou, au contraire, ne valait-il pas mieux être au courant ? Son mariage était mort à force de mensonges et de soupçons. Il s'était souvent demandé ce que l'honnêteté aurait pu ajouter à cette relation. Aurait-elle suffi à la sauver ?

Son téléphone portable sonna.

Il se réjouit de voir Stéphanie Nelle apparaître sur l'écran car il attendait son appel.

« Il paraît que ta nuit a été mouvementée, dit-elle.

– Tu m'as bien embobiné.

– J'avais besoin de ton aide. Tout ça a commencé avec une simple enquête sur un étranger. Mais les choses n'ont pas tardé à se compliquer. Un sénateur est impliqué. Un certain Rowan, de l'Utah. Je ne savais pas non plus que Barry Kirk était une taupe. Salazar a visiblement plusieurs longueurs d'avance sur nous.

– Va à l'essentiel.

– Cassiopée est là pour accélérer les choses et s'informer au maximum. C'est elle qui est au cœur du problème. Seulement je ne suis plus sûre que ce soit la meilleure chose à présent.

– Tu m'as caché ça.

– Tu ne devais pas t'en mêler autant.

– Donc, tu m'as utilisé ?

– Pour trouver mon agent disparu ? Absolument.

– Le gamin t'a dit qu'il était mort ?

– Oui. Mon premier réflexe a été de faire descendre Salazar. Mais j'ai eu des ordres contraires. Luc m'a aussi dit que tu étais perturbé par ce que tu as vu. Cassiopée me rend un service, Cotton. C'est tout.

– Alors elle ment à Salazar ?

– C'est exact. Ça ne lui plaît pas, mais elle a accepté de continuer à jouer la comédie au moins pendant un certain temps.

– Elle n'avait pas l'air de trouver ça désagréable.

– Je comprends que ça te fasse mal…

– Elle savait que j'étais là ?

– Je ne lui ai pas dit que tu étais dans le coup.

– Tant mieux.

– Elle et Salazar ne devaient même pas se trouver dans la maison.

– Tout ça ressemblait à un guet-apens.

– Je suis bien d'accord, dit-elle. Mais ça a marché. Nous avons obtenu des renseignements très précieux.

– C'est ce que le gamin a dit ?

– Il n'est pas bête, Cotton. En fait, il est même très bon. Seulement un peu tête brûlée. Peut-être est-ce un trait de famille. »

Il n'avait pas fait le rapport jusque-là. Daniels.

« Il est apparenté au président ?

– C'est le neveu de Danny Daniels. Un des quatre fils de son frère.

– C'est pour ça que tu l'as recruté ?

– Ce n'est pas du tout ce que tu crois. Luc est un garçon du Sud, comme toi, qui est né et a grandi dans le Tennessee. Après ses études secondaires, il s'est engagé et a fini comme ranger. Un bon. Sa veste militaire est couverte de médailles. Il a servi dans tout le Moyen-Orient, avec trois séjours en Irak. Il voulait travailler pour la CIA, mais le président m'a demandé de le prendre avec moi. Sans conditions, ni traitement particulier. S'il n'était pas à la hauteur, je pouvais le renvoyer.

– S'il ne s'était pas fait tuer avant.

– Je me souviens, il y a quinze ans, de m'être fait la même réflexion à ton sujet. Mais ça s'est bien terminé.

– Tu m'as caché des choses, Stéphanie. Je détestais ça quand je travaillais pour toi et je le déteste encore plus maintenant.

– Je n'ai rien dit concernant Cassiopée parce que j'estimais que tu ne serais pas impliqué assez longtemps pour t'en apercevoir. Elle me donne un coup de main et elle voulait que ça reste entre nous.

– C'est supposé me soulager ?

– Tu n'es pas marié avec elle, Cotton. Elle peut vivre sa vie, exactement comme toi.

– Pas si on tient à garder un minimum de courtoisie dans les rapports.

– Alors tu lui dis tout ?

– Que fait-elle exactement pour toi ?

– Je ne peux rien te dire au téléphone.

– Luc parle de quelque chose qui implique les Pères fondateurs.

– C'est mon problème, pas le tien. »

Il hésita une seconde.

« D'accord, dit-il. C'est vrai que Cassiopée est une grande fille. Elle peut se débrouiller toute seule.

– J'en suis sûre. La question du jour c'est : peux-tu en faire autant ? »

Il ne pouvait pas raconter de conneries à Stéphanie. Elle le connaissait, autant qu'il la connaissait.

« Tu l'aimes, Cotton. Avoue-le.

– Elle ne m'a rien dit de tout ça. Donc, ça ne me regarde pas. Comme tu dis, nous ne sommes pas mariés.

– J'ai rappelé Luc. Il devrait bientôt être de retour ici aux États-Unis. Les hommes de Salazar vous ont vus tous les deux, et son efficacité là-bas est compromise.

– Le gamin et le président s'entendent bien ?

– Luc ignore que son oncle est intervenu pour lui. Une condition imposée par le président. »

Il était surpris que Stéphanie ait accepté de rendre ce service. Ça n'était pas vraiment son genre. Mais Cassiopée lui avait dit ce que son ex-patronne et le président éprouvaient l'un pour l'autre. Ce qui l'avait surpris aussi. Stéphanie ne lui en avait jamais parlé. Ce n'était pas vraiment dans leurs habitudes à tous les deux d'évoquer ces choses-là.

« Difficile de trouver des défauts à un garçon qui téléphone à sa mère tous les dimanches », dit-elle.

La mère de Malone vivait en pleine Géorgie, dans la ferme familiale où l'on cultivait des oignons doux depuis plus d'un siècle. Mais, contrairement à Luc Daniels, il ne l'appelait pas toutes les semaines. Seulement pour les occasions importantes, les anniversaires et la fête des Mères. Leurs rapports se limitaient à ça. Elle ne s'en plaignait jamais, mais c'était son habitude. Jamais un mot négatif ne sortait de sa bouche. Quel âge avait-elle maintenant ? 70 ? 75 ? Il n'en était même pas sûr. Pourquoi d'ailleurs ne connaissait-il pas l'âge de sa mère ?

« Et j'ai appelé Copenhague, dit-elle. La police locale te fichera la paix. »

Il s'était demandé pourquoi sa boutique n'avait pas été perquisitionnée par la police.

« Ils ont cassé la vitre de ma porte d'entrée.

– Envoie-moi la facture.

– Je n'y manquerai pas.

– Je sais que tu es furieux, dit-elle. Je peux comprendre. Mais promets-moi de ne pas t'en prendre à Cassiopée, d'accord ? Nous ne pouvons pas la mettre en danger. Fiche-lui la paix jusqu'à ce que tout ça soit terminé. Tu l'as dit, c'est une grande fille. Plus aucun agent ne la couvre. Il va falloir qu'elle se débrouille seule.

– Comme tu veux. »

Il raccrocha et regarda fixement son sac de voyage.

On se moquait encore de lui.

Ça ne faisait aucun doute.

Il glissa le Beretta dans le sac à dos et le repoussa sous son lit. Malheureusement, il ne pouvait pas prendre l'arme avec lui. Ce n'était pas autorisé dans les avions, et l'enregistrer soulèverait des questions auxquelles il préférait ne pas répondre. C'était encore un avantage quand on avait une accréditation du gouvernement.

Tant pis. Il s'adapterait.

L'État américain employait des milliers d'agents dont le job était de veiller aux intérêts nationaux. Autrefois, il en faisait partie. Son travail maintenant était d'ordre plus personnel. Qu'est-ce que Stéphanie avait dit concernant Cassiopée ? *Plus aucun agent ne la couvre. Il va falloir qu'elle se débrouille seule.*

Pas tout à fait.

Et Stéphanie le savait.

Il fallait qu'il se dépêche.

Son vol pour Salzbourg partait dans deux heures.

23

KALUNDBORG

Cassiopée bouclait ses bagages. Elle n'avait pas pris grand-chose, seulement quelques vêtements interchangeables pour pouvoir varier sa tenue. Elle pensait s'absenter pour quelques jours. Et maintenant son voyage se prolongeait. Les portes-fenêtres étaient grandes ouvertes, offrant une vue spectaculaire sur le fjord et le détroit du Grand Belt avec ses eaux gris-brun agitées par une brise venant de l'est. Josepe lui avait pris une chambre dans une auberge de bord de mer, préférant de toute évidence qu'elle n'habite pas au domaine. Peut-être voulait-il que leur relation ne dégénère pas, ou tout simplement qu'elle ne vienne pas chez lui. Elle était au Danemark depuis trois jours, et il l'avait emmenée visiter les lieux pour la première fois hier soir.

Tout ce qui lui était arrivé durant cette soirée la perturbait complètement.

Embrasser Josepe à nouveau après tant d'années avait ravivé des souvenirs qu'elle pensait oubliés. Il avait été son premier amour, et elle le sien. Il s'était toujours comporté en gentleman envers elle, leur relation ayant été tendre mais jamais passionnée. La doctrine de l'Église interdisait les rapports sexuels avant le mariage. Son offre de passer la nuit chez lui était risquée, mais pas trop. En tout cas, il avait été sensible à sa proposition et lui en était certainement reconnaissant.

Elle détestait lui mentir et regrettait de plus en plus de s'être prêtée à cette comédie. Quand elle avait accepté de collaborer, elle ne savait pas qu'il éprouvait pour elle des sentiments toujours aussi profonds. Stéphanie lui avait bien parlé de la photo qu'il conservait, mais cela pouvait s'expliquer de différentes manières. À présent, les choses étaient parfaitement claires.

Josepe l'aimait.

Elle rangea les derniers vêtements dans le sac et referma la fermeture éclair.

Elle devrait en finir avec cette comédie. C'était la seule chose correcte à faire. Mais le soupçon de meurtre l'incitait à continuer. Le mormonisme rejetait la violence. Autrefois, les circonstances étaient différentes et les mormons avaient dû se battre pour se défendre. C'était une question de survie. Un problème d'autodéfense, un signe des temps. Josepe croyait avec ferveur dans la doctrine de l'Église, ce qui lui interdisait de faire du mal aux autres, alors pourquoi se serait-il éloigné de principes aussi fondamentaux ? Il devait y avoir une autre explication. Sans rapport avec le meurtre.

Elle regarda sa montre : 9 h 30.

Il serait bientôt là.

Elle s'approcha des portes ouvertes et écouta le bruit rythmé des vagues et les cris des oiseaux.

Son téléphone portable sonna.

« Nous avons eu un incident hier soir », dit Stéphanie dans l'appareil.

Puis elle lui raconta ce qui était arrivé sur l'Øresund et à Copenhague avec l'un des associés de Josepe.

« J'ai été obligée de demander à Cotton d'intervenir, dit Stéphanie. Je n'avais que lui sous la main. Il s'en est chargé, mais il a tué trois hommes.

– Il va bien ?

– Très bien.

– Tu as des nouvelles de l'agent disparu ?

– Il manque toujours à l'appel. Les hommes qui poursuivaient Cotton étaient des Danites, au service de Salazar. »

Des Danites ? Elle se souvenait d'avoir lu quelque chose sur eux étant adolescente, mais ils n'existaient plus depuis le XIXe siècle.

« Je n'ai rien vu qui atteste leur présence ici. »

Puis elle lui raconta ce qui s'était passé entre Josepe et elle.

« Il m'aime vraiment. J'ai le sentiment d'être une tricheuse. Je devrais tout arrêter.

– J'ai besoin que tu t'accroches encore un moment. Les choses se sont corsées de ce côté-ci, et j'en saurai plus aujourd'hui. Va à Salzbourg avec lui et vois ce que tu peux glaner. Après ça, tu pourras t'en aller. Il n'en saura jamais rien.

– Moi, si. J'ai aussi menti à Cotton. Il ne serait pas ravi de savoir ce que je fais.

– Tu collabores à une opération des renseignements américains. C'est tout. Rowan l'Aîné, dont Salazar a parlé, c'est Thaddeus Rowan, le sénateur de l'Utah. »

Cassiopée lui décrivit alors la carte dans le bureau de Josepe.

« L'Utah était surligné en jaune. Les cinq autres États en rose.

– Lesquels ? »

Elle le lui dit.

« Pour l'instant, le sénateur Rowan m'a dans le collimateur. Cette grande mission dont Salazar a parlé ? C'est ça que nous devons savoir. C'est important, Cassiopée. Et tu es aux premières loges.

– Il faut que je parle à Cotton.

– Ne fais pas ça. Ça a l'air d'aller. Il m'a donné un coup de main hier soir et il est retourné travailler dans sa librairie. »

Mais c'est *elle* qui n'allait pas bien. Elle se sentait seule. Et ça l'inquiétait.

Elle avait pensé à Cotton toute la matinée. À proprement parler, ce qu'elle avait fait avec Josepe n'était pas tromper. C'était une ruse. La différence entre les deux hommes était intéressante. Cotton était simple, réservé et avare de ses émotions. Josepe était démonstratif, chaleureux et affectueux. Ses convictions religieuses étaient à la fois un atout et une malédiction. Les deux hommes étaient remarquablement beaux, de vrais mâles, assurés et confiants. Tous deux avaient des défauts. Elle ne savait pas vraiment pourquoi elle se livrait à ces comparaisons, mais elle n'avait pas arrêté depuis hier soir.

« Ce n'est pas le moment de tout laisser tomber, dit Stéphanie.

– Cette histoire me met mal à l'aise.

– Je comprends, Cassiopée, mais l'enjeu est considérable. Et tu peux croire tout ce que tu veux, Salazar n'est certainement pas innocent. »

Stéphanie mit fin à la communication.

Elle n'aimait pas mentir à Cassiopée, mais elle ne pouvait pas faire autrement. Cotton n'allait pas bien. À l'entendre au téléphone, c'était évident. Luc aussi lui avait confirmé que Cotton était perturbé.

Et son agent était mort.

Ça aussi, elle le lui avait caché.

Quelle aurait été la réaction de Cassiopée si elle lui avait dit tout ça ? Elle aurait peut-être essayé d'affronter Salazar. Ou elle aurait voulu tout laisser tomber. Mieux valait ne rien dire pour le moment.

Elle s'assit dans son lit et regarda son réveil. 3 h 50.

Son vol pour Washington partait dans quatre heures. Edwin Davis lui avait dit qu'il viendrait la chercher au Reagan National. Elle était impatiente d'en savoir plus. Les quelques informations qu'elle avait étaient déjà assez troublantes. Elle avait travaillé pendant trente ans au ministère des Affaires étrangères, puis au ministère de la Justice. Elle avait vécu beaucoup de crises. Ce qui lui avait donné un sixième sens. Qui, s'il ne la trompait pas, lui indiquait que Malone était en route pour Salzbourg. Il s'était montré réservé au téléphone, mais elle le connaissait bien. Surtout après qu'elle lui eut dit que Cassiopée devait se débrouiller seule. Il n'allait certainement pas la laisser naviguer sans aide. Rien ne pourrait le tenir à l'écart.

Le sommeil l'avait désertée. Elle était bien réveillée maintenant. Et pas seulement à cause de ces deux coups de fil.

Elle était inquiète.

Elle ignorait quelque chose, mais quoi ?

24

Kalundborg

Salazar finissait d'organiser son voyage à Salzbourg. Son dernier jouet, un Learjet 75, l'attendait. Une voiture était dehors, prête à l'emmener en ville pour prendre Cassiopée avant d'aller à l'aéroport. Il avait modifié les réservations d'hôtel, et le Goldener Hirsch avait été très complaisant, l'assurant qu'il pourrait disposer de deux suites. Le vol prendrait moins de deux heures, et il se réjouissait de retrouver les montagnes autrichiennes. Le temps devait être superbe. Il adorait Salzbourg. C'était une de ses villes préférées – et ce voyage-ci serait d'autant plus agréable qu'il se ferait en compagnie de Cassiopée.

Les portes de son bureau s'ouvrirent. Un des deux hommes qui lui restaient fit son entrée, un fidèle Danite qui revenait de Copenhague.

« Cotton Malone est libraire à Copenhague, dit l'homme.

– Et pourtant, il a réussi à tuer deux de nos hommes. »

Ces morts le dérangeaient. Avant cela, il n'avait jamais perdu un seul homme.

« Et Barry ? Aucun signe de vie ?

– Nous avons retrouvé son téléphone portable dans un bus, il avait été laissé là pour nous mettre sur une fausse piste. Nous n'avons eu aucun contact avec frère Kirk depuis la nuit dernière, devant la librairie. »

Il savait ce que ça voulait dire.

Trois hommes de moins.

« Vous avez fait le nécessaire ? demanda-t-il.

– Je me suis personnellement occupé du corps de l'agent américain, répondit son collaborateur.

– Quelqu'un pourrait-il faire le rapprochement entre nous et les deux corps qui seront retrouvés dans l'Øresund ?

– Aucun rapprochement possible. »

Il avait déjà été informé de ce qui s'était passé la veille lorsqu'un autre agent américain avait été coincé près de Kalundborg et s'était enfui en volant un de ses avions à hélices – lequel, selon les rapports qu'il avait reçus, s'était abîmé dans la mer du Nord.

« Qu'est-ce que tu en penses ? » demanda-t-il.

L'opinion de ses hommes lui importait. De bons conseillers permettaient de prendre de bonnes décisions. C'était une qualité que tous les prophètes avaient en commun, ils comptaient sur des hommes intelligents et obéissants pour leur procurer sagesse et conseils. Lui et ses Danites jouaient ce rôle auprès de Rowan l'Aîné.

« Frère Kirk m'a tenu informé avant de partir pour la Suède. Il a dit que les Américains avaient été piqués au vif quand il avait mentionné la disparition de leur agent. Ils semblent déterminés à trouver tout ce qui pourra vous nuire. »

Ils avaient pensé qu'en commettant un meurtre lié au journal de Rushton ils pousseraient leur ennemi à la faute. Aujourd'hui, ce journal se trouvait sur son bureau et, bien que son propriétaire ait bel et bien été tué, rien ne le reliait à lui, sinon une assertion sans fondement.

« Tu crois qu'ils ont Barry ? » demanda-t-il.

La tâche de Kirk avait consisté à apprendre tout ce qu'il pouvait de l'intérieur, puis à attirer ceux qui l'avaient sauvé jusqu'ici. Mais les choses avaient mal tourné.

« Probablement pas. Comment auraient-ils fait pour mettre le téléphone dans le bus ? Frère Kirk ne leur aurait jamais rien dit de son plein gré. Sur la place, juste avant que Malone ne lance la police sur nous, frère Kirk m'a demandé de me tenir prêt. Nous devions suivre en utilisant le système de localisation du téléphone. C'est moi qui avais informé la police de la tuerie sur l'eau et de l'endroit où se trouvait Malone. Le but était de l'éloigner pour pouvoir continuer. Mais ça a échoué. »

En effet.

Il se souvenait de sa conversation un peu plus tôt avec Rowan l'Aîné. Il se passait des choses outre-Atlantique, et on aurait bientôt besoin de lui là-bas. En attendant, Rowan lui avait dit d'en apprendre un maximum de ce côté-ci.

Et c'est ce qu'il avait bien l'intention de faire.

Il prit la télécommande et la dirigea vers un écran plat fixé au mur. L'image qui apparut était celle du bureau, la veille au soir, avec deux hommes fouillant la pièce et examinant la carte sur le chevalet, laissée en évidence à dessein.

« Barry a dû leur dire de venir ici, comme nous l'avions prévu », dit-il.

Kirk et lui s'étaient mis d'accord pour attirer les Américains ici de manière à écouter leur conversation à leur insu, puis de les tuer. Ils étaient censés trouver d'abord le corps, puis, furieux, se diriger vers la maison principale. Et après avoir recueilli les informations qu'ils voulaient entendre, Salazar et ses hommes les auraient envoyés rejoindre leur compagnon dans l'éternité.

Mais ça ne s'était pas passé comme ça. D'après l'heure indiquée sur la vidéo, l'ennemi était entré dans la maison au moment où Cassiopée et lui s'en allaient.

Ce qui ne faisait pas partie du plan.

Évidemment, il n'avait pas eu conscience de ces problèmes la veille. Selon le message reçu pendant le dîner, tout marchait comme prévu.

« Le plus jeune est celui qui a volé l'avion et qui était à Copenhague hier soir, lui dit son homme. Celui qui étudie la carte, c'est Malone. »

« Pourquoi ces États sont-ils colorés ? demanda Malone. Et ne me dis pas que tu n'en sais rien. »

Malone montrait l'Utah.

« Et ça ? »

La réponse à cette question surprit Salazar.

« C'est le centre de toute cette connerie. À vrai dire, c'est plutôt difficile à croire. Mais Stéphanie m'a dit au téléphone qu'il y avait un rapport entre Joseph Smith, Brigham Young, James Madison et Abraham Lincoln. Un truc sur lequel on venait de la briefer. Ça remonte aux Pères fondateurs.

– Concernant ?

– La Constitution des États-Unis. »

Les deux Américains avaient déjà trouvé le catalogue de la vente aux enchères sur le bureau, avec une indication concernant le *Livre de Mormon.* Il éteignit la vidéo, content que la microcaméra cachée dans le plafond ait si bien fonctionné. L'ennemi les avait parfaitement renseignés.

« Je pars pour Salzbourg dans quelques minutes.

– Vous serez seul ?

– Non. Mlle Vitt vient avec moi.

– Est-ce bien raisonnable ? »

Cet homme avait aussi la tâche de veiller sur lui, surtout après les événements des dernières vingt-quatre heures.

« C'est une amie de longue date. Elle a toute ma confiance.

– Je ne voulais pas vous offenser. Je crois que ce serait mieux si nous nous occupions seuls de cette affaire.

– Je veux qu'elle m'accompagne là-bas. »

Il ne souhaitait pas entendre la moindre remarque négative concernant Cassiopée. Il sentait encore ses lèvres sur sa peau, et la décharge électrique qui l'avait traversé. Elle ne lui avait donné aucune raison de se méfier d'elle.

« Fin de la discussion. »

Son homme acquiesça.

« Malone devra payer pour nos frères défunts, dit-il pour changer de sujet.

– Je regardais depuis la côte pendant qu'il les tuait, sans pouvoir rien faire. »

« Nous devons être solidaires et nous défendre ensemble contre toutes choses, lui dit l'ange. *Si nos ennemis nous maudissent, nous pouvons aussi le faire. Ainsi pourrons-nous consacrer beaucoup au Seigneur et faire prospérer Son royaume. Qui peut s'opposer à nous ? »*

Personne.

« Prépare-toi à partir. »

L'homme quitta la pièce.

Il réfléchit aux heures qui allaient suivre et se demanda s'ils n'avaient pas été trop audacieux, trop malins, en laissant autant de marge à leur ennemi. Pourtant, l'idée d'envoyer Kirk chez eux se justifiait.

Mais ça aurait pu lui coûter la vie.

Peut-être qu'un seul, ou même les deux Américains de la veille se rendraient en Autriche.

Dans ce cas, il saurait ce qu'était devenu Kirk et s'occuperait d'eux ensuite.

Le Père céleste pourrait même lui sourire et lui envoyer Cotton Malone.

25

WASHINGTON, D.C.
11 HEURES

Stéphanie était dans la limousine à côté d'Edwin Davis. Comme promis, il l'attendait à Reagan National à l'arrivée de son vol Delta en provenance d'Atlanta. Il lui avait dit de prendre une valise car elle risquait de devoir rester plusieurs jours. En dehors de ces informations, elle n'avait pas la moindre idée de ce qui l'attendait.

Les voitures avançaient en accordéon ce matin, même après la sortie de l'autoroute. Davis l'avait accueillie chaleureusement, mais, depuis, il était resté silencieux, regardant constamment par la fenêtre. Elle aussi avait admiré en passant le Lincoln Mémorial, le Washington Monument et le Capitole. Bien qu'elle ait vécu et travaillé ici par intervalles pendant plus de trente ans, la ville l'impressionnait toujours.

« Ce qui est intéressant, dit Davis tout bas, c'est que tout ça a été initié par un groupe d'hommes réunis derrière des portes closes, dans la chaleur torride d'un été à Philadelphie. »

C'était un véritable exploit, elle le reconnaissait. Cinquante-cinq délégués de douze États étaient arrivés en mai 1787 et ils étaient restés jusqu'en septembre. Rhode Island n'avait jamais envoyé de représentants, refusant de participer, et deux des trois délégués de New York étaient partis plus tôt. Mais les hommes qui étaient restés avaient réussi un vrai miracle politique. 60 % d'entre eux avaient participé à la révolution. La plupart avaient servi aussi bien dans la Confédération que dans les Congrès continentaux. Plusieurs avaient été gouverneurs. Plus de la moitié étaient des avocats, les autres exerçant les professions les plus diverses – commerçants, fabricants, affréteurs, banquiers, médecins, un pasteur et plusieurs fermiers. Vingt-cinq possédaient des esclaves. Deux, George Washington et le gouverneur Morris, comptaient parmi les hommes les plus riches du pays.

« Tu sais ce qui s'est passé à la fin de la Convention ? demanda Davis. Au moment de signer. »

Elle acquiesça.

« Quarante-deux seulement étaient présents ce jour-là, et trente-neuf ont signé.

– Washington a été le premier, puis les représentants se sont présentés, du Nord au Sud, un État à la fois. Personne n'était entièrement satisfait. Nathaniel Gorham, du Massachusetts, a dit qu'il pensait que la nouvelle nation ne durerait pas plus de cent cinquante ans. Pourtant, nous sommes toujours là. »

Son cynisme l'étonnait.

« Ce qui s'est passé pendant ces quelques mois à Philadelphie est devenu une légende au point que l'on en oublie la réalité, dit-il. Regarde les émissions sur les chaînes câblées ; à les entendre, ces hommes ne pouvaient faire aucune erreur. » Il se tourna alors vers elle. « Rien n'est plus éloigné de la vérité.

– Edwin, je sais que les Fondateurs avaient des défauts. J'ai lu les notes de Madison. »

La version définitive de ce qui s'était passé à Philadelphie figurait dans les *Notes sur les Débats à la Convention fédérale de 1787*, rédigées par James Madison. Sans être le secrétaire officiel de la Convention, Madison avait scrupuleusement consigné les minutes du débat, qu'il transcrivait fidèlement chaque soir. Les délégués s'étaient d'abord réunis pour amender les articles de la Confédération jugés difficiles à appliquer, mais ils avaient rapidement décidé de supprimer complètement ces articles et de rédiger une nouvelle Constitution. S'ils avaient été informés de cette décision, la plupart des États auraient rappelé leurs délégués, mettant ainsi fin à la Convention. Les réunions s'étaient donc tenues en secret, et les documents de travail du secrétaire officiel avaient été détruits. Seul un registre des résolutions et des votes avait été sauvegardé. D'autres délégués avaient pris des notes, mais celles de Madison étaient devenues l'unique compte rendu des délibérations au jour le jour faisant autorité.

« Le problème, dit-il, c'est que son rapport n'est pas fiable. »

Ce qu'elle savait également.

« Il ne l'a publié qu'en 1840. »

Et pendant ces cinquante-trois années suivant les faits, Madison avait reconnu avoir embelli ses souvenirs, se livrant à d'innombrables corrections, suppressions et insertions. Au point qu'il était désormais impossible de savoir ce qui s'était vraiment passé. Et pour couronner le tout, Madison avait refusé que son compte rendu soit publié avant que tous les membres de la Convention soient morts, y compris lui.

Ce qui voulait dire qu'il ne restait plus personne pour contester son récit.

« Ces notes, dit Davis, ont été à la base de nombreuses décisions constitutionnelles qui ont fait date. Elles sont citées tous les jours par les juridictions fédérales et celles des États comme traduisant l'intention supposée des Fondateurs. Toute notre jurisprudence constitutionnelle repose littéralement sur ces décisions. »

Elle se demandait quel rapport cela pouvait avoir avec ce qu'il avait dit hier, sur le fait que la Cour suprême s'était trompée dans sa décision dans le cas *Texas contre White*, mais elle savait que Davis le lui confierait le moment venu.

Elle reconnut la route qu'ils suivaient.

Vers le nord-ouest, au-delà de l'université de Georgetown, le long d'un boulevard pittoresque bordé d'arbres. Elle connaissait le quartier avec toutes les ambassades étrangères à proximité. La voiture s'approcha enfin d'un portail en fer, flanqué de deux gardes en uniforme, qui s'ouvrit aussitôt.

Elle connaissait cet endroit.

L'Observatoire naval des États-Unis.

Trente-six hectares de terrain boisé sur une colline, dont six formaient l'enceinte où résidait le vice-président des États-Unis.

Ils tournèrent dans une rue marquée OBSERVATORY CIRCLE, et elle aperçut la maison de briques blanches de style Queen Anne à deux étages. Des volets vert cendré encadraient ses multiples fenêtres.

La voiture s'arrêta, et Davis descendit.

Elle le suivit.

Ils montèrent l'escalier menant à une véranda ornée d'un mobilier en osier blanc. Des massifs de roses d'automne étaient en pleine fleur.

« En quoi le vice-président est-il concerné ? demanda-t-elle.

– En rien », dit Davis tout en se dirigeant vers la porte d'entrée.

Ils pénétrèrent dans un vestibule spacieux dont le sol était recouvert d'un épais tapis d'Orient vert et beige. Conformément à l'architecture Queen Anne, les pièces ouvraient les unes sur les autres sans couloir attenant. La décoration d'ensemble déclinait toute une palette de céladon, tilleul et bleu ciel.

Davis précéda Stéphanie et la fit tourner à droite.

Ils entrèrent dans la salle à manger.

Le président Robert Edward « Danny » Daniels Jr. était assis à la table, en costume cravate, mais il avait retroussé ses manches et enlevé sa veste qui pendait sur le dossier de sa chaise.

Elle s'efforça de ne pas sourire.

« Asseyez-vous, lui dit le président. Nous avons beaucoup de choses à voir.

– À quel propos ?

– Votre problème.

– J'en ai plus d'un, dit-elle.

– Mais un seul impliquant Thaddeus Rowan, notre distingué sénateur de l'Utah. »

26

SALT LAKE CITY
9 HEURES

Rowan entra à l'Hôtel Monaco, situé en centre-ville, à deux rues au sud de Temple Square. Salt Lake City avait été conçu comme un quadrillage, toutes ses rues principales partant de Temple Square. Brigham Young avait exigé que chaque rue soit assez large pour permettre à un chariot tiré par des chevaux de faire demi-tour sans provoquer de jurons. Son plan avait été suivi, il était encore en vigueur aujourd'hui, et beaucoup d'autres colonies s'en étaient inspirées par la suite.

L'Hôtel Utah près de Temple Square, qui appartenait à l'Église, avait été jadis l'établissement le plus réputé de la ville. Mais il avait été fermé en 1987 et remis en état pour servir de centre administratif à l'Église. Maintenant, c'était le Monaco qui avait acquis ces lettres de noblesse. Le bâtiment lui-même, l'un des plus remarquables de la ville, avait été précédemment occupé par une banque. Il avait suggéré ce lieu aux occupants de la suite Majestic au dernier étage – appelée ainsi en raison de la vue sur le centre-ville et les montagnes escarpées Wasatch et Oquirrh qui entouraient la cuvette de Salt Lake.

Trois hommes l'attendaient.

Son groupe de réflexion. Créé plus de trois ans auparavant et prêt pour la bataille à venir.

Il entra dans la suite et tout le monde se serra la main.

La réunion était prévue depuis plusieurs semaines mais, avec la découverte des chariots et les révélations du coffret en bois, l'urgence de leur discussion s'était fait encore plus sentir.

Tous les trois étaient d'éminents avocats-conseils. Deux d'entre eux étaient associés dans de grands bureaux, dont un à New York et l'autre à Dallas. Le troisième, professeur à l'école de droit de l'université de Columbia. Tous avaient plaidé et gagné des procès devant la Cour suprême. Ils étaient respectés, brillants et très chers, ayant été recrutés par Rowan après qu'il se fut assuré qu'ils partageaient tous la même philosophie politique.

Il remarqua qu'une table roulante avait été montée, avec des boissons, des fruits et des croissants. Chacun se servit et ils s'installèrent devant une table en acajou trônant dans un coin de la grande pièce. Tout en contrebas, les rues de Salt Lake City vibraient au rythme de la circulation matinale. Une longue file de phares au loin signalait l'autoroute 15 qui traversait l'État du nord au sud.

« Dites-moi comment ça se passe pour nous dans le pays ? demanda-t-il.

– Nous avons des gens très bien sur le terrain, prêts à agir dans tous les États, dit l'un des avocats. Ce seront des atouts sérieux le moment venu. Cela va des spécialistes en communication à des avocats, des employés et des universitaires. Tout ce dont nous aurons besoin. »

– Côté discrétion ?

– Jusque-là pas de problème, mais nous sommes avares d'informations et généreux avec l'argent.

– Et le coup décisif ?

– Comme prévu, il viendra du Texas, d'Hawaii, d'Alaska, du Vermont et du Montana. Les ressentiments dominent chez les élus de ces États-là. Les sondages indiquent que les populations n'y sont pas opposées. Nous avons des mesures législatives prêtes à être proposées. »

Cela donnerait au mouvement une touche de nationalisme, bien que ce soit l'Utah qui ouvre la voie.

« Vous avez vu la pétition du Texas ? » lui demanda l'autre avocat.

Il l'avait vue. Deux semaines plus tôt. Plus de cent vingt-cinq mille personnes avaient signé, indiquant qu'elles ne voulaient plus faire partie des États-Unis.

« Nous n'en avons pas été le fer de lance, mais nous ne l'avons pas découragée non plus. Cette pétition émane d'un groupe marginal. Regardez le préambule. »

Il prit l'iPad et lut sur l'écran.

L'État du Texas veillant à toujours garder un budget équilibré et étant la 15e économie du monde, il lui serait possible de sortir de l'Union, ce qui protégerait le niveau de vie de ses citoyens et les confirmerait dans leurs droits et leurs libertés, conformément aux idées et aux croyances de nos Pères fondateurs qui ne sont plus reflétées par le gouvernement fédéral.

Il aimait la formulation, mais n'avait pas apprécié les commentaires faits dans la presse par ses auteurs. Trop fanatiques. Trop radicaux. Ils avaient l'air ridicules. Mais la pétition avait au moins attiré l'attention sur la question et obligé les chaînes d'information à en débattre pendant plusieurs jours.

« La Géorgie, la Floride, l'Alabama et le Tennessee ont lancé des pétitions similaires. Mais on est loin des cent vingt-cinq mille signataires du Texas. Ce sont autant de coups de pub, mais ça ne peut pas faire de mal. »

Il posa l'iPad sur la table.

« Il faut que cette discussion dépasse le Sud.

– C'est certain, dit l'un des hommes. Un récent sondage de l'institut Zogby montre que, dans le pays, 18 % de la population sont favorables à la sécession de leur État. Selon un autre sondage du *Huffington Post*, 29 % affirment que leur État devrait avoir le droit de faire sécession si la majorité de ses citoyens le voulaient. Mais il y a plus intéressant encore : 33 % des participants à ce sondage n'avaient pas d'avis définitif. »

Autrement dit, 80 % pourraient accepter qu'un État ait le droit de quitter l'Union.

Rien de surprenant.

« C'est pourquoi nous devons changer de registre, dit-il. Heureusement, pour citer John Paul Jones : *Nous n'avons pas encore commencé à nous battre.* Où en sommes-nous légalement ?

– Mes étudiants travaillent là-dessus, dit le professeur. J'ai appelé ça un "exercice hypothétique de raisonnement juridique". Ce sont tous des gens intelligents et ils ont élaboré un traité qui tient la route. »

L'universitaire se mit alors à exposer leurs prémices.

La Déclaration d'indépendance dit clairement que *quand toute forme de gouvernement devient destructrice, c'est le droit du peuple de le changer ou de l'abolir, et d'établir un nouveau gouvernement, fondé sur de tels principes et organisant ses pouvoirs de telle manière qui lui paraîtra pouvoir garantir sa sécurité et son bonheur.* Elle continue en affirmant en termes on ne peut plus clairs que *quand une longue suite d'abus et d'usurpations tend invariablement à soumettre le peuple à un despotisme absolu, il est de son droit, il est de son devoir, de rejeter un tel gouvernement et de trouver de nouveaux gardiens pour garantir sa future sécurité.*

Chacune des treize colonies d'origine avait déclaré sa propre indépendance par rapport à la Grande-Bretagne. Après la guerre, l'Angleterre avait reconnu chaque État comme étant souverain. Les États conçurent ensuite les articles de la Confédération et de l'Union immuable, qui créèrent un gouvernement fédéral comme leur représentant collectif. Mais, en 1787, ils sortirent de cette union immuable et adoptèrent une nouvelle Constitution. Nulle part les termes *union immuable* ne furent inclus dans la nouvelle Constitution et aucun État n'avait compris qu'il acceptait une telle dépendance en la ratifiant. En fait, la Virginie, Rhode Island et New York, dans leurs votes de ratification, s'étaient spécifiquement réservé le droit de faire sécession, ce à quoi les autres États ne s'étaient pas opposés.

Tout cela lui plaisait beaucoup.

Depuis la guerre de Sécession, toute mention de sécession avait été évitée puisque le Sud avait perdu, et que la Cour suprême des États-Unis avait proclamé en 1869 que cet acte était inconstitutionnel.

Le professeur produisit un document relié de cinq centimètres d'épaisseur.

« Voici l'analyse faite par mes étudiants de chaque décision juridique prise dans ce pays concernant la sécession. Il s'agit pour la plupart d'affaires fédérales du milieu du XIXe siècle et quelques décisions des États. Toutes sont identiques et soutiennent que le concept de sécession est illégal. »

Rowan attendit la suite.

« Toutefois, la plupart de ces décisions sont basées sur le cas *Texas contre White*, dit le professeur. Éliminez ça, et il n'y a plus de précédent. Nous serions en territoire vierge. Je leur ai fait analyser cet aspect très soigneusement. La conclusion est irréfutable. » Le professeur posa le document devant lui. « C'est un château de cartes. Quand on retire celle-là, toute la structure s'écroule. »

Certes, son allié faisait allusion aux précédents légaux, mais la même métaphore pouvait s'appliquer à l'assemblage des cinquante États.

La sécession était une solution qu'il avait depuis longtemps envisagée, depuis qu'il avait décidé que le gouvernement fédéral était définitivement hors d'usage et impossible à remettre sur pied. Il était devenu trop imposant, trop arrogant, trop bête. Les Pères fondateurs avaient mené une guerre longue et sanglante contre une autorité centralisée – l'Angleterre et son roi – et ils n'auraient jamais créé une nouvelle autocratie. Il était évident en 1787 qu'aucun État ne pouvait être obligé de rejoindre l'Union ou d'y rester. Ces deux décisions revenaient au peuple de chaque État. D'ailleurs, une proposition spécifique visant à donner au gouvernement fédéral le droit d'empêcher un État de faire sécession avait été repoussée lors de la Convention constitutionnelle.

Quand ce concept d'une union immuable était-il né ?

Il le savait très bien.

Lincoln.

Et seule une poignée d'historiens avaient compris pourquoi en réalité Lincoln avait fait la guerre de Sécession, non pas pour préserver une union indivisible, mais plutôt pour en créer une, en introduisant l'idée que l'Union était immuable.

Mais Lincoln s'était trompé.

La Déclaration d'indépendance était un acte de sécession, dirigé contre la loi britannique. La ratification de la nouvelle Constitution était une sécession des articles de la Confédération, même si ces articles, écrits en 1777 et approuvés en 1781, stipulaient expressément que *l'union serait immuable.*

La solution était évidente.

Les États n'avaient jamais perdu leur droit de sécession.

Et l'histoire militait en faveur de cette position.

L'Union des républiques socialistes soviétiques avait été dissoute en 1991 lorsque quinze de ses États avaient fait sécession. Le Maine avait été créé après la sécession avec le Massachusetts. La même chose s'était produite lorsque le Tennessee avait quitté la Caroline du Nord, et que la Virginie-Occidentale s'était séparée de la Virginie. Et en 1863, quand Lincoln avait créé la Virginie-Occidentale, il l'avait fait sans le consentement de son peuple. La loi internationale proclama que la souveraineté ne pouvait pas être abandonnée en fonction d'un principe, mais seulement de manière formelle, ce qui veut dire que le silence de la Constitution sur la question de la sécession était significatif. Le dixième amendement lui-même décrétait que les pouvoirs qui ne sont pas donnés aux États-Unis par la Constitution, ni prohibés aux États par elle, sont réservés soit aux États, soit au peuple.

Il n'est dit nulle part dans la Constitution que les États n'ont pas le droit de faire sécession.

« Tout ça me plaît beaucoup, dit-il. Vous avez fait un excellent travail. Mais continuez à fouiller.

– Les choses progressent de votre côté ? » demanda un des avocats.

Il savait ce qu'il leur avait promis.

La pièce la plus importante de l'édifice.

« Nous nous rapprochons du but de jour en jour. Ça pourrait se produire n'importe quand. En partant d'ici, je retourne à Washington pour suivre une nouvelle piste qui pourrait se révéler fructueuse. »

Il éprouva une excitation subite.

Une guerre de Sécession se préparait.

Mais pas comme en 1861.

Cette fois-ci, il n'y aurait pas de troupes sur le champ de bataille. Des centaines de milliers de gens ne perdraient pas leur vie. Aucune effusion de sang ne se produirait. Les mots et l'argent seraient les seules armes.

Le puzzle semblait prendre forme. La dernière pièce l'attendait peut-être à Washington. Et il avait beaucoup d'argent. Il pourrait même bientôt avoir toute l'Église de Jésus-Christ des saints du dernier jour – et ses milliards – à sa disposition.

Si seulement Charles R. Snow voulait bien aller rejoindre le Père céleste.

Tout cela se présentait bien.

Il se leva et se tourna vers ses associés, comme un général devant ses officiers.

« Messieurs, n'oubliez pas une chose : contrairement au premier essai de sécession et à la Confédération manquée, nous allons gagner notre guerre. »

27

Salzbourg, Autriche

17 h 20

Malone était déjà venu à Salzbourg. Abritée par les grandes falaises du Mönchsberg, l'ancienne cité occupait les deux rives de la rivière Salzach au courant rapide. Une forêt de flèches d'église transperçait le ciel nocturne, rassemblée autour de places pavées, qui, deux cents ans auparavant, avaient été une véritable Mecque. La ville avait d'abord été un nœud commercial romain, puis un avant-poste chrétien, avant de devenir un évêché au VIIIe siècle. Dans ce qu'on appelait la Rome allemande, on avait construit cathédrales et palais pour répondre aux goûts luxueux des princes de l'Église d'alors. Le sel avait donné son identité à la province, à la ville et à la rivière – la culture, la musique et l'art lui ayant fourni son héritage.

Il était arrivé par un vol en provenance de Copenhague et avait pris un taxi pour aller en ville. Il avait choisi un hôtel près de la place Mozart, un petit établissement, loin de l'endroit où devaient se trouver Salazar et Cassiopée.

Il ne savait pas grand-chose sur son adversaire, mais suffisamment pour penser que l'Espagnol était descendu soit à l'hôtel Sacher, soit au Goldener Hirsch. Le Sacher était de l'autre côté de la rivière, près du palais Mirabell, dans ce que beaucoup appelaient la nouvelle ville. Le Goldener Hirsch était plus central, situé dans la vieille ville sur la Getreidegasse, une des artères commerçantes les plus célèbres au monde. Après réflexion, il se dit que Salazar avait dû préférer le Goldener Hirsch et il décida de s'y rendre à pied, en empruntant les rues piétonnes. Des maisons étroites s'élevaient des deux côtés, avec des façades peintes en vert, fauve ou dans un rose rouille, sur lesquelles se détachait un auvent en filigrane de fer forgé, avec des panneaux annonçant chaque métier et une image montrant la guilde correspondante. Celui du Goldener Hirsch était particulièrement approprié – une grille ouvragée soutenant un cerf doré bondissant.

Il entra par les portes en bois vert foncé dans un hall à la décoration bavaroise. Un long bureau en acajou occupait tout un mur jusqu'à un escalier et un ascenseur. La meilleure façon d'agir était d'avoir l'air décidé.

« Je cherche le señor Salazar », dit-il à la jeune femme à la réception.

Elle avait un visage large et de grands yeux imperturbables, et portait un uniforme semblable à celui des deux personnes à ses côtés. Il continua à la regarder, comme s'il s'attendait à ce que sa demande soit satisfaite.

« Il vient d'arriver, dit la femme. Il ne nous a pas informés qu'il attendait des invités. »

Il prit l'air agacé.

« On m'a dit de venir ici tout de suite.

– Il est au restaurant », dit un des jeunes en uniforme.

Il lui sourit, sortit une liasse de billets préparée à dessein et lui tendit 20 euros.

« *Danke* », dit le jeune homme.

La femme lui jeta un regard agacé, vexée d'avoir manqué une occasion. Il se retint de sourire. Même dans des établissements haut de gamme avec des siècles de tradition, l'argent faisait toujours son petit effet.

Il était déjà descendu au Goldener Hirsch et savait que le restaurant se trouvait au rez-de-chaussée, de l'autre côté du bâtiment. Il emprunta un couloir étroit à arcades, passa devant le bar et arriva à l'entrée. Autrefois échoppe d'un forgeron, l'établissement était considéré aujourd'hui comme l'un des restaurants les plus chics de Salzbourg, mais, à son avis, ils devaient être nombreux. Les Autrichiens dînaient généralement après 19 heures, si bien que la plupart des tables, avec nappe, assiettes en porcelaine et verres en cristal scintillants, étaient inoccupées.

Sauf une, dans un coin.

Où Salazar était assis en face de Cassiopée.

Malone resta en retrait, en se cachant pour étudier l'Espagnol.

Tout ce qu'il déciderait de faire ensuite était risqué.

Mais, au moins, il était déjà arrivé jusque-là.

Salazar était content.

Avec Cassiopée, ils étaient venus en jet privé depuis le Danemark, puis ils s'étaient enregistrés à l'hôtel et étaient montés dans leurs suites. La vente aux enchères étant prévue pour 19 heures, ils avaient décidé de dîner tôt. Elle devait avoir lieu au Hohensalzbourg, une énorme forteresse juchée à cent vingt mètres au-dessus de la ville, sur une butte de granit entourée de pins. Le château datait du XIe siècle, mais il avait fallu encore six cents ans pour le terminer. Aujourd'hui, c'était un musée et une attraction touristique qui offrait de superbes panoramas. Il se disait qu'une promenade sur les remparts avant la vente aux enchères serait idéale, surtout avec le ciel clair de la soirée et l'air doux de saison.

Cassiopée était ravissante. Elle avait choisi un tailleur-pantalon en soie noire, des talons plats, des bijoux discrets, et une ceinture dorée à peine serrée autour de sa taille fine. Il avait du mal à détourner les yeux de son décolleté, mis en valeur par un chemisier légèrement ouvert. Ses cheveux noirs retombaient en boucles en dessous de ses épaules, son visage était à peine maquillé. Certaines des ventes aux enchères auxquelles il assistait étaient des événements mondains. Celle de ce soir ne l'était pas vraiment, mais il était heureux qu'elle se soit quand même habillée pour l'occasion.

« Me permets-tu de te dire que tu es superbe ? »

Elle sourit.

« J'aurais été déçue si tu ne l'avais pas remarqué. »

Il demanda au serveur de leur laisser quelques instants avant de commander.

« Nous avons le temps de dîner tranquillement, dit-il. Ensuite, nous pourrions prendre le funiculaire jusqu'au château. C'est le plus facile pour y arriver.

– Ça me semble parfait. Le livre est la seule chose qui t'intéresse dans cette vente ? »

Ils en avaient discuté dans l'avion. Un collectionneur d'œuvres relatives aux saints ne pouvait pas rêver mieux qu'un original du *Livre de Mormon*. Une édition américaine de 1830 avait été trouvée dans les affaires personnelles d'un Autrichien mort récemment. C'était dans des ventes qu'il avait acquis la majeure partie de sa collection, sauf pour quelques objets provenant de cadeaux ou d'héritages. Il connaissait l'existence de cette vente depuis longtemps et avait eu l'intention d'y assister. Puis l'apparition des Américains avait été déterminante.

Le premier agent dans la cellule s'était montré muet.

Le deuxième lui avait volé son avion et s'était enfui.

Le troisième était une espèce de libraire travaillant avec ses ennemis. Et il avait tué deux de ses hommes.

Et justement, il venait d'entrer dans le restaurant.

Merci.

«De rien», dit l'ange.

Malone remarqua le regard intense de Josepe Salazar. Mais rien n'indiquait que l'Espagnol l'avait reconnu. Il était resté impassible. Les Danites l'avaient sûrement informé de sa participation à l'opération, mais ça ne voulait pas dire que Salazar savait à quoi il ressemblait.

Il s'approcha et Salazar dit: «Puis-je vous aider?»

Malone prit une chaise à la table d'à côté et, sans attendre d'y être invité, s'assit à leur table.

«Je m'appelle Cotton Malone.»

Cassiopée s'était déjà retrouvée dans des situations critiques, dont certaines où elle avait risqué sa vie, mais jamais dans une position aussi inconfortable que celle-ci. Comment Cotton pouvait-il se trouver là, en Autriche, au Goldener Hirsch? Et Stéphanie était-elle au courant? Sûrement pas. Sinon elle l'aurait prévenue, compte tenu des conséquences éventuelles de cette rencontre. En plus, il y avait son sentiment de culpabilité. Avait-elle trahi Cotton? Qu'en pensait-il? Que savait-il au juste?

«Votre nom devrait me dire quelque chose? demanda Josepe.

– Certainement.

– Je ne connais personne du nom de Cotton. Je suis certain qu'il doit y avoir une histoire là-dessous. Je me trompe ?

– Une longue histoire, même. »

Elle remarqua que Cotton ne lui avait pas tendu la main, et elle n'aimait pas le regard dur de ses yeux verts.

« Et vous, qui êtes-vous ? lui demanda-t-il alors.

– Je ne suis pas sûre que cela ait la moindre importance, étant donné que nous ignorons tous les deux qui vous êtes. »

Elle parlait d'un ton sec.

Le visage de marbre.

« Je suis un agent du ministère de la Justice des États-Unis », dit Malone.

Il n'avait pas prononcé ces mots depuis quatre ans, depuis qu'il avait donné sa démission et était parti s'installer au Danemark.

« C'est censé me faire peur ? demanda Cassiopée.

– Madame, il va falloir que vous nous excusiez. Je suis venu parler avec M. Salazar.

– Êtes-vous en train de me dire de me mêler de ce qui me regarde ?

– C'est exactement ce que je suis en train de vous dire. Il vaudrait mieux que vous attendiez dehors.

– Elle n'ira nulle part », dit Salazar avec un certain agacement.

Cette solution convenait parfaitement. Elle lui avait manqué, sa voix lui avait manqué. Mais, comme elle, il ne devait pas se trahir.

« Vous êtes le protecteur de Madame ? demanda-t-il.

– Qu'attendez-vous de moi ? » s'enquit Salazar.

Il réfléchit à la question un moment, haussa les épaules et dit : « D'accord, si vous voulez qu'elle reste, allons-y. La situation a changé. Notre enquête sur vous n'est plus secrète. C'est au vu et au su de tout le monde à présent. Et je suis ici pour faire le boulot.

– De quoi parlez-vous ?

– Est-ce que je dois demander à l'hôtel d'appeler la police ? demanda Cassiopée à Salazar.

– Non, je m'en charge. » Salazar se tourna vers lui. « Monsieur Malone, j'ignore ce dont vous parlez. Vous dites que le ministère de la Justice des États-Unis enquête sur moi ? Si tel est le cas, c'est nouveau pour moi. Mais, si c'est vrai, j'ai des avocats qui veillent sur mes intérêts. Laissez-moi votre carte, et je leur demanderai de se mettre en rapport avec vous.

– Je n'aime pas les avocats, ni les mormons, dit-il. Et surtout pas les mormons hypocrites.

– Nous sommes habitués à l'ignorance et au sectarisme. »

Malone gloussa.

« Pas mal. Si une personne est idiote, elle ne se rend même pas compte que vous l'avez insultée. Si elle est intelligente, elle se fâche. Vous gagnez sur tous les tableaux. C'est ça qu'on vous apprend au catéchisme ? »

Cette fois, pas de réponse.

« N'est-ce pas là où vont tous les mormons pour apprendre la ligne du parti ? Au pays du Temple. Salt Lake City. On vous apprend quoi ? Souriez, restez cool, et dites aux gens que Jésus les aime. Évidemment, Jésus vous aimera encore plus si vous devenez mormon. Lisez le *Livre de Mormon*, et tout ira bien. Autrement, vous risqueriez de mourir de froid dans les ténèbres extérieures. N'est-ce pas ça qu'on dit ?

– Il doit y avoir un exil pour ceux qui suivent Satan, au mépris des préceptes du Père céleste, dit Salazar. Un endroit pour les âmes torturées comme la vôtre. »

Le ton moqueur de son discours l'agaçait.

« Et l'expiation par le sang ? Cela fait aussi partie du grand plan ?

– Apparemment, vous connaissez l'histoire de mon Église et ce qui s'est produit il y a longtemps, à une autre époque. Nous ne pratiquons plus l'expiation par le sang. »

Malone désigna Cassiopée, qu'il trouvait superbe.

« C'est votre première femme ? La troisième ? La huitième ?

– Nous ne pratiquons plus la polygamie non plus. »

Il essayait de l'énerver, de trouver le point sensible, mais Salazar gardait son calme, son air assuré. Il tenta alors une autre approche et demanda à Cassiopée.

« Vous savez que vous dînez avec un meurtrier ? »

Salazar se leva brusquement.

« Ça suffit. »

Enfin. Le bon stimulus.

« Partez ! » ordonna Salazar.

Malone leva les yeux. L'Espagnol avait un regard haineux, mais il était suffisamment intelligent pour ne rien dire.

« J'ai vu le corps », murmura Malone d'une voix basse et douce.

Salazar se taisait.

« C'était un agent américain. Avec femme et enfants. »

Il jeta un dernier regard à Cassiopée. Elle paraissait fragile. Ses yeux l'imploraient. *Va-t'en*, semblaient-ils dire.

Il recula sa chaise et se leva.

« J'ai descendu deux de vos hommes ainsi que Barry Kirk. Le prochain, c'est vous. »

Salazar le regardait fixement, sans rien dire. Une chose qu'il avait apprise il y a longtemps lui revint. Provoquez une personne, et elle risque de se mettre à penser. Si en plus vous suscitez sa colère, elle fera sûrement une bêtise.

Malone pointa un index menaçant sur lui.

« Je vous aurai. »

Puis il se dirigea vers la sortie.

« Monsieur Malone. »

Il s'arrêta et se retourna.

« Vous devez des excuses à cette femme pour vos insultes. »

Il leur jeta à tous les deux un regard méprisant, puis se focalisa sur Cassiopée

« Je suis désolé… »

Il hésita.

« … de vous avoir offensée. »

28

WASHINGTON, D.C.

Stéphanie était mal à l'aise à l'idée de se retrouver ainsi seule avec Danny Daniels. Ils ne s'étaient ni vus ni parlé depuis plusieurs mois.

« Comment va la première dame ? demanda-t-elle.

– Elle est pressée de quitter la Maison-Blanche. Comme moi. La politique n'est plus ce qu'elle était. Le moment est venu d'entamer une nouvelle vie. »

Le vingt-deuxième amendement n'autorisait que deux mandats. Presque tous les présidents avaient souhaité un deuxième mandat, bien que l'histoire ait montré que les quatre dernières années se révélaient très différentes des quatre premières. Soit le président devenait trop agressif, sachant qu'il n'avait rien à perdre, ce qui lui aliénait aussi bien ses partisans que ses détracteurs. Soit il devenait trop prudent, imperturbable et docile, pour que rien ne puisse altérer son héritage. Dans l'un et l'autre cas, il ne se passait plus rien. Mais, contrairement à l'habitude, le deuxième mandat de Daniels avait été mouvementé, avec quelques problèmes explosifs majeurs, dont beaucoup avaient nécessité son intervention et celle de la division Magellan.

« Cette table est vraiment très belle, dit Daniels. Je me suis renseigné. C'est un prêt du ministère des Affaires étrangères. Ces chaises ont été fabriquées pour le vice-président Quayle et sa femme, pendant le mandat de Bush père. »

Il semblait particulièrement nerveux, perturbé, et sa voix de baryton résonnait anormalement fort.

« J'ai fait préparer un petit déjeuner. Vous avez faim ? »

Le couvert était mis, un ensemble de porcelaine blanche Lenox orné du chiffre de la vice-présidence et des verres tulipe, étincelants dans le soleil du matin qui se déversait par les fenêtres.

« Vous n'avez pas l'habitude de parler pour ne rien dire », remarqua-t-elle.

Il eut un petit rire.

« Non, en effet.

– J'aimerais savoir de quoi il s'agit. »

Elle avait déjà remarqué le dossier sur la table.

Daniels l'ouvrit et en sortit un feuillet, qu'il lui tendit. C'était une photocopie d'une lettre manuscrite, couverte d'une écriture féminine difficile à lire.

« Ceci fut envoyé au président Ulysses S. Grant, le 9 août 1876. »

La signature était lisible.

C'était celle de Mme Abraham Lincoln.

« Mary Todd était un drôle d'oiseau, dit Daniels. Elle a eu une vie difficile. Elle a perdu trois fils et son mari. Après quoi, elle a dû se battre contre le Congrès pour qu'on lui accorde une pension. Une bataille difficile, car, pendant qu'elle était à la Maison-Blanche, elle s'était aliéné la plupart des députés et des sénateurs. C'est uniquement pour la faire taire qu'on a fini par lui accorder l'argent. »

– Elle n'était pas tellement différente de ces centaines de milliers de veuves de militaires à qui on accorda une pension. Elle la méritait.

– Inexact. Elle était différente. C'était Mme Abraham Lincoln, et une fois Grant élu, plus personne ne voulait entendre parler de Lincoln. Aujourd'hui, nous le vénérons comme un dieu. Mais, pendant les décennies qui ont suivi la guerre de Sécession, Lincoln n'était pas du tout la légende qu'il devait devenir par la suite. Il était haï. Complètement décrié.

– Savaient-ils quelque chose que nous ignorons ? »

Il lui tendit un autre feuillet, tapé à la machine celui-là.

« C'est le texte du document que vous avez en main. Lisez-le. »

J'ai vécu dans la plus totale solitude depuis que j'ai quitté Washington. Si mon cher mari avait vécu et achevé son mandat, nous aurions habité durant nos dernières années dans une maison dont nous aurions tous les deux profité. Ô combien j'aimais la Maison du Soldat où nous avons passé tant de temps pendant que nous étions à Washington, et j'abhorre le fait de devoir en être si loin, le cœur meurtri, priant que la mort me soustraie à une vie si douloureuse. Chaque matin en me réveillant d'un sommeil troublé, le poids de devoir vivre encore une journée si misérable me semble impossible à porter. Sans mon bien-aimé, la vie n'est qu'un lourd fardeau et la pensée d'être bientôt enlevée de ce monde est une joie suprême. Je me demande chaque jour si je recouvrerai ma santé et ma force d'esprit. Avant qu'elles ne me quittent entièrement, il y a quelque chose que vous devez savoir. Avec tous les deuils que j'ai endurés, mon esprit avait écarté cette pensée. Mais elle s'est manifestée l'autre nuit, pendant que j'attendais le sommeil. Après deux années de son premier mandat, mon bien-aimé reçut un message de son prédécesseur, M. Buchanan, un message qui avait été transmis de président en président depuis l'époque de M. Washington. Ce message avait énormément perturbé mon bien-aimé. Il m'avait dit regretter de l'avoir reçu. Trois fois encore, nous en avons discuté, et chaque fois, il s'en est plaint. Son inquiétude pendant la guerre était terrible. J'avais toujours pensé que c'était dû à ses responsabilités de de commandant en chef, mais, à une occasion, il m'a dit que c'était à cause du message. Dans les jours qui ont précédé son assassinat, une fois la guerre gagnée et la bataille terminée, mon bien-aimé me déclara que ces mots perturbants existaient toujours. Il avait d'abord pensé les détruire, mais au lieu de cela, il les avait envoyés aux mormons, selon l'accord qu'il avait pris avec leur chef. Les mormons avaient respecté leur engagement, tout comme lui, et le moment était donc venu de récupérer ce qu'il leur avait donné. Il ne savait pas ce qu'il en ferait. Mais mon bien-aimé ne vécut pas assez longtemps pour prendre une décision, et rien ne fut jamais récupéré. J'ai pensé que vous aimeriez savoir cela. Faites-en ce que vous voulez. Rien de cela n'a plus d'importance pour moi.

Elle leva les yeux du document.

« Les mormons détiennent encore cette information, dit Daniels. Ils l'ont depuis 1863, quand Lincoln a passé un accord avec Brigham Young.

– Edwin m'a parlé de ça.

– Finement joué, en fait. Lincoln n'a jamais fait appliquer le décret anti-polygamie contre les mormons, et Young n'a pas touché aux lignes de télégraphe et au chemin de fer vers l'ouest. Et il n'a jamais envoyé d'hommes se battre pour le Sud.

– Ce message que se sont transmis les premiers présidents, il est véridique ?

– Apparemment. Quelque chose de semblable est mentionné dans d'autres documents secrets. Des documents auxquels seuls les présidents ont accès. Je les ai lus il y a sept ans. Les références sont brèves, mais elles existent. George Washington a certainement fait passer quelque chose qui a fini par arriver jusqu'à Lincoln. Malheureusement le seizième président a été tué avant de pouvoir le transmettre au dix-septième. Si bien que ça a été oublié. Sauf par Mary Todd. »

Mais, visiblement, ce n'était pas tout.

« Il y a autre chose, n'est-ce pas ? »

Il ouvrit le dossier et lui tendit une autre feuille tapée à la machine.

« Voilà une version lisible d'une note tirée des documents classifiés. Elle provient de James Madison et date de la fin de son second mandat en 1817. Vraisemblablement à l'intention de son successeur, James Monroe. »

Quant au message transmis par notre premier président, moi, étant le quatrième homme à remplir ce poste, ajoute cet addenda *qui devrait également être transmis. M. Washington était présent le samedi soir de la Grande Convention. Il présida l'extraordinaire session et il est personnellement au courant de tout ce qui eut lieu. Jusqu'à ce que je prenne ce poste, j'ignorais si quelque chose s'était produit à la suite du résultat de cette réunion. J'eus le plaisir de découvrir que M. Washington s'était assuré que ce serait transmis de président en président. N'ayant jamais manqué un seul jour de la Convention constitutionnelle, ni une seule heure, je pris place devant celui qui présidait, avec les autres membres à ma gauche et à ma droite.*

Dans cette position idéale pour tout entendre, j'ai pris note de ce qui était dit par le président ou prononcé par les membres. Mes notes de la Grande Convention répondaient à un profond désir de précision et d'exactitude, pour que, après ma mort, qui, je l'espère n'arrivera pas avant un bon nombre d'années, elles puissent être publiées. Mais tous les présidents qui ont suivi doivent savoir que ces notes ne sont pas complètes. Caché sous mon bureau d'été se trouve ce qui est nécessaire pour une totale compréhension. Si un futur détenteur de ce poste estime qu'il serait avisé d'agir sur ce que M. Washington a laissé survivre, cet élément pourrait être particulièrement utile.

« Nous avons eu beaucoup de présidents depuis Madison, dit-elle. Ne croyez-vous pas que l'un d'eux serait allé voir ?

– Cette note n'a jamais été jointe à quelque document que ce soit, ni transmise. Apparemment, elle est restée cachée, avant d'être retrouvée il y a un an dans les papiers personnels de Madison, archivés à la Bibliothèque du Congrès. À part moi, aucun président ne l'a jamais lue. Heureusement, la personne qui l'a trouvée travaille pour moi. » Il lui tendit un autre élément du dossier, protégé par une feuille de plastique. « C'est la note manuscrite originale de Madison. Vous remarquez quelque chose ? »

En effet. En bas.

Deux chiffres.

IV

« Des chiffres romains ? » demanda-t-elle.

Il haussa les épaules.

« Nous n'en savons rien. »

Daniels n'était pas aussi jovial que d'habitude. Il n'avait pas fait la moindre plaisanterie et se tenait très raide dans son fauteuil, le visage figé. Avait-il peur de quelque chose ? Elle n'avait jamais vu cet homme reculer devant quoi que ce soit.

« James Buchanan est censé avoir dit, juste avant la guerre de Sécession, qu'il pourrait bien être le dernier président des États-Unis. C'est seulement maintenant que je commence à comprendre ce qu'il voulait dire par là.

– Buchanan avait tort. Le Sud a perdu la guerre.

– C'est là le problème, Stéphanie. Il est possible qu'il ne se soit pas trompé. Mais Lincoln est arrivé et a bluffé tout le monde avec une paire de deux dans une partie de poker où les autres avaient un meilleur jeu. Et il a gagné. Pour finir avec une balle dans la tête. Je n'ai pas l'intention d'être le dernier président des États-Unis. »

Curieuse, elle préféra aborder un sujet moins risqué.

« Qu'est-ce que Madison voulait dire par "bureau d'été" ?

– C'est à Montpelier, sa maison en Virginie, où il s'est fait construire un temple. »

Elle s'y était rendue deux fois et avait vu l'édifice avec ses colonnes. Madison adorait le classicisme romain et il avait pris modèle sur le *Tempietto* de Bramante à Rome. La construction se dressait au sommet d'un monticule, au milieu de vieux cèdres et de pins dans le jardin à côté de la maison.

« Madison savait vivre, dit Daniels. Sous son temple, il avait creusé un trou pour en faire une glacière. Le sol d'origine était en bois, et l'été, la fraîcheur devait venir de cette glacière. Ce sol en bois a disparu, il a été remplacé par une dalle en béton avec une écoutille au centre.

– Et en quoi est-ce que ça me concerne ?

– Madison appelait le temple son « bureau d'été ». J'ai besoin que vous me trouviez ce qu'il y a en dessous.

– Pourquoi moi ?

– Grâce au sénateur Rowan, vous êtes la seule personne qui puisse le faire. »

29

SALZBOURG

Malone sortit rapidement du Goldener Hirsch et enfila la Getreidegasse encombrée en direction de son hôtel. Il avait voulu ébranler Josepe Salazar et il semblait avoir réussi son coup. Mais il voulait aussi envoyer à Cassiopée un triple message. D'abord, elle n'était pas seule. Deuxièmement, il savait qu'elle était là. Et troisièmement, Salazar était un homme dangereux. Quand il avait insulté Cassiopée, il avait remarqué le mépris affiché par Salazar – la façon dont il avait pris à son compte son atteinte à l'honneur de la jeune femme. Il avait bien compris que Cassiopée jouerait le jeu, mais il n'était pas encore certain que ce soit un rôle pour elle. Tout ça ne lui plaisait pas du tout. Le fait qu'ils soient tous les deux descendus au Goldener Hirsch, qu'ils dînent ensemble avant d'aller ensemble à une vente aux enchères, avant de rentrer ensemble à l'hôtel et de…

Arrête.

Il fallait qu'il y voie plus clair.

Il tourna dans une rue et se dirigea vers la Residenzplatz, une place pavée, bordée par la cathédrale et l'ancienne résidence de l'archevêque, avec au milieu une fontaine baroque en marbre blanc. Son hôtel était tout près, au nord-est, après le musée d'État. Il faisait encore jour, mais la nuit n'allait pas tarder à tomber.

Il s'arrêta devant la fontaine.

Il était grand temps d'agir comme un agent.

Il prit son téléphone et fit la seule chose sensée qui s'imposait.

Le téléphone de Stéphanie vibrait dans la poche de sa veste.

« Vous allez répondre ? » demanda Daniels.

Le bourdonnement tranchait sur le silence de la salle à manger.

« Ça peut attendre.

– Peut-être pas. »

Elle prit son téléphone et lut le nom de l'appelant.

« C'est Cotton.

– Répondez. Mettez le haut-parleur. »

Elle s'exécuta et posa le téléphone sur la table.

« Je suis à Salzbourg.

– Je m'en serais doutée.

– C'est terrible d'être aussi prévisible. Mais j'ai un problème. J'ai perturbé Salazar, et il sait maintenant que nous n'allons pas le lâcher.

– J'espère que ce ne sera pas au détriment de Cassiopée.

– Aucun danger de ce côté-là. Ce type croit qu'il est son chevalier blanc. C'en est touchant. »

Daniels sourit en entendant la remarque et Stéphanie se demanda ce qu'il savait. En tout cas, il avait l'air très informé.

« Il y a une vente aux enchères ici. Je veux acheter un livre.

– Tu es expert en la matière.

– J'ai besoin d'argent. »

Il lui indiqua la somme.

Daniels dit tout bas *Allez-y*.

« Où veux-tu qu'on te le dépose ? demanda-t-elle.

– J'envoie mes coordonnées bancaires par e-mail. Transfère-le immédiatement. »

Le président se pencha et rapprocha le téléphone.

« Cotton, ici Danny Daniels.

– Je ne savais pas que j'interrompais une conférence au sommet.

– Je suis content que vous l'ayez fait. Il faut que vous occupiez Salazar pendant un jour ou deux. Est-ce faisable ?

– Ça ne devrait pas être trop difficile. Si je parviens à acheter ce livre, c'est moi qui deviendrai son numéro un.

– Alors achetez-le. Peu importe le prix.

– Il lui faudrait surtout une balle dans la tête.

– Il paiera pour ce qu'il a fait à notre homme. Mais pas tout de suite. Soyez patient.

– C'est ma spécialité. »

L'appel prit fin.

Elle regarda Daniels.

« Stéphanie, dit-il. Si nous perdons cette manche, c'en est fini. »

Cassiopée essayait de profiter de son dîner, mais l'apparition de Cotton avait semé le trouble dans son esprit. Josepe aussi semblait distrait. Il s'était excusé auprès d'elle, lui disant que ce Malone était un fou. Elle proposa à nouveau d'appeler la police, mais il refusa obstinément. Dix minutes après le départ de Cotton, un autre homme était arrivé au restaurant – jeune, musclé, cheveux ras –, de toute évidence quelqu'un qui travaillait pour Josepe, et ils étaient sortis tous les deux.

Un Danite ?

Elle les avait observés par les fenêtres, tout en sirotant son eau d'un air détaché. Cotton était venu pour signaler sa présence aussi bien à Josepe qu'à elle. Ça ne faisait aucun doute.

Mais il voulait aussi qu'elle soit au courant pour la mort de l'agent.

Josepe pouvait-il vraiment être impliqué dans cette affaire ?

« C'est bon ? lui demanda-t-il en revenant à la table.

– Délicieux.

– Le cuisinier est renommé. J'ai toujours plaisir à dîner ici.

– Tu viens souvent ?

– Le pieu de Salzbourg est très actif. Il a été créé en 1997 et compte maintenant plus de mille membres. J'y suis venu plusieurs fois, dans le cadre de mes responsabilités européennes.

– L'Église a vraiment pris une dimension mondiale. »

Il acquiesça.

« En tout, plus de quatorze millions de membres. Dont plus de la moitié en dehors des États-Unis. »

Elle essayait de le calmer, de lui faire oublier l'irruption de Malone. Mais il était encore perturbé.

« Ce dont Malone a parlé, dit-elle, le fait que le gouvernement américain enquête sur toi. C'est vrai ?

– Des rumeurs ont circulé. Il paraît que ça concerne l'Église et une espèce de vendetta que le gouvernement mène contre nous. Mais je ne suis sûr de rien.

– Et l'accusation selon laquelle tu serais un meurtrier ?

– Ça, c'est scandaleux, exactement comme son attaque contre toi.

– Qui est ce Barry Kirk ?

– Il travaille pour moi et il a effectivement disparu depuis plusieurs jours. Je dois dire que ça m'inquiète.

– Alors nous devrions appeler la police. »

Josepe semblait soucieux.

« Pas encore. Mon associé enquête. Il est possible que Barry ait démissionné sans prévenir. Il faut que je m'en assure avant de prévenir les autorités.

– J'ai apprécié que tu sois venu à mon secours.

– C'est normal, mais je veux surtout que tu saches qu'il n'y a pas de quoi se tracasser. Je viens de dire à mon associé de téléphoner à Salt Lake City pour rendre compte de ce qui s'est passé. J'espère que les responsables de l'Église pourront activer leurs contacts dans le gouvernement pour que nous soyons certains d'en avoir fini avec M. Malone.

– Il a lancé quelques accusations terribles. »

Josepe acquiesça.

« Pour me faire réagir, j'en suis sûr.

– Si je peux être d'une aide quelconque, tu sais que je suis là. »

Il paraissait apprécier sa sollicitude.

« C'est bon de le savoir. » Il regarda sa montre. « Et si nous allions nous préparer pour la vente ? Retrouvons-nous dans le hall dans un quart d'heure. »

Ils se levèrent de table et sortirent du restaurant pour rejoindre l'hôtel. Ses craintes ne s'étaient pas calmées, bien au contraire, et elle avait peur maintenant.

Malheureusement, Josepe se trompait.

Ni l'un ni l'autre n'en avaient fini avec Cotton.

30

Salzbourg
19 heures

Malone prit une douche et se changea. Il enfila un pantalon habillé, une chemise à col boutonné Paul & Shark et un blazer. Il avait acheté ces vêtements pour assister à la vente, alors qu'il n'était pas encore sûr d'y participer. Mais, depuis sa rencontre avec Salazar, il savait qu'il devait y aller.

Le catalogue trouvé dans le bureau de Salazar indiquait que la vente aurait lieu dans le Golden Hall du Festung Hohensalzbourg, la forteresse du haut Salzbourg, située à cent cinquante mètres environ au-dessus de la ville. Deux grands bastions roses, le plus bas étant taillé directement dans la roche, tous les deux arborant les remparts et les tours typiques d'une forteresse médiévale. Il l'avait visité une fois, suivant ses corridors sinueux jusqu'aux salles spacieuses et aux chambres ornées de dorures, passant devant les poêles en faïence rutilante pour descendre jusqu'à un donjon.

Il préféra éviter le funiculaire, pensant que Salazar et Cassiopée risquaient de l'emprunter. Au lieu de quoi, il suivit le chemin pédestre, une montée escarpée d'une trentaine de minutes sous des arbres qui se dépouillaient de leur feuillage estival. Des visiteurs quittant le château après la fermeture descendaient vers la ville. Entre-temps, le crépuscule était tombé, et la lune et les étoiles se montraient au-dessus de sa tête. L'air était délicieusement frais.

La montée lui donnait le temps de réfléchir.

Le fait que Danny Daniels ait été aux côtés de Stéphanie l'avait surpris, et il était curieux de savoir ce qu'il se passait de l'autre côté de l'Atlantique. Le président était au courant pour Salazar, donc les événements étaient remontés jusqu'au Bureau ovale. Ce qui voulait dire que l'enjeu était de taille.

Ça lui convenait parfaitement. Rien de mieux pour vous fouetter le sang. Et il fallait qu'il reste concentré.

Il entra dans le château après avoir traversé un pont en pierre surplombant ce qui était autrefois les douves. Au-dessus du porche, il remarqua une ouverture circulaire et, plus haut encore, une baie d'où l'on pouvait lancer des projectiles sur les assaillants. Il avait programmé son arrivée de façon à être sur place juste après le début des enchères. Il aperçut une pancarte annonçant que le Golden Hall fermait à 18 h 30, car il était probablement loué le soir pour des manifestations privées. Une femme d'un certain âge était postée devant l'escalier qui menait à l'intérieur. Il lui expliqua qu'il était venu pour la vente et elle lui fit signe d'entrer.

Le Dorotheum était une maison connue pour ses ventes aux enchères très professionnelles. En haut, dans une entrée spacieuse, une autre femme lui remit un catalogue et l'enregistra. Une immense statue de Charlemagne surplombait l'entrée de la salle. Le château s'enorgueillissait également de la visite du premier empereur du Saint-Empire romain germanique. Par la porte ouverte, il entendait le commissaire-priseur annoncer les enchères.

« Toutes les ventes sont définitives, lui dit-elle, et requièrent un paiement immédiat en fonds certifiés. »

Il connaissait l'usage et lui montra son téléphone.

« J'ai de l'argent à disposition, dit-il.

– Passez une bonne soirée. »

Il n'y manquerait pas.

Cassiopée était assise à côté de Josepe.

Ils avaient pris le funiculaire pour monter au château, un court trajet le long d'une pente escarpée à travers un tunnel creusé dans le bastion inférieur. Le crépuscule s'était installé et les lumières de la ville apparaissaient, tandis que le soleil aux teintes orangées disparaissait à l'ouest.

Ils s'étaient promenés bras dessus bras dessous sur les remparts et avaient admiré le labyrinthe de flèches, de tours et de dômes dans les rues en contrebas. Au-delà de Salzbourg, dans le crépuscule gris, on distinguait des collines ondoyantes et des prairies vertes ponctuées de fermes. Un paysage rural tranquille, semblable à l'endroit où elle habitait dans le sud de la France. Sa maison et son château lui manquaient. Se retrouver ici, dans cette forteresse ancienne, en train d'admirer les efforts déployés pour l'édifier il y a si longtemps, lui avait rappelé son propre projet. La reconstruction avançait, trois des murs extérieurs étaient maintenant debout. Ses architectes lui avaient dit qu'il faudrait encore une décennie pour achever la structure du XIIIe siècle.

Elle avait feuilleté le catalogue de la vente. L'offre était impressionnante. Apparemment, le défunt était un homme riche. Porcelaine, argenterie, trois tableaux et plusieurs livres, dont une édition originale du *Livre de Mormon*. Josepe paraissait excité à la perspective de mettre la main sur ce trésor. La communauté locale l'avait averti de cette vente, et il espérait qu'il n'y aurait pas beaucoup de collectionneurs sérieux dans l'assistance. Habituellement, Dorotheum acceptait les enchères par téléphone, mais aucune mention n'indiquait que cela était possible aujourd'hui. Cela signifiait que les enchérisseurs seraient dans la salle et paieraient leurs achats pour pouvoir les emporter. Cassiopée était encore perturbée par ce qui s'était produit au restaurant. Elle avait vu le regard de Cotton. Mi-prudent, mi-suppliant, en colère.

Non. Plutôt peiné.

Le doute l'envahissait.

Il fallait qu'elle reste sur ses gardes.

Difficile de savoir ce qui allait arriver.

Malone suivait les enchères de l'extérieur de la salle, tout en faisant l'inventaire des lieux. Une cinquantaine de personnes occupaient les chaises face à une petite estrade. Des sculptures, les dorures des murs et l'énorme poêle dans un coin mettaient la salle en valeur. Du marbre rouge ornait les colonnes en spirales. Un plafond à caissons était ponctué de boutons dorés qui scintillaient comme des étoiles. Des princes avaient reçu autrefois ici, et c'était maintenant une attraction touristique et un espace à louer.

Il avait repéré Salazar et Cassiopée, assis devant, leur attention focalisée sur le commissaire-priseur, qui était en train d'accepter des enchères pour un vase en porcelaine.

Malone regarda le catalogue. Encore trois enchères, et ce serait le tour du *Livre de Mormon*.

Il vérifia son téléphone.

Un message de Stéphanie indiquait que l'argent avait été transféré et qu'il en aurait plus si besoin.

Il sourit.

Ça ne pouvait pas faire de mal d'avoir le président des États-Unis comme banquier.

Salazar commençait à s'agiter. Toute sa vie, il avait rêvé de posséder quelque chose que le prophète Joseph lui-même aurait peut-être touché. Il connaissait le drame survenu quand les cinq mille premiers exemplaires du *Livre de Mormon* avaient été imprimés. Pour une petite entreprise du nord de l'État de New York, la tâche avait été considérable. Il avait fallu huit mois pour imprimer les quelque trois millions de pages nécessaires à la première édition. Le 26 mars 1830, les livres étaient enfin mis en vente. À l'origine, ils valaient 1,75 dollar, mais en raison de la faible demande, le prix avait été baissé à 1,25 dollar. Un des premiers saints, Martin Harris, vendit soixante-quinze hectares de sa ferme pour se procurer les 3000 dollars qu'il devait à l'imprimeur.

« Tu ne convoiteras pas tes propres biens, mais les donneras gracieusement pour l'impression. C'est ce qui fut dit à Harris l'Aîné, lui dit l'ange. *Son sacrifice a tout rendu possible. »*

Onze jours après que le livre eut été mis en vente, les croyants se réunirent à Fayette, dans l'État de New York, et jetèrent les bases légales de ce qui, huit ans plus tard, devint l'Église de Jésus-Christ des saints du dernier jour.

« Ton heure est venue, Josepe. Les prophètes te regardent. Tu es leur Danite, celui qui comprend ce qui est en jeu. »

Il était venu pour réclamer son prix.

Et pas seulement.

Il désirait le livre *et* Cassiopée. Plus elle était proche de lui, plus il avait envie d'elle.

Il ne pouvait pas le nier.

Il ne tenait pas à le nier non plus.

31

WASHINGTON D.C.

Stéphanie s'efforçait de faire honneur au petit déjeuner que le personnel leur avait servi, à elle et au président. Elle n'avait pas particulièrement faim, mais manger lui donnait du temps pour réfléchir. Elle avait suffisamment d'expérience pour savoir comment les choses pouvaient se dérouler. Certains des jeux qu'elle avait été forcée de jouer étaient idiots ou n'avaient aucun sens. D'autres étaient ennuyeux et agaçants. Puis il y avait le vrai jeu. Comme maintenant.

« Edwin et moi réfléchissons à tout ça depuis plus d'un an, dit Daniels. Juste nous deux, avec un peu d'aide des services secrets. Mais les choses prennent de l'ampleur. Quand Rowan s'est acharné sur vous, nous savions ce qu'il voulait. »

Elle posa sa fourchette.

« Vous n'aimez pas les œufs ?

– À vrai dire, je déteste ça.

– Ce n'est pas si terrible, Stéphanie.

– Je vais devoir affronter un interrogatoire du Congrès, et apparemment vous étiez au courant. »

Daniels secoua la tête.

«J'espérais seulement que ça aurait lieu, mais il serait faux de dire que j'étais au courant.

– Vous espériez ?»

Daniels repoussa son assiette.

«À vrai dire, moi non plus je n'aime pas tellement les œufs.

– Alors, pourquoi en mangeons-nous ?»

Il haussa les épaules.

«Je n'en sais rien. Je leur ai seulement dit de nous préparer quelque chose.

– Et pourquoi sommes-nous ici plutôt qu'à votre bureau ?

– Trop d'yeux et d'oreilles là-bas.»

La réponse était étrange, mais elle préféra l'ignorer.

«Vous vous rendez compte que Mary Todd Lincoln était probablement maniaco-dépressive, dit-il.

– C'était une femme triste qui avait perdu à peu près tout ce qui lui était cher. C'est étonnant qu'elle ne soit pas devenue complètement folle.

– Robert, son fils survivant, pensait que c'était le cas. Il l'a fait interner.

– Et elle a réussi à faire annuler cette décision par la justice.

– En effet. Puis, peu de temps après, elle a envoyé une lettre à Ulysses Grant. Pourquoi avoir fait ça ?

– Apparemment, elle n'était pas aussi folle que l'histoire voudrait le faire croire. Grant n'a pas seulement gardé ce qu'elle lui avait envoyé, il l'a fait classifier. Il y a eu de nombreux présidents depuis 1876. Pourquoi êtes-vous le premier à vous soucier de tout ça ?

– Je ne suis pas le premier.»

Voilà qui était intéressant.

« Selon certaines indications, les deux Roosevelt se seraient penchés sur la question, et aussi Nixon.

– Rien d'étonnant. »

Daniels gloussa.

« J'ai pensé la même chose. Nixon avait deux mormons dans son gouvernement. Il aimait l'Église et sa façon de penser. Il courtisa les mormons en 1960, 1968 et 1972. En juillet 1970, il se rendit à Salt Lake City et rencontra le prophète et douze apôtres. Pour une discussion officieuse de trente minutes, toutes portes closes. Sans précédent pour un président, non ?

– Pourquoi l'a-t-il fait ?

– J'imagine volontiers que le vieux renard voulait savoir si ce qu'avait écrit Mary Todd Lincoln était vrai. Et si les mormons détenaient encore ce que Lincoln leur avait confié.

– Et qu'a-t-il appris ?

– Nous ne le saurons jamais. Tous ceux qui étaient présents ce jour-là sont morts, sauf un.

– Il me semble que vous devriez parler à cette personne.

– J'ai bien l'intention de le faire. »

Il montra le message de Madison.

« Heureusement que nous avons trouvé ça, sinon nous ne saurions ni où chercher ni à qui demander. »

Elle regarda tout autour de la pièce et s'arrêta sur un portrait de John Adams, le premier vice-président des États-Unis.

« Allez au fait, Danny. »

L'utilisation de son prénom indiquait à quel point il l'agaçait.

« J'aime bien quand vous m'appelez par mon prénom.

– J'aime bien quand vous êtes direct. » Elle marqua une pause. « Ce qui est rare, d'ailleurs.

– Je voulais juste terminer mes huit ans, dit-il doucement. Les derniers mois auraient dû être paisibles. Dieu sait que nous avons eu assez d'agitation. Mais Thaddeus Rowan avait d'autres idées en tête. »

Elle attendait la suite.

« Depuis plus d'un an, il essaie de récupérer certains documents classifiés. Des choses auxquelles son passe-droit ne peut en aucun cas lui donner accès. Il a mis la pression sur la CIA, le FBI, la NSA, et même des membres du personnel de la Maison-Blanche. L'homme a de l'expérience, et sait se faire entendre. Jusqu'à présent, il n'avait pas tellement progressé. Maintenant, il se concentre sur vous. »

Elle comprit.

« Alors, c'est moi qui dois être l'appât ?

– Et pourquoi pas ? Vous et moi, nous nous comprenons. Ensemble, nous pourrons résoudre le problème.

– On dirait que *nous* n'avons pas le choix.

– C'est ça qui va le plus me manquer après. Les gens auront à nouveau le choix en ce qui me concerne. »

Elle sourit. Décidément, il était impossible.

« En fait, je voulais vous faire entrer en jeu plus tôt, mais je suis content de ne pas l'avoir fait. Maintenant que Rowan s'est focalisé sur vous, c'est parfait. Il ne verra rien venir et, dans le cas contraire, il tient tellement à obtenir ce qu'il cherche qu'il prendra tous les risques.

– Que voulez-vous exactement que je fasse ? »

Il montra de nouveau la note de Madison.

« Pour commencer, trouvez ce que Madison a caché à Montpelier. Mais je ne veux pas que vous le fassiez personnellement. Avez-vous un agent en qui vous pouvez avoir une totale confiance ?

– J'en ai un. À l'heure qu'il est, il doit être de retour à Washington. »

Elle le regarda suffisamment longtemps pour qu'il comprenne.

« Luc peut prendre ça en main ? demanda-t-il.

– Il est bon, Danny.

– D'accord. Qu'il s'en occupe. Mais attention à lui s'il fout tout en l'air. Je prends un gros risque avec ce petit sauvage.

– N'oubliez pas que Luc n'est pas le seul dans la ligne de mire.

– Vous êtes une pro, Stéphanie. Vous pouvez vous en occuper. J'ai *besoin* que vous vous en occupiez. Je voudrais aussi que vous rencontriez ce Rowan et que vous gagniez sa confiance.

– Et pourquoi diable aurait-il confiance en moi ?

– Dites-lui que vous ne pouvez pas répondre à sa demande. Le faire signifierait la fin de votre carrière. Mais vous récoltez ce que vous méritez. Quiconque dans votre situation opposerait une résistance ou négocierait un compromis. De toute évidence, il veut quelque chose. Alors, demandez-lui de quoi il s'agit, puis négociez.

– Je vous le répète, il ne marchera pas.

– Vous verrez, il marchera. Hier soir, nous avons fait passer un message par des canaux sécurisés disant que votre poste était menacé. »

Elle était fonctionnaire civile, pas membre du personnel politique, et travaillait pour le procureur général. Une fois le mandat de Daniels terminé, un nouveau procureur général serait nommé par le prochain président ; elle ne serait pas renvoyée, mais elle recevrait une nouvelle affectation. Jusque-là, elle avait survécu à plusieurs changements de gouvernement, ce qui ne l'empêchait pas de se demander souvent quand sa chance tournerait.

« Et pourquoi mon poste serait-il en danger ?

– Vous avez volé. »

Avait-elle bien entendu ?

« Vous avez puisé dans le compte spécial qui vous est alloué pour vos opérations secrètes. On m'a dit que vous disposiez en permanence de plusieurs millions de dollars qui ne sont pas pris en compte dans l'audit du bureau de comptabilité gouvernementale. Malheureusement, une information nous est parvenue selon laquelle environ 500 000 dollars manqueraient sans justification.

– Et comment cette information est-elle parvenue jusqu'à vous ?

– C'est un renseignement classé top secret, dit Daniels. Mais vous allez dire à Rowan que vous avez un problème et que sa demande pourrait vous attirer des ennuis. Voyez s'il peut vous aider à faire disparaître ce problème.

– Pourquoi me croirait-il ?

– Le fait est que vous avez vraiment volé cet argent et que j'ai des documents pour le prouver. »

32

SALZBOURG

Salazar était prêt. Il fallait non seulement qu'il se calme, mais aussi qu'il soit patient.

« Notre prochain lot, annonça le commissaire-priseur, est un original du *Livre de Mormon*, portant la marque de Palmyra, New York, et la mention *Imprimé par E. B. Grandin pour l'auteur, 1830.* Sa provenance est détaillée dans le catalogue et vérifiée par des experts. Une rareté. »

Sa valeur vénale était de 150 000 euros, à quelques milliers d'euros près. Il doutait que quelqu'un ait les moyens de renchérir sur lui, car, jusque-là, les enchères n'étaient pas allées très haut. Mais il avait appris à ne jamais sous-estimer l'ardeur des collectionneurs.

« Je commence les enchères à 100 000 euros, annonça le commissaire-priseur. Nous monterons par tranche de 1 000 euros. »

C'était habituel pour une vente du Dorotheum. La société lançait généralement les enchères. Si personne ne faisait une autre offre, l'objet était rendu à son propriétaire. Sinon, il était adjugé à la proposition la plus élevée.

Il leva la main droite, signalant qu'il commençait avec 100 000 euros. Il avait déjà informé le commissaire-priseur qu'il enchérirait sur ce lot.

« Nous avons 100 000 euros. »

– 120 000, lança un homme de l'autre côté de l'allée.

– 150 000, dit Salazar.

– L'enchère est à 150 000 euros. Qui dit mieux ? »

Personne ne réagit. Il était content.

« 160 000 », dit une nouvelle voix.

Il se retourna et aperçut Cotton Malone debout à l'arrière de la salle.

« C'est l'homme de tout à l'heure, dit Cassiopée.

– En effet », chuchota-t-il.

Malone s'avança vers les chaises et en trouva une inoccupée.

« Nous avons une enchère à 160 000 euros, annonça le commissaire-priseur.

– 170 000, dit Salazar.

– 200 000 ! » lança Malone.

Le commissaire-priseur parut surpris.

Tout comme Salazar.

« Je demande à savoir si le monsieur en question est certifié. »

C'était autorisé, surtout quand les enchères dépassaient la valeur vénale. Sinon, les propriétaires ou les spéculateurs pouvaient faire monter le prix avec des enchères absurdes qu'ils n'avaient pas l'intention d'honorer.

« Herr Salazar aimerait connaître vos références », demanda le commissaire-priseur.

Malone se leva. Il avait participé à suffisamment de ventes aux enchères pour savoir que cela pouvait arriver, raison pour laquelle, à Copenhague, il avait sorti de son sac à dos sous son lit son accréditation du ministère de la

Justice que Stéphanie lui avait permis de garder. Avant, il l'avait rarement sur lui. Il ouvrit son portefeuille et montra au commissaire-priseur l'insigne en or avec la photo d'identité.

« Cotton Malone. Ministère de la Justice des États-Unis. Cela vous suffit ? »

Le commissaire-priseur ne broncha pas.

« Du moment que vous pouvez honorer votre enchère.

– Je vous assure que je le peux.

– Alors, continuons. L'enchère est de 200 000 euros. Herr Salazar ?

– 250 000. »

Cassiopée saisit le bras de Salazar.

« Tu m'as dit ce que ce livre valait, chuchota-t-elle, c'est beaucoup moins que ce que tu viens d'offrir.

– Les choses ont changé.

– 300 000 », dit Cotton.

Salazar se tourna vers son adversaire. Il avait souhaité que les Américains viennent, en espérant même que Malone lui-même se montrerait. Mais il ne s'attendait pas à ce genre de défi.

« 400 000, dit-il en regardant son adversaire.

450 000, répliqua aussitôt Malone.

– 500 000. »

La salle devint silencieuse.

Malone fit une pause.

« 1 million d'euros », dit-il.

Il ne quittait pas des yeux son ennemi.

« Satan est là. Regarde-le, Josepe. Il est assis là-bas. C'est un agent du gouvernement américain. Là où existe une domination défiant celle du monde céleste, nous devons nous en débarrasser. Le continent américain n'a pas été conçu pour qu'un gouvernement aussi corrompu que celui des États-Unis

y prospère trop longtemps. Laisse-le gagner. Ensuite, fais-le payer. »

Il ne s'était jamais opposé à l'ange jusque-là et il n'allait pas commencer maintenant.

Il se tourna vers le commissaire-priseur et secoua la tête.

Il mettait fin à la vente.

Il regarda Malone s'acquitter auprès du caissier d'un montant sept fois plus élevé que la valeur de n'importe quelle édition originale. Le *Livre de Mormon* était posé sur la table, scellé dans un plastique, à l'intérieur d'un élégant coffret en bois.

Malone sortit le livre pour l'inspecter sommairement.

Cassiopée s'approcha de lui.

« Ça valait cette somme ? » demanda-t-elle.

Malone sourit.

« Jusqu'au dernier euro.

– Vous êtes détestable. »

L'Américain haussa les épaules.

« J'ai déjà entendu pire.

– Vous allez regretter ce que vous venez de faire », lui dit-elle.

Malone lui jeta un regard surpris.

« C'est une menace, madame ?

– Prenez-le comme une promesse. »

Malone étouffa un petit rire en remettant le livre à l'intérieur du coffret et en refermant le couvercle.

« Pas de problème. Maintenant, je vous prie de m'excuser, je dois partir. »

« Sache qu'il y a pour toi plus d'un trésor dans ce monde, dit l'ange à Salazar. *Ne t'inquiète pas pour la perte de celui-ci. Mais ne laisse pas non plus l'ennemi partir le cœur léger.* »

La maison avait organisé une réception après la vente, à laquelle Salazar avait eu l'intention d'assister.

Plus maintenant.

Il descendit avec Cassiopée jusqu'au niveau inférieur du château pour regagner la station du funiculaire. En chemin, ils traversèrent une autre terrasse et passèrent devant le restaurant qui commençait à se remplir pour le dîner. Il désigna quelque chose au-delà des remparts, en direction de l'est, où l'on voyait les rues et les lumières des bâtiments composant les faubourgs aseptisés de Salzbourg.

« Le chapitre local a son siège là-bas. Je devrais leur téléphoner et programmer une visite avant de quitter la ville.

– Nous pourrons le faire demain », dit Cassiopée.

Ils pénétrèrent dans la station. Cotton Malone était déjà dans la cabine bondée. L'on éprouvait un sentiment de claustrophobie, ce qui n'empêcha pas quelques personnes d'entrer encore avant que les portes ne se referment. La descente était raide, et Salazar fixa son attention sur les fenêtres à l'avant pendant les quelques instants que dura le trajet.

Ils sortirent et regagnèrent la rue.

Malone les dépassa et poursuivit sa marche.

Ses deux Danites l'attendaient là où il leur avait dit de se trouver.

« J'ai pensé que nous pourrions nous promener dans la vieille ville avant de rentrer à notre hôtel, dit-il à Cassiopée. La nuit est si belle.

– Ce serait très agréable.

– Laisse-moi d'abord parler à mes associés. Je leur avais demandé d'être là pour prendre mon achat. Évidemment, je n'ai rien à leur remettre maintenant. »

Il la quitta et se dirigea vers ses hommes. Tournant le dos à Cassiopée, il les regarda bien en face.

« Je suppose que vous avez vu Malone ? » demanda-t-il.

Ils acquiescèrent.

« Occupez-vous de lui. Appelez-moi quand vous l'avez. Et récupérez le coffret en bois qu'il transporte. »

TROISIÈME PARTIE

33

WASHINGTON D.C.
13 HEURES

Luc n'était pas rentré chez lui depuis plusieurs semaines. Il louait un appartement près de Georgetown, dans un immeuble en briques couvert de lierre dont la plupart des occupants avaient plus de 70 ans. Il aimait son calme et appréciait que personne ne se mêle des affaires des autres. Il y passait généralement quelques jours entre deux missions, pendant les congés que Stéphanie Nelle imposait à tous ses agents de la division Magellan.

Il était né et avait grandi dans une petite ville du Tennessee où son père et son oncle étaient bien connus tous les deux, surtout son oncle qui avait occupé divers mandats politiques locaux, avant de devenir gouverneur, puis président. Il avait 17 ans quand son père était mort d'un cancer. Dix-huit jours après le diagnostic funeste. Un choc inimaginable. Ses trois frères et lui ne l'avaient pas quitté un instant pendant ses derniers jours. Sa mère avait pris sa mort de plein fouet. Ils étaient mariés depuis longtemps. Son mari était tout pour elle, et, tout d'un coup, voilà qu'il n'était plus là.

C'est pour ça qu'il lui téléphonait tous les dimanches.

Sans faute. Même quand il était en mission.

Et même s'il était tard pour elle, il appelait quand même. Son père disait toujours que ce qu'il avait fait de mieux dans sa vie, c'était de l'avoir épousée, répétant à qui voulait l'entendre que même *le lanceur de fer à cheval aveugle atteint parfois la cible.*

Ses deux parents, des baptistes du Sud, étaient très pratiquants et ils avaient tenu à donner à leurs fils des prénoms tirés du Nouveau Testament. Mathieu et Marc pour ses deux frères aînés. Jean, pour le plus jeune. Troisième de la fratrie, il avait lui-même hérité du prénom de Luc.

Il n'était pas près d'oublier sa dernière conversation avec son père.

«Je vais mourir d'ici quelques heures. Je le sens. Mais j'ai à te parler. Je veux que tu fasses quelque chose de ta vie. D'accord ? Quelque chose de bien. Choisis ce qui te convient. N'importe quoi. Mais efforce-toi d'en tirer le maximum.»

Il avait encore en mémoire la peau moite de son père quand ils s'étaient serré la main pour la dernière fois. Les fils avaient toujours été proches de leur père. Et il avait tout de suite compris ce qu'il voulait dire. L'école ne l'avait jamais intéressé, ses notes étaient à peine passables et il n'était pas fait pour des études universitaires. Si bien qu'il s'était engagé dans l'armée dès la sortie du lycée et avait été accepté pour suivre une formation dans les rangers. Soixante et un des pires jours de sa vie. *Ni pour les faibles ni pour les couards* – c'est ce qui était écrit dans le *Manuel du ranger.* Plutôt en dessous de la vérité d'ailleurs, compte tenu du taux d'échec supérieur à 50 %. Mais il avait réussi, jusqu'à gagner ses galons de lieutenant. Ensuite, il avait été envoyé dans quelques-uns des points les plus chauds du globe, blessé deux fois, avec de multiples citations.

Son père aurait été fier.

Puis il avait choisi de travailler pour la division Magellan, pour laquelle il avait mené d'autres opérations de grande envergure.

Il avait 30 ans à présent et ne s'était jamais vraiment remis de la mort de son père. Qu'est-ce qu'on dit dans ce cas-là ? *Les vrais hommes ne pleurent pas*. Quelle connerie. Les vrais hommes pleurent toutes les larmes de leur corps, comme ses frères et lui l'avaient fait treize ans plus tôt quand ils avaient vu leur père qu'ils adoraient pousser son dernier soupir.

Quelqu'un frappa à la porte, l'arrachant à ses pensées.

Il était resté assis au calme pendant une demi-heure, encore sous le coup du décalage horaire et essayant de récupérer.

Il ouvrit. C'était Stéphanie Nelle. Comment savait-elle où il habitait ?

« Il faut que nous parlions, dit-elle. Je peux entrer ? »

Elle s'avança à l'intérieur et jeta un regard circulaire.

« Pas du tout ce à quoi je m'attendais », déclara-t-elle.

Il était très fier de l'aspect chaleureux de son appartement, dû en partie aux meubles compris dans la location, mais aussi à des éléments de son propre choix. Masculin, mais pas trop. Un mobilier en bois. Des tissus aux coloris sourds. Beaucoup de plantes, toutes fausses, mais plus vraies que nature. Contrairement à ce que les gens pensaient, il aimait l'ordre.

« Vous vous attendiez à trouver une piaule d'étudiant ?

– Pas vraiment. Mais c'est ravissant.

– J'aime beaucoup cet endroit – pour les quelques jours par mois où j'en profite. »

Elle était debout, les bras ballants.

« Cotton et toi, vous vous êtes séparés en bons termes ?

– Il a failli me tuer. Il a tiré sur Kirk par-dessus mon épaule.

– Je ne crois pas que tu aies couru le moindre risque. Cotton sait se servir d'une arme.

– Peut-être. Mais j'étais content de me débarrasser du vieux. Il est vraiment nul.

– Le vieux en question a reçu toutes les citations possibles et imaginables, et il les a toutes refusées.

– *Il a reçu*. C'est du passé. Il a fait son temps, il n'est plus dans le coup. Et je peux vous dire qu'il n'apprécie pas du tout de voir sa petite amie embrasser Salazar. Ça l'a foutu par terre, même s'il a essayé de le cacher. Évidemment, on peut comprendre. En tout cas, j'ai suivi vos instructions. J'ai tout fait pour l'agacer. J'ai essayé de l'intéresser. Puis je lui ai donné l'information concernant les Pères fondateurs et la Constitution. Malheureusement, il n'a pas mordu à l'hameçon et n'est pas resté dans les parages.

– Il est à Salzbourg. »

L'information prit Luc au dépourvu.

« Et vous trouvez que c'est une bonne chose ?

– Cotton est un pro. Il se débrouillera très bien.

– Si vous le dites. Moi, je dis qu'il n'a plus la tête pour ça.

– Je viens de chez ton oncle.

– Et comment va ce cher Danny ? Je n'ai plus de ses nouvelles depuis la mort de mon père.

– Il s'inquiète. » Elle se tut un instant. « Et je vais être mise à la porte.

– Vraiment ? Qu'est-ce que vous avez fait ?

– Il paraît que je suis une voleuse. Une accusation inventée de toutes pièces au bénéfice de Thaddeus Rowan. Il est temps que tu sois mis au courant, alors écoute bien. »

Stéphanie aimait bien Luc, même si c'était une tête brûlée. Elle lui enviait cette liberté. Ça devait être tellement exaltant d'avoir encore autant d'années devant soi. Elle avait connu ça autrefois, pouvoir profiter de chaque occasion. Elle avait tiré le maximum de certaines situations, mais avait aussi laissé passer d'autres opportunités.

Plus tôt, installée pendant une bonne heure à la table de la salle à manger de la résidence du vice-président, elle avait écouté Danny Daniels lui raconter les événements en cours.

Thaddeus Rowan était en train de fomenter une sécession. Il voulait dissoudre l'Union et en finir avec les États-Unis d'Amérique.

En temps ordinaire, on n'aurait pas pris ça au sérieux, mais Rowan avait un plan très clair avec des objectifs précis, qui – grâce à James Madison, Abraham Lincoln et Brigham Young – étaient tous réalisables. Elle ne pouvait pas tout révéler à Luc, mais au moins lui en dire assez pour qu'il puisse faire son boulot.

« Tu vas aller à Montpelier et tu vas descendre dans ce puits de glace, dit-elle. Je veux savoir s'il y a quelque chose dedans. »

Luc se dirigea vers l'ordinateur portable fourni par la division Magellan et tapota sur le clavier. Puis il fit bouger le curseur et, en quelques clics, arriva sur montpelier.org.

« Le puits a été creusé au début des années 1800, dit-il. Environ dix mètres de profondeur, parois en briques. Madison a construit le temple au-dessus vers 1810. Comment voulez-vous qu'il y ait encore quoi que ce soit de secret au fond ? Il a certainement été fouillé des centaines de fois pendant toutes ces années.

– Peut-être pas. J'ai également vérifié. Il n'existe pas une seule photo de l'intérieur sur Internet. Bizarre, non ? On ignore ce qu'il y a là-dedans.

– Et à votre avis, comment vais-je pouvoir y aller ?

– En pénétrant par effraction et en y descendant.

– On ne peut pas simplement demander à le voir ? »

Elle secoua la tête.

« Personne d'autre ne doit savoir. Il faut que cela reste entre nous. Même Atlanta ignore ce que nous faisons. Descends dans cette glacière, vois si Madison a laissé quelque chose et ressors. Mais, surtout, ne te fais pas prendre.

– C'est jouable.

– J'en suis sûre. Tu pourras me joindre sur mon mobile. Préviens-moi dès que tu as terminé.

– Comment saviez-vous que Malone irait à Salzbourg ?

– Parce qu'il tient à Cassiopée. Il n'allait pas la laisser, maintenant qu'il sait qu'elle est là-bas et que Salazar a tué notre homme. Il est même probablement un peu jaloux, ce qui est bon pour nous. Il va traiter Salazar exactement comme ce salaud le mérite.

– Salazar doit être supprimé.

– Je suis bien d'accord. Et le moment viendra. Mais pas tout de suite.

– Mon cher oncle sait-il que je suis mêlé à cette opération ? »

Elle acquiesça.

« Il est d'accord. »

Luc gloussa.

« Je m'en doute. Il préférerait me voir me faire sauter la gueule plutôt que de me regarder en face.

– Ne t'en fais pas pour le président des États-Unis. Il est comme ça. C'est le commandant en chef. Notre patron.

Il nous a ordonné de faire un boulot, et c'est ce que nous allons faire. »

Luc fit le salut militaire.

« Oui, madame. »

Il était impossible, exactement comme Cotton.

« Vous savez bien que je ne voulais pas lui manquer de respect, dit-il. Mais vous n'êtes pas une Daniels, et il y a des choses que vous ne savez pas.

– Tu te trompes peut-être. »

Jamais elle ne lui parlerait de la tempête qu'ils avaient traversée ensemble, Danny Daniels et elle. Ça ne regardait pas ce gamin. Mais l'amertume de Luc était compréhensible. Le président pouvait se montrer affreusement dur. Elle en avait été témoin. Mais elle savait aussi qu'il n'était pas de marbre. Pour le moment, en tout cas, elle était dans la ligne de mire. Elle avait dit à Luc de ne pas se faire prendre, mais ce conseil s'appliquait à elle aussi.

Elle se retourna avant de partir.

«Je t'ai envoyé par e-mail des détails sur la sécurité à Montpelier, mais il n'y a pas grand-chose. Il n'y aura pratiquement pas de lune, cette nuit-là, tu devrais donc pouvoir entrer et sortir sans problème.

– Où serez-vous ? »

Elle saisit la poignée de la porte d'entrée.

« Dans un endroit pas du tout recommandable. »

34

SALZBOURG

Malone savait qu'ils approchaient. D'ailleurs, il aurait été déçu si ça n'avait pas été le cas. Ayant choisi de descendre du château avec Salazar et Cassiopée, il avait aussitôt remarqué les deux hommes en train d'attendre leur patron. La petite comédie de Cassiopée avait dû faire son effet sur Salazar. C'était bien joué, en tout cas. Sa colère avait paru sincère, sa défense de Salazar parfaitement plausible compte tenu des circonstances.

Il emprunta tranquillement la rue pavée en pente jusqu'à une place derrière la cathédrale, sans même regarder par-dessus son épaule. La nuit était fraîche, le ciel couvert à présent et sans lune. Les boutiques étaient toutes fermées, leurs devantures protégées par des grilles métalliques. Il chercha à se souvenir de quelques détails à propos de ces rues étroites. La plupart étaient piétonnes et reliées par des passages sinueux construits sous les maisons qui servaient de raccourcis d'un pâté de maisons à l'autre. Il aperçut un passage devant et décida de l'éviter.

Il passa devant la cathédrale et traversa la place. Il était déjà venu au marché de Noël qui se tenait là tous les ans. Quand était-ce ? Huit ans plus tôt? Neuf ? Non, plutôt dix. Sa vie avait changé du tout au tout depuis. Jamais il n'aurait imaginé divorcer, vivre en Europe et tenir une librairie.

Et être amoureux ?

Il ne voulait même pas se l'avouer.

Il regarda la cathédrale, dont une partie ressemblait à Saint-Pierre de Rome. L'ancien archevêché, avec sa façade vert, blanc et or du XVIIe siècle, bouchait le passage juste en face. La Residenzplatz, d'où il avait appelé Stéphanie, s'étendait devant le bâtiment, et la fontaine illuminée continuait à cracher de l'eau.

Il avait besoin d'être seul.

Et dans l'obscurité.

Un endroit s'imposa à lui.

Il tourna à gauche et continua à marcher.

Salazar essayait de se concentrer sur Cassiopée, mais il était obsédé par Cotton Malone.

Ce Gentil insolent.

Malone lui rappelait d'autres ennemis arrogants, qui dans les années 1840 terrorisaient les saints dans un esprit de vengeance sans bornes. Et le gouvernement ? L'État comme le gouvernement fédéral étaient restés les bras croisés et avaient laissé le massacre se perpétrer, allant même jusqu'à se joindre à la mêlée, du côté des bourreaux.

« Que voulais-tu dire quand tu as dit à Malone qu'il regretterait ce qu'il avait fait ? demanda-t-il à Cassiopée.

– Je ne suis pas née d'hier, Josepe. Je peux causer beaucoup de problèmes à cet homme.

– Il travaille pour le gouvernement américain. »

Elle haussa les épaules.

« J'ai des relations là-bas aussi.

– Je n'imaginais pas que tu étais capable d'une telle colère.

– Tout le monde l'est, quand on est poussé à bout. Et cet homme t'a poussé à bout, ce qui signifie qu'il m'a poussée à bout aussi. »

« Les dissidents doivent être foulés aux pieds, jusqu'à ce que leurs entrailles sortent de leur corps », dit l'ange.

Il en serait ainsi.

« Je suis tellement content de t'avoir ici avec moi », déclara-t-il à Cassiopée.

Ils continuèrent à marcher côte à côte, débouchant sur la Getreidegasse et prenant la direction du Golden Hirsch qui se dressait au bout de la rue. Il avait fait du chemin pendant les onze années qui avaient suivi sa séparation d'avec Cassiopée. Aussi bien personnellement que professionnellement. Heureusement, il avait fait la connaissance de Rowan l'Aîné, qui l'avait encouragé à reconstituer le corps des Danites. Rowan lui avait dit que Charles R. Snow lui-même avait approuvé la chose, mais que, comme au XIXe siècle, il ne pouvait y avoir aucun lien direct. Son travail consistait à assurer la sauvegarde de l'Église, même à ses propres dépens. Une tâche certes difficile, mais indispensable.

« C'est la volonté de Dieu que ces choses soient ainsi. »

L'ange venait de répéter ce que Joseph Smith avait dit lorsqu'il s'était rendu pour la première fois à une réunion danite. Le prophète n'avait pas été mis au courant à dessein de l'étendue de la mission du groupe, seulement qu'ils étaient chargés de protéger les saints. Depuis le début, il y avait ceux qui parlaient avec le Père céleste, comme le prophète Charles actuellement. Ceux qui administraient et mettaient en œuvre les révélations, comme Rowan l'Aîné et ses onze frères. Et ceux qui protégeaient et défendaient tout ce qu'ils avaient de cher, comme ils le faisaient, lui et ses Danites.

Cotton Malone menaçait tout ça.

Ce Gentil était venu pour se battre ? Très bien. Il allait être servi.

Ils arrivaient à l'hôtel.

« Je te laisse ici, lui dit-il. J'ai quelques affaires à régler pour l'Église avant que nous partions. Nous nous verrons demain matin, au petit déjeuner.

– Très bien. Passe une bonne soirée. »

Il s'éloigna.

« Josepe », lui dit-elle.

Il se retourna.

« J'étais sincère tout à l'heure. Malone a deux ennemis maintenant. »

Malone entra dans le cimetière Saint-Pierre, une nécropole datant des premiers temps du christianisme en Europe. Les grottes creusées dans la façade rocheuse constituaient les parties les plus anciennes, et à une trentaine de mètres au-dessus, on voyait des catacombes portant d'étranges dénominations. Des siècles plus tôt, les moines de Saint-Pierre vivaient ici en reclus, ce perchoir isolé leur servant d'ermitage. L'ancien monastère bénédictin subsistait – avec ses tours, ses bureaux, ses réserves, une église et un réfectoire, tous regroupés derrière un mur fortifié qui entourait à la fois le cimetière et la chapelle gothique Sainte-Marguerite.

L'ensemble avait quelque chose de surréaliste, tenant plus d'un jardin que d'un cimetière, des fleurs multicolores ornant les tombes ouvragées qui disparaissaient dans l'obscurité. Il y était déjà venu et, chaque fois, il pensait aux von Trappe s'enfuyant par ici pour retrouver la liberté dans *La Mélodie du bonheur*, même si leur fuite se déroulait dans un lieu parfaitement sécurisé, une scène en l'occurrence. De nombreuses familles riches de Salzbourg reposaient sous les portiques baroques édifiés à l'extérieur. Ce qui faisait de cet endroit un lieu unique, c'est que les tombes n'étaient pas la propriété des familles, mais qu'elles étaient louées. Si on omettait de payer la redevance annuelle, le corps était déplacé. Malone s'était toujours demandé combien d'évictions s'étaient réellement produites, étant donné que chaque concession était amoureusement entretenue, ornée de bougies, de branches de sapin et de fleurs fraîches.

Ses anges gardiens étaient restés en arrière, essayant en vain de ne pas se faire remarquer. Peut-être voulaient-ils qu'il sache qu'ils approchaient. Si c'était le cas, c'était bel et bien des amateurs. Ne jamais vous trahir en annonçant vos intentions.

Pour garder les mains libres, il posa le coffret en bois au pied d'une stèle, au milieu d'un bouquet de pensées. Puis il se dépêcha d'avancer en direction de la chapelle Sainte-Marguerite, dont les portes étaient condamnées. Il tourna au coin de la bâtisse et se plaqua contre la pierre brute. Il y avait deux entrées dans le cimetière. Celle qu'il venait d'emprunter et une autre, à une soixantaine de mètres devant lui, au bout d'un sentier pavé parallèle à la façade rocheuse. Tous les bâtiments du monastère étaient plongés dans l'obscurité, et seules quelques lampes à incandescence étaient fixées aux portiques extérieurs.

Un des hommes entra par la porte sur sa droite.

Il sourit.

Diviser pour mieux régner ? Un seul à la fois ?

OK.

Pour attirer l'homme dans sa direction, il ramassa une poignée de gravier et la jeta contre une des grilles métalliques qui protégeaient les portiques.

Le Danite sursauta et se rapprocha.

Un autre caillou acheva le travail.

L'homme devrait passer juste à l'extrémité de la chapelle, là où il attendait, l'obscurité ne lui permettant pas de voir s'il y avait du danger.

Malone entendit des pas.

L'ombre se détacha du mur de la chapelle et s'avança en direction des portiques, cherchant sa cible. Malone plongea en avant, passa un bras autour du cou de l'homme et serra, lui coupant la respiration. Quelques secondes de pression, puis il relâcha sa prise, fit pivoter l'homme et lui envoya un coup de coude dans le menton qui le fit chanceler. Un autre coup en plein visage l'envoya valdinguer par terre.

Il fouilla le Danite et trouva un pistolet.

L'autre ne devait pas être loin derrière, aussi il se baissa pour regagner l'arrière de la chapelle et se dirigea vers les portiques qui bordaient le mur extérieur. Un pavage permettait de marcher sans faire de bruit. Il arriva au bout et se fraya un chemin à travers la terre compacte pour rejoindre l'entrée qu'ils avaient tous les deux empruntée, lui et le premier Danite. Il avança, toujours courbé, à l'abri derrière les grandes stèles. Le terrain à l'intérieur du petit cimetière s'élevait jusqu'à la chapelle, située au centre.

Il aperçut son poursuivant sur le pavage, en train de remonter la pente parmi les tombes.

Sur la pointe des pieds il entreprit de le rattraper.

Quinze mètres.

Il arriva à l'endroit où il avait laissé le coffret et se pencha pour le ramasser.

Dix mètres.

Trois mètres.

Il appuya le canon de son pistolet contre la nuque de l'homme.

« Pas un geste, sinon je tire. »

Le Danite se figea.

« Salazar attend que tu lui dises que tu me tiens ? »

Pas de réponse.

Il arma le pistolet.

« Je me fous de toi. Complètement. Tu comprends ?

– Il attend mon appel.

– Vas-y doucement, prends ton téléphone et dis-lui que tu m'as eu. »

35

Orange, Virginie
16 h 15

Luc arriva à Montpelier juste à l'heure pour la dernière visite de la journée. Le groupe restreint était piloté par une séduisante jeune femme moulée de façon impressionnante dans un jean et portant un badge au nom de Katie. Il avait conduit d'une traite sa Mustang depuis Washington, un modèle de 1967 première génération superbement restauré, qu'il s'était offert quand il était à l'armée. De couleur argent avec des bandes noires et pas l'ombre d'une égratignure, elle restait garée dans un parking près de son appartement. Peu attaché par ailleurs aux biens matériels, il tenait à sa voiture comme à la prunelle de ses yeux.

Il avait été perturbé par l'humeur maussade de Stéphanie. Tout ce qui semblait l'intéresser, c'était de savoir si on allait trouver quelque chose chez James Madison. Il était nul en histoire. Dieu sait qu'il avait déjà eu du mal à terminer le lycée. Mais il connaissait la valeur de l'information.

Il s'était donc employé à faire quelques recherches sur Internet.

Madison était né et avait grandi dans le comté d'Orange. En 1723, son grand-père avait été le premier à coloniser les terres sur lesquelles se trouvait aujourd'hui Montpelier. La maison elle-même avait été bâtie par le père de Madison en 1760, mais après avoir hérité du domaine, Madison y avait fait de nombreux changements. C'était un ardent fédéraliste, convaincu de la nécessité d'un gouvernement central fort, et il avait joué un rôle important dans la rédaction de la Constitution. Il avait servi dans le premier Congrès, s'était battu pour que la Déclaration des droits soit adoptée, avait contribué à la création du parti démocrate et été secrétaire d'État pendant huit ans, puis président pendant deux mandats.

« M. Madison s'est retiré ici en 1817, à la fin de son second mandat de président, dit Katie au groupe. Lui et sa femme, Dolley, vécurent dans cette maison jusqu'à sa mort en 1836. Le domaine fut racheté par le département des monuments historiques en 1984. »

La maison était située au milieu de mille trois cent cinquante hectares de terres agricoles et de forêts, dans les contreforts verdoyants des montagnes Blue Ridge. 25 millions de dollars avaient été dépensés pour la remettre dans l'état où elle était du temps de Madison, avec son portique à colonnes, ses murs en briques et les volets verts typiques de l'époque coloniale.

Il suivait Katie de pièce en pièce, plus focalisé sur son jean que sur le décor, mais très attentif néanmoins à la topographie des lieux, et jetant parfois un coup d'œil par la fenêtre en direction du parc.

« Là-bas, autrefois, il y avait des champs de tabac, des fermes, des quartiers réservés aux esclaves, un forgeron et des granges. »

Il se retourna et nota que Katie avait remarqué que son attention était focalisée sur l'extérieur. Il lui sourit et dit : « Tout ce qu'il fallait à un gentleman-farmer du XIXe siècle. »

Elle était charmante et ne portait pas d'alliance. Il ne touchait jamais aux femmes mariées, pas s'il savait qu'elles l'étaient en tout cas. Il y en avait bien quelques-unes qui avaient menti, et il n'y était pour rien, mais certains maris n'avaient pas vu ça du même œil. L'un d'eux lui avait cassé le nez. Un autre avait essayé, mais passer quelques jours à l'hôpital lui avait fait regretter d'avoir relevé le défi.

Ah ! Les femmes ! Que des problèmes.

« Dites-moi, qu'est-ce qu'on aperçoit là-bas dans le champ ? On dirait un temple grec. »

Elle s'approcha de la fenêtre et fit signe aux autres de la rejoindre. Il sentit les effluves de son parfum. Pas trop. Juste un peu, comme il aimait. Elle était tout près de lui, et ça n'avait pas l'air de la gêner.

Lui non plus.

« C'est Madison qui l'a fait construire. Dessous, il y a un puits profond de dix mètres où l'on conservait de la glace toute l'année. Nous appellerions ça une rotonde aujourd'hui, mais celle-ci est très élaborée. Il avait l'intention d'en faire son bureau d'été, pour pouvoir y travailler et réfléchir en paix, en profitant de la fraîcheur provenant de la glace en dessous, mais il n'en eut jamais l'occasion.

– Personne n'est jamais descendu dans le puits ? demanda-t-il.

– Pas depuis que je suis ici. Il est scellé. »

Elle s'éloigna de la fenêtre et conduisit le groupe à travers la salle à manger et la bibliothèque de Madison. La visite guidée se limitait au rez-de-chaussée, tandis que l'accès à l'étage supérieur était libre. Il regarda sa montre. Il ferait nuit d'ici trois heures. Mais il devrait attendre bien plus tard pour revenir. Il décida d'oublier le reste de la maison et sortit par la grande porte, empruntant un sentier gravillonné jusqu'à l'entrée du jardin. Il franchit une porte ménagée dans un long mur en briques bordé d'hortensias et se dirigea vers une butte peu élevée, cachée au milieu des arbres.

Huit colonnes blanches soutenaient le dôme couvrant le temple. Pas de murs, un cercle de cinq mètres ouvert à tout vent. Katie avait raison. Une sorte de rotonde améliorée. Il s'avança sur le béton et vérifia la solidité d'une des colonnes. Parfaite. Il regarda le sol avec attention et tapa du pied. Dur comme de la pierre. Le béton était devenu gris avec le temps, mais au milieu, on remarquait une dalle carrée distincte, avec un joint de deux centimètres et demi d'épaisseur autour. On pouvait certainement descendre par là en cas de besoin.

Il regarda de nouveau le parc.

Des noyers, des cèdres, des sapins, des séquoias et des arbres à feuilles persistantes, tous plantés de longue date. Certains probablement à l'époque de Madison. Il n'y avait aucun système de sécurité, alors que l'intérieur de la maison était équipé de détecteurs de mouvement. Pas de problème. Il n'avait aucune intention de s'en approcher. Il n'y avait même pas de clôture autour du domaine. Mais, avec ses mille trois cent cinquante hectares, ça n'était pas étonnant. Il avait vérifié sur Google Earth et vu qu'une route passait tout à côté du temple et traversait les bois sur sa gauche. À une centaine de mètres, à peu près. Pratique pour entrer et sortir. Il avait apporté une corde et une torche.

Mais qu'est-ce qu'il allait bien pouvoir trouver là ?

Il l'avait dit à Stéphanie, au cours de ces deux derniers siècles, ce puits avait certainement été fouillé de fond en comble. Mais elle n'avait pas tort non plus. On ne trouvait pas une seule image de l'intérieur sur Internet. Après avoir pris son ticket d'entrée, il avait feuilleté tous les livres à l'accueil. Sans y trouver la moindre photo non plus.

Qu'est-ce qu'il pouvait bien y avoir là-dessous ?

Probablement rien du tout. Mais il avait des ordres.

« La vue vous plaît ? »

Il se retourna et vit Katie près d'une colonne.

« Il vous faudrait une cloche pour vous annoncer, dit-il. On ne vous entend pas venir.

– Je vous ai vu partir.

– Je voulais voir à quoi ça ressemblait, dit-il. C'est un endroit magnifique. Vraiment paisible. »

Elle s'avança sous le dôme.

« Vous n'avez pas l'air d'être passionné par l'histoire, je me trompe ?

– Vraiment ? De quoi ai-je l'air alors ? »

Elle le jaugea d'un regard doux d'un bleu ravissant. Des mèches courtes blond vénitien encadraient son visage plein de taches de rousseur, lui donnant un air sexy.

« À mon avis, vous êtes un militaire. En permission. »

Il frotta sa mâchoire, qui, comme son cou, était couverte d'une barbe de deux jours.

« J'avoue. Je viens de rentrer après deux séjours à l'étranger. J'avais du temps, alors j'ai eu envie de visiter quelques maisons de présidents pour voir pour quoi je me battais.

– Vous avez un nom ?

– Luc.

– Comme dans l'Évangile ? »

Il gloussa.

« Exactement ! »

Derrière son côté effronté, on devinait une grande confiance en soi, et ça lui plut. Les Mélanie Wilkes n'avaient jamais été son genre. Il préférait de loin les Scarlett O'Hara. Plus elles étaient difficiles, mieux c'était. Rien ne l'excitait autant que les défis. D'ailleurs, il avait besoin de renseignements sur cet endroit, et qui d'autre que la guide pouvait lui en donner ?

« Dites-moi, Katie, vous connaissez un endroit agréable dans les parages où l'on peut manger un morceau ? »

Elle sourit.

« Ça dépend. Vous voulez dîner tout seul ?

– Je n'en avais pas l'intention.

– Je termine dans vingt minutes. Je vais vous montrer. »

36

Salzbourg

Cassiopée n'était pas entrée au Goldener Hirsch. Elle avait attendu que Josepe disparaisse au coin de la rue, puis s'était dépêchée de le suivre, espérant qu'il ne la remarquerait pas. Heureusement, elle avait mis des talons plats pour assister à la vente aux enchères, ce qui était plus adapté aux pavés irréguliers. La nuit était tombée. Josepe était toujours à bonne distance devant elle, et l'obscurité la protégeait.

Il s'arrêta. Elle en fit autant et se réfugia dans le renfoncement d'une porte d'immeuble.

Elle vit à sa posture qu'il était en train de téléphoner. Un appel bref. Quelques secondes seulement. Puis il remit l'appareil dans sa veste et reprit sa marche. Il avait emprunté une rue du nom de Sigmund-Haffner-Gasse. Ils se trouvaient maintenant à un pâté de maisons de la cathédrale et de la Residenzplaz, et se dirigeaient vers la façade rocheuse qui s'élevait au nord de la ville et sur laquelle se dressait le château. Les ombres projetées par les lampadaires alentour dansaient une étrange gigue autour de lui. S'il la voyait, elle pourrait toujours dire qu'après avoir pris sa défense à la vente aux enchères elle n'avait pas voulu rester à ne rien faire alors qu'il risquait d'avoir besoin d'elle. Ça tenait debout. Elle était toujours furieuse contre Cotton et se demandait pourquoi il était tellement impliqué dans tout ça. L'achat de ce livre pour 1 million d'euros en disait long sur sa détermination. Il fallait qu'elle lui parle.

Mais pas tout de suite.

Josepe atteignit le bout de la rue et tourna à gauche.

Elle gagna rapidement l'intersection et le vit disparaître à un autre coin. Au-dessus, elle aperçut la silhouette sombre de l'église Saint-Pierre, avec son toit remarquable en forme d'oignon. Elle entra dans la cour de l'abbaye, qui s'étendait devant l'entrée principale de l'église, cernée de bâtiments. Au centre, une fontaine projetait de l'eau.

Aucune trace de Josepe.

Tous les bâtiments étaient plongés dans le noir et la cour n'avait pas d'issue. À l'exception d'un passage découvert, sur la droite de l'église.

Salazar entra dans le cimetière.

Son homme avait appelé pour dire que Malone était sous bonne garde et qu'ils lui avaient pris le livre. Ses Danites étaient parfaits. Pas aussi affûtés qu'un agent des renseignements américains, mais très capables. Avec trois hommes morts, son équipe se réduisait à deux Danites, mais il avait pléthore de candidats pour compléter les rangs.

Il connaissait bien le cimetière Saint-Pierre. Il y était venu plusieurs fois, toujours sidéré par la façon dont les Gentils décoraient leurs tombes comme des autels.

Il en avait devant lui un parfait exemple.

Des tombes ornées d'ouvrages en fer forgé et croulant

sous les fleurs, offertes toute la journée à l'admiration des gens, comme une attraction touristique. Aucun saint mormon n'était jamais traité ainsi. Même s'il y avait des lieux de pèlerinage. Il avait vu l'endroit où Joseph Smith, son frère et sa femme étaient enterrés dans l'Illinois. Et la dernière demeure de Brigham Young à Salt Lake. Un saint pouvait aussi se recueillir sur la tombe d'un pionnier isolé s'il était de sa famille. Mais, dans l'ensemble, leurs saints ne bénéficiaient jamais de monuments funéraires aussi imposants. Le corps était une entité sacrée, formée à l'image du Père céleste. Un temple du Saint-Esprit. La chair devait être traitée avec grand respect, aussi bien au cours de l'existence que dans la mort. Pendant la vie, elle devait rester propre et libre de toute contamination. Quand l'esprit rejoignait sa demeure céleste et quittait le corps, ce dernier était enseveli avec respect et dévotion. La récompense éternelle du saint serait d'autant plus grande qu'il avait mené une vie exemplaire, dirigée par les prophètes, guidée par l'ange, le tout au service de son Église.

Son homme lui avait dit qu'ils retenaient Malone près de l'entrée des catacombes, qui étaient en réalité des grottes hautes de plafond. L'obscurité était à peu près totale maintenant et le cimetière se peuplait d'ombres déchiquetées. Il n'y avait personne dans les environs, et seule la fuite d'un animal pouvait venir troubler le silence. Tout là-haut, le château était encore éclairé, la réception suivant la vente aux enchères n'étant pas terminée.

« Par ici, monsieur. »

Il scruta l'ombre dans la direction de la voix.

Deux hommes se dressaient en haut de la pente, l'un tenant l'autre par-derrière. Celui qui était devant paraissait soumis, la tête baissée et les bras ballants.

Salazar s'approcha.

L'homme relâcha sa prise, laissant le corps tomber par terre. Le pistolet remonta jusqu'à son visage, et il entendit : « Il est temps que nous ayons une petite conversation, tous les deux. »

Une autre voix. Celle de Malone.

Un signal d'alarme retentit dans la tête de Salazar et il se crispa, avant de se reprendre aussitôt.

« Probablement. »

Malone lui fit signe avec le pistolet.

« À l'intérieur. »

La grille métallique qui protégeait l'accès aux grottes au-dessus était ouverte.

« Étonnant qu'ils ne ferment pas à clé la nuit, fit Malone.

– Ils le font. En haut de l'escalier. Nous parlerons là-bas. »

Cassiopée vit Josepe s'arrêter en haut de la pente, puis tourner et disparaître sur sa droite. Ne connaissant pas bien Salzbourg, elle ne savait pas exactement où elle était. Elle avait dû pénétrer dans le cimetière Saint-Pierre. Le sentier était bordé de tombes des deux côtés. Pour éviter de rester à découvert, elle s'appliqua à marcher à l'abri des sépultures. Elle avait entendu des voix sur la droite, sans pouvoir distinguer ce qui s'était dit.

En haut de la pente, elle hésita, s'abritant derrière les buissons. Elle jeta un coup d'œil à droite, sans rien voir. Sur sa gauche, à vingt mètres, elle aperçut une silhouette chancelante. Elle se précipita et vit que c'était un des hommes qui attendaient Josepe après la vente aux enchères.

« Ça va ? lui demanda-t-elle.

– Ça va, répondit-il. J'ai reçu un sacré coup. »

Elle savait qui le lui avait donné.

« Où est le señor Salazar ? voulut-il savoir.

– Par là. »

Elle retourna avec lui à l'endroit où Josepe avait disparu, et ils s'approchèrent prudemment de la porte protégée par une grille en fer.

Un autre corps gisait juste devant. Ils aidèrent le deuxième homme à se remettre debout. Lui aussi avait reçu un coup à la tête.

Cassiopée examina la porte et vit que le montant en bois avait été arraché.

Cela voulait dire que Cotton tenait Josepe.

Elle leur fit signe de se taire et les entraîna un peu plus loin.

« Vous êtes encore armés ? » chuchota-t-elle.

Le deuxième homme secoua la tête et dit que son agresseur lui avait pris son pistolet. Le premier sortit le sien. Cotton devait être trop pressé pour le garder.

Elle saisit l'arme.

« Restez là.

– C'est notre devoir de veiller sur le señor Salazar.

– Vous savez qui je suis. »

Leur silence était éloquent.

« Faites ce que je vous dis. Restez ici.

Vous ne devriez pas entrer là-dedans. »

Heureusement, l'obscurité ne leur permettait pas de voir l'inquiétude qui se lisait sur son visage. En d'autres circonstances, l'homme aurait eu raison.

« Je suis la seule à pouvoir le faire. »

37

Malone suivit Salazar en haut des marches creusées dans la roche, qui étaient devenues lisses et concaves au fil des siècles. Au sommet, ils pénétrèrent dans une petite salle, dont le plafond affaissé et les murs irréguliers indiquaient qu'il devait s'agir d'une ancienne grotte. Il trouva un interrupteur et alluma une série de lampes à incandescence, dont les rais de lumière s'intensifièrent pour éclairer comme en plein jour. Six niches plates en arcades ornaient le mur face à l'entrée. Il savait qu'elles servaient aux prêtres pour s'asseoir pendant la cérémonie. La chapelle Sainte-Gertrude où ils se trouvaient avait été consacrée au XIIe siècle et était toujours en service. Au centre, s'élevait un pilier de style gothique, avec un autel en dalles d'argile sur sa gauche, semblable à ce qu'on pouvait voir dans une véritable catacombe souterraine. Le dessin d'une ancre, d'une croix et d'une flamme ornait l'autel, symbole des vertus divines de l'espoir, de la foi et de l'amour. Une rangée de cinq bancs en chêne faisait face à l'autel.

« Par ici », dit-il à Salazar, en pointant les sièges avec le pistolet. Il se plaça entre son prisonnier et la sortie. La lumière était faible à cet endroit, et sa vague lueur jaune vacillait comme une bougie dans le vent. Il posa le coffret en bois sur l'autel.

« J'ai été surpris que vous me laissiez acheter ça. 1 million d'euros ne représente pas grand-chose pour un homme comme vous.

– Pouvez-vous me dire pourquoi le gouvernement américain s'intéresse tellement à mes acquisitions ?

– Nous nous intéressons à vous.

– Vous me l'avez bien fait comprendre. »

Malone avançait à l'aveuglette, ne disposant que d'un indice minuscule, celui qu'il avait recueilli la veille au soir dans le bureau de Salazar.

« Parlez-moi plutôt du Texas, d'Hawaï, de l'Alaska, du Vermont et du Montana.

– Je vois que vous êtes entré chez moi. Ça n'était pas illégal ?

– Parlez-moi aussi de l'Utah. En quoi ces six États d'Amérique peuvent-ils intéresser un citoyen espagnol et danois ?

– Avez-vous jamais entendu parler de la prophétie du Cheval blanc ? »

Il haussa les épaules.

« Pas vraiment.

– Elle fait partie de ma religion. Elle prédit un grand changement pour l'Amériquc. Un changement auquel prendront part les saints du dernier jour.

– Vous n'êtes pas sérieux quand vous dites que les mormons vont prendre le pouvoir ? C'est vraiment une insulte à votre religion.

– Nous sommes bien d'accord là-dessus. Effectivement. Ce n'est pas du tout ce que je veux dire. La Constitution des États-Unis est sacrée pour nous. Notre doctrine et nos engagements stipulent que la Constitution est un document inspiré, l'œuvre d'hommes sages, que Dieu a désignés dans le but de les libérer de la servitude. C'est un instrument précieux qui préserve de l'anarchie et de la tyrannie. Car tout ce qui s'écarte plus ou moins de la Constitution vient du diable. Notre fondateur, le prophète Joseph Smith, croyait dans ces principes. Mais nous vénérons le document dans sa forme intégrale, tel qu'il devait être compris.

– Qu'est-ce que vous voulez dire par là ? »

Salazar souriait, l'air très à l'aise, détendu.

« Je n'ai pas du tout l'intention de m'expliquer. Mais j'ai quand même besoin que vous répondiez à une question. De quoi m'accuse-t-on ?

– De meurtre, pour commencer.

– Qui ai-je tué ?

– Barry Kirk dit que vous avez tué un homme pour un livre.

– Et vous l'avez cru ?

– Pas vraiment. Vous l'avez envoyé pour se renseigner. Il fallait qu'il nous appâte suffisamment pour susciter notre intérêt. Malin. Malheureusement pour vous, Kirk a poussé le bouchon trop loin et je l'ai tué.

– Et les deux hommes sur le bateau ?

– Ils ont eu ce qu'ils méritaient.

– Autrement dit, vous avez deux morts d'avance sur moi. »

Une façon habile d'admettre le décès de l'agent. Indirecte, mais claire néanmoins. Salazar était donc certain de s'en sortir indemne. Malone avait descendu deux Danites en bas. Mais combien y en avait-il encore ?

« Au moins, nous avons laissé tomber les masques. Pouvons-nous en venir au fait ?

– Tout ce que j'ai à faire avec vous, monsieur Malone, c'est de vous conduire jusqu'à votre salut.

– Vous ne croyez tout de même pas que je suis venu seul ici ?

– Je pourrais vous poser la même question.

– Pour l'instant, il semble que nous soyons dans une impasse. Vous et moi, face à face. Pourquoi ne pas en profiter au mieux ? »

Cassiopée franchit la porte et referma soigneusement la grille en fer. Les deux hommes de Josepe attendaient à l'extérieur, hors de vue. Même s'ils étaient disposés à l'aider, elle devait agir seule cette fois.

La crypte où elle se trouvait était petite et seules quelques tombes étaient visibles dans l'obscurité. Une lueur orange diffuse éclairait un crucifix baroque. À sa droite et à sa gauche, une danse macabre de l'époque médiévale se déployait sur six panneaux en bois. Au-dessus d'une représentation de la mort chargée d'un panier d'ossements, on lisait *huc fessa reponite membra*. Elle traduisit. « Ici reposent les membres fatigués. »

En dessous, figurait une autre inscription, en allemand celle-ci, qu'elle traduisit également : « Après une vie sainte et de bonnes actions, N'oublie surtout pas, Que tu reposeras en paix. »

Vraiment ? Elle n'en était pas si sûre.

Elle avait essayé de bien conduire sa vie, mais elle n'en avait pas été tellement récompensée. Les problèmes n'avaient pas cessé de se succéder. Elle en avait assez de se battre, et aspirait à la paix et à la tranquillité. Peut-être que tomber amoureuse était un pas dans la bonne direction ? Malheureusement, elle s'était entichée d'une autre âme rebelle. Cotton paraissait avoir le même caractère indépendant qu'elle. Ce qui avait probablement joué dans leur attirance mutuelle. Mais cela posait aussi un problème.

Une volée de marches était creusée dans la roche. L'inquiétude n'atténuait pas sa mauvaise humeur. Un courant d'air froid balaya le sol et lui glaça les chevilles. Elle respira plusieurs fois profondément pour se calmer. L'obscurité lui redonnait du courage, mais pas de la sagesse.

Elle commença à monter prudemment.

Salazar gardait son calme. Même si Cotton Malone jouait les fiers-à-bras, il ne se sentait pas vraiment en danger. Il faisait partie des milliers de représentants de second rang dans l'Église de Jésus-Christ des saints du dernier jour. Il était peu probable que le gouvernement américain soit venu jusqu'ici pour l'assassiner. Mais ça ne voulait pas dire que la situation n'était pas dangereuse. Il avait remarqué que Malone le visait avec le pistolet d'un des Danites. Tous ses hommes étaient équipés du même modèle de la même marque. Les armes étaient sa passion. Il en possédait depuis toujours. Son père lui avait tout appris à leur sujet et comment les respecter. De son côté, il les utilisait au profit de l'Église.

« Il est étrange que vos supérieurs vous aient envoyé jusqu'à moi avec aussi peu d'informations, dit-il. On aurait pu imaginer que vous connaissiez le rapport entre ces six États américains.

– Vous seriez étonné par la quantité de choses que je sais. »

Salazar n'aimait pas la suffisance de son adversaire.

« À mon avis, dit Malone, c'est plutôt vous qui êtes curieux. Vous voulez savoir comment et pourquoi nous nous intéressons tellement à vous. Préparez-vous. Vous n'allez pas tarder à avoir la réponse.

– J'y compte bien.

– Je m'interroge, dit Malone. L'actuel prophète est-il au courant de l'existence de votre joyeuse petite bande de Danites ? J'ai du mal à croire qu'il soit d'accord. L'Église mormone a fait du chemin depuis ses débuts. Ce goût pour les extrêmes a dû lui passer depuis longtemps.

– Je n'en suis pas tellement sûr. Mon Église a été victime de nombreux abus et de persécutions. Nous avons supporté les insultes, comme celles dont vous m'avez abreuvé précédemment, la violence et même la mort. Et nous avons survécu malgré tout ça en écartant toute marque de faiblesse. »

Salazar essayait de gagner du temps, pour laisser à ses hommes le temps d'agir.

« Je vous ai sous-estimé deux fois, monsieur Malone.

– Ça arrive souvent.

– Il n'y aura pas de troisième fois. »

Cassiopée sortit de l'ombre, juste devant la porte menant à ce qui semblait être une chapelle. Quatre marches, et elle se retrouva derrière Cotton.

Elle lui enfonça son pistolet dans le dos et dit : « Jetez votre arme. »

Malone se figea.

« Je ne le répéterai pas », assura Cassiopée.

Il n'avait pas le choix.

Le pistolet tomba bruyamment sur le sol.

Salazar ramassa l'arme, la braqua aussitôt sur le front de Malone et posa le doigt sur la détente.

« Je devrais vous supprimer tout de suite. Vous avez tué trois de mes employés. Vous m'avez kidnappé, sommé de répondre à vos questions. Le gouvernement américain n'a pas le droit de faire ça. »

Il était fou de rage.

« Vous avez tué un agent américain, dit Malone.

– Menteur ! hurla Salazar. Je n'ai tué personne. »

Le canon du pistolet restait braqué sur la tempe de Malone. Mais ça lui était déjà arrivé et il ne broncha pas.

« Non, Josepe, dit Cassiopée, en s'avançant pour que Malone puisse la voir. Pas de violence. Je suis là pour mettre un terme à tout ça.

– C'est un être malfaisant, dit Salazar.

– Mais le tuer ne serait pas digne de toi. »

Salazar baissa l'arme, l'air dégoûté.

« Bien sûr. Tu as raison. Je n'ai rien fait de mal. Rien du tout. »

Malone se demandait quand Cassiopée était sortie de la chapelle. Avait-elle entendu la pseudo-confession de Salazar ? Peut-être ce dernier se posait-il la même question. Ce qui expliquerait son cirque.

Cassiopée s'approcha de l'autel et prit le livre.

« Ceci nous appartient. »

Elle tendit la boîte à Salazar.

« Remerciez vos supérieurs de ma part pour cet achat, monsieur Malone, dit-il.

– On peut donc voler en toute impunité ? »

Salazar lui décocha un sourire.

« Vu les circonstances, je dirais que non. Appelons ça une compensation partielle pour ce que vous me devez. »

Il comprenait l'allusion.

Ils se dirigèrent vers la porte, Cassiopée à reculons, son arme braquée sur lui.

Il la regardait droit dans les yeux.

« Vous avez l'intention de me tuer ?

– Si vous bougez d'ici avant que nous ne soyons partis, je ne me gênerai pas. Je n'ai pas oublié vos insultes. Envers moi. Envers lui. Envers *notre* religion. Je préfère la retenue. Mais, si vous m'y forcez, je vous tuerai. »

Et elle partit.

Le silence était revenu. Malone n'avait aucune intention de les suivre. Cassiopée avait choisi de mettre un terme à la confrontation. Et les choses ne pouvaient pas aller plus loin.

Hors de la chapelle, il se retrouva dans une petite entrée creusée dans la roche et s'approcha d'une ouverture rectangulaire ménagée dans le mur extérieur. La fenêtre n'avait pas de vitre. Un vague quartier de lune gris jaune se dissimulait derrière des nuages épars. En dessous, il aperçut la silhouette de Cassiopée, de Salazar et des deux Danites qui quittaient le cimetière en silence pour retourner en ville. Il se sentait furieux, trahi, désabusé, amer et, surtout, complètement idiot. Il avait affronté Salazar sans but précis, sinon celui de se bagarrer.

Ce n'était pas son genre.

D'habitude, il ne proférait jamais de menaces en l'air. Mais, cette fois, c'était différent. Le président des États-Unis voulait qu'on harcèle Salazar. Ce qui s'était passé cadrait parfaitement avec ça.

Les quatre ombres disparurent dans la nuit. Et parmi elles, la femme qu'il aimait.

Et maintenant ?

Il n'en savait fichtre rien.

Cassiopée avait rendu le pistolet au jeune Danite, puis avait regagné le Goldener Hirsch avec les trois hommes. Elle avait appris qu'ils logeaient au second étage, tandis qu'elle occupait une suite spacieuse à l'étage en dessous. Josepe tendit le livre à ses associés puis il les renvoya et l'accompagna jusqu'à sa porte. Elle mit la clé dans la serrure. Il l'attrapa doucement par le bras et l'attira vers lui.

« Je veux que tu saches que je n'ai fait de mal à personne. Cette accusation est fausse et infamante.

– Je sais, Josepe. Ça ne te ressemble pas.

– Tu étais sincère en parlant de *notre* religion et en disant qu'il *nous* a insultés ?

– Évidemment. »

Mentir commençait à devenir une seconde nature chez elle.

« Pourquoi m'avoir suivi ?

– J'ai des compétences qui pourraient te servir, Josepe.

– Je m'en rends compte.

– Le principal, c'est que tu aies le livre, et que lui n'ait pas obtenu ce qu'il voulait. Quoi qu'il puisse encore se passer entre toi, Malone et les Américains, je suis là si tu as besoin de mon aide. »

Il la jaugea attentivement. Il était évident qu'il évaluait encore une fois toutes les raisons qu'il pouvait avoir de se méfier d'elle.

« Ça pourrait être le cas, dit-il enfin.

– Eh bien, tu peux compter sur moi.

– Nous en discuterons demain. »

Il l'embrassa doucement.

« Bonne nuit. »

Puis il s'éloigna et monta jusqu'au deuxième étage.

Le bruit de ses pas s'estompa.

Cotton lui avait envoyé un autre message faisant état de ses soupçons.

Un message qu'elle avait reçu cinq sur cinq. Une chose était désormais évidente. Ce Josepe Salazar n'était pas l'homme qu'elle avait connu autrefois.

38

WASHINGTON, D.C.

17 H 20

Danny Daniels avait donné l'adresse à Stéphanie. Puis il lui avait expliqué comment son compte était en déficit de quelque 500 000 dollars grâce à un ajustement fait à la suite de plusieurs audits confidentiels menés par le ministère de la Justice. Le procureur général avait été sollicité, sans qu'il sache exactement pourquoi, sinon qu'il fallait que son job à elle soit remis en cause. Peut-être cela avait-il plu au procureur général, car Stéphanie et lui s'étaient souvent heurtés. Les fuites providentielles portant sur les soupçons de la Maison-Blanche dataient de la veille au soir, après qu'Edwin eut regagné Washington, histoire de s'assurer que la rumeur ne tarderait pas à remonter jusqu'au sénateur Thaddeus Rowan.

«Je déteste ce fils de pute, cette espèce de cul-bénit, dit le président. Et je ne dis pas souvent ça de quelqu'un.

– Je ne savais pas que vous étiez ennemis, Rowan et vous.

– Mieux vaut que personne ne le sache. Quand je mets sur pied un peloton d'exécution, je ne peux pas demander l'avis de tout le monde. »

Elle sourit. Enfin, un peu de légèreté. Elle se faisait du souci pour lui.

« Ne vous méprenez pas, dit le président. J'ai le plus grand respect pour la religion mormone. Charles Snow a toujours été honnête avec moi. Mais toutes les religions ont leur lot de fanatiques et de cinglés. Hélas pour nous, un de ceux-là est à la tête de la commission des finances du Sénat. »

Elle avait laissé le président seul à la table de la salle à manger. Edwin l'avait raccompagnée au Mandarin oriental, l'hôtel où elle descendait quand elle était à Washington. Elle s'était rafraîchie, avait fait le point avec Atlanta et discuté par téléphone avec Cassiopée Vitt qui lui avait raconté l'épisode de la vente aux enchères à Salzbourg.

« Tu savais que Cotton viendrait, avait déclaré Cassiopée. Et tu n'as rien dit.

– Je n'en étais pas sûre. Et oui, j'ai préféré garder mes craintes pour moi.

– Je devrais arrêter ça. Tout de suite.

– Mais tu ne le feras pas.

– Cotton dit que votre agent est mort. Il a accusé Josepe de l'avoir tué.

– Il a raison sur les deux points.

– Il faut que j'en aie la preuve.

– Vas-y. Et par la même occasion, profites-en pour te faire revisser la tête sur les épaules.

– Je ne fais pas partie de ton équipe, Stéphanie. Je n'ai pas d'ordres à recevoir de toi.

– Dans ce cas, va-t'en. Et tout de suite.

– Si je pars, Cotton ne laissera pas tomber pour autant.

– Effectivement. Et nous nous occuperons nous-mêmes de Salazar. »

Un taxi la déposa. Elle avait regagné Georgetown, non loin du carrefour entre Wisconsin Avenue et M. Street. Trois siècles auparavant, les navires de haute mer remontaient le Potomac jusqu'à cet endroit, et c'était devenu un comptoir. À présent, c'était un faubourg branché de la capitale, où foisonnaient boutiques haut de gamme, bars en plein air, et restaurants prestigieux. Des parcs et des espaces verts séparaient ces quartiers chics de l'agglomération, et l'immobilier y atteignait parfois des prix astronomiques. Le ravissant bâtiment de style nordiste de Rowan était enfoui au milieu d'un délicieux ensemble d'architecture coloniale et victorienne. La ramure imposante des chênes étendait son ombre sur la maison à un étage en briques blanches. Des fleurs bordaient la petite allée et s'élevaient des jardinières ornant la rambarde de la véranda. Elle monta l'escalier, traversa le seuil fait de traverses en bois et sonna. D'après Daniels, le sénateur devait être de retour chez lui vers 16 h 30 après son voyage en Utah.

Rowan en personne vint ouvrir la porte.

Il faisait partie de ces gens fiers de leur prestance qui gardent constamment une attitude militaire. Son épaisse chevelure claire et son visage buriné lui donnaient l'apparence d'un sportif sur le retour. Ses yeux ressemblaient à des billes de charbon, mais le regard qu'il lui jeta trahissait une lassitude notable. La présence de cette femme ici constituait une sérieuse brèche dans le protocole, une violation de la règle implicite voulant que la demeure de chacun soit un espace sacro-saint, une règle qu'on ne devait jamais enfreindre.

« Il faut que je vous parle, dit-elle.

– Ce serait totalement déplacé. Appelez mon bureau. Organisez un rendez-vous en présence d'un avocat du ministère de la Justice. C'est la seule façon de procéder. »

Il commença à refermer la porte.

« Dans ce cas, vous ne verrez jamais ce que vous recherchez. »

La porte s'immobilisa.

« Et de quoi s'agit-il ? demanda-t-il d'un ton désinvolte.

– Ce que Mary Todd Lincoln a écrit au président Ulysses Simpson Grant. »

Elle regarda autour d'elle et admira les deux fauteuils Regency ainsi qu'un canapé ancien, dont le capiton or brun était maintenu en place par des semences en cuivre terni. Sur des guéridons en bois, on voyait tout un assortiment de photos de famille. Deux lampes en cristal aux abat-jour ornés d'immenses glands dispensaient une lumière douce. Dans ce petit salon, on se serait cru au XIXe siècle. Cela lui rappelait la maison de sa grand-mère.

« J'écoute », dit Rowan.

Il était assis dans un fauteuil en face d'elle, le dos très droit, dans une posture parfaite.

« Je ne peux pas répondre à votre demande. Et pas seulement parce qu'elle est à l'évidence disproportionnée.

– Pourquoi avez-vous mentionné Mme Lincoln ?

– Je suis au courant de vos efforts pour accéder à certains documents classifiés. Je ne suis pas née d'hier, monsieur le sénateur. Tout comme vous. Vous avez envoyé votre assignation pour attirer mon attention. Vous avez essayé de faire pression, de persécuter et de menacer certains de mes collègues dans d'autres secteurs du renseignement, mais en vain. Alors vous avez décidé de vous en prendre à moi en pensant que des pressions légales habilement exercées pourraient marcher. Ce que vous ne saviez pas, c'est que j'ai un problème

– C'est ce que j'ai appris. Mon chef de cabinet me dit que la Maison-Blanche s'intéresse à vous.

– C'est un gentil euphémisme. Et votre assignation braque le projecteur juste dans ma direction.

– Qu'avez-vous fait ? »

Elle lâcha un petit rire.

« Pas si vite ! Je ne ferai aucun aveu avant que nous n'ayons passé un accord.

– Et pourquoi vous ferais-je confiance ? »

Elle fouilla dans la poche de sa veste et en sortit la copie de la lettre originale de Mary Todd, en même temps qu'une version dactylographiée. Rowan prit les deux documents et se mit à lire. Malgré tous ses efforts pour se contenir, son excitation était évidente.

« Cela fait-il partie de ce que vous recherchez ? » demanda-t-elle.

Il haussa les épaules comme si la réponse était évidente.

« Vous semblez très au fait de mes activités.

– Je travaille dans le renseignement. C'est mon boulot. Mais vos requêtes m'ont sacrément perturbée.

– De quelle manière ?

– Disons seulement que j'ai un problème de comptabilité. Et que j'allais tranquillement le résoudre au moment où vous êtes arrivé. À présent, la Maison-Blanche pose des questions auxquelles je ne veux pas répondre. »

Il parut surpris.

« Je n'aurais jamais cru que vous étiez une voleuse.

– Disons plutôt une fonctionnaire sous-payée qui voudrait profiter de sa retraite. Une fois l'administration actuelle partie, je laisserai la place également. Pour moi, c'est le moment idéal pour disparaître. J'avais juste besoin de quelques mois supplémentaires, sans qu'on fasse trop attention à moi.

– Désolé de contrecarrer vos projets.

– Il est possible que ça ne soit pas si terrible, finalement, dit-elle, sur le même ton laconique. Il y a autre chose que j'aimerais vous montrer. Quelque chose dont vous ne soupçonnez probablement même pas l'existence. »

Elle sortit les copies de la note originale de Madison et sa version dactylographiée.

Rowan les lut.

« Vous avez raison. J'en ignorais l'existence. »

Elle jeta un coup d'œil à sa montre.

« Et demain matin, j'aurai ce que Madison avait caché dans son bureau d'été. »

Il était visiblement impressionné.

« Et c'est cela que vous voulez utiliser pour me proposer un marché ? »

Elle haussa les épaules.

« J'ai ce que vous voulez et vous avez ce que je veux. »

Son estomac se serra. Le seul fait de prononcer ces mots la dégoûtait, mais l'homme qui était assis en face d'elle ne lui inspirait pas autre chose. Son image publique était celle d'un vrai conservateur. Carré. Direct. Zéro scandale. Mais ça ne le gênait pas de fermer les yeux sur un fonctionnaire corrompu pour obtenir ce qu'il voulait. Et pire, il semblait croire à son histoire, ce qui prouvait le peu d'estime qu'il avait pour elle.

« Vous avez raison, dit-il. Il y a certains documents que j'aimerais voir. Ils sont importants… pour moi en tout cas. Malheureusement, je n'ai pas pu y avoir accès. Cette lettre de Mme Lincoln, je savais qu'elle existait. En fait, elle avait envoyé un courrier similaire au chef de mon Église. Nous l'avons dans nos archives. Mais cette note de M. Madison est quelque chose d'entièrement nouveau pour moi.

– J'ignore ce que vous êtes en train de faire, et ça m'est égal, répondit Stéphanie. Je veux tout simplement qu'on ne s'occupe plus de moi et pouvoir continuer jusqu'à ce que Daniels ait fini son mandat, et je m'en irai ensuite. » Elle prit un ton un peu amer. « Je suis venue ici pour passer un accord avec vous. Si vous arrêtez de me harceler, je pourrai me débrouiller avec la Maison-Blanche. Mais je ne peux pas tout affronter en même temps. Je vous ai apporté deux cadeaux comme preuve de ma bonne foi. Demain matin, j'en aurai un troisième.

– Moi aussi, je vis les dernières années de mon mandat. Je ne me représenterai pas. »

Elle l'apprenait.

« Vous allez prendre votre retraite dans l'Utah ?

– Je retourne dans l'Utah. Mais il n'est pas question de retraite. »

Elle avait l'impression d'être une accusée montant à l'échafaud après s'être passé la corde au cou. Mais il fallait qu'elle joue son nouveau rôle jusqu'au bout. Ce n'était pas si souvent qu'on accordait à quelqu'un toute liberté d'enfreindre la loi.

« Alors vous allez retirer votre assignation ? demanda-t-elle.

– Pas tout à fait. »

Elle se doutait bien que ça n'allait pas être aussi simple.

« Même si j'apprécie vos deux offres, et celle qui viendra demain, je voudrais encore autre chose. Et j'aimerais en disposer ce soir. »

39

SALZBOURG
23 H 50

Malone était allongé sur le lit de sa chambre d'hôtel, les jambes croisées, les mains derrière la tête. La fatigue l'avait envahi, mais il n'arrivait pas à dormir. Il s'en voulait d'éprouver autant d'inquiétude. Il détestait ce doute qui le rongeait. Jamais il ne s'était retrouvé dans une situation aussi étrange. Mais ça faisait longtemps qu'il n'avait pas laissé une femme entrer dans sa vie. Au cours de leurs cinq dernières années de mariage, Pam et lui ne partageaient plus aucune intimité. Ils vivaient ensemble comme des étrangers, en sachant parfaitement que leur relation était terminée, mais aucun ne voulait prendre l'initiative de la rupture. Pam avait fini par la provoquer en déménageant. Après quoi, il avait concrétisé la séparation en divorçant, en faisant valoir ses droits à la retraite, en démissionnant de son poste et en quittant la Géorgie pour le Danemark.

Lorsqu'il était en mission, il agissait avec une précision suisse – en concevant, planifiant et exécutant sa tâche au millimètre près. Mais, quand les sentiments entraient en jeu, il hésitait, se révélant incapable de passer le bon coup de téléphone à l'heure dite. Il avait merdé avec Pam. Et maintenant il se demandait s'il n'était pas en train de faire la même erreur avec Cassiopée.

Soudain, on frappa des petits coups à la porte. Il ouvrit et Cassiopée entra. Il n'avait pas cessé d'espérer qu'elle viendrait le voir.

« Stéphanie m'a dit où tu étais, dit-elle. Je suis furieuse contre elle et contre toi aussi.

– Je suis content de te voir.

– Qu'est-ce que tu fais là ? »

Il haussa les épaules.

« Je manquais d'occupation. J'ai eu envie de venir voir ce que tu fabriquais. »

Elle n'était pas d'humeur à plaisanter. Lui non plus d'ailleurs.

« Tu es très loin de ton château, dit-il.

– Je sais que je t'ai menti. Il le fallait.

– Apparemment.

– Qu'est-ce que ça veut dire ?

– Tu peux l'interpréter comme tu veux.

– J'ai pris le risque de venir ici, confia-t-elle. Mais il fallait que nous parlions. »

Il s'assit au bord du lit.

Elle resta debout.

« Pourquoi as-tu acheté ce livre ? demanda-t-elle.

– Le président des États-Unis m'a dit de le faire. » Visiblement, elle ignorait l'implication de Daniels dans l'affaire. « Stéphanie avait omis ce détail ? Il faudra t'y habituer. Ils vous disent seulement ce qu'ils veulent. »

Elle n'avait pas l'air dans son assiette, et son regard fuyant indiquait qu'elle était mal à l'aise.

« Pourquoi es-tu ici ? lui demanda-t-il.

– J'espérais pouvoir contribuer à laver la réputation d'un vieil ami. À présent, j'ai des doutes. »

Le moment était venu de mettre cartes sur table.

« Ce n'est pas seulement un vieil ami, dit Malone.

– Il a été mon premier amour. Nous devions nous marier. Nos parents ne pensaient qu'à ça. Mais j'ai rompu.

– Tu ne m'en as jamais parlé. Tu ne m'as pas dit non plus que tu étais mormone.

– Tout ça n'avait rien à voir avec nous deux. Mes parents étaient mormons et je suis née mormone. Après leur mort, j'ai renoncé à cette religion. Et à Josepe. »

Il se demanda une nouvelle fois ce qu'elle avait entendu dans les catacombes.

« Tu es restée longtemps à l'extérieur de la chapelle ? »

Elle ne détourna pas les yeux.

« Pas très longtemps.

– Tu ne l'as pas entendu admettre qu'il avait tué notre agent ?

– Non. Et ça n'est pas vrai. Stéphanie a dit la même chose. »

En l'entendant nier, il la revit en train d'embrasser Salazar.

« Pourquoi veux-tu croire que ça n'est pas vrai ?

– Parce que tu es jaloux. Je l'ai vu au restaurant.

– Je ne suis plus un gamin, Cassiopée. Je suis sur une affaire. Je fais mon boulot. Réveille-toi un peu et fais-en autant.

– Va te faire foutre. »

Malone sentit la colère monter en lui.

« Tu sais que Salazar emploie des fanatiques qui font son sale boulot. Des Danites. Les deux types du cimetière en font partie.

– Cotton, il va falloir que tu me laisses me débrouiller toute seule.

– Dis ça à Stéphanie.

– T'en prendre à Salazar comme tu l'as fait ce soir est complètement idiot. Heureusement, les choses ont tourné en ma faveur. J'ai pu profiter de la situation. Il commence à me faire confiance. »

À présent, il était furieux.

« Ce type est un meurtrier. »

Ses yeux à elle lançaient des éclairs.

« Et quelle preuve avons-nous ?

– J'ai vu le corps. »

L'argument sembla porter.

« Il faut que je comprenne la situation, affirma-t-elle. À ma manière.

– J'étais là, hier soir. Je vous ai vu. Ce baiser n'était pas de la comédie. »

Elle avait l'air surprise par cette révélation.

« Encore une info que Stéphanie ne m'avait pas été transmise.

– Tu ne sais pas de quoi tu parles. Moi-même, je ne sais même pas de quoi on parle.

– C'est exactement ce que je veux dire. »

Il avait fait du chemin avec cette femme. D'ennemis, ils étaient devenus amants. Ils avaient traversé des épreuves, tissé des liens, acquis une confiance mutuelle – c'était ce qu'il croyait en tout cas. Pour l'instant, elle lui semblait à des années-lumière. Une étrangère.

Et il détestait ça.

« Écoute, lui dit-il, tu as fait du bon travail. Pourquoi ne pas te retirer et me laisser terminer ?

– Je peux me débrouiller. Sans toi. »

Il parvint à garder son sang-froid et tenta une nouvelle approche.

« Ce vieil ami à toi est impliqué dans une affaire suffisamment sérieuse pour que le président des États-Unis s'en mêle personnellement. Un agent est mort, que tu veuilles le croire ou non. Trois de ses hommes sont morts. Je les ai tués. Il faut voir les choses en face, Cassiopée. » Il se tut un instant. « Ou arrêter.

– Tu te conduis parfois comme un vrai con.

– J'essaie pourtant de ne pas l'être.

– Tu devrais rentrer chez toi. »

Elle se tourna pour quitter la pièce.

Il ne bougea pas.

Pas un instant, elle ne lui avait témoigné la moindre affection. Pas un sourire. Pas le plus petit signe de gaieté. Elle était restée imperturbable. Il regrettait de l'avoir bousculée. Mais il fallait bien que quelqu'un le fasse.

Elle parvint à la porte.

Il ne voulait pas qu'elle parte.

« Est-ce que tu aurais tiré sur moi ? » demanda-t-il.

Une question de pure forme qui n'attendait pas vraiment de réponse, mais visait plutôt à lui permettre de garder espoir.

Elle se retourna et l'observa fixement. Le doute s'était installé entre eux. Ses yeux étaient durs et brillants comme du granit, son visage inexpressif.

Puis elle sortit.

Salazar s'agenouilla sur le parquet de sa suite. La dureté du sol lui fit penser aux difficultés rencontrées par les pionniers au cours de leur voyage vers l'ouest entrepris pour échapper aux persécutions, quand ils étaient venus se réfugier à Salt Lake. Il était important que les saints n'oublient jamais leur sacrifice. S'ils existaient aujourd'hui, c'était grâce à ce que tous ces braves gens avaient enduré et aux milliers de morts tombés en chemin.

« Il nous était impossible d'adopter les mœurs sociales, religieuses et éthiques de nos voisins », lui dit l'ange.

L'apparition flottait à l'extrémité de la pièce dans un halo brillant. Il était en train de prier avant de s'endormir, tout en s'inquiétant que Malone puisse avoir raison, quand le messager était apparu. Le vol du livre par Cassiopée et le fait que lui-même l'ait gardé pouvaient constituer un péché.

« Sache que ceci est la vérité, Josepe. Un noble avait un morceau de terre, et l'ennemi vint une nuit, enfonça sa clôture, abattit ses oliviers et détruisit tout ce qu'il avait bâti. Ses domestiques, effrayés, s'enfuirent. Le maître du vignoble dit alors aux serviteurs : "Allez ramasser ce qui reste et joignez les forces de toute ma maison, mes guerriers, mes jeunes hommes, et allez tout de suite récupérer mon vignoble, car il m'appartient. Détruisez leur tour et dispersez leurs sentinelles. Et s'ils se rassemblent pour vous affronter, vengez-moi de mes ennemis de façon à ce que je puisse retrouver les restes de ma maison et rentrer en possession de ma terre." »

Il s'imprégna de la parabole afin de comprendre sa signification.

« Ce qui a été fait était nécessaire. La rédemption de Sion ne se fera que par la force. C'est pourquoi le Père céleste a fait naître parmi son peuple un homme capable de les conduire, comme Moïse a conduit les enfants d'Israël. Car vous êtes les enfants d'Israël et de la descendance d'Abraham, et vous devez être sauvés de l'esclavage par la force de vos bras. »

« Mes serviteurs ont été regroupés et ils sont prêts pour la bataille. »

« Toute victoire et toute gloire ne sont obtenues qu'au prix de l'assiduité, de la fidélité et de prières. »

Il continua donc à prier de plus en plus ardemment, puis il dit à l'ange :

« J'ai laissé ma colère prendre le dessus avec Malone. Il m'a provoqué avec la mort de mes hommes, alors je me suis mis à me vanter et j'en ai dit plus que nécessaire. »

« Ne te fustige pas. Cet homme croupira dans l'obscurité, alors que tu vivras dans la lumière éternelle. Le livre est à nous maintenant. Le Gentil n'avait pas le droit de le posséder. Il a agi ainsi pour te faire du mal. »

Il aurait dû faire expier Malone, mais l'arrivée de Cassiopée l'en avait empêché. Il se demandait toutefois si elle les avait entendus discuter tous les deux.

« Cela n'a pas d'importance, dit l'ange. *Elle fait partie de Sion, et son dessein est aussi le tien. Si elle n'avait pas été d'accord avec ce qui devait être fait, elle ne serait pas intervenue. »*

Ce qui était logique.

« Elle est ton alliée. Traite-la comme telle. »

Il regarda intensément la vision et prononça la question qu'il n'avait jamais eu le courage de poser : « Es-tu Moroni ? »

Rien n'existerait sans Moroni. Il avait vécu sur Terre aux alentours de 400 après J.-C., et ce prophète était devenu célèbre pour avoir consigné l'histoire de son peuple sur des plaques en or. Des siècles plus tard, il était apparu à Joseph Smith et l'avait conduit jusqu'à l'endroit où se trouvaient les plaques. Sous la divine inspiration du Père céleste, et avec l'aide de Moroni, le prophète Joseph avait traduit les textes et les avait publiés dans ce qui était devenu le *Livre de Mormon.*

« Je ne suis pas Moroni », dit l'ange.

Il était sidéré. Il avait toujours cru que c'était le cas.

« Alors qui es-tu ? »

« T'es-tu jamais interrogé sur ton nom ? »

Drôle de question.

« Je suis Josepe Salazar. »

« Ton prénom est un ancien prénom hébreu. Ton nom de famille est lié à l'origine basque de ton père. »

Ça, il le savait. Son nom de famille venait d'une ville médiévale en Castille dont une famille noble avait pris le nom.

« Tu es Josepe. Joseph en anglais. Joseph Salazar. Comme pour le prophète, Joseph Smith, dont tu as les mêmes initiales. J. S. »

Il avait remarqué cette coïncidence depuis longtemps, mais n'y avait pas attaché d'importance particulière. Son père avait choisi ce prénom pour honorer le prophète.

« Je suis Joseph Smith. »

Il ne savait plus quoi dire.

« Je suis venu pour t'aider dans le combat qui t'attend. Ensemble, nous allons regagner la liberté qui est celle de Sion. Sache bien ceci, Joseph : le Père céleste a promis qu'avant la fin de cette génération nous aurons vaincu les Gentils et réalisé toutes ses promesses. Cela va arriver. Rowan l'Aîné prendra bientôt la tête de l'Église, et tu seras à ses côtés. »

Il se sentait si indigne. Les larmes lui montèrent aux yeux. Il essaya de les refouler, puis se laissa aller, donnant libre cours à ses émotions. Il se courba en avant et étendit les bras jusqu'au sol.

« Pleure, Josepe. Pleure pour tous ceux qui sont morts pour notre cause et dont je fais partie. »

Il leva les yeux vers l'apparition.

Smith avait 38 ans en ce jour de juin 1844, quand il avait été incarcéré sur des accusations fallacieuses. La populace s'en était prise à Joseph et son frère, qui avaient été tués.

« Je suis allé comme un agneau à l'abattoir, mais j'étais calme comme un matin d'été. Ma conscience était en paix vis-à-vis de Dieu et des hommes. Ils m'ont privé de la vie, mais je suis mort en innocent. C'est ce qu'on a toujours dit de moi depuis, que j'ai été assassiné de sang-froid. »

C'était effectivement le cas.

Mais les yeux qui le fixaient d'en haut étaient, pour la première fois, pleins de force.

« Mon sang crie vengeance. »

La réponse s'imposait.

« Tu seras vengé. »

40

Comté d'Orange, Virginie
vendredi 10 octobre
1 heure

Luc était de retour à Montpelier. Son dîner avec Katie avait duré trois heures. Elle l'avait emmené dans un sympathique petit restaurant au bord d'une route au nord de la ville où ils avaient bu de la bière et grignoté un poulet frit passable. C'était une fille adorable, et il regrettait de ne pas avoir la nuit devant lui. Elle paraissait aimer les militaires. Ils avaient pris chacun leur voiture pour aller dîner, si bien qu'elle était rentrée toute seule chez elle, tandis qu'il retournait au domaine, avec son numéro de téléphone et son adresse e-mail en poche.

Il avait passé trois autres heures dans sa Mustang garée le long de la route, sous les arbres, derrière le bâtiment principal. Le temple était à quelques centaines de mètres. Il n'y avait pas la moindre lumière aux alentours, si l'on exceptait celles qui brillaient à l'extérieur de la résidence et qu'on apercevait au loin à travers la végétation. Aucun veilleur de nuit à l'horizon. Tout était calme.

Chez lui, il avait étudié des photos du temple, et son inspection préalable des lieux n'avait fait que confirmer ce qu'il pensait. Il avait apporté un rouleau de vingt-cinq mètres de corde de chanvre épaisse, une torche, des gants, et un pied-de-biche. Toute la panoplie du cambrioleur chevronné.

Il descendit de voiture et prit ses outils, en refermant le coffre avec précaution pour ne pas faire de bruit.

Après une marche de dix minutes à travers bois, il aperçut la silhouette sombre du temple. Il gravit la pente en faisant crisser l'herbe sèche sous ses pas et monta sur le sol en béton. Ces bois étaient bien silencieux – pas comme chez lui, où les criquets et les grenouilles chantaient toute la nuit. Parfois, il avait le mal du pays. Après la mort de son père, les choses n'avaient plus jamais été pareilles. S'engager avait été la meilleure solution. Il avait vu le monde et grandi en même temps. À présent, il travaillait pour le ministère de la Justice des États-Unis. Sa mère avait été fière d'apprendre ce qu'il était devenu, et ses frères aussi. Il n'avait aucun diplôme universitaire, aucune licence professionnelle, ni patients, ni clients, ni étudiants. Mais, nom d'un chien, il était arrivé à quelque chose.

Il posa la corde et la torche de côté. Avec le pied-de-biche, il se mit à attaquer le mortier autour de l'écoutille centrale. Il s'effrita assez facilement, et Luc put bientôt introduire le bout plat de l'outil dans le joint. Après quelques poussées, un bord se souleva. Encore un peu, et l'ouverture dans le sol fut suffisante pour qu'il puisse passer.

Il reposa le morceau de béton carré près de l'entrée, puis attacha la corde à une colonne. Il en vérifia la solidité pour être certain qu'elle puisse supporter son poids. Il jeta le reste de la corde dans l'ouverture.

Un dernier coup d'œil aux alentours.

Toujours calme.

Il braqua la torche dans le trou et alluma la lumière. Il aperçut le sol et des parois en briques dix mètres plus bas. Comme il l'avait prévu, les trois premiers mètres seraient tout en corde jusqu'à ce que la pente s'incurve et que ses pieds touchent le mur. À ce moment-là, il pourrait se laisser descendre. Ce serait la même chose pour remonter. Heureusement, il était en grande forme. L'aller et le retour ne devraient pas lui poser de problèmes.

Il éteignit la lampe et la fourra dans la poche de son jean. Puis il enfila des gants en cuir et entama sa descente.

Dire que ce puits avait été creusé il y a deux cents ans avec des pioches et des pelles uniquement ! Bien sûr, Madison n'avait pas eu de problème de main-d'œuvre, car il disposait d'esclaves – une centaine selon les informations données par Katie au cours de la visite. Mais, malgré tout, les efforts déployés pour faire un trou aussi large et profond étaient impressionnants.

Ses pieds atteignirent le mur et il finit en rappel jusqu'au sol.

Il jeta un coup d'œil vers le haut et imagina la scène. Une quantité de glace devait être stockée ici pendant l'hiver. Le lac derrière la maison qu'il avait admiré précédemment gelait sans doute chaque année. Des blocs étaient alors découpés par des esclaves, traînés jusqu'au puits et enveloppés dans de la paille pour les isoler. Compte tenu de la quantité de glace stockée, elle restait probablement intacte jusqu'à l'hiver suivant, lorsque l'on recommençait l'opération. Il avait lu sur le site de Montpelier que les glaces étaient le péché mignon de Madison. Sa femme, Dolley, était même célèbre pour avoir popularisé ce dessert en le faisant servir lors du second bal inaugural de son mari.

Il ralluma la torche et inspecta l'intérieur. Le faisceau rouge n'éclairait pas très loin, et tout paraissait gris, si bien qu'il se risqua à passer à la lumière blanche. Il était difficile de dire combien il y avait de briques dans ce puits. Certainement des milliers, d'une couleur passée, avec des joints et des fissures couverts d'une mousse jaune due au sol poreux et au temps passé. Mais, dans l'ensemble, les parois étaient relativement propres. Le fait que le puits soit resté scellé avait sans nul doute aidé à la conservation de l'endroit.

Le faisceau fit apparaître quelque chose. Il se retourna et examina attentivement la paroi. À peine distinct. Mais incontestable.

Il s'approcha et regarda vers le haut dans la pénombre.

« Putain ! Ce sont bien des chiffres », chuchota-t-il.

XIII

Il commença à les examiner soigneusement avec sa torche.

D'autres chiffres apparurent, également gravés sur les briques.

XIX.LXX.XV.LIX.XCIX.

Il n'avait jamais fait de latin. Mais il connaissait quand même les chiffres romains. Le Super Bowl l'avait familiarisé avec eux. Il n'avait jamais compris pourquoi la Fédération américaine de football avait choisi de les utiliser. Peut-être était-ce plus chic ?

Il poursuivit son examen et remarqua qu'il y avait des doubles à différents endroits. Il compta rapidement cinq LXX. Huit XV. Il se souvenait de ce que Stéphanie lui avait montré sur la note de Madison. Le IV griffonné en bas. Il continua à chercher, en balayant les murs cylindriques avec sa torche.

Et le trouva.

Le IV.

Vers le haut, à deux mètres environ de l'entrée du puits.

Il voulut vérifier si son intuition était bonne. Un examen plus approfondi lui permit de constater qu'il n'y avait aucun autre IV nulle part.

Très bien.

Il aurait besoin du pied-de-biche pour continuer à chercher. Mais il était resté en haut. Il éteignit la lampe, attrapa la corde et grimpa. Arrivé au sommet, il se hissa par le trou et s'apprêtait à prendre l'outil quand quelque chose attira son attention.

Au loin.

Derrière la maison.

Des flashes de lumière bleue trouant la nuit et le gémissement de sirènes. Puis deux autres séries de lumières bleues clignotantes.

Elles venaient toutes vers lui.

« Merde, murmura-t-il. Ça promet. »

41

WASHINGTON, D.C.

1 H 40

Rowan descendit du taxi. De l'autre côté de la Première-Rue, la façade du Capitole était illuminée *a giorno.* Il avait souvent passé la nuit à travailler lors des sessions du Congrès, surtout des années auparavant, pendant ses deux premiers mandats. Plus tellement maintenant, sauf quand des questions importantes mobilisaient l'assemblée au point de l'empêcher de dormir. Un vrai cirque.

Ce n'était rien d'autre. Du cirque.

Le véritable travail ne se faisait jamais dans l'hémicycle, mais plutôt dans des bureaux fermés, ou à table au restaurant, ou lors d'une promenade sur le National Mall. Le gouvernement fédéral fonctionnait mal, et ça ne datait pas d'hier. Il n'avait plus la capacité de faire vraiment quoi que ce soit de constructif. Au lieu de ça, il se contentait de profiter des ressources venant à la fois du peuple et des États. Il était à peu près incapable de résoudre le moindre problème et refusait que qui que ce soit d'autre le fasse.

Ce que Rowan avait lu la veille à propos de la pétition du Texas pour faire sécession l'avait marqué. *« L'État du Texas veillant à toujours garder un budget équilibré et, étant la 15e économie du monde, il lui serait possible de sortir de l'Union, ce qui protégerait le niveau de vie de ses citoyens et les confirmerait dans leurs droits et leurs libertés, conformément aux idées et aux croyances de nos Pères fondateurs qui ne sont plus reflétées par le gouvernement fédéral. »*

Très bien dit.

Il ne se souvenait plus du moment où il était devenu sécessionniste, mais il était absolument convaincu que sa position était juste. *« Chaque fois qu'une forme de gouvernement devient nocive, il est du droit des peuples de le modifier ou de l'abolir, et d'instaurer un nouveau gouvernement, en jetant ses bases sur des principes et en répartissant son pouvoir de telle façon qu'il puisse leur assurer sécurité et bonheur. »* Thomas Jefferson et les cinquante-cinq patriotes qui avaient signé la Déclaration d'indépendance avaient raison. Il était intéressant de voir à quel point ces hommes se sentaient investis d'un droit naturel et inaliénable les poussant à se rebeller violemment contre l'oppression anglaise. Mais si leurs descendants entendaient en faire autant contre les États-Unis d'Amériquc, une flopée de statuts fédéraux viendrait s'opposer au moindre de leurs actes. Quand les Américains avaient-ils perdu ce « droit naturel et inaliénable » ?

Il le savait.

1861.

Avec Abraham Lincoln.

Mais il avait bien l'intention de le récupérer.

L'entrée en jeu de Stéphanie Nelle n'était pas prévue. Un de ses attachés parlementaires l'avait mis au courant des rumeurs. Rien de définitif, juste des questions qui se posaient à son sujet, et la Maison-Blanche s'efforçait de traiter le problème discrètement. Personne n'avait envie d'un scandale en cette fin de mandat. Ses demandes d'information avaient-elles accéléré les choses ? En était-il vraiment responsable ? Difficile à dire. Tout ce qu'il savait, c'était que Nelle avait surgi, qu'elle savait qu'il avait cherché à se faire communiquer des archives classées top secret et qu'elle lui avait proposé de lui fournir précisément ce qu'il voulait.

Il avait donc profité de la situation.

Il monta l'escalier en granit qui menait à l'entrée de la Bibliothèque du Congrès en passant devant la fontaine de Neptune.

Faire confiance à Nelle ?

Pas question.

Se servir d'elle ?

Certainement.

Stéphanie attendait dans le vestibule du Grand Hall de la Bibliothèque du Congrès. Normalement, le bâtiment aurait dû être fermé pour la nuit et placé sous la surveillance des agents de la sécurité. Mais, après avoir quitté Rowan, elle avait appelé la Maison-Blanche. Quinze minutes après, le directeur de la bibliothèque l'avait contactée. Et trente minutes plus tard, un vieux monsieur au sourire chaleureux, avec des cheveux gris clairsemés et des lunettes à monture d'acier, était venu à sa rencontre à la bibliothèque. Il s'était présenté comme étant John Cole et, malgré l'heure avancée, il était très chic avec son costume cravate. Elle s'était excusée de l'avoir dérangé dans son sommeil, mais il l'avait remerciée d'un geste en disant : « Le directeur m'a demandé de me mettre à votre disposition. »

Quand elle lui eut expliqué ce qu'elle cherchait, il disparut dans les entrailles du bâtiment, en la laissant seule dans le Grand Hall.

Deux escaliers en marbre montaient de chaque côté, les murs d'un blanc éblouissant s'élevant sur quelque vingt-cinq mètres jusqu'à un plafond en stuc percé de lucarnes décorées de vitraux. Une grande boussole en cuivre illuminait le sol en marbre, entourée par les signes du zodiaque. Les sculptures, les fresques et l'architecture, tout concourait à donner à l'ensemble un style européen solennel.

Ce qui répondait à l'idée initiale.

Construit en 1897 comme une vitrine pour l'art et la culture d'une république en devenir dans le but d'abriter la future Bibliothèque nationale, le bâtiment Jefferson était devenu l'une des grandes bibliothèques du monde. Des chérubins étaient sculptés le long des balustrades. Elle en connaissait la signification et savait qu'ils représentaient les différents métiers et loisirs. Elle remarqua un musicien, un médecin, un électricien, un fermier, un chasseur, un mécanicien et un astronome, portant chacun un symbole de leur activité.

Il était normal que le bâtiment ait fini par porter le nom de Jefferson, car, après la guerre de 1812 – quand les Britanniques avaient brûlé Washington, y compris la bibliothèque de l'époque –, il avait cédé à la nation plus de six mille quatre cents de ses livres personnels pour former une nouvelle collection. Aujourd'hui, c'était un ensemble de près de deux cents millions de documents. Elle avait lu quelque part qu'environ dix mille nouveaux ouvrages s'y ajoutaient chaque année. Presque tout était ouvert au public, disponible à la consultation. Il fallait seulement avoir une carte de la bibliothèque, ce qui était facile à obtenir. Elle en avait eu une pendant des années. Quand elle vivait à Washington, elle aimait beaucoup traîner dans les salles, ou assister à des conférences dans l'auditorium. Il se passait toujours quelque chose à la bibliothèque.

Certains documents étaient malgré tout interdits à la consultation, en raison de leur fragilité ou de leur rareté, et ceux-là étaient conservés dans une salle spéciale à l'étage supérieur.

Ce que Rowan voulait en faisait partie.

Rowan s'approcha des trois portes en bronze représentant la tradition, l'écriture et l'imprimerie. Comme le temple de Salt Lake, la Bibliothèque du Congrès était chargée de symboles. Le message vocal de Stéphanie disait de ne pas se rendre à l'entrée habituelle des visiteurs un étage en dessous, mais de frapper à ces portes.

Ce qu'il fit.

L'une d'elles s'ouvrit. Nelle était là.

Il s'avança dans une galerie où l'on pouvait admirer une mosaïque de la déesse Minerve, tenant un parchemin sur lequel était dressée la liste des domaines d'étude essentiels dans une civilisation, avec à sa gauche un hibou, symbolisant la sagesse.

Ils entrèrent dans le Grand Hall.

« Il était préférable que vous veniez ici plutôt qu'en bas, dit-elle. Il n'y a pas de caméras de sécurité. »

Il apprécia sa discrétion.

« Je suis toujours impressionné quand je viens ici.

– C'est un bâtiment magnifique. Nous sommes seuls, en dehors du conservateur qui est occupé à sortir ce que vous voulez voir. Mais je suis curieuse. Vous auriez certainement pu avoir accès à la salle des ouvrages rares sans mon aide.

– Probablement. Mais j'ai découvert l'intérêt du livre il y a seulement deux jours et je préférerais ne pas attirer l'attention avec mes demandes. C'est une chance pour nous deux que vous soyez venue.

– J'ai dit à la bibliothèque que nous étions chargés d'une affaire concernant la sécurité nationale. On ne m'a pas posé de question. Et notre visite ne sera pas notée dans les registres non plus. J'ai fait descendre le volume dans la salle de lecture du Congrès. Je pensais que vous y seriez mieux. »

Elle fit un geste vers la droite et ils pénétrèrent dans une longue galerie richement décorée. Un ensemble de portes à double battant débouchaient dans une salle tout aussi longue. Des parquets en chêne et des lambris à mi-hauteur des murs, ainsi qu'un plafond à caissons incrusté de peintures hautes en couleur donnaient à cet endroit une atmosphère royale. Des appliques murales dispensaient un éclairage tamisé et éclairaient des volutes en chêne. Deux cheminées en marbre, ornées de mosaïques, se répondaient à chaque extrémité. Il connaissait l'histoire de cette pièce. Autrefois, elle restait ouverte quand le Congrès était en session, avec un bibliothécaire à disposition et des coursiers disponibles vingt-quatre heures sur vingt-quatre. Dans les années 1960-1970, quand les interminables obstructions parlementaires étaient monnaie courante, le personnel dormait ici sur des lits de camp et envoyait des livres par centaines de l'autre côté de la rue pour alimenter les débats. Les lits de camp avaient disparu, et la salle servait maintenant à des cérémonies.

« Il est là », dit-elle.

Le trésor était posé sur une table. Il vit un canapé et des fauteuils capitonnés disposés devant une des cheminées. Il s'approcha et prit place sur le sofa.

Le livre mesurait à peu près dix centimètres sur quinze, et avait un peu plus de deux centimètres et demi d'épaisseur. Sa reliure en cuir brun clair était dans un état remarquable.

Il l'ouvrit et lut la page de titre.

LIVRE DE MORMON
Traduit par
JOSEPH SMITH JR.

Troisième édition
Soigneusement revue par le traducteur

Nauvoo, Illinois
Imprimé par Robinson et Smith
Cincinnati, Ohio
1840

Une fiche attachée au rabat indiquait un numéro d'identification et la date d'acquisition par la Bibliothèque du Congrès, le 12 décembre 1849.

Devant ce document, il fut saisi d'un respect mêlé d'admiration.

En 1838, les saints avaient leur quartier général dans le Missouri. Mais le 30 octobre, une milice avait attaqué le paisible village de Haun's Mill et massacré la majeure partie de ses habitants. Craignant d'autres violences, les saints se réfugièrent dans l'Illinois, où le besoin d'autres exemplaires du *Livre de Mormon* se fit sentir, l'édition originale de 1830 étant épuisée. Ils ne disposaient pas des 1 000 dollars nécessaires à l'impression de nouveaux exemplaires, mais une révélation divine leur dit ce qu'il fallait faire. Des circulaires furent distribuées auprès de tous les membres de l'Église, et pour chaque tranche de 100 dollars envoyés pour couvrir le coût du tirage, la paroisse ayant participé recevrait 110 exemplaires.

Le prophète Joseph en personne approuva le plan de financement et s'attaqua à la révision du texte, en en corrigeant les erreurs. L'argent arriva en masse, et cinq mille nouveaux exemplaires furent imprimés, dont celui que Rowan avait devant lui.

« Cette édition a eu tellement de succès, dit-il, qu'à partir de ce moment-là ce livre n'a jamais été épuisé.

– J'ai lu le rapport de la bibliothèque à son sujet », répondit-elle.

Il sourit.

« Je n'en attendais pas moins.

– Les registres indiquent qu'Abraham Lincoln a emprunté cet ouvrage le 18 novembre 1861 et l'a rendu le 29 juillet 1862. Il a également emprunté trois autres livres sur les mormons dont disposait la bibliothèque à l'époque.

– À notre connaissance, il a été le premier et le seul président à lire le *Livre de Mormon*. Nous les saints tenons Lincoln en grande estime. »

Il lui restait encore à dépasser la page de titre et à se plonger un peu plus profondément dans le livre.

« Si vous voulez bien m'excuser, lui dit-il, j'ai besoin de l'examiner sans témoin. »

42

Comté d'Orange, Virginie

Luc se hissa tant bien que mal par l'ouverture et se hâta de détacher la corde de la colonne. Les lumières bleues et les sirènes se rapprochaient. Il remit la plaque de ciment en place et enfonça les morceaux de mortier dans le joint. Puis il balaya tous les débris sur le sol bétonné. Si quelqu'un s'approchait, on pourrait croire, avec l'obscurité, que tout était intact. Il prit la corde et alla se réfugier à une vingtaine de mètres dans les bois.

La police était arrivée à la résidence, et pas plus de deux minutes plus tard, trois torches apparurent, se dirigeant vers lui. Il se cacha dans les buissons, en souhaitant que ses vêtements foncés le dissimulent par cette nuit sans lune. Il entendit des voix et aperçut des torches qui s'approchaient de la rotonde.

Mais personne n'y pénétra.

Les policiers, n'ayant rien vu, devaient être rassurés. Les lumières s'immobilisèrent à une quinzaine de mètres. Qu'est-ce qui les avait alertés ? Pourquoi étaient-ils là ? Une vidéosurveillance quelconque dotée d'une capacité de vision nocturne ?

Il en doutait. Katie lui avait expliqué au cours du dîner que le domaine était à court d'argent et que ses ressources lui permettaient à peine de joindre les deux bouts. Pourquoi alors un dispositif de sécurité aussi sophistiqué ? Il n'y avait pas grand-chose de valeur ici. Certainement pas de quoi dépenser des centaines de milliers de dollars en surveillance.

Les torches s'attardèrent encore un peu. Il entendait les hommes parler sans pouvoir distinguer ce qu'ils disaient. Il continua à les observer, couché sur le ventre, à travers les branches noueuses. Heureusement, il faisait trop frais pour les serpents, mais il n'aurait pas été surpris de voir surgir quelques ratons laveurs.

Les lumières s'éloignèrent.

Il les regarda quitter la butte et rejoindre le devant de la maison. Il se releva et écouta les voitures repartir, leurs phares disparaissant dans la nuit.

Il fallait qu'il termine sa tâche.

Il se précipita vers le temple et rattacha la corde. Il dégagea le couvercle et la lança à nouveau. C'était risqué, mais il était payé pour ça. Il avait appris durant sa formation de ranger à penser, à évaluer et à agir sous pression, sans jamais perdre de vue le but de sa mission. Et sans jamais tenir compte des chances de réussite. Faire le boulot, c'est tout.

Il prit le pied-de-biche et, d'une main gantée, attrapa la corde. Il la passa une fois autour de son poignet pour plus de sécurité et la maintint bien tendue. Il descendit, se laissant tomber sur trois mètres de façon à arriver à la hauteur des deux lettres.

IV.

Puis il glissa son outil le long de sa botte. Il prit la torche dans sa poche et repéra l'emplacement de la brique gravée. Après quoi, il se saisit du pied-de-biche et cogna sur la paroi avec le manche.

L'argile résista.

Il recommença plus fort.

La brique se fissura.

Curieux.

Il asséna un coup violent sur la surface qui se brisa, laissant apparaître un trou noir. Il rangea le pied-de-biche et braqua le faisceau de la torche à l'intérieur. La lumière se refléta sur un objet.

On aurait dit du verre.

Il reprit son outil et dégagea soigneusement le reste de la brique marquée IV. Sa main droite commençait à lui faire mal à force de supporter son poids, même si c'étaient ses pieds, serrés autour de la corde, qui faisaient la majeure partie du travail. Il remit le pied-de-biche dans sa botte et balaya les fragments restants. Avant d'enfoncer sa main à l'intérieur, il braqua sa lampe une nouvelle fois pour voir ce qui l'attendait.

Un petit objet, d'une vingtaine de centimètres de large et de cinq centimètres de haut. En verre, sans aucun doute.

Il prit la torche entre ses dents et retira l'objet en question. Il baissa la tête et la lumière se refléta sur le verre. Il y avait quelque chose à l'intérieur. Une rapide vérification lui permit de constater que le trou dans le mur était vide à présent.

Mission accomplie.

Il traversa tranquillement les bois, tout en détendant son bras droit et sa main après l'effort.

La corde était enroulée à son épaule. D'un côté, il tenait le pied-de-biche, de l'autre, le réceptacle en verre. Il y avait quelque chose à l'intérieur, cela ne faisait aucun doute, mais il n'était pas chargé de déterminer ce dont il s'agissait. Stéphanie lui avait dit de prendre ce qu'il trouverait et de le lui rapporter. Pas de problème. Il ne faisait pas partie des décisionnaires, et ça lui convenait parfaitement.

Il avait tout remis en place dans le temple. Quelqu'un finirait par remarquer que les joints en ciment avaient été cassés. On soulèverait alors la plaque et on verrait le trou dans le mur. Mais personne ne comprendrait ce qui s'était passé. Pas d'explication, pas de preuve, pas de coupable en vue. La nuit avait été productive. Non seulement il avait trouvé ce qu'il était venu chercher dans le puits à glace, mais il disposait aussi du numéro de téléphone de Katie. Pourquoi ne pas en profiter pour reprendre contact avec elle ? Bientôt, il serait en congé.

Il arriva à sa voiture et jeta la corde et le pied-de-biche dans le coffre. Il se glissa dans la Mustang. Heureusement, l'intérieur ne s'éclairait pas, ce qui ne risquait pas de trahir sa présence. Il posa l'objet en verre sur le siège passager et mit la clé dans le démarreur.

Quelque chose bougea à l'arrière.

Il se figea.

Une tête apparut. Puis un visage dans le rétroviseur.

Katie.

Elle braquait un pistolet sur lui – celui qu'il conservait dans la boîte à gants.

« Vous savez vous en servir ? demanda-t-il sans se retourner.

– Je sais comment appuyer sur la détente. L'arrière de votre tête constitue une cible idéale.

– Vous m'avez dénoncé ?

– Je savais que vous n'étiez pas un militaire. Vous êtes un voleur. Je vous ai suivi là-bas et j'ai attendu que vous entriez en action. Après quoi, j'ai appelé le shérif.

– Ça me rend très triste. Je croyais que nous nous entendions bien tous les deux. » Puis il réalisa brusquement. « Ce numéro de téléphone que vous m'avez donné, c'est un faux, n'est-ce pas ?

– Je suis allée dîner avec vous uniquement pour savoir ce que vous mijotiez. Je ne suis pas guide. Aujourd'hui je faisais juste un remplacement. J'ai une maîtrise en histoire américaine, je prépare mon doctorat et ma thèse porte sur Madison. Cette maison est importante. Des voleurs comme vous contribuent à la destruction de notre patrimoine. Et si vous voulez le savoir, ce numéro de téléphone est celui du shérif local. »

Cette fille lui posait un gros problème. Qu'avait dit Stéphanie ? *Ne te fais pas prendre.*

« Je ne suis pas un voleur.

– Dans ce cas, qu'avez-vous sur le siège avant ? »

Il prit le morceau de verre et le lui tendit.

« Où avez-vous trouvé ça ? Je n'ai jamais vu cet objet.

– Madison l'avait caché dans son puits à glace.

– Comment le savez-vous ? »

Il ne lui répondit pas.

« Nous allons chez le shérif, dit-elle.

– Malheureusement, je ne peux pas. Vous êtes peut-être une grande universitaire, mais moi, je suis un agent du gouvernement américain, et nous avons besoin de ce que vous avez entre les mains.

– Vous ne pensez tout de même pas que je vais vous croire. »

Il entendit à nouveau des sirènes.

« Allons, Katie. Qu'est-ce que vous avez fait ?

– J'ai rappelé le shérif quand je vous ai vu venir. »

Il se retourna et lui fit face.

« Vous commencez à me plaire. Écoutez, je vous dis la

vérité. Je dois rapporter ça à mon patron. Si vous voulez, vous pouvez venir avec moi. »

Les sirènes se rapprochaient.

« Vous leur avez dit où nous étions ? demanda-t-il.

– Bien sûr. Comment pourraient-ils vous trouver autrement ? »

Décidément, c'était de mieux en mieux.

« Décidez-vous, Katie. Tuez-moi, partez, ou venez avec moi. Que choisissez-vous ? » Il la vit hésiter. « Je suis vraiment un agent du gouvernement, et c'est sacrément important. Si ça peut vous rassurer, gardez ce pistolet et ce morceau de verre avec vous derrière. Qu'est-ce que vous dites de ça ? »

Elle ne dit rien.

Les sirènes s'approchaient toujours.

« Allons-y, dit-elle enfin. Partons d'ici. »

Il mit le contact.

Les pneus de la Mustang patinèrent sur le sol, et la voiture démarra sur les chapeaux de roues.

« Où allons-nous ? demanda-t-elle.

– Ça, ma douce, ça va vous en boucher un coin. »

43

Washington, D.C.

Rowan attendit que Stéphanie Nelle ait quitté la salle de lecture et que les portes soient fermées avant de se concentrer sur le livre. Il était intimidé à la pensée que Lincoln en personne ait tenu entre ses mains ce qui reposait sur la table et qu'il ait médité les leçons d'un passé lointain.

Il passera de l'obscurité à la lumière, selon la parole de Dieu. Oui, il sera tiré de la terre, il brillera une fois sorti de l'obscurité et sera révélé au peuple par le pouvoir de Dieu. Afin que les intentions éternelles du Seigneur se réalisent et que toutes ses promesses soient remplies.

Une prophétie émise juste avant que les annales sacrées gravées dans l'or ne soient cachées dans la terre, où elles seraient retrouvées des siècles plus tard par Joseph Smith et traduites sous la forme du livre qui se trouvait devant lui.

Rowan avait consacré sa vie à sa religion. Ses parents et leurs parents avant eux avaient tous été des saints. Rowan avait servi le prophète, pour le meilleur et pour le pire. Beaucoup étaient morts pour protéger ce que d'autres avant eux avaient créé. Pourquoi cette génération serait-elle différente ? Charles R. Snow n'avait rien fait d'autre que de reculer et se soumettre. Son mandat s'était révélé médiocre et n'avait guère servi la cause. L'Église était restée divisée, avec des ramifications dans le Missouri et en Pennsylvanie, et de plus petites dispersées un peu partout dans le monde. Tous croyaient en Joseph Smith, le prophète et fondateur. Ils reconnaissaient le *Livre de Mormon.* Mais ils n'étaient pas d'accord sur plusieurs principes fondamentaux.

Et ils n'avaient pas tort.

De très nombreux éléments de doctrine édictés par Joseph Smith et Brigham Young avaient été soit abandonnés soit abrogés par des présidents qui avaient pris la suite des deux hommes.

Le plus important était la croyance dans le mariage plural, que beaucoup de fondamentalistes jugeaient toujours indispensable à leur religion.

Comme lui-même le croyait.

Le prophète Smith avait décrété cette pratique essentielle, et aucune décision ultérieure prise pour satisfaire des hommes politiques et des conseillers en communication ne pouvait la remettre en question. Pour Rowan, personnellement, la monogamie était une bonne chose. Mais un saint devait avoir le choix, comme le prophète Joseph l'avait décidé.

Le moment était venu de rassembler tous les fidèles qui le voulaient sous une même bannière. Mais cela ne pouvait pas se faire tant que le gouvernement américain détenait le pouvoir. Chaque État devrait être libre de décider de son fonctionnement, surtout en matière de religion. Le

Congrès n'avait pas à se mêler de ce qui se passait dans le cœur et l'esprit des individus.

Si seulement les gens étaient au courant.

Il était sénateur depuis trente-trois ans et il savait que malheureusement rien ne se faisait jamais si cela ne profitait pas à quelques privilégiés, au gouvernement dans son ensemble, ou aux deux. Aucune loi ne passait jamais pour la simple raison qu'elle était bénéfique au pays ou à l'État, ou au peuple. C'était le cadet des soucis de la plupart des législateurs. Les députés ne tardaient pas à comprendre que leur unique but consistait à amasser assez de munitions pour leur prochaine réélection. Quant au reste, aucune inquiétude à avoir, jusqu'à ce que l'élection suivante ait lieu. Combien de lobbyistes avait-il vus se succéder et transformer une bonne loi en une mauvaise. Il n'avait jamais accepté un sou d'un lobbyiste. Il parlait rarement avec eux, et quand il le faisait, c'était toujours au sein d'un groupe, pour que ses propos ne soient pas déformés. Ses réélections étaient financées par des donations privées provenant d'électeurs de l'Utah, dont on consignait jusqu'au moindre détail. Si les électeurs n'étaient pas contents de cette formule, ils étaient libres d'élire quelqu'un d'autre. Mais ces trente-trois dernières années, les citoyens de son État l'avaient choisi.

Il regarda attentivement le recueil.

Brigham Young avait écrit dans la note insérée dans les archives de la pierre angulaire que Lincoln avait déclaré à son émissaire avoir lu le *Livre de Mormon*. En tant que jeune législateur dans l'Illinois, Lincoln avait connu des saints. Il avait d'ailleurs contribué à faire accepter la charte de la ville de Nauvoo, qui leur accordait une autonomie sans précédent. Pendant trente-deux ans, de Franklin Pierce à Chester Arthur, les présidents des États-Unis n'avaient cessé de manifester leur hostilité à l'Église. Les cinq années de mandat de Lincoln avaient été leur unique moment de répit. Après son décès, sa réputation auprès des saints n'avait fait que croître. Son nom revenait sans cesse dans les conférences, les manuels d'enseignement, les anecdotes. Rowan ne s'était jamais expliqué à quoi tenait ce phénomène, jusqu'à ce qu'il entame sa quête.

Mais maintenant, il comprenait.

Ce livre en détenait-il la clé ?

Dès qu'il avait lu la note de Brigham Young, il avait su où il devait chercher. *Deux mois après notre accord, Lincoln m'avait envoyé un télégramme disant que Samuel le Lamanite était le gardien de notre secret à Washington, ce qui me réconforta grandement.* Ces mots – *à Washington* – lui avaient aussitôt fait penser au livre conservé à la Bibliothèque du Congrès, celui que Lincoln lui-même avait lu.

Il regarda les premières pages et examina les minuscules caractères. Il n'y avait rien d'anormal au début, aussi il vérifia les dernières pages.

Toutes vierges.

Il pouvait passer chaque page en revue, mais il y en avait trois cents, et ça allait être long. Il feuilleta l'ouvrage rapidement, guettant la moindre anomalie.

Il aperçut alors quelque chose.

Il s'arrêta et retrouva la page.

Au sein du Livre de Hélaman. Plus précisément, le chapitre 13. La prophétie de Samuel, le Lamanite, aux Néphites. Rowan connaissait l'histoire, qui datait de cinq cents ans avant la naissance du Christ. Elle évoquait la droiture des Lamanites et la turpitude des Néphites. En termes énergiques, Samuel prédisait la destruction des Néphites s'ils ne se repentaient pas.

En haut de la page, il y avait un dessin à l'encre.

Il chercha la copie de la carte provenant de la pierre angulaire du temple que Snow lui avait procurée. Les dessins étaient identiques, sinon que celle-ci comportait du texte.

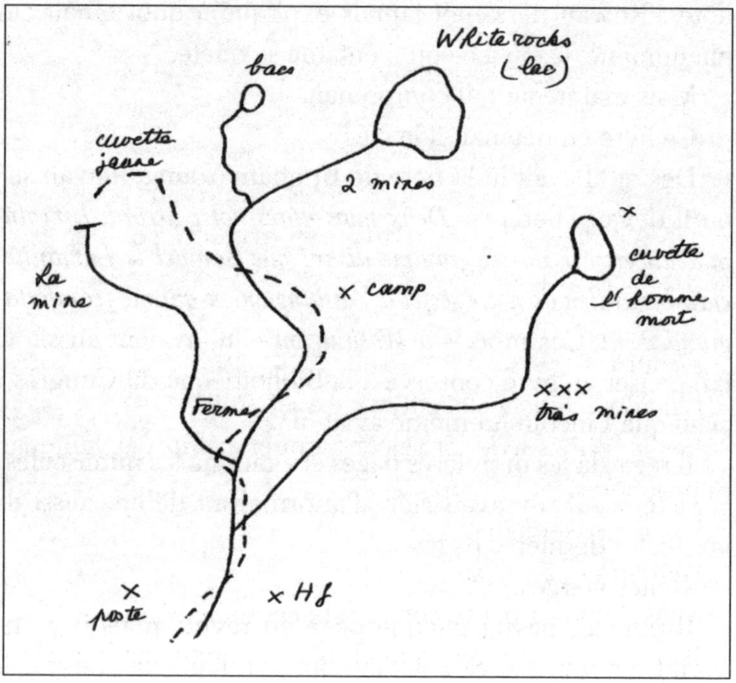

Il remarqua les passages imprimés figurant sous le dessin.

19. Car je veillerai, dit le Seigneur, à ce qu'ils cachent leurs trésors près de moi ; et maudits seront ceux qui ne cacheront pas leurs trésors près de moi ; car aucun ne cachera ses trésors près de moi sauf les justes ; et celui qui ne cachera pas ses trésors près de moi sera maudit, comme le trésor, et personne ne le rachètera à cause de la malédiction de la terre.

20. Et le jour viendra où ils cacheront leurs trésors, car ils se sont attachés à leurs richesses et cacheront leurs trésors quand ils fuiront devant leurs ennemis ; parce qu'ils ne les cacheront pas près de moi, qu'ils soient maudits et leurs trésors aussi : et ce jour-là, ils seront châtiés, dit le Seigneur.

21. Attention, gens de cette grande ville, et écoutez bien mes mots, oui, écoutez bien les paroles du Seigneur. Car il dit que vous êtes maudits à cause de vos richesses, et que vos richesses sont aussi maudites parce que vous vous êtes attachés à elles, et vous n'avez pas respecté ses paroles par lesquelles il vous les a données.

Il sourit.

Lincoln avait choisi cette page avec soin.

Les Néphites avaient rejeté Samuel et fini par lapider les prophètes.

Un avertissement ?

Peut-être.

Mais il n'avait pas le choix. Il fallait qu'il avance.

Il remarqua que quelque chose manquait sur la carte. Un lieu non identifié. Cela pouvait se révéler problématique. Il avait déjà repéré certains endroits. Ils se trouvaient dans les montagnes au nord-est de Salt Lake, dans une région qui avait depuis longtemps la réputation de détenir des secrets. Mais la région abritait des milliers de kilomètres de nature sauvage, avec très peu ou pas de repères, et la référence qui manquait semblait être un élément décisif.

Lincoln s'était couvert en ne dévoilant pas tout.

Au bas de la page était griffonné *Romains, XIII, 11.* Il ne se souvenait pas du contenu du passage.

Pourquoi cela avait-il été ajouté ?

Il regarda par la fenêtre dont les stores étaient ouverts. Le dôme du Capitole était illuminé. Il lui fallait du temps pour réfléchir, et il ne pouvait pas laisser cette preuve en évidence.

Que le Père céleste lui pardonne.

Jamais, avant, il n'aurait osé défigurer les écritures.

Il arracha soigneusement la page du livre.

44

3 H 50

Luc n'avait pas traîné à Montpelier. Il roulait maintenant sur l'autoroute qui quittait la Virginie en direction de Washington, D. C. Katie était restée assise à l'arrière, silencieuse la plupart du temps. Elle avait gardé le pistolet, mais il était évident qu'elle n'y connaissait pas grand-chose. Il n'était pas assez bête pour laisser une arme à la vue de n'importe qui. Il gardait le chargeur sous le siège du conducteur, à portée de main, à condition bien sûr de savoir où chercher. Évidemment, elle l'ignorait. En vérifiant, il avait constaté qu'il n'avait pas bougé de sa cachette.

Ils avaient à présent quitté l'autoroute pour regagner la ville, et les rues étaient désertes à cette heure indue. Heureusement, il avait toujours été un oiseau de nuit et il avait l'esprit clair.

« Avez-vous déjà regardé *The Andy Griffith Show* ? lui demanda-t-il.

– Bien sûr. Comme tout le monde.

– Vous vous souvenez quand Barney voulait porter une arme. Qu'il en avait fait toute une affaire. Mais

Andy lui avait conseillé de garder les balles dans sa poche. »

Katie ne dit rien.

« Le pistolet n'est pas chargé, lui dit-il.

– Je ne vous crois pas.

– Appuyez sur la détente. »

Il la regardait dans le rétroviseur.

Elle n'obtempéra pas.

« Vous avez dit que vous saviez vous en servir. Alors allez-y. »

Il entendit un clic. Puis un autre. Et encore un autre.

Nom d'un chien. Elle avait osé.

Elle jeta le pistolet par-dessus le siège. Il tomba sur le plancher côté passager.

« Vous vous croyez vraiment malin. »

Il gloussa.

« Ça, je n'en sais rien. Vous, avec votre maîtrise, bientôt un doctorat, je croyais que vous pourriez vous en apercevoir toute seule. »

Il s'arrêta à un feu rouge.

« Et vous m'avez réellement donné le numéro du shérif à la place du vôtre ?

– Je pensais que vous vous livreriez peut-être vous-même.

– Ça n'était pas très gentil. J'étais tellement content à l'idée de vous rappeler.

– Tant pis pour moi, dit-elle. Je crois que je vais vous abandonner maintenant.

– À votre place, je n'en ferais rien.

– Et pourquoi ?

– Parce que vous allez rater quelque chose de génial. Ça pourrait même contribuer à votre éducation. »

Elle n'essaya pas d'ouvrir la portière, et il accéléra pour franchir le carrefour. Il n'eut aucun problème pour traverser la ville, emprunter Pennsylvania Avenue et arriver devant la grille menant à la Maison-Blanche. Avant son départ pour la Virginie des heures auparavant, Stéphanie l'avait appelé en lui demandant de venir ici dès qu'il aurait terminé.

Il ne se réjouissait pas particulièrement de la réunion de famille.

« C'est une plaisanterie ? » marmonna Katie.

Il descendit sa vitre et se prépara à s'identifier.

« Je vous ai dit que vous n'en reviendriez pas. »

Ils empruntèrent l'entrée des visiteurs, où un agent des services secrets les attendait. Katie portait toujours le morceau de verre, mais elle avait l'air tout excitée.

« Je ne suis jamais venue ici, dit-elle.

– Moi non plus, répondit Luc.

– Vous êtes vraiment un agent fédéral ?

– C'est ce qu'on dit. »

L'homme qui les accompagnait leur fit traverser un hall tout en marbre. Des chandeliers en verre taillé dispensaient partout une telle lumière que l'on se serait cru en plein jour. Ils passèrent devant un tableau représentant Eisenhower. D'autres portraits de présidents étaient accrochés. Kennedy, Johnson, Ford, Carter. Un vrai hit-parade des plus grands hommes de notre temps.

Toujours au rez-de-chaussée, ils entrèrent dans une pièce dont les murs étaient tapissés de twill rouge, avec des volutes dorées en guise de bordure. Le mobilier était capitonné dans la même teinte de rouge, avec des motifs de médaillons dorés et encore d'autres volutes. Le tapis était beige, rouge et or. Un chandelier brillait de tous ses feux.

Les attendaient là Stéphanie et ce cher vieil oncle Danny. Il ne l'avait pas vu depuis treize ans, pour l'enterrement de son père. Il fallait qu'il fasse attention à se montrer respectueux et qu'il surveille ses manières, quels que soient ses sentiments. Sa patronne apprécierait.

« Qui est-ce ? » demanda aussitôt Stéphanie.

Le protocole était vraiment mis à mal ce soir. Habituellement, personne n'approchait le président d'aussi près sans approbation préalable.

Cette situation était décidément hors normes.

Katie, elle, paraissait remarquablement à l'aise, comme si elle fréquentait quotidiennement le président des États-Unis.

« Un problème qui a surgi trop rapidement pour que je puisse le résoudre, aussi j'ai amené mon problème avec moi. Voici Katie. »

Il s'aperçut soudain qu'il ne connaissait même pas son nom.

« Bishop, dit-elle. Katie Bishop. »

Et elle tendit la main au président.

« C'est un plaisir de faire votre connaissance, dit Daniels. À présent, pourriez-vous répondre à la question de madame et me dire ce que vous faites ici ?

– Montrez-le-lui », dit Luc en désignant l'objet qu'elle tenait.

Katie lui tendit le morceau de verre.

« Ça vient du puits à glace, dit Luc. Dissimulé derrière une brique avec IV inscrit dessus. Je l'ai sorti, mais Katie ici présente a cru bon d'appeler les flics. Comme ils étaient sur le point d'arriver, je n'ai pas pu faire autrement que de l'emmener avec moi.

– Tu t'es fait avoir par cette jeune femme ? demanda le président.

– Je sais que c'est difficile à croire. Même pour moi. Mais tout ne va pas toujours comme on veut. Vous en savez probablement quelque chose.

– Je vois que tu as toujours réponse à tout, dit le président.

– Probablement un trait de famille. Qu'est-ce que vous en pensez ? » Il croisa le regard glacial de Stéphanie. « OK, j'arrête. Écoutez, je n'avais pas le choix. En plus, je me suis dit qu'elle pourrait nous être utile. Elle a une maîtrise d'histoire américaine et elle connaît tout sur Madison. C'était ça ou me faire prendre, alors j'ai choisi le moindre mal.

– OK, dit le président. Katie Bishop. Vous qui avez un diplôme en histoire américaine, savez-vous où nous nous trouvons ?

– Nous sommes dans la Salle rouge. Dolley Madison y donnait ses soirées élégantes chaque mercredi. On se battait pour y assister à l'époque. Cet endroit a été un petit salon, un salon, un salon de musique. Malheureusement, les murs ont été retapissés quand Truman a décidé de reconstruire la Maison-Blanche, ce qui fut un saccage. Hillary Clinton a réaménagé le lieu pour aboutir à peu près à l'endroit tel qu'il est aujourd'hui. Si ma mémoire est bonne, ce mobilier date de l'époque de Madison. Ce qui est passionnant, c'est ce qui est arrivé pendant le mandat de Grant. Il craignait que l'investiture de Rutherford B. Hayes pose un problème, étant donné qu'il avait été élu après qu'une commission fantoche lui eut alloué vingt voix éminemment contestées, si bien qu'il lui avait fait prêter serment ici même la veille au soir.

– Vous connaissez le Compromis de 1877 ? »

Katie sourit.

« Allons. Un des plus grands accords clandestins de tous les temps. Hayes perdit le vote populaire lors des élections de 1876 au profit de Samuel Tilden, et ni l'un ni l'autre n'avaient obtenu suffisamment de voix. Si bien que les démocrates du Sud attribuèrent ces vingt voix contestées au républicain, Hayes, à condition que toutes les troupes soient retirées du Sud, qu'un chemin de fer soit construit à travers le Sud en direction de l'ouest, et que des mesures soient prises permettant de rebâtir ce que la guerre avait détruit. Finalement, les démocrates avaient eu de quoi marchander et ils en avaient profité au maximum. Grant honora aussitôt l'accord et retira une partie des troupes. Puis Hayes termina le retrait. Une fois tous les hommes évacués, les démocrates prirent le contrôle du Sud, et ce jusqu'à la fin du xxe siècle.

– Pas mal. Très bien, même. » Le président montra ce qu'il tenait. « Maintenant, dites-moi ce que c'est.

– Nous connaissons depuis longtemps l'existence de ces symboles sur les briques du puits à glace. Personne n'a jamais fourni la moindre explication à leur sujet. Nous pensions que c'était juste l'œuvre de Madison. Quelque chose de décoratif. Ou une indication quelconque.

– Est-ce pour ça qu'il n'y a aucune photo du puits sur Internet ? » demanda Stéphanie.

Katie acquiesça.

« Les conservateurs ne voulaient pas susciter des articles dans l'esprit *Da Vinci Code* et ils ont préféré le sceller.

– Ils ont bien fait, dit Daniels. Mais vous n'avez pas répondu à ma question. Qu'ai-je dans la main ?

– Je n'ai pas cessé de l'examiner pendant tout le trajet depuis la Virginie. Et je crois que j'ai la réponse. »

Stéphanie observait attentivement aussi bien Danny que Luc. Elle était arrivée à la Maison-Blanche une heure plus tôt, après en avoir terminé avec Rowan à la Bibliothèque du Congrès. Le sénateur avait passé trente minutes seul avec le *Livre de Mormon*. Elle n'avait pas cessé de le surveiller grâce à une caméra cachée. Avec John Cole, ils avaient observé Rowan arracher une page de l'édition de 1840. Cole avait tiqué en voyant ça, mais ils ne pouvaient rien faire. Heureusement, il avait déjà examiné le livre et photocopié la page comportant le texte manuscrit. D'après lui, cette anomalie était connue depuis un certain temps, mais personne n'avait la moindre idée de ce que cela signifiait. C'était une des raisons pour lesquelles le livre était conservé dans la collection dont l'accès était strictement contrôlé. Maintenant, le mystère paraissait avoir été résolu.

« Pourquoi ne vous asseyez-vous pas ? leur dit le président. Je voudrais entendre Mlle Bishop. »

Stéphanie avait été passablement perturbée par le fait que Luc implique quelqu'un d'extérieur. Mais elle savait depuis longtemps qu'il valait mieux ne pas remettre en cause inutilement les décisions de ses agents. C'étaient eux qui montaient au feu et ils étaient tous intelligents et très bien formés. Luc avait visiblement pris ses responsabilités.

Le président reposa soigneusement le réceptacle en verre sur une table.

« Au début du XIXe siècle, dit Katie, on ne savait pas comment créer du vide. On commençait seulement à entrevoir les techniques de mise en conserve. Garder du papier était très difficile. Les premières boîtes de conserve étaient en verre, avant d'être remplacées par du fer-blanc. Pour protéger des choses fragiles, il arrivait qu'on les scelle dans du verre. »

Le morceau de verre sur la table renfermait quelque chose qui ressemblait à un petit livre.

« Madison était l'ami de Thomas Jefferson. Monticello était à quarante-huit kilomètres seulement, ce qui, même à cette époque, était la porte à côté. Jefferson connaissait parfaitement la méthode pour sceller dans du verre. Il se peut très bien qu'il en ait parlé à son ami James Madison. »

Le président restait silencieux.

Comme Luc.

Ce qui n'était pas dans leurs habitudes.

Ils n'avaient pas échangé un seul mot d'ordre personnel.

Deux hommes de la même trempe.

Luc était décidé à laisser son oncle prendre l'initiative. Danny avait toujours été distant. C'était fascinant de voir comment deux frères pouvaient être tellement différents. Il était parfaitement au courant du triste passé de son oncle, et il compatissait, mais un peu seulement. La famille de Luc était toujours restée très soudée. Lui et ses trois frères s'entendaient à merveille, de vrais frères dans le meilleur sens du terme. Ils étaient tous mariés et avaient des enfants. Il était le seul à courir encore le jupon.

« Bravo pour avoir trouvé ça », lui dit son oncle.

Avait-il bien entendu ? Un compliment ? Venant du grand Danny Daniels ? Pour la première fois, leurs regards se croisèrent.

« Ça vous embête ?

– Luc… » commença Stéphanie.

Mais le président leva la main.

« Ce n'est rien. Nous sommes en famille. Je l'ai probablement mérité, d'ailleurs. »

Cet aveu le sidéra.

« Vous êtes de la même famille ? » demanda Katie.

Le président se tourna vers elle.

« C'est mon neveu. Il préférerait certainement que ça ne se sache pas, mais c'est comme ça.

– Décidément, on va de surprise en surprise avec vous », lui dit Katie.

Luc n'avait aucune envie de resserrer les liens familiaux. Il se moquait d'ailleurs complètement de son oncle. Mais il devait prendre en compte l'opinion de sa mère, car elle avait toujours bien aimé son beau-frère.

Le président montra le morceau de verre.

« À toi l'honneur, Luc. Casse-le. »

Toute cette gentillesse ne lui plaisait pas beaucoup, mais ce n'était pas le moment de se disputer. Il soupesa l'objet. Un kilo, un kilo cinq cents. Un verre épais. Un marteau aurait été parfait, mais sa botte ferait l'affaire. Il posa le réceptacle sur un tapis et donna un grand coup de talon. Rien. Il recommença et le verre se fissura. Au troisième essai, il se brisa en mille morceaux.

Il dégagea soigneusement le petit livre.

« Laissons notre historienne l'examiner », dit le président.

Il le tendit à Katie.

Elle l'ouvrit et passa quelques pages en revue. Au bout d'un instant, elle leva les yeux et dit : « Waouh. »

45

Salzbourg

9 h 50

Cassiopée était dans sa suite, le cerveau en ébullition. Normalement, elle aurait dû être enchantée par son environnement. Les poutres, les draps brodés, les coffres bavarois peints, les meubles en teck. Le Goldener Hirsch était un véritable musée des traditions autrichiennes. Mais ça lui était égal. Elle n'arrêtait pas de se demander comment elle avait pu se fourrer dans un tel pétrin.

Son père aurait eu tellement honte. Il aimait bien Josepe. Mais lui, si avisé la plupart du temps, pouvait aussi se montrer vraiment naïf. Surtout en matière de religion. Il avait toujours cru à une volonté divine, à laquelle chacun était pratiquement obligé de se soumettre si l'on voulait obtenir la béatitude éternelle en récompense. Sinon, le froid et les ténèbres vous attendaient.

Malheureusement, son père avait tort.

Elle avait fini par s'en apercevoir peu après sa mort. Pour une fille qui avait toujours vénéré son père, cela avait été difficile à encaisser. Mais il n'y avait pas de volonté divine. Pas de salut éternel. Pas de Père céleste. Tout ça était une histoire concoctée par des hommes qui voulaient créer une religion grâce à laquelle les autres hommes leur obéiraient.

Et cela l'exaspérait.

La doctrine mormone enseignait qu'aucun sexe ne devait être contrarié si des privilèges et des responsabilités étaient conférés à l'un, mais pas à l'autre. Ce qui était surtout vrai pour les femmes. Chaque femme était prétendument née porteuse d'un dessein divin. D'abord venait le rôle de mère. Veiller sur sa maison était considéré comme la plus haute des vocations spirituelles. Pour elle, toutes ces théories visaient à masquer le fait que les femmes ne deviendraient jamais prêtres et qu'elles n'occuperaient jamais un poste à responsabilité dans l'Église. Ils étaient exclusivement réservés aux hommes. Mais pourquoi ? Ça n'avait aucun sens. Quel âge avait-elle quand elle avait enfin compris toutes ces implications ? 26 ans ? Juste après la mort de sa mère. Des hommes avaient créé sa religion et des hommes la domineraient. Était-ce là la volonté de Dieu ? Certainement pas. Elle n'allait pas passer sa vie à élever des enfants et à obéir à un mari. Non que cela soit condamnable, ça ne lui convenait pas, c'est tout.

Elle avait retrouvé sa motivation d'autrefois. Elle repensa à un concert à Barcelone. Josepe avait choisi l'endroit. El Teatre més Petit del Món. Jadis maison d'un artiste célèbre, c'était devenu la plus petite salle du monde – où l'on jouait Chopin, Beethoven et Mozart à la bougie, au cœur d'un jardin romantique, dans une atmosphère du XIXe siècle.

La soirée avait été délicieuse.

Ensuite, ils avaient dîné seuls et parlé de l'Église, le sujet de prédilection de Josepe. Elle se souvenait maintenant combien ce genre de discussion finissait par la crisper. Mais elle lui pardonnait, comme elle pensait que c'était son devoir de le faire.

« Il s'est produit un incident la semaine dernière, dans le sud de l'Espagne, avait-il dit. Mon père m'en a parlé. Un membre de l'Église a été agressé et battu. »

Elle était choquée.

« Pourquoi ?

– Quand j'ai entendu ça, j'ai pensé à Néphi, qui était tombé sur Laban ivre qui gisait dans les rues de Jérusalem. »

Elle connaissait l'histoire de Laban, qui avait refusé de rendre un ensemble de plaques sur lesquelles figuraient les écritures indispensables à la famille de Néphi pour pratiquer leur religion.

« Néphi s'aperçut que l'ivrogne à terre était Laban lui-même et il sentit que l'Esprit lui ordonnait de le tuer. Néphi tenta de toutes ses forces d'écarter ce sentiment. Il n'avait jamais fait couler le sang. Mais l'Esprit répéta l'ordre deux fois. Si bien qu'il tua Laban et écrivit qu'il était préférable qu'un seul homme périsse plutôt qu'une nation ne finisse par décliner et périsse dans l'apostasie. »

Elle voyait bien qu'il était perturbé.

« Pourquoi le Père céleste aurait-il ordonné à Néphi d'agir ainsi ? demanda-t-il. Cela semble contraire à toutes les notions de bien et de mal.

– Peut-être est-ce simplement une légende.

– Mais que dire du geste d'Abraham prêt à sacrifier Isaac ? Il avait reçu l'ordre de sacrifier son fils, bien qu'il ait été écrit "Tu ne tueras pas". Abraham n'a pas refusé. Il était décidé à tuer Isaac, mais un ange l'a arrêté. Dieu, pourtant, était fier de sa soumission. Joseph Smith lui-même a évoqué cet épisode.

– Tu considères certainement cela comme une parabole, pas un événement réel, je suppose ? »

Il la dévisagea, perplexe.

« Il n'y a rien dans le *Livre de Mormon* qui ne soit vérité.

– Je n'ai pas dit que c'était faux, simplement que c'était probablement plutôt une légende avec une morale, et non un véritable événement. »

Elle se souvenait de sa réticence à accepter sa version.

Pour lui, le *Livre de Mormon* ne souffrait pas de discussion.

« Je ne dis pas que j'aurais tué mon fils, dit-il. Mais Abraham a été courageux d'obéir au Père céleste. Il était prêt à exécuter les ordres. »

Cotton et Stéphanie avaient dit tous les deux que Josepe avait tué un agent américain.

Était-ce possible ?

Elle n'avait pas entendu grand-chose de la conversation dans la chapelle de Salzbourg, sinon les derniers mots prononcés juste avant son arrivée. Jamais Josepe n'avait été aussi violent. Pour autant qu'elle le sache, ce n'était pas dans son caractère. Son insistance à nier avoir tué quelqu'un sonnait vrai. Aussi, elle devait se demander si elle n'était pas manipulée. L'attitude de Cotton et celle de Stéphanie ne lui plaisaient pas. Le premier n'avait rien à faire ici, à lui parler comme à une gamine sans défense – et l'autre était une menteuse. Elle avait détesté la dispute d'hier soir quand elle était allée voir Cotton et elle regrettait de l'avoir traité de con, mais elle était furieuse à ce moment-là, et sa colère n'était pas retombée.

Elle était amoureuse de Cotton.

Mais, autrefois, elle avait aussi aimé Josepe.

Comment avait-elle pu laisser une telle confusion s'installer ?

En partie à cause de sa propre arrogance, sans aucun doute. La certitude de pouvoir assumer tout ce que la vie lui réservait. Et pourtant, elle n'était pas aussi solide qu'elle l'aurait souhaité. Son père avait été son guide. Mais il était mort depuis longtemps. Peut-être Josepe était-il destiné à le remplacer, mais elle avait mis un terme à leur relation. Cotton était un peu comme son père, bien que totalement différent. Il était le premier homme depuis Josepe avec lequel elle avait pu envisager une forme de permanence. Mais qu'adviendrait-il de lui ? Il aurait dû rentrer chez lui, mais ça ne risquait pas d'arriver. Stéphanie l'avait impliqué à présent, et il allait faire son boulot.

Ce qu'elle devrait faire aussi.

Elle tendit la main vers son téléphone. Un debriefing était prévu d'ici peu avec Stéphanie. Pas question. Plus maintenant. Elle effaça de son téléphone toutes les coordonnées de Stéphanie.

La situation était inquiétante, ça ne faisait aucun doute. Josepe voyageait avec des hommes armés. Des Danites ? Le gouvernement, le président en particulier, focalisait apparemment son attention sur lui – à propos d'une histoire qui impliquait également un sénateur. Un agent américain était probablement mort. Et Josepe était le principal suspect.

Quel rapport y avait-il entre tout ça ? Elle n'en savait rien, mais elle avait bien l'intention de le découvrir.

Et elle allait s'y prendre à sa manière.

46

WASHINGTON, D.C.

Samedi 15 septembre 1787. Pendant la Convention.

La principale session ayant été ajournée pour la journée, les délégués se réunirent à nouveau après le repas du soir pour poursuivre leurs discussions sur un sujet particulier.

Le docteur FRANKLIN s'est levé pour avouer qu'il y avait plusieurs points de cette Constitution qu'il n'approuvait pas pour le moment, et qu'il n'était pas certain d'approuver un jour. Au cours de sa longue vie, il avait souvent eu l'occasion, grâce à une meilleure information ou un examen plus approfondi, de changer d'opinion, y compris sur des sujets importants, en faveur desquels il s'était pourtant d'abord prononcé. Compte tenu de cela, en vieillissant, il était plus enclin à remettre en cause son propre jugement, et à respecter davantage celui des autres. La plupart des hommes comme la plupart des cultes se croient détenteurs de la seule vérité, et ils pensent que si les autres sont en désaccord avec eux, c'est qu'ils sont dans l'erreur. Steele, un protestant, a un jour dit au pape que l'unique différence entre nos Églises concernant leurs opinions à propos de la véracité de leur doctrine, c'était que l'Église de Rome était infaillible, tandis que l'Église d'Angleterre n'avait jamais tort. Mais, bien que de nombreux individus soient certains de leur propre infaillibilité comme de celle de leur religion, rares sont ceux capables de l'exprimer aussi naturellement qu'une certaine Française qui, au cours d'une dispute avec sa sœur, déclara : « Je ne sais pas comment cela se fait, ma sœur, mais je ne rencontre jamais personne d'autre que moi qui ait toujours raison. » Ainsi donc, le docteur Franklin a déclaré qu'il était d'accord avec cette Constitution malgré tous ses défauts potentiels, parce qu'il pense que nous avons besoin d'un gouvernement général, et qu'il peut être une bénédiction pour les citoyens s'il est bien administré. Et il croit également qu'il sera probablement bien administré pendant un certain nombre d'années, avant de glisser dans le despotisme, comme d'autres administrations précédentes, quand les gens deviennent tellement corrompus qu'ils ont besoin d'un gouvernement despotique, étant incapables d'en supporter un autre. Mais il a précisé qu'il n'avait pas oublié la prudence que notre récent conflit a fait naître parmi nous. Il doute que toute autre Constitution puisse être meilleure. Car, lorsqu'on réunit un certain nombre d'hommes pour profiter de leur sagesse, on réunit aussi, inévitablement, tous leurs préjugés, leurs passions, leurs opinions erronées, leurs intérêts du moment et leurs visions égoïstes. Comment peut-on attendre d'une telle assemblée un travail parfait ? L'inquiétude de ceux qui craignent une association d'États immuable, inflexible, indestructible, est légitime. Nous devons veiller à fixer un terme à tout ce que nous créons.

M. GERRY a fait part des objections qui l'ont incité à retirer son nom de la Constitution. 1. La durée et la rééligibilité du

Sénat. 2. La possibilité pour la Chambre des représentants de ne pas publier leurs comptes rendus. 3. L'autorité du Congrès sur le choix des endroits où se tiennent les élections. 4. Le pouvoir sans limites du Congrès concernant ses propres indemnités. 5. Le Massachusetts n'a pas le nombre de représentants qui devrait lui revenir. 6. Trois cinquièmes des Noirs doivent être représentés comme s'ils étaient des hommes libres. 7. Compte tenu du pouvoir exercé sur le commerce, des monopoles risquent d'être créés. 8. Le vice-président devant prendre la tête du Sénat, il pourrait, quoi qu'il en dise, faire abstraction de tout cela, si les droits des citoyens n'étaient pas fragilisés. a) par le pouvoir de la législature de faire passer les lois qu'ils veulent s'ils les trouvent nécessaires et convenables ; b) par la faculté de lever des armées et des fonds sans limitation ; c) par la possibilité d'avoir une union dont il serait impossible de se retirer.

Que direz-vous, messieurs, le jour où un État ne veut plus faire partie de cette noble association ?

Le colonel MASON a fait remarquer que tout gouvernement qui se proclame éternel devient dangereux, et il en a conclu que cela finirait soit en monarchie, soit en aristocratie tyrannique. Laquelle des deux, il l'ignorait, mais ce serait l'une ou l'autre, il en était certain. Cette Constitution a été rédigée sans que le peuple soit tenu au courant et sans qu'il ait pu formuler ses idées. Il n'est pas juste de dire aux gens « c'est tout ou rien, et ce que vous prenez, vous le prenez pour toujours ». La Constitution étant ce qu'elle est, le colonel Mason a dit qu'il ne pouvait pas lui apporter son soutien ni voter en Virginie, et qu'il ne pouvait donc pas signer ici ce qu'il ne pouvait pas soutenir là-bas.

M. RANDOLPH s'est élevé contre le pouvoir sans limites et donc dangereux octroyé par la Constitution au Congrès, tout en exprimant la peine qu'il éprouvait à se démarquer de l'essentiel de la Convention au moment de la clôture de leurs travaux, et en disant souhaiter ardemment qu'une solution médiane soit mise en place. Son inquiétude était partagée par de nombreux membres de l'assistance, car les États risquaient de rejeter l'ensemble du projet si l'on ne trouvait pas de porte de sortie. Que se passerait-il si le gouvernement national devenait oppressif? Comment l'en empêcher si aucun État n'était autorisé à faire sécession ? Il a déclaré que certaines modifications s'imposaient, et que si cette proposition était rejetée, il serait impossible pour lui d'ajouter son nom au document. Quant à dire s'il s'y opposerait par la suite, il n'en savait encore rien, mais il ne se priverait pas de cette possibilité dans son propre État, s'il le jugeait nécessaire.

M. PINKNEY. Ces déclarations de la part de membres éminemment respectables à la fin de cette importante session ont donné une solennité particulière à ce moment. Lui aussi a dit être inquiet devant ce projet devant être approuvé dans son entier, sans la moindre modification, avec pour conséquence qu'une fois la Constitution acceptée, un État serait lié à jamais par cette décision. Quelqu'un a suggéré de tenir une autre convention afin de résoudre les différends. Pinkney a insisté sur les difficultés de devoir recueillir lors d'une nouvelle réunion les délibérations et les amendements des différents États à propos d'un gouvernement dans son ensemble. Il a dit qu'il n'en sortirait rien d'autre que de la confusion et de l'embarras. Les États ne tomberaient jamais d'accord, et les représentants à une seconde convention, forts des avis discordants de leurs administrés, ne tomberaient jamais d'accord non plus. Les conventions sont des affaires sérieuses et on ne peut pas en abuser. Lui aussi avait des regrets à formuler à propos de ce projet. Il lui a reproché une indigne faiblesse et la dépendance de l'exécutif. Il a critiqué le pouvoir de la seule majorité du Congrès sur le commerce. Il n'a pas aimé le silence qui avait suivi le débat sur la durée de toute union. Il a dit s'être demandé s'il existait une solution permettant d'éviter le danger d'une confusion générale et d'une décision finale obtenue à l'arraché.

Un brouhaha est monté des États, indiquant que la question de M. Pickney avait donné matière à réflexion. Afin de rallier les membres dissidents, il a été conclu qu'on soumettrait ce problème à une discussion informelle dans l'espoir de lui trouver une solution.

Stéphanie avait écouté attentivement Katie Bishop, consciente du fait que le président, Luc et elle étaient les premiers en plus de deux cents ans à prendre connaissance de ce compte rendu.

« C'est incroyable, dit Katie. J'ai lu les notes de Madison. Ma thèse porte en grande partie dessus. Rien de tout ça n'y figure. »

Et Stéphanie comprenait pourquoi, depuis que Madison lui-même avait dit que ce compte rendu était un *addenda* au corps du texte, dissimulé, réservé à l'attention du président.

« Parlez-moi de cette idée de seconde convention, demanda Daniels.

– Elle a fait l'objet de nombreuses discussions. Plusieurs délégués craignaient d'imposer aux États la proposition du tout ou rien. Il ne faut pas oublier qu'ils étaient envoyés à Philadelphie uniquement pour réviser les articles de la Constitution, et pas pour les rejeter et tout recommencer.

– Ils pensaient qu'une seconde convention permettrait de tout résoudre ? demanda Luc.

– Pas résoudre, mais aménager les choses. Ils seraient face à leur Constitution. Chaque mot serait discuté. Si elle n'était pas ratifiée, le plan B consistait à réunir une seconde convention afin de rallier les différents points de vue. »

Le président étouffa un petit rire.

« Autrement dit, laissons le Congrès résoudre le problème. On obtient cinq cent trente-cinq opinions différentes. Généralement, ils finissent par trouver un compromis, mais en 1787 le pays n'avait pas le temps pour ça. À l'époque, les Français, les Espagnols et les Anglais voulaient nous voir échouer. Ils attendaient juste un prétexte pour nous tomber dessus.

– La Convention devait prendre des décisions définitives, dit Katie. Ils savaient qu'il n'y aurait pas d'autre occasion. Ils ne pouvaient pas continuer à repousser les choses indéfiniment, et ils ne l'ont pas fait. Écoutez ça. »

M. SHERMAN a préféré la solution selon laquelle un État pourrait se retirer s'il le désirait. Venant de se délivrer du joug d'une tyrannie oppressive au prix d'une grande effusion de sang, il ne souhaitait surtout pas créer un nouveau gouvernement autoritaire dont il serait impossible de se débarrasser. À son avis, aucun État ne ratifierait le document si cette possibilité n'était pas accordée.

Le colonel MASON a dit qu'il était de cet avis, et il a fait observer que les États étant situés dans des endroits différents une règle devrait être instaurée les mettant le plus possible au même niveau. Les petits États seraient plus disposés à ratifier si la possibilité de se retirer venait contrebalancer le risque d'oppression de la part des grands États. De telles réserves accordées aux États serviraient également à rééquilibrer le gouvernement national et à juguler une éventuelle tyrannie, étant donné qu'un État aurait la faculté de faire sécession si des désaccords permanents entre l'État et le gouvernement national prenaient de telles proportions qu'une séparation finissait par devenir légitime. Sinon, une majorité d'États pourrait imposer son bon vouloir à la minorité.

Le colonel HAMILTON a insisté sur le fait qu'on ne devait attacher ni trop ni trop peu d'importance à l'opinion populaire. Les contrôles dans les autres secteurs du gouvernement seraient pratiquement inexistants si l'alliance des États était définitivement scellée. Il a fait remarquer qu'aucun empire n'avait duré. Pas plus les Égyptiens que les Romains, les Turcs, ou les Perses. Ils avaient tous échoué, et cela en raison d'une domination trop lointaine et complexe, d'inégalités et de stratifications. Il a exprimé le souhait que les États ne donnent pas tous les pouvoirs au nouveau gouvernement national et n'abandonnent pas leur souveraineté car le contraire serait une folie, un sujet de mécontentement dans tous les États.

« Ils discutent sur le bien-fondé d'une clause de sortie, dit Katie. Le moyen pour un État de quitter l'Union. Ça n'avait jamais été discuté lors d'une Convention constitutionnelle. D'après tous les textes que j'ai lus, ce sujet n'avait jamais été abordé ouvertement.

– Parce que Madison ne l'avait pas fait figurer dans ses notes, dit le président. Et il a apporté des modifications à ses mémoires. Il a pu retoucher ces notes pendant cinquante-trois ans, imposer sa vision des choses. Nous n'avons aucune idée de ce qui s'est produit à cette convention. Nous savons seulement ce que Madison voulait que nous sachions. Et à présent, voilà que nous apprenons qu'il en a caché une partie.

– Dans ce cas, faire sécession pourrait être légal ? demanda Katie.

– C'est à vous de me le dire, dit Daniels.

– Ce texte est daté du 15 septembre 1787. La Convention était terminée. La session finale a eu lieu le 17 avec la séance de signature. Ils font ça à la fin, probablement pour que les délégués ne craignent pas d'être confrontés à un refus de ratifier de la part de leurs États. Les États avaient une importance considérable pour ces délégués, bien plus encore que le peuple. C'était ainsi que ces hommes voyaient les choses. Il a fallu attendre 1861 pour que Lincoln change tout ça.

– Vous avez donc lu son premier discours d'investiture ? demanda le président.

– Bien sûr. Pour Lincoln, les États n'étaient jamais souverains. Il disait que c'était le Congrès continental qui les avait créés, pas le peuple. Ils ne signifiaient rien pour lui. Il pensait qu'une fois conclu, tout accord constitutionnel entre les États était irrévocable.

– Il avait raison ?

– Jefferson et Madison auraient dit que non. »

Stéphanie sourit. Cette jeune femme maîtrisait son sujet.

« Selon eux, les États existaient bien avant 1787, et le Congrès continental n'avait rien à voir là-dedans. Et, d'ailleurs, ils ont raison. La Constitution est un compromis évident entre des États souverains. Chacun, en la ratifiant, délègue certains pouvoirs au gouvernement fédéral en tant que leur représentant. Le reste des pouvoirs était réservé au peuple et aux États. Les neuvième et dixième amendements précisent ce point. Non seulement une sécession serait légale dans cette optique, mais elle serait sacrée. »

Le président montra le journal.

« Alors voyons ce que les Pères fondateurs ont trouvé à dire à ce propos. »

M. L. MARTIN a protesté en disant que le gouvernement général devait être formé pour les États, et non pour des individus, et qu'il serait vain de proposer le moindre projet s'opposant aux dirigeants des États, dont l'influence sur le peuple empêcherait certainement celui-ci de l'adopter.

Ce discours a été prononcé avec une grande prolixité et une véhémence considérable, comme d'autres l'ont fait remarquer.

M. WILLIAMSON a déclaré que si toute vérité politique pouvait se traduire en formules mathématiques, il devenait incontestable que si les États étaient également souverains aujourd'hui, ils resteraient également souverains.

Pour M. SHERMAN, la question n'était pas de savoir quels droits reviennent naturellement aux hommes, mais comment ils pourraient être conservés dans la société de manière plus égale et efficace. Et si certains renonçaient à davantage que d'autres pour parvenir à ce but, personne ne pourrait se plaindre. Faire autrement, c'est-à-dire demander des concessions identiques à tous, risquerait de mettre en danger les droits de quelques-uns, et ce serait sacrifier la fin aux moyens, a-t-il dit. Le riche qui entre dans la société en même temps que le pauvre renonce à davantage que le pauvre, mais grâce à l'égalité des votes, il n'a rien à craindre. S'il devait avoir plus de votes que le pauvre en raison de son statut supérieur, les droits du pauvre ne seraient plus du tout garantis. Cette considération a été prise en compte quand les articles de la Confédération ont été rédigés et elle devrait toujours être prise en compte. La meilleure protection contre la tyrannie est le droit de s'y soustraire. Toute autre révolution deviendrait inutile. Le sang ne devrait plus être versé. Si un État ne veut plus faire partie de cette association, il devrait être libre de s'en retirer. Tels ont été ses mots.

Le colonel MASON a noté que pour les États, savoir que la nouvelle association pourrait être si facilement dissoute peut être bon et mauvais à la fois. Comme dans un mariage, pour qu'une union politique réussisse, il doit y avoir un élément de perpétuité, sinon l'un de ses membres pourrait choisir de se retirer au lieu de faire preuve de bonne volonté et d'accepter les compromis. Il a reconnu qu'un État devait avoir le droit de partir, mais qu'auparavant il devait prendre conscience du travail effectué dans les derniers mois et du vaste projet qui avait été conçu. Un projet auquel il fallait laisser une chance de réussir plutôt que de le vouer d'emblée à l'échec.

M. MADISON a proposé une solution : un document, signé par tous les partisans de la nouvelle Constitution, qui stipulerait que les États ont à perpétuité le droit de se retirer de l'Union. Il a insisté pour que cela figure dans un document séparé, étant donné que, si pareille réserve était expressément formulée, la ratification du document principal serait improbable. Pourquoi fonder une telle association si on pouvait la dissoudre aussi facilement ? Qui plus est, la force d'une telle union serait éminemment fragilisée si les États savaient qu'ils pouvaient s'y soustraire sans aucune difficulté, alors qu'elle était à peine formée. Il valait mieux qu'un accord séparé soit pris en privé pour que les délégués comprennent bien que les États restaient souverains en tous points. Le document serait remis au général Washington pour qu'il le conserve et l'utilise comme bon lui semblerait, le but étant que son existence ne soit pas révélée, sauf en cas de nécessité pour s'assurer de la ratification d'un État, ou pour sanctionner ultérieurement la sécession d'un État de l'association. Dans l'ensemble, il exprimait le souhait que chaque membre de la Convention susceptible d'avoir encore des objections puisse, grâce à lui, remettre en cause à cette occasion sa propre infaillibilité et inscrive son nom au bas du document.

M. MADISON a alors proposé que le document soit rédigé, signé, et que la formule suivante soit ajoutée en forme de conclusion. « Fait au cours de la Convention avec le consentement unanime des États présents le 15 septembre, en témoignage de quoi nous y avons apposé nos noms. »

47

SALZBOURG

Salazar se trouvait dans l'entrée de sa suite, à l'étage au-dessus de celle de Cassiopée. Il n'avait pas encore récupéré ses esprits après la révélation de l'ange lui disant qu'il était Joseph Smith. L'honneur qu'on lui avait fait était lourd à porter. Il s'était habitué à faire confiance à l'émissaire, mais savoir à présent qu'il était le prophète Joseph en personne était quelque chose d'extraordinaire. Il avait prié pendant presque une heure après le départ de la vision, puis il s'était endormi pour ne se réveiller qu'après ses quatre heures habituelles de sommeil. Il se demandait ce qui allait se passer ensuite, et l'appel téléphonique de Rowan l'Aîné qu'il venait de recevoir semblait répondre à cette question.

« Il s'est passé beaucoup de choses ici », dit Rowan.

Et son supérieur lui expliqua ce qu'il avait découvert la veille au soir à la Bibliothèque du Congrès.

« C'est incroyable, dit Rowan, Lincoln lui-même avait laissé la carte. Tout ce dont nous nous doutions à propos du prophète Brigham est maintenant confirmé. Je suis convaincu que ce que nous recherchons existe encore. »

Son excitation était perceptible, ce qui était rare pour le sénateur.

« La carte est identique à celle que Young a laissée parmi les archives de la pierre angulaire, dit Rowan. Sauf que celle de Lincoln comporte des mentions, si l'on excepte l'indication finale. Je suppose que la référence au chapitre XIII, verset 11 de l'épître aux Romains viendra combler le blanc. »

Il connaissait le passage.

Comprenez le temps où nous sommes : c'est l'heure de nous réveiller, car notre salut est déjà plus proche que lorsque nous sommes venus à la foi.

« Qu'en penses-tu ? demanda Rowan.

– Le passage parle de temps et de salut. »

Il alla jusqu'à son ordinateur portable et entra LINCOLN et ROMAINS dans le moteur de recherche. Rien ne sortit dans les premières pages.

Il savait que Romains, XIII, 11 annonçait que le voyage vers le salut arrivait à son terme. Il était temps de se préparer. La nuit était très avancée, l'aube proche. Le moment de rejeter les méfaits des ténèbres.

Il essaya alors LINCOLN et TEMPS.

Il parcourut divers sites mineurs, jusqu'à ce qu'il arrive à la quatrième page dans le moteur de recherche et remarque un titre : *Le secret de la montre de Lincoln dévoilé.*

Il cliqua sur le lien et découvrit que, pendant cent cinquante ans, une rumeur avait circulé concernant un certain message datant de la guerre de Sécession qui aurait été caché à l'intérieur de la montre gousset de Lincoln. L'objet appartenait maintenant à la collection du Musée national d'histoire américaine du Smithsonian Institution. Suite à ces rumeurs, quelques années auparavant, les conservateurs avaient autorisé qu'on ouvre la montre, et on y avait trouvé un message. 12 AVRIL 1861. FORT SUMPTER A ÉTÉ ATTAQUÉ PAR LES REBELLES À LA DATE CI-DESSUS. J. DILLON. DIEU MERCI NOUS AVONS UN GOUVERNEMENT.

Apparemment, l'horloger travaillait sur Pennsylvania Avenue, et il devait faire partie des partisans de l'Union. Il était en train de réparer la montre en or à mécanisme anglais le 12 avril 1861, le jour même où le premier coup de feu avait été tiré à fort Sumter. Perturbé, il avait griffonné son message d'espoir à l'intérieur de la montre. Au cours des XVIIIe et XIXe siècles, les horlogers attestaient souvent de leur travail à l'intérieur des montres, mais généralement à l'attention d'autres artisans. Personne ne savait si Lincoln avait été mis au courant du message. Le président avait acheté la montre dans les années 1850, et c'était apparemment la première qu'il ait jamais eue en sa possession.

Il continua à lire les informations figurant sur le site et apprit notamment que la montre avait été offerte au musée par l'arrière-petit-fils de Lincoln. Mais ce fut surtout la fin de l'article qui retint son attention.

La montre a été fabriquée à Liverpool, mais on n'en connaît pas le fabricant. D'après certaines sources, elle n'aurait jamais fonctionné convenablement. Ce qui n'est pas étonnant, étant donné qu'une fois ouverte on a constaté que les 3e et 4e rouages manquaient. Lincoln possédait également un modèle Waltham « Wm Ellery » dans un boîtier en argent guilloché qui se remontait avec une clé. Cette montre fut elle aussi donnée au Smithsonian, où elle fait partie de leur collection d'histoire américaine.

Il dit à Rowan l'Aîné ce qu'il avait trouvé.

« Une belle montre en or était un symbole de réussite à l'époque, dit Rowan. Mon père et mon grand-père en portaient une. Lincoln, en tant qu'éminent avocat de l'Illinois, en aurait porté une également. »

Il trouva des portraits de Lincoln parmi les toutes premières photographies existantes et remarqua que, sur la plupart, on apercevait une chaîne de montre. Puis il chercha des informations sur la seconde montre et découvrit qu'elle n'avait jamais été ouverte et qu'elle faisait partie d'une exposition itinérante sur Lincoln organisée par le Smithsonian.

Actuellement à Des Moines, dans l'Iowa.

« Tu penses qu'il y a peut-être un message à l'intérieur de cette montre ? demanda Rowan.

– Lincoln avait choisi son passage biblique avec soin. Il y a plusieurs références au temps dans ce verset des Romains. Le salut étant proche. Et Lincoln portait certainement sa montre tous les jours.

– Brigham Young a écrit dans son message que Lincoln conservait la partie la plus importante du secret en permanence près de lui, dit Rowan. Il y a deux jours, j'aurais dit que tout ça était beaucoup trop tiré par les cheveux. Mais plus maintenant. Apparemment, frère Brigham et M. Lincoln adoraient entretenir le mystère. Peux-tu aller dans l'Iowa pour t'en assurer ?

– Nous risquons de devoir voler la montre.

– Normalement, je refuserais, mais nous sommes à un moment critique, et il nous faut des réponses rapidement. Fais ce qui est nécessaire. Mais agis avec précaution. »

Il comprenait.

« S'il s'agit d'une impasse, dit Rowan, nous nous retrouverons à Salt Lake et déciderons de la suite. »

Salazar donna une version abrégée de ce qui s'était produit la nuit précédente, se contentant de lui dire qu'il avait pu déterminer que les Américains étaient très intéressés par ce qu'eux-mêmes recherchaient.

« Malheureusement, je ne sais toujours pas très bien ce qu'ils savent exactement, dit-il.

– Je devrais pouvoir l'apprendre de mon côté, répondit Rowan. Tu n'as plus besoin de traiter avec eux. Tu pourras te dégager ?

– J'aurai disparu d'ici deux heures. »

Cassiopée était toujours silencieuse, plongée dans ses pensées. Qu'allait-il arriver maintenant ? Jusqu'où cela la mènerait-elle ? Un petit coup à la porte la ramena à la réalité. C'était Josepe, qu'elle invita à entrer.

« Il faut que nous partions », dit-il.

Elle nota le *nous.*

« Je dois aller aux États-Unis, dans l'Iowa. »

– Pourquoi ?

– Ce projet pour Rowan l'Aîné dont je t'ai parlé. Il faut que j'examine un objet. » Il hésita. « Il sera peut-être nécessaire de le voler momentanément, pour pouvoir l'étudier.

– Je peux m'en occuper. »

Il parut surpris par sa proposition.

« Voler est un péché, dit-il.

– Tu as dit que tu allais seulement l'emprunter. Je suppose qu'il sera rendu ? »

Il acquiesça.

« Dans ce cas, ce n'est pas du vol.

– Rowan l'Aîné assure que c'est indispensable. Cette mission est de la plus haute importance. Comme tu l'as vu, les Américains veulent nous empêcher d'agir. Il faut que nous partions vite et le plus discrètement possible. »

Elle se demanda ce qu'allait faire Cotton. Il n'abandonnerait pas. Et Stéphanie non plus. Pas plus qu'elle ne pouvait reculer.

«Je t'en dirai plus pendant le vol, dit-il. Je te le promets. C'est un nouveau Grand Trek. Peut-être le plus grand voyage jamais effectué par les saints. Plus excitant que ce que tu peux imaginer.»

Le premier Grand Trek était parti en 1847. Chariots, charrettes à bras et, pour beaucoup, rien que leurs deux jambes, pour faire les plus de mille six cents kilomètres vers l'ouest. La route longeait la rive nord de la rivière Platte, franchissait la ligne de partage des eaux, puis traversait la vallée de la rivière Sweetwater, jusqu'à la cuvette de Salt Lake. Elle était devenue célèbre sous le nom de Piste mormone. Son père lui en avait souvent parlé avec le plus grand respect. Entre 1847 et 1869, soixante-dix mille fidèles avaient fait le voyage, tous étant considérés comme des pionniers.

Il lui prit doucement la main.

«Nous aussi, nous sommes des pionniers. Mais d'une manière différente et plus excitante. Je te raconterai tout en route.»

Il la prit dans ses bras et l'embrassa avec fougue.

«Je t'aime, dit-il, en la regardant intensément. Je n'ai jamais cessé depuis notre jeunesse. Notre séparation m'a brisé le cœur. Mais j'ai respecté ta décision. Je dois t'avouer quelque chose. J'ai une photo de nous dans ma maison en Espagne. Je l'ai retrouvée il y a quelques années, après la mort de ma femme. Et quand j'étais triste, je la regardais pour me consoler.»

Pourquoi tous les hommes qui s'intéressaient à elle trimbalaient-ils leurs propres problèmes ? Ça avait commencé avec Josepe et sa religion, puis ça avait continué avec un cortège de soupirants, tous merveilleux par certains aspects, et épouvantables par d'autres. À présent, c'est comme si elle avait bouclé la boucle. Retour à la case départ. Une partie d'elle éprouvait de l'attirance pour cet homme, mais une autre le rejetait. Et elle ne savait pas vraiment de quel côté elle allait pencher.

Mais il fallait qu'elle décide.

« Cette fois, je ne te forcerai pas à choisir, dit-il. Tu pourras décider à ton gré et quand bon te semblera. Je n'ai pas oublié la leçon. »

Elle lui en était reconnaissante, et pour de multiples raisons.

« Merci.

– J'ai besoin de ton aide, dit-il.

– J'apprécie que tu me fasses suffisamment confiance pour compter sur moi. Je ne te laisserai pas tomber. »

Il sourit.

« Tu ne l'as jamais fait. »

48

Salzbourg

Malone était à cent trente-cinq mètres au-dessus de Salzbourg, au sommet d'un escarpement couvert de pins nommé Mönchsberg. Il faisait froid, et sa respiration formait des colonnes blanches dans l'air. La masse grise imposante de Hohensalzbourg s'élevait sur sa droite, avec le musée d'Art moderne local, tout en marbre blanc minimaliste, sur sa gauche. Au-delà du musée se dressait le Mönchstein – un château transformé en hôtel. Le soleil matinal teintait ses fenêtres de rouge, d'or et de jaune vif. Il connaissait ce monticule, fait de roches alluviales déposées au cours des siècles, dont on craignait toujours les avalanches. Une notamment, au XVIIe siècle, avait tué quelque deux cents citadins dans leur lit. Aujourd'hui, des inspections permettaient de contrôler que la paroi rocheuse ne présentait aucun risque, et en montant, il avait remarqué des ouvriers au travail.

Il s'était levé tôt et était venu à pied de son hôtel, en s'approchant prudemment du Goldener Hirsch. Tout en haut, parmi les arbres du plateau de Mönchsberg, il avait aperçu un homme en train d'observer les lieux. Il avait d'abord cru à un autre lève-tôt, mais voyant que la minuscule silhouette ne bougeait pas de son perchoir, il en avait conclu qu'un des Danites avait décidé de tirer profit de sa situation dominante.

Le Goldener Hirsch se trouvait juste en dessous, avec l'entrée du restaurant en évidence, tout comme le boulevard encombré de voitures qui contournait la vieille ville piétonne. Le deuxième Danite était probablement en train de surveiller l'autre entrée de l'hôtel sur la Getreidegasse.

Des tilleuls et des châtaigniers très hauts formaient une canopée ininterrompue au-dessus de lui, lui permettant de s'abriter dans l'ombre. Il était monté par le même sentier que la veille, en contournant la forteresse et en parcourant les quatre cents mètres au sommet de l'escarpement. En contrebas, creusé à travers la roche, se trouvait le Sigmundstor, un tunnel de cent trente-trois mètres avec des portes de style baroque abondamment décorées à chaque extrémité. Les voitures filaient dans les deux sens de ce côté-ci du Mönchsberg, s'arrêtant parfois au feu, juste devant le Goldener Hirsch.

Autour de lui, la nature était maintenue dans un état impeccable, autant les arbres, l'herbe que les buissons. Il avait réussi à s'approcher à une cinquantaine de mètres du Danite, suffisamment près du bord rocheux pour pouvoir voir en dessous. Ce qui était arrivé la veille au soir avait certainement alerté Salazar, si bien qu'il ne prenait plus aucun risque et qu'il avait demandé à ses hommes de se tenir prêts. Lui ne savait toujours rien, mais ça n'avait vraiment plus d'importance.

C'était Cassiopée qui lui posait un problème.

Sa visite continuait de l'obséder.

Elle avait changé.

La dernière fois qu'ils s'étaient vus, trois semaines plus tôt, les choses étaient tellement différentes. Ils avaient passé la fin de semaine à Avignon, ravis de profiter de la vieille cité, de dîner dans les cafés qui s'alignaient le long des rues pavées. Ils avaient logé dans une auberge tranquille, dont la terrasse à la balustrade en fer forgé donnait sur l'ancien palais papal. Tout avait été merveilleux. Comme toujours quand ils se retrouvaient, excepté quand ils traversaient une crise.

C'était peut-être ça ?

Trop de crises.

C'était compréhensible. Comme lui, Cassiopée paraissait adorer l'aventure.

Mais à quel prix ?

Il se plaqua contre le tronc d'un énorme châtaignier. L'attention du jeune Danite était toujours fixée vers le bas. À son tour, il regarda dans cette direction, où on se préparait à vivre une nouvelle journée animée. Salzbourg était une ville de marcheurs, qui avaient tous l'air pressé.

Une sirène gémissait dans le lointain.

Il repéra la passerelle au-dessus de la rivière qui reliait la vieille ville à la nouvelle. De minuscules cadenas ornaient ses rambardes, de toutes formes et de toutes tailles, accrochés au grillage, chacun avec un message d'amour, symbolisant l'union de deux personnes. Généralement, avec des initiales et des cœurs autour. Des centaines de témoignages d'amour. Une tradition locale. Comparable à la façon dont les gens du Sud gravaient des cœurs dans les arbres.

Il n'avait jamais compris ce genre de démonstration – jusqu'à ces derniers temps.

Il se sentait vaguement mal à l'aise, avec une pointe de colère en même temps. N'étant pas d'humeur bavarde, il était content d'être seul. Il voulait croire qu'il n'avait rien d'un être cynique. Non, il était plutôt pragmatique.

Mais peut-être était-il tout bonnement stupide ?

Il enfonça les mains dans les poches de sa veste.

En bas, il aperçut Cassiopée qui sortait de l'hôtel.

Puis Salazar.

Avec, derrière eux, deux chasseurs portant leurs bagages. Une voiture ralentit et se gara sur un emplacement juste en face de l'hôtel. Ils montèrent tous les deux à l'intérieur.

Il entendit le grondement d'un moteur à proximité et aperçut une Audi claire sur le chemin pavé qui traversait les bois. On pouvait arriver en voiture jusqu'au sommet depuis l'autre côté du mont, à l'est, face aux faubourgs de Salzbourg. Il s'abrita derrière l'arbre et vit le Danite quitter son poste à toute vitesse et se mettre à courir.

Le jeune homme monta à l'intérieur et le véhicule s'éloigna à toute allure.

Apparemment, tout le monde s'en allait.

Rien d'étonnant.

Lui aussi avait fait ses bagages.

Stéphanie attendait que Danny Daniels ait fini de digérer ce que Katie leur avait lu. Les implications étaient évidentes. Les Pères fondateurs avaient trouvé un moyen pour qu'un État puisse se retirer de l'Union s'il le désirait. Mais ils avaient été malins et n'avaient pas fait figurer cette clause dans la Constitution. Un accord séparé avait été conclu pour servir en cas de nécessité, afin de rassurer les États ayant ratifié la Constitution. Ainsi, ils ne craindraient pas de perdre leur souveraineté.

Qu'avait dit la Cour suprême dans *Texas contre White* ?

Notre conclusion est donc que le Texas continue d'être un État, et un État de l'Union, malgré les transactions auxquelles nous nous sommes référés. Et cette conclusion, au vu de notre jugement, n'est pas en désaccord avec quelque acte ou déclaration d'un quelconque département du gouvernement national.

Mais c'était faux.

C'était en désaccord avec les Fondateurs eux-mêmes.

« Toute la Convention s'est tenue en secret, dit le président. Ils ont tout changé derrière des portes closes, en prenant exactement le contre-pied de leur mandat. Et comme si ça ne suffisait pas, ils ont pondu ce texte.

– La guerre de Sécession n'aura servi à rien, dit Katie. Tous ces hommes sont morts pour rien.

– Que voulez-vous dire ? demanda Luc.

– C'est très simple, dit le président. Lincoln avait décidé que l'Union durerait éternellement. Impossible de la quitter. Ni discussions ni débats. C'est lui qui a imposé ces conditions. Puis il a fait la guerre pour imposer son point de vue. Mais devinez quoi ? En fait, on peut s'en aller. Ça n'a rien d'éternel. Ce qui se tient parfaitement. Je n'ai jamais réussi à croire que les Fondateurs avaient créé une Union impossible à dissoudre. Ils venaient de se battre contre le totalitarisme. Pourquoi en auraient-ils créé une nouvelle version ? »

Stéphanie devança alors Danny.

« Lincoln en était-il conscient ? demanda-t-elle.

– Mary Todd semble le croire. »

Elle acquiesça, en se remémorant la lettre de l'ancienne première dame à Ulysses Grant.

Son inquiétude pendant la guerre était terrible. J'avais toujours cru que c'était dû à ses responsabilités de commandant en chef, mais, à une occasion, il m'a dit que c'était à cause du message.

« Ce qui ne l'a pas empêché de faire la guerre », affirma-t-elle.

Daniels haussa les épaules.

« Quel autre choix avait-il ? C'était soit ça, soit tout arrêter dans ce pays.

– Il aurait dû laisser le peuple en décider.

– Ce journal ne sert à rien », dit Katie.

Daniels acquiesça.

« Vous avez raison. C'est un bon point de départ, il montre des intentions, mais ce ne serait pas une preuve suffisante pour qu'on puisse en faire état. Pour affirmer qu'une sécession est légale, il faudrait voir le document qu'ils ont signé. »

Visiblement, le président avait eu la même idée que Stéphanie.

Et ce document a été envoyé à Brigham Young.

Elle se tourna vers Luc.

« Tu vas aller le chercher.

– Et je cherche où ? »

Le téléphone de Stéphanie se mit à vibrer. Elle consulta l'écran.

« Il faut que je réponde. C'est Cotton. »

Elle se leva.

« Emmenez cette jeune personne avec vous, dit le président, en montrant Katie du doigt. Je veux parler seul à seul avec mon neveu. »

Malone était redescendu du Mönchsberg pour regagner son hôtel, avant de prendre un taxi pour l'aéroport de Salzbourg. Il était à peu près sûr que Salazar s'éclipserait aujourd'hui. En revanche, il n'était pas fixé sur sa propre destination.

« Cassiopée et Salazar sont partis, dit-il à Stéphanie.

– Elle n'a pas fait le point avec moi.

– Elle est furieuse. Je suppose qu'elle a pris la tangente. »

Il lui raconta ce qui s'était passé quand elle était venue le voir dans sa chambre.

« Je lui avais menti, dit Stéphanie. Je ne lui avais pas parlé de toi.

– Ce qu'elle n'a visiblement pas apprécié.

– Je n'ai pas le temps de me préoccuper de ses sentiments. Nous sommes face à un problème et nous avons besoin de son aide.

– Elle se fout complètement de ton problème, dit Malone. C'est le sien qui la préoccupe, elle et ce cher Josepe. Apparemment, en tout cas. Elle a parfaitement réussi à s'infiltrer. Ça, on doit le reconnaître. Mais je ne suis pas certain qu'elle sache très bien quoi faire maintenant. Elle est complètement perdue.

– Cotton, je ne peux pas me permettre de la laisser jouer solo en ce moment. J'ai besoin d'une équipe soudée.

– J'ai bien envie de rentrer chez moi. »

Et ce n'était pas une plaisanterie. Cette affaire ne le concernait pas, et il n'avait plus envie de s'en mêler.

« Salazar m'a pratiquement avoué qu'il avait tué ton homme. Je ne crois pas que Cassiopée l'ait entendu. Si c'était le cas, alors elle serait complètement cinglée. Je pense qu'elle avance à l'aveuglette. Elle ne veut pas accepter l'idée qu'il est incontrôlable. Et elle veut surtout que je lui foute la paix, maintenant.

– Où est parti Salazar ? » demanda-t-elle.

Elle le connaissait par cœur, sachant qu'il n'aurait jamais appelé sans avoir la réponse à toutes ses questions. Il avait sorti son badge du ministère de la Justice à l'intérieur du terminal et s'était fait communiquer le plan de vol.

« Des Moines, Iowa.

– Pardon ?

– Ça a été aussi ma réaction. Je connais des endroits plus folichons.

– J'ai besoin que tu continues », dit-elle.

Il aurait préféré ne pas l'entendre.

« Salazar m'a dit que tout ça avait un rapport avec ce qu'il a appelé la « prophétie du Cheval blanc ». Il faut que tu trouves ce que c'est.

– Pourquoi ai-je l'impression que tu le sais déjà ? » demanda-t-elle.

Il ignora sa remarque et demanda à son tour :

« Où est le gamin ?

– Je l'envoie dans l'Iowa dès que nous en avons terminé.

– Je devrais rentrer chez moi.

– J'ai eu tort de prendre des amateurs. Je croyais, compte tenu du passé, que Cassiopée pourrait se débrouiller. Elle était d'ailleurs la seule qui en aurait été capable à ce moment-là. Mais les choses ont changé. Salazar est dangereux. En plus, comme tu l'as dit, elle est complètement perdue.

– Stéphanie, il est temps de lâcher prise. Cassiopée veut régler cette affaire à sa manière. Laisse-la faire.

– Je ne peux pas, Cotton. »

Sa voix était montée d'un cran. Ce qui était inhabituel.

Il avait pesé le pour et le contre toute la nuit avant de prendre sa décision. Il était monté en haut du Mönchsberg pour passer ses nerfs sur un des Danites. Il avait prévu de tabasser le jeune homme pour lui faire cracher ses informations. Mais il y avait renoncé en constatant le départ soudain de Salazar. Rien ne l'empêchait de reprendre l'avion pour Copenhague et de recommencer à vendre ses livres, en attendant de voir si Cassiopée Vitt daignerait lui reparler un jour.

Ou il pouvait continuer à s'investir dans cette affaire – tout en maudissant Stéphanie.

« Il va me falloir un transport express pour aller dans l'Iowa.

– Ne bouge pas, dit-elle. Il est déjà en route. »

QUATRIÈME PARTIE

49

WASHINGTON, D.C.

Luc ne disait rien, attendant que son oncle prenne l'initiative.

« Comment vas-tu ? demanda le président.

– C'est tout ce que tu trouves à me dire ?

– Je parle régulièrement avec ta mère. Elle me dit qu'elle va bien. Ça me fait toujours plaisir de l'entendre.

– Je ne sais pas pourquoi, mais elle t'aime bien, dit Luc. Je n'aurais jamais cru ça.

– Peut-être que tu ne sais pas tout sur tout.

– Je sais que mon père trouvait que tu étais un vrai connard, et d'ailleurs, c'est ce que je pense aussi.

– Tu ne mâches pas tes mots avec un homme qui pourrait te mettre à pied dans la minute.

– Je me fous pas mal de ce que tu peux faire.

– Tu lui ressembles tellement, c'est effrayant. Tes frères ressemblent plus à ta mère. Mais toi… » Son oncle le montra du doigt. « Tu es vraiment sa copie conforme.

– C'est certainement la chose la plus gentille que tu aies jamais dite devant moi.

– Je ne suis pas aussi mauvais que tu le penses.

– Je n'en ai rien à faire de toi.

– Est-ce que toute cette haine découle de ce qui est arrivé à Mary ? »

Ils n'en avaient jamais parlé auparavant. Mary, la fille unique de Danny, la cousine germaine de Luc, était morte dans un incendie, et son père n'avait rien pu faire, sinon écouter la fillette appeler à l'aide. Le feu avait pris à cause d'un cigare que Danny avait laissé dans un cendrier. Pauline, la tante de Luc, avait pourtant souvent demandé à son mari de ne pas fumer dans la maison, mais Danny étant Danny, il n'en avait pas tenu compte et avait continué à faire ce qu'il voulait. Mary avait été enterrée dans la concession familiale parmi les grands pins du Tennessee. Le lendemain, Danny avait assisté à un conseil municipal comme si de rien n'était. Ensuite, il était devenu maire, puis sénateur, gouverneur et enfin président.

« Pas une seule fois, il n'est allé sur la tombe de cette enfant », avait dit son père à de nombreuses reprises.

Leur mariage était devenu une union de façade, car tante Pauline n'avait jamais pardonné son mari. Ni pour le cigare, ni pour son indifférence abjecte. Le père de Luc, lui aussi, en avait toujours voulu à Danny.

« Tu t'es bien débrouillé ce soir, lui dit Danny. Je voulais que tu saches que j'ai confiance en toi.

– Ça alors ! Je vais bien dormir cette nuit en sachant ça.

– Tu es vraiment un sale petit prétentieux. »

La voix de son oncle était montée de plusieurs tons, et il avait les traits crispés.

« Peut-être que je tiens ça de toi.

– Contrairement à ce que tu peux penser, j'adorais ton père et il m'adorait. Comme des frères peuvent s'aimer.

– Mon père pensait que tu étais un con.

– Je l'étais. »

Cet aveu le sidéra. Et puisque l'heure était aux révélations, il voulut savoir.

« Pourquoi maman a-t-elle un faible pour toi ?

– Je suis sorti avec elle avant mon frère. »

Il ne l'avait jamais su.

« Elle m'a laissé tomber pour ton père, dit Danny en se mettant à rire. Ça l'a toujours amusée. Et à dire vrai, ça m'a amusé moi aussi. Elle était beaucoup trop bien pour moi. »

Luc était d'accord, mais pour une fois, il valait mieux la fermer.

« Je regrette ce qui s'est passé entre ton père et moi. Je regrette ce qui s'est passé dans ma vie en général. J'ai perdu ma fille. » Il s'arrêta un instant. « Mais je crois qu'il est temps que mes neveux cessent de me haïr.

– Tu as parlé à mes frères ?

– Non. Je commence par toi.

– Tu es allé sur la tombe de Mary ? »

Son oncle ne détourna pas les yeux.

« Pas encore.

– Et tu ne trouves pas ça bizarre ? »

La tension entre eux était palpable.

« Nous avons tout perdu dans cet incendie, dit Daniels à voix basse, devenu soudain songeur. Toutes les photos. Tous les souvenirs. Réduits en cendres.

– Et tu as fait comme si de rien n'était. »

Pendant quelques instants, le silence retomba entre eux. Puis Danny reprit :

« Tout ce qui me reste, c'est une vague image d'elle dans ma mémoire. »

Luc ne savait plus quoi dire.

Le président avait les yeux humides.

C'était la première fois qu'il le voyait exprimer la moindre émotion.

Danny enfonça la main dans sa poche de pantalon et en sortit une enveloppe pliée qu'il lui tendit. Dessus, griffonnés à l'encre bleue, on lisait ces mots : POUR MES FILS.

L'écriture du père de Luc.

Danny semblait avoir repris ses esprits et il se leva.

« Il m'a donné cette enveloppe juste avant de mourir en me demandant de la remettre à ses garçons – quand je le jugerais bon. »

Le président se dirigea vers la porte.

Luc le suivit du regard tandis qu'il ouvrait la porte, puis la refermait derrière lui.

Il posa les yeux sur l'enveloppe pliée. Ce qui était écrit à l'intérieur était vieux d'au moins treize ans. Peut-être devait-il attendre ses frères pour le lire ? Mais il ne pourrait jamais résister. Son oncle savait qu'il devait venir ce soir et que c'était le bon moment pour lui transmettre le pli.

Il brisa le sceau. À l'intérieur de l'enveloppe, il trouva une feuille de papier, portant l'écriture de son père.

Il retint son souffle et commença à lire.

Pour que la fin soit paisible et que nous puissions nous dire au revoir tranquillement, j'ai décidé de faire cette confession depuis ma tombe. Presque toute ma vie, mon frère et moi avons été en désaccord. Non seulement l'âge nous séparait, mais beaucoup d'autres choses encore. Nous n'avons jamais été vraiment proches, comme des frères devraient l'être. Ce qui est arrivé à Mary et ma réaction au chagrin de Danny ont été ressentis très douloureusement dans cette famille. Votre oncle peut être dur. Et même cruel parfois. Mais ça ne veut pas dire qu'il soit indifférent. Chacun de nous réagit au chagrin à sa façon. La sienne a été de l'ignorer. Mon erreur a été de ne pas lui permettre d'être lui-même. Je veux que vous sachiez tous que Danny et moi avons fait la paix. Il est au courant de ma maladie, et tous les deux, nous avons pleuré devant tout ce gâchis. Il est mon frère; je l'aime et je désire que mes fils l'aiment aussi. Il n'a pas d'enfants et n'en aura jamais. L'horrible perte qu'il a endurée est quelque chose que je ne peux pas comprendre. Je lui ai fait des reproches et il m'en a voulu. Mais ce qui est arrivé était un accident. J'ai eu tort de penser autrement. Nous regrettons tous les deux ce que nous avons fait et nous nous sommes entièrement pardonnés, comme des frères le doivent. Il m'a dit que, chaque seconde que Dieu fait, il pense à Mary. Jamais cette douleur ne s'effacera. Aussi, mes fils, il est inutile de le faire souffrir davantage. Soyez bons envers votre oncle. Il a besoin de vous, même s'il ne l'avouera probablement jamais. Alors, faites cela pour moi.

Il se mit à pleurer.

Son père avait raison.

Le monde ignorait ce que Danny Daniels avait souffert dans sa chair. Il n'en avait jamais fait état. Luc avait eu la vague impression que Stéphanie devait être au courant de quelque chose, mais ils n'en avaient jamais parlé.

Danny avait affronté une terrible épreuve. Et tous autant que nous sommes, nous réagissons à la souffrance chacun à notre manière. Il se sentait complètement idiot. Ou, plus exactement, comme un fils que son père vient de gronder.

«Je l'ai fait, chuchota-t-il en se tournant vers la feuille. Je suis devenu quelqu'un de bien. Comme tu le voulais.»

Il pleurait à chaudes larmes maintenant.

Ça faisait tellement longtemps qu'il n'avait pas pleuré.

Il serrait dans sa main le papier que son père avait tenu lui aussi. C'était le dernier contact qu'il aurait jamais avec lui. Mais il avait compris ce que son père voulait dire. Il y avait un autre Daniels vivant avec qui ils étaient apparentés.

L'incompréhension les avait séparés. Il fallait en finir. Les fils devaient obéissance à leur père.

« Je vais faire ce que tu demandes, chuchota-t-il. Je te le promets. Nous allons faire tout ce que tu nous demandes. »

50

7 H 30

Rowan descendit du taxi devant le 9900 Stoneybrook Drive et paya le chauffeur. Quatre collègues l'attendaient, un pour chacune des quatre circonscriptions de l'Utah. Il en était le cinquième représentant au Sénat. Le sixième, lui aussi sénateur, ne faisait pas partie du projet, son élection il y a six ans ayant été un coup de chance extraordinaire. Les cinq hommes étaient des saints, et il était le plus âgé, à la fois de la délégation et de l'Église. Son pardessus était boutonné jusqu'en haut, mais l'air glacial du petit matin n'était pas désagréable, plutôt revigorant. Il avait convoqué la réunion par e-mail aux premières heures de l'aube, dès son retour de la Bibliothèque du Congrès.

Ils se trouvaient devant le temple de Washington D.C., un édifice élancé gainé de marbre blanc de l'Alabama et surmonté par six flèches dorées, situé à seize kilomètres au nord du Capitole. La forme et la taille remarquables du bâtiment, au milieu de vingt-six hectares de bois, en avaient fait un repère le long du périphérique de la capitale, immanquable aussi dans la campagne du Maryland au décollage et à l'atterrissage de l'aéroport de Reagan National.

Ils se saluèrent et se dirigèrent vers un bassin avec fontaine qui ornait l'entrée principale. Il avait choisi cet endroit sachant qu'il n'y aurait personne un vendredi à une heure aussi matinale. Le bâtiment lui-même était fermé. Ce qui ne posait pas de problème. Ils parleraient à l'extérieur, devant la maison du Seigneur, de manière à ce que tous les prophètes puissent entendre. Le Congrès et le Sénat devaient se réunir aujourd'hui, mais l'appel n'aurait pas lieu avant deux heures.

« Nous y sommes presque, leur dit-il, en contenant son excitation. Tout arrive enfin. Je veux savoir si nous sommes prêts à Salt Lake.

– J'ai vérifié, dit le représentant du 4e district. Le compte est toujours le même. Entre le Congrès et le Sénat, nous avons quatre-vingt-quinze des cent quatre votes en faveur de la sécession. »

Ce qui était sur le point de se passer devait être fait avec une extrême précision. L'Utah préparerait le terrain pour annuler la jurisprudence de 1869 *Texas contre White*. Le combat serait mené uniquement au sein de la Cour suprême des États-Unis, et il ne voulait surtout pas qu'une erreur de procédure mineure vienne faire capoter l'attaque. La bataille portait sur le fait qu'un État envisageait de quitter l'Union, et non pas qu'un vote, ici ou là, n'ait pas été convenablement enregistré.

« Et le gouverneur ? Il est toujours d'accord ?

– Absolument, affirma l'homme du 2e district. Nous en avons longuement discuté tous les deux. Il en a assez, exactement comme nous. »

Il savait ce que ça voulait dire. Le réformisme ne marchait pas. Les élections ne proposaient pas de vrais choix et les alternatives qu'offrait un troisième parti n'avaient aucune chance de réussir. Révolte ? Révolution ? Le gouvernement fédéral les écraserait l'une comme l'autre. Le seul moyen pour changer durablement les choses était la sécession. Cette solution offrait la procédure la plus directe pour reprendre un semblant de contrôle sur leur destin. C'était non violent – un rejet pacifique de politiques et de pratiques jugées inacceptables –, bien dans les habitudes américaines. Après tout, c'était exactement ce que les Pères fondateurs avaient fait avec l'Angleterre.

Il leva les yeux vers le grand temple.

Seize mille mètres carrés sous le toit. Six pièces d'ordonnances. Quatorze salles de scellement. Sa façade blanche symbolisait la pureté et la révélation. Certaines pierres avaient été poncées jusqu'à atteindre à peine plus d'un centimètre, ce qui laissait filtrer la lumière du soleil à l'intérieur à certaines heures de la journée.

Il adorait cet endroit.

« Un décret a déjà été rédigé, prêt pour le vote, dit un autre député. Il demande le retrait de l'Utah de l'Union et un référendum soumis au peuple de l'Utah pour confirmer la décision. Il y aura une opposition, mais une majorité écrasante des élus votera en sa faveur. »

Et ses termes seraient tout à fait raisonnables.

L'acte de sécession reconnaîtrait qu'il existe des propriétés fédérales au sein de l'État pour lesquelles il faudrait procéder à un remboursement, dont principalement les énormes avoirs fonciers fédéraux. Certains citoyens de l'Utah refuseraient peut-être de faire partie de la nouvelle nation, donc il serait nécessaire de leur allouer des indemnités pour partir, ou même des compensations pour les pertes subies. Ce serait la même chose pour les sociétés et les commerces, même si la nouvelle nation de

Deseret risquait de leur offrir un environnement bien plus favorable que ne le faisaient les États-Unis. Certains accords visant à rembourser la portion de la dette nationale incombant à l'Utah – jusqu'à la date de la sécession – seraient également détaillés, mais cela serait compensé par un crédit en faveur de l'Utah correspondant à la part des avoirs fédéraux revenant à cet État, et le restant serait réparti sur les quarante-neuf autres États. Son équipe avait étudié ce ratio et découvert que le montant de ces avoirs était supérieur à la dette. L'Utah pourrait donc réclamer une partie de ces sommes, mais il s'en abstiendrait à condition, bien sûr, que le gouvernement fédéral renonce à toute réclamation sur les biens qu'il possédait en Utah. Pour consolider le tout, le référendum ferait état sans ambiguïté des desiderata d'une majorité des habitants de l'Utah.

Sécession.

Tout ça se déroulerait-il aussi facilement ? Il en doutait, mais les saints avaient toujours été champions dans l'art de planifier, d'exécuter et d'improviser.

Ils y arriveraient.

« Bien sûr, dit un député, Washington se contentera d'ignorer la résolution et le vote. Vous le savez. Et c'est à ce moment-là que nous ferons monter la pression. »

Ce serait sans aucun doute une lutte de volontés politiques. Ils sonderaient discrètement l'Utah et s'apercevraient que près de 70 % des gens adhéraient à la sécession, un pourcentage resté stable au cours des cinq dernières années. Cette information avait servi à s'assurer un soutien législatif, ce qui avait d'ailleurs été étonnamment facile à obtenir.

Les gens étaient prêts à se débrouiller tout seuls.

Mais il n'en demeurait pas moins vrai que les États-Unis d'Amérique ne renonceraient pas sans combattre.

« Nous avons tout prévu. L'Utah se dégagera immédiatement de toutes ses obligations fédérales, dit un de ses collègues. L'application de toutes les lois et réglementations fédérales sera suspendue. On demandera aux fonctionnaires fédéraux de partir. Rien de ce que dira Washington ne sera plus respecté. Nous adopterons une attitude de rejet. Après le vote sur la sécession par le peuple, nous quitterons tous le Congrès. Je suppose que même notre Gentil frère sénateur se joindra à nous, quand il aura constaté du soutien chez lui. »

Rowan sourit à cette pensée. Ils ne s'étaient pas beaucoup parlé ces six dernières années, son collègue sénateur et lui.

« C'est une manœuvre risquée. Mais nécessaire. Pendant que tout ça se déroulera, j'insisterai auprès de l'Église pour qu'elle rassure tout le monde.

– Washington n'osera pas envoyer des troupes, dit un autre député. Ils ne peuvent pas prendre le risque de faire des blessés. Cela aurait un effet désastreux à l'étranger. »

Et l'histoire œuvrerait en leur faveur.

En 1989, en l'espace de quelques semaines, la Bulgarie, la Tchécoslovaquie, l'Allemagne de l'Est, la Hongrie et la Pologne s'étaient toutes affranchies de la tutelle de l'URSS communiste, et pratiquement sans violence. L'Union soviétique s'était abstenue de réagir en envahissant ces pays, pas plus qu'elle n'avait marqué le coup militairement. Elle les avait laissés faire. En Roumanie par contre, où les deux parties avaient voulu combattre, on avait assisté à un carnage. Les États-Unis pouvaient difficilement se conduire autrement. Envahir l'Utah serait ridicule.

« Non, dit-il. Ils en appelleront aux tribunaux. »

Ce qui était exactement ce qu'il souhaitait.

Les États-Unis d'Amérique porteraient plainte contre ce qui serait encore désigné comme l'État de l'Utah, pour obtenir un jugement exécutoire susceptible d'empêcher l'État de mettre en application sa législation de sécession. L'argument étant que, selon l'arrêt *Texas contre White,* l'État de l'Utah n'avait aucun droit constitutionnel lui permettant de faire sécession. Étant donné qu'un État était partie prenante dans ce procès, suivant l'article III de la Constitution, la Cour suprême était le seul recours juridique possible. Autrement dit, l'affaire serait entendue d'ici quelques semaines, sinon quelques jours, compte tenu de ses éventuelles conséquences. Le gouvernement fédéral ne voudrait surtout pas permettre au sentiment sécessionniste de se propager.

Mais il ne pourrait pas l'en empêcher.

Le Texas, Hawaï, l'Alaska, le Vermont et le Montana suivraient rapidement l'exemple de l'Utah. Ce mouvement prendrait une ampleur nationale.

Et il y mettrait la touche finale. Une nouvelle preuve éclatante. Suffisante pour gagner à la fois la bataille légale et celle de la communication. Des mots venant des Fondateurs eux-mêmes.

« Les avocats sont prêts, dit-il. Je les ai vus hier. Et je vais bientôt mettre la touche finale. Ce n'est plus qu'une question de jours ou d'heures. »

Ce qui lui mettait du baume au cœur, c'était le paquet arrivé juste avant qu'il ne quitte sa résidence de Washington. Une copie des notes écrites de la main de James Madison et cachées à Montpelier, qui avaient été trouvées la veille au soir par Stéphanie Nelle et qui confirmaient jusqu'au moindre mot ce qu'il savait être la vérité.

La sécession était légale. Une phrase en particulier enfonçait le clou.

Le document serait remis au général Washington pour qu'il le conserve et l'utilise comme bon lui semblerait. Le but étant que son existence ne soit pas révélée, sauf en cas de nécessité pour s'assurer la ratification d'un État ou pour sanctionner ultérieurement la sécession d'un État de l'association.

On ne pouvait pas faire plus clair.

Nelle avait promis les originaux quand elle avait reçu l'assurance écrite que Rowan ne s'intéressait plus du tout à son service. Il en avait besoin, mais c'était surtout le document authentique que les Fondateurs avaient signé ce samedi de septembre 1787 qui était important. Heureusement, le document concernant sa localisation appartenait à l'Église, pas au gouvernement.

Une nouvelle fois, il regarda intensément le magnifique temple, le premier bâti par les saints sur la côte orientale. Le premier, après le temple de Salt Lake, à arborer six flèches. Le plus haut du monde. Un des cinq qui représentaient l'ange Moroni tenant les plaques dorées. Ses sept étages symbolisaient les six jours de la création et la journée de repos, et de magnifiques vitraux s'élevaient sur toute la hauteur des tours, dans des rouges et des oranges répondant aux bleus et aux violets, tous incarnant le progrès continu en direction du divin. Tellement approprié, au regard des événements proches.

« Nous allons changer notre monde », dit-il.

Les autres hommes présents paraissaient satisfaits.

« Nous allons accomplir ce que Joseph Smith, Brigham Young et tous les autres pionniers n'ont pas réussi à faire. »

Il s'arrêta.

« Nous allons enfin être indépendants. »

51

Au-dessus de l'océan Atlantique

Salazar s'installa confortablement dans le siège en cuir pour savourer le repas fourni par le traiteur. De l'agneau accompagné de légumes qu'ils allaient partager dans la vaste cabine principale. De tous ses biens, c'était le Learjet qu'il préférait. Passant beaucoup de temps à se déplacer d'un endroit à l'autre, il aimait pouvoir voyager confortablement.

«Je t'ai promis une explication», dit-il.

Elle sourit.

«Effectivement.»

Ses deux associés étaient à l'arrière, en train de déjeuner eux aussi.

Il parlait à voix basse, malgré le ronronnement des moteurs.

«Difficile de savoir par où commencer. Disons pour résumer que nous avons l'intention de finir d'établir Sion. Ce que Joseph Smith et Brigham Young ont commencé, nous allons l'achever.

– L'Église est une organisation vitale, dit-elle. Une entité mondiale. Il semble que cette mission soit déjà achevée.

– Pas de la façon dont ils l'avaient réellement envisagé. On nous a toujours demandé de nous réformer – pour ressembler à tout le monde. Nous avons émigré jusqu'à la vallée de Salt Lake pour pouvoir vivre selon les prophètes, en respectant le *Livre de Mormon,* comme dans un véritable Sion sur Terre. Mais ça n'est jamais arrivé.

– Cela impliquerait d'avoir votre propre pays. »

Il sourit.

« C'est justement cela que nous avons l'intention de créer. Le pays de Deseret, basé à Salt Lake, à l'intérieur des frontières de l'ancien État américain de l'Utah et d'autres régions qui voudraient se joindre à nous. »

Elle était visiblement intriguée. Il se remémora le jour où il avait entendu Rowan l'Aîné exposer son projet. Son cœur débordait de joie et de confusion. Mais tous les doutes s'étaient dissipés quand Rowan avait décrit comment la prophétie du Cheval blanc finirait par se réaliser.

« Tu te souviens quand je t'ai lu le journal de Rushton ? La prophétie du Cheval blanc met en évidence le fait que les saints ont la clé de la Constitution entre leurs mains. En 1854, Brigham Young fit un discours devant le Tabernacle de Salt Lake. Il déclara : “La Constitution sera-t-elle détruite ? Non. Elle sera protégée par ce peuple, et, comme l'a dit Joseph Smith : ‘Le moment viendra où le destin de la nation ne tiendra plus qu'à un fil. À ce moment critique, ce peuple s'avancera et la sauvera de la destruction annoncée.’ Il en sera ainsi.” Le prophète Brigham avait prononcé ces mots quatorze ans après l'annonce de la prophétie du Cheval blanc et sept ans avant la guerre de Sécession. Ses paroles s'étaient révélées exactes pendant la guerre de Sécession, puisque les saints ont effectivement sauvé la nation de la destruction. »

Il lui expliqua le marché passé entre Brigham Young et Abraham Lincoln, conclu par ce dernier à l'aide d'un document signé par les Pères fondateurs, disant que les États avaient tous le droit de quitter l'Union.

« Le prophète Brigham n'a jamais révélé l'existence de ce document au Sud, dit-il. Il préféra le cacher pour permettre à l'Union de survivre. Le but de la guerre de Sécession était de laisser les États libres de faire sécession. Que serait-il arrivé si ces États rebelles avaient su que les fondateurs de leur nation approuvaient leur action ? La Constitution tenait vraiment à un fil. Mais l'Église, comme le Cheval blanc, a permis aux États-Unis de survivre.

– Incroyable, dit-elle. Surtout quand on voit comment le gouvernement fédéral les a traités.

– Ce qui démontre bien notre attachement à la Constitution.

– Et ce n'est plus le cas à présent ?

– Si, bien sûr. Mais la prophétie du Cheval blanc décrète sans ambiguïté que nous devrions "respecter la Constitution des États-Unis, car elle a été inspirée par Dieu". Mais le document dans son entier, comme cela avait été prévu par ceux qui l'avaient rédigé. Le monde a changé, Cassiopée. Le gouvernement américain a changé. D'après tout ce que j'ai vu et lu, il y en a beaucoup aux États-Unis qui aimeraient se débarrasser de leur gouvernement fédéral. Nous sommes seulement un groupe, mais le moment est venu pour l'Église de suivre son propre chemin. Rowan l'Aîné conduira la sécession de l'Utah. Quant à ces États que tu as remarqués sur la carte dans mon bureau, ils suivront notre exemple. »

Elle s'arrêta de manger et réfléchit à ce qu'il venait de dire.

« Que ferez-vous si vous pouvez vraiment quitter les États-Unis ?

– Nous vivrons comme les prophètes nous l'ont enseigné. Nous avons sagement administré nos ressources. L'Église a des milliards d'avoirs répartis dans le monde, et pratiquement aucune dette. Nous sommes intelligents, capables et autosuffisants, plus solvables qu'aucun autre gouvernement au monde. Nous avons également des capacités remarquables en matière de management. Nous n'aurons aucun problème à assurer notre propre gouvernement.

– Et qui dirigera tout ça ?

– Le prophète, bien sûr. Cet homme est notre chef sur cette Terre et il le restera. Bientôt ce sera Rowan l'Aîné. »

Il prit son porte-documents et en sortit une liasse de papiers.

« Tout cela avait été prédit il y a longtemps, en 1879, par le troisième prophète, John Taylor. Écoute ce qu'il disait : “Le jour n'est pas loin où cette nation sera projetée du centre à la circonférence. Et maintenant, vous pouvez en prendre note, chacun de vous, et j'en ferai la prophétie au nom de Dieu. Et alors se réalisera cette prédiction contenue dans une des révélations transmises par le prophète Joseph Smith. Ceux qui ne prendront pas l'épée pour combattre leur voisin viendront se réfugier à Sion. Et ils viendront en disant : ‘Nous ignorons tout des principes de votre religion, mais nous sentons que vous êtes une communauté honnête, que vous rendez la justice et le droit, et nous venons vivre auprès de vous et bénéficier de la protection de votre loi. Quant à votre religion, nous en reparlerons une autre fois.’ Accepterons-nous de protéger de telles gens ? Oui, hommes très honorables. Quand le peuple aura mis en pièces la Constitution des États-Unis, les Aînés d'Israël se retrouveront pour soutenir les nations de la Terre, proclamer liberté et égalité des droits pour tous les hommes, et tendre une main compatissante aux opprimés de toutes les nations. Cela fait partie du dessein, et tant que nous faisons ce qui est juste et que nous craignons Dieu, il nous aidera et nous soutiendra en toutes circonstances." Je ne l'ai pas inventé. Taylor l'a déclaré publiquement. À présent, Rowan l'Aîné va réaliser cette prophétie. »

Il fit une pause.

« Mais pas sans notre aide. Nous approchons du moment où nous allons trouver la dernière pièce du puzzle permettant à tout cela de se réaliser. »

Il lui parla de la montre de Lincoln et de ce qu'il pouvait y avoir à l'intérieur.

« C'est un coup risqué », dit-elle.

Il acquiesça.

« Nous devons tenter notre chance. Si ça ne donne rien, nous essaierons une autre tactique.

– Je vais aller te la chercher, dit-elle.

– Toi ?

– Tu ne peux certainement pas y aller, toi. Que dirait Rowan l'Aîné si un membre respecté du premier quorum des soixante-dix était pris en train d'essayer de voler un objet historique ? Je n'ai aucune relation avec lui ou l'Église. Je peux y arriver. Et je ne me ferai pas prendre. »

Il adorait la confiance dont elle faisait preuve. Sa mère avait été une gentille femme, bonne, tranquille, uniquement soucieuse de sa famille. Cassiopée était tellement différente. Elle dégageait une énergie intense qu'il trouvait irrésistible. Elle constituerait une base idéale pour la famille qu'il se promettait de fonder. Avec tous les changements qui se profilaient, il avait décidé d'adopter le mariage plural et il était même persuadé que l'ange, Joseph Smith lui-même, n'en attendait pas moins de lui. Mais avec le retour de Cassiopée parmi les mormons, il aurait désormais une partenaire fidèle, une vraie croyante, et la certitude que leur famille nombreuse serait à jamais réunie au ciel.

« Réfléchis, dit-il. Nous aurons enfin une terre qui nous appartient. La nation de Deseret, comme le voulait le prophète Brigham. Nous serons libres d'édicter nos propres lois et de vivre comme bon nous semble. Ce sera un bon endroit, fertile, où les gens viendront en masse pour vivre parmi nous. »

Cassiopée avait du mal à croire ce qu'elle venait d'entendre, mais la force tranquille du discours de Josepe lui prouvait qu'elle ne rêvait pas. Apparemment, ni Josepe ni le sénateur Rowan n'avaient envisagé les conséquences internationales qui suivraient la désintégration des États-Unis. Et à Washington, comment réagirait-on à une sécession ? Par des menaces ? Certainement. Par la force ? Cela demanderait réflexion. Plus probablement, la réponse interviendrait au tribunal.

« Tu te rends compte que le gouvernement fédéral fera tout pour arrêter l'Utah ? objecta-t-elle.

– Évidemment. Mais ce que nous recherchons nous permettra de nous assurer qu'ils perdent la bataille légale. Et comment pourrait-il en être autrement ? Les propres mots des Pères fondateurs américains sur le sujet seront décisifs. Un document signé par eux tous, qui dit que la sécession est autorisée. Cela aurait autant de poids que la Constitution elle-même.

– Sauf qu'apparemment il n'a pas été ratifié par les États.

– Mais telle était leur intention. Ils l'ont consignée par écrit, et ça, on ne peut pas l'ignorer. Nous avons des équipes d'avocats qui ont étudié l'affaire sous tous ses angles. Ils sont convaincus de notre succès. La Cour suprême des États-Unis elle-même a interdit la sécession il y a longtemps, mais elle tablait sur le fait qu'il n'y avait rien qui s'y opposait dans la jurisprudence américaine. Et pourtant, il y a bien quelque chose. Quelque chose qui dit exactement le contraire. Les Américains ont une grande confiance dans les intentions de leurs Fondateurs sur lesquelles ils ont basé leurs précédents constitutionnels. »

Ce qu'il disait était vrai.

Stare decisis. S'en tenir à ce qui a été décidé.

« Les tribunaux ne pourront pas ignorer la réalité. Et puis regarde ce qu'a fait le président Abraham Lincoln. Au lieu de dire à la nation que les États pouvaient choisir ou non de faire partie de l'Union, il a caché le document prouvant que cela était possible et a déclenché une guerre pour s'y opposer. Quel effet crois-tu que ça va faire ? »

Mauvais.

« Ce document existe vraiment ?

– C'est ce que nous allons déterminer, toi et moi. Il a existé, et nous pensons qu'il existe encore. »

Elle comprenait maintenant pourquoi Stéphanie était tellement à bout. Bien sûr, il y avait des tensions politiques aux États-Unis, comme partout dans le monde. Les volontés de changements radicaux n'étaient pas nouvelles. Mais disposer des moyens légaux pour réaliser ces vœux était une tout autre affaire.

Elle avait compris.
C'était là le problème.
Mais connaître son ampleur n'y changeait rien.
Elle avait toujours l'intention d'agir à sa manière.

52

Malone était attaché sur le siège arrière d'un F-15E Strike Eagle, survolant la pointe sud du Groenland. Un pilote de l'armée de l'air venu d'Allemagne était aux commandes de l'appareil. Mais Malone avait pris un moment sa place et retrouvé les sensations qu'il avait connues dans le passé. Cela faisait vingt ans qu'il n'avait pas piloté ce type d'appareil, en raison d'un changement de carrière pendant qu'il était dans la marine qui lui avait permis d'en intégrer le service juridique.

Stéphanie s'était arrangée pour qu'un hélicoptère l'emmène de Salzbourg à la base aérienne de Ramstein en Allemagne. Là, le Strike Eagle l'attendait, moteurs allumés, et ils avaient aussitôt décollé vers l'ouest et survolé l'Europe en direction de l'Atlantique. Il y avait six mille deux cents kilomètres jusqu'à Des Moines, mais à Mach 2, la durée du trajet ne dépasserait pas cinq heures. Bien sûr, cela impliquait un approvisionnement en vol, et un KC-10 Extender était devant eux, son bras de ravitaillement arrimé à la sonde du chasseur.

« Merci de m'avoir trouvé ce moyen de transport », dit-il dans son micro.

Stéphanie était à l'autre bout de la radio.

« J'étais sûre que ça te plairait. »

Puis elle lui raconta ce qu'ils avaient trouvé à Montpelier. Le canal était crypté et sûr, l'idéal pour se parler, le casque du pilote étant fermé pour le moment.

« Rowan est en train d'essayer de faire exploser les États-Unis, dit-elle. Il pourrait même y parvenir. »

Elle continua à l'abreuver de mauvaises nouvelles à propos de ce que Rowan et Salazar recherchaient. Un document signé par les Pères fondateurs.

« La prophétie du Cheval blanc, dit-il. Tu as vérifié ce que c'était ?

– Je l'ai fait. Comme toi, je suppose.

– Toute cette histoire est considérée comme de la foutaise par l'Église mormone. Elle a été officiellement rejetée en 1918. Aujourd'hui, l'Église ne la juge même pas crédible. Une légende, rien de plus.

– Mais Rowan croit que c'est vrai et que ce qu'il recherche l'est aussi. Malheureusement, l'Église mormone en sait davantage que nous là-dessus. »

Il le reconnaissait. C'était ça le problème.

« De notre côté, nous avons enquêté, dit-elle. Salazar est peut-être à la recherche d'un objet faisant partie d'une exposition itinérante consacrée à Lincoln, et qui se trouve en ce moment à Des Moines.

– Enquêté, mon œil. Dis plutôt que vous avez mis des gens sur écoute. »

Elle éclata de rire.

« Évidemment. Rowan et Salazar ont parlé de l'exposition il y a quelques heures. Ils pensent que la clé de l'affaire pourrait se trouver dans une montre ayant appartenu à Lincoln. »

Il réfléchit un instant.

« La référence à l'épître aux Romains est entièrement consacrée au temps. Et je me souviens effectivement d'avoir lu quelque chose à propos d'une montre de Lincoln au Smithsonian avec quelque chose de gravé à l'intérieur.

– Ta fameuse mémoire peut être sacrément précieuse parfois. La montre de l'Iowa est la deuxième ayant appartenu à Lincoln que possède le Smithsonian. Elle n'a jamais été ouverte. Elle est exposée jusqu'à demain dans un endroit appelé Salisbury House. »

Il regarda sa propre montre.

« Nous serons sur place vers 13 heures, compte tenu du décalage horaire. Le Learjet de Salazar n'y sera pas avant 17 heures, heure de l'Iowa. Ça nous permettra d'évaluer la situation.

– Luc devrait déjà y être. Je vais lui dire de te rejoindre.

– Nous allons atterrir au nord de Des Moines, à l'aéroport régional d'Ankeny. La piste fait seulement mille huit cents mètres, alors que ce chasseur a besoin de deux mille mètres, mais nous allons nous débrouiller. Il nous faudra une dérogation pour pouvoir atterrir.

– Je m'en charge. Il n'y aura pas de problème. Luc sera là.

– Nous avons examiné les photos du journal de Rushton prises par Luc, dit Stéphanie. D'après nos chercheurs, il a probablement été écrit après 1890. C'est cinquante ans après que Smith a fait état pour la première fois de la prophétie du Cheval blanc. Donc, tu as raison. Toute cette prédiction concernant la Constitution est douteuse, elle a probablement été écrite bien après les événements.

– Quand on lit la prophétie, tout est trop parfait. Les références sont un peu trop exactes. Comme à cet endroit, où il est dit : "Vous irez dans les montagnes Rocheuses. Vous serez un grand et puissant peuple et vous vous établirez là-bas. J'appellerai ce peuple le Cheval blanc de la paix et de la sécurité." Pourquoi préciser les montagnes Rocheuses ? Pourquoi ne pas dire : "Vous irez vers l'ouest." Joseph Smith aurait dit ça des années avant que quiconque songe à émigrer, mais aucun prophète n'aurait pu être aussi précis.

– Trouver ce journal s'impose. Jusqu'à maintenant, l'Église mormone disposait seulement d'autres récits de ce que contenait la prophétie. À présent, les propres mots de Rushton donnent une nouvelle crédibilité à tout ça. Nous sommes obligés d'en tenir compte. »

Mais ce n'était pas tout.

« La Constitution tient effectivement à un fil et l'Église mormone détient la clé de toute l'affaire, dit Stéphanie. Ce matin, nous avons suivi Rowan à une réunion avec la délégation parlementaire de l'Utah et nous avons tout écouté. Ils sont prêts à mettre la sécession de l'Utah à exécution. Ils disposent des votes et du soutien politique. Le peuple lui-même risque d'approuver cette décision. Il ne leur manque plus que ce document signé à Philadelphie. »

Mais ce n'était pas la seule chose en suspens.

« Des nouvelles de Cassiopée ? demanda-t-il.

– Rien. Il va falloir que tu la surveilles. Elle pourrait tout foutre en l'air.

– C'est une pro, Stéphanie. Quoi qu'il arrive, si elle comprend l'importance de la chose, elle assurera.

– C'est justement le problème, Cotton. Comment savoir ce que Salazar lui a raconté ? Ça ne suffit peut-être pas pour qu'elle mesure ce qui est en jeu. Il faut qu'elle sorte de tout ça. »

Il savait ce que ça impliquait.

« Je m'en charge. Inutile de mêler d'autres agents à ça. Laisse-moi m'occuper d'elle.

– Tu peux ?

– Qu'est-ce que vous avez tous les deux, toi et le gamin ? On dirait que vous me prenez pour un amoureux transi. Je sais comment m'y prendre avec Cassiopée.

– OK. À toi de jouer. Si elle ne se replie pas, c'est moi qui m'y collerai. »

Luc conduisait sa voiture de location dans les rues de Des Moines. Le temps était couvert, la température avoisinait les dix-huit degrés. Il avait dormi pendant presque tout le vol à bord d'un avion de transport militaire entre la base d'Andrews et une installation de la garde aérienne nationale, juste en dehors de la ville. Il était frappé de plein fouet par le décalage horaire, mais il en avait l'habitude.

Stéphanie l'avait déjà informé que Salazar se rendrait probablement à un endroit nommé Salisbury House, et il y allait pour jeter un coup d'œil. Elle lui avait dit aussi que Malone était en route, mais elle ne lui avait pas encore précisé quand et où il devait retrouver le vieux.

Il suivit la carte affichée sur son téléphone jusqu'à un quartier tranquille au sud-ouest de la ville. Salisbury House se trouvait au sommet d'une colline, au milieu d'une forêt de chênes. Un vrai manoir anglais, construit en silex, en pierre et en briques, avec des pignons et un toit couvert de tuiles. Une pancarte devant le bâtiment expliquait que c'était autrefois la résidence d'une famille fortunée de Des Moines. À présent, elle appartenait à une fondation.

Il n'y avait personne dans les parages.

Mais il était seulement 10 heures. L'exposition Lincoln n'ouvrirait pas avant 18 heures pour célébrer sa clôture, avant de rejoindre sa prochaine destination.

Il passa en voiture devant la maison. Il avait faim et décida que des pancakes avec des saucisses lui feraient le plus grand bien.

Mais, d'abord, il devait passer un appel.

Il arrêta la voiture le long du talus herbeux, à l'ombre des arbres. Il prit son téléphone et fit le numéro de sa mère.

« Je voudrais savoir quelque chose, dit-il dès qu'il l'eut au bout du fil. Danny et papa s'étaient-ils réconciliés quand papa est mort ?

– Je me demandais quand nous aurions cette conversation.

– Apparemment, tout le monde était au courant, sauf mes frères et moi. »

Il lui parla de l'enveloppe.

« Je me suis assurée que ton père et son frère fassent la paix.

– Pourquoi ?

– Je ne voulais pas que ton père meure sans que tout ça soit résolu. Et lui non plus, d'ailleurs. Il était content de l'avoir fait.

– Pourquoi ne pas nous l'avoir dit lui-même ?

– Il y avait trop de choses en même temps. Mon Dieu, Luc, il est mort tellement vite. Nous avons décidé de remettre ça à plus tard.

– Ça fait treize ans.

– C'était à ton oncle de décider du moment. Nous étions tous d'accord sur ce point.

– Pourquoi papa et Danny n'ont-ils jamais été proches ? »

Il voulait vraiment le savoir.

« Même enfants, ils ne se sont jamais entendus comme des frères. Ils n'étaient pas proches, c'est tout. Sans raison particulière. Avec le temps, le fossé entre eux s'est creusé et ils ont fini par s'y habituer. Puis Mary est morte. Ton père et ta tante ont accusé Danny.

– Mais pas toi.

– Ça aurait été injuste. Danny adorait Mary. Elle était tout pour lui. Il n'est pas responsable de sa mort. Ça a été un terrible accident. Et Danny a choisi d'ignorer sa douleur. Ce n'est pas sain, mais c'est comme ça qu'il a réagi. Je sais, en tout cas, combien il a souffert. »

Il se souvint de ce que son oncle lui avait dit.

« Danny a dit que tu l'avais laissé tomber. »

Elle se mit à rire.

« C'est vrai. Nous sommes sortis quelques fois ensemble. Quand j'ai connu ton père, ça a été terminé pour moi. Jamais je n'ai pensé à un autre homme. Mais j'ai toujours compris Danny. Je dois d'ailleurs être une des rares personnes dans ce cas. La mort de ta cousine l'a anéanti. Puis il a vu son frère élever quatre beaux garçons au sein d'une famille heureuse. Ça a dû être dur. Danny n'est pas du genre jaloux, mais chaque fois qu'il nous regardait, il ne pouvait certainement pas s'empêcher de penser à ce qui aurait pu être – si seulement il avait fumé dehors. »

On pouvait imaginer sa culpabilité.

« Danny a préféré regarder ailleurs que d'affronter son deuil. C'est pour ça qu'il n'est jamais allé sur la tombe. Il en était incapable. Ton père a fini par le comprendre. Que Dieu le bénisse. Il était tellement bon. J'étais là quand il a écrit la lettre. Et quand Danny et lui se sont dit adieu. Ça s'est produit juste avant que nous vous disions à vous les garçons que votre père était mourant. »

Il n'avait jamais eu beaucoup de contacts avec son oncle, presque aucun en fait, et la conversation de la veille était la première depuis son enfance.

« Luc, Danny n'est pas un mauvais homme. Il a veillé sur nous, s'est assuré que chacun avait ce qu'il voulait.

– Que veux-tu dire ?

– Il m'a aidé avec tes frères, quand j'en ai eu besoin, bien qu'ils l'ignorent. Tu voulais devenir agent de renseignement. C'est lui qui t'a guidé pour arriver là où tu es. Nous nous sommes parlé, lui et moi. Il m'a dit que le ministère de la Justice était le meilleur endroit pour toi et il s'en est occupé.

– Connard », murmura-t-il.

Il ne l'avait jamais su.

« Détrompe-toi. Il n'a jamais donné l'ordre qu'on t'engage. C'est toi qui l'as mérité. Lui et moi étions d'accord que, si tu n'y arrivais pas, tu t'en irais. Pas question de faveur. Ni de privilège. Rien. Oui, il t'a entrouvert la porte, mais c'est toi qui as fait tes preuves.

– Ce qui veut dire que je lui dois quelque chose, ou à toi ?

– C'est à toi que revient tout le mérite, Luc. Fais ton boulot. Que nous soyons tous fiers de toi. »

Elle avait toujours su comment lui parler.

« Je suis contente que tu aies appelé, lui dit-elle.

– Moi aussi. »

53

Des Moines, Iowa
18 h 40

Cassiopée s'installa au volant tandis que Josepe montait de l'autre côté. Ses deux associés étaient assis à l'arrière. Josepe avait demandé qu'une voiture de location se tienne prête à les accueillir au terminal privé adjacent à l'aéroport principal. Avant l'atterrissage, Cassiopée s'était changée et avait mis un tailleur-pantalon foncé avec des chaussures confortables, plus adaptés à ce qui les attendait. Le Learjet était équipé de tous les outils de communication les plus sophistiqués, ce qui lui avait permis de se renseigner sur Salisbury House.

Cette résidence avait été construite par Carl et Edith Weeks dans les années 1920, après qu'un voyage outremer leur eut donné l'envie de récréer un manoir anglais. Ils avaient acheté une exploitation forestière de sept hectares et bâti une demeure de deux mille huit cents mètres carrés, avec quarante-deux pièces, pour eux et leurs quatre garçons. Et à l'intérieur, ils avaient entassé les dix mille œuvres d'art, statues, tapisseries, vestiges archéologiques et livres rares rapportés de leurs nombreux voyages. Il y avait des cheminées Tudor, des lambris en chêne du XVe siècle et des poutres provenant des ruines d'une auberge britannique. Ils avaient perdu la maison pendant la Grande Dépression, puis elle était passée entre diverses mains, avant qu'une fondation ne la prenne en charge. À présent, c'était à la fois un centre culturel, un musée et un espace à louer, un endroit incontournable qui accueillait actuellement une exposition itinérante du Smithsonian consacrée à Abraham Lincoln.

Elle parvint à télécharger une brochure sur la maison comportant une carte des deux étages ouverts aux visiteurs. L'exposition occupait tout l'espace entre le Grand Salon et une autre salle, situés tous deux au rez-de-chaussée et proches l'un de l'autre. Elle avait réservé en ligne un billet, puis étudié la topographie des lieux sur Google Maps. Salisbury House se trouvait dans un quartier résidentiel tranquille, avec des rues sinueuses et de vieilles maisons. Des arbres et des jardins l'entouraient sur tous les côtés. Ils avaient prévu que Josepe et ses hommes iraient dans un hôtel tandis qu'elle se rendrait à l'exposition afin d'y arriver après le coucher du soleil, pour avoir le temps de se familiariser avec les lieux et décider comment procéder.

« Je ne peux pas croire que la sécurité soit vraiment poussée, lui dit-elle. D'après ce que j'ai lu sur l'exposition, il n'y a rien là qui soit particulièrement précieux. Juste quelques souvenirs historiques. À mon avis, il devrait y avoir quelques vigiles privés, peut-être un agent de police, mais c'est à peu près tout.

– À t'entendre, on croirait que tu as déjà fait ce genre d'expédition.

– Je t'ai dit que j'avais des talents très spéciaux.

– Pourrais-je savoir pourquoi ? »

Faute de pouvoir lui dire la vérité, elle se contenta de répondre : « D'abord pour protéger mes affaires. Puis ça a été pour mon projet de reconstruction. Nous avons été victimes de vols et d'actes de vandalisme. J'ai compris qu'il valait mieux me débrouiller toute seule. »

Elle détestait devoir encore mentir. Quand tout ça finirait-il ? Impossible de savoir. Surtout maintenant, avec ce qu'elle s'apprêtait à faire.

Ils arrivèrent à l'hôtel où Josepe avait réservé trois chambres et ils se dirent au revoir.

« Sois prudente, lui recommanda-t-il.

– Je suis toujours prudente. »

Luc regardait à travers la vitre de la voiture. Il venait de passer quatre heures avec Cotton Malone et avait compris que l'humeur de l'agent n'avait pas changé depuis le Danemark.

À l'aéroport régional au nord de Des Moines où il attendait, il avait vu un F-15 Strike Eagle tomber du ciel de midi et freiner de toutes ses forces pour s'arrêter sur la courte piste. Il n'avait jamais volé dans un chasseur et il enviait ceux qui avaient ce privilège. Stéphanie lui avait dit que Malone était un pilote de chasse confirmé et qu'il avait renoncé à sa carrière pour devenir avocat au sein de la marine. Elle ne lui avait pas expliqué pourquoi il avait effectué cette mutation, mais il devait y avoir une bonne raison, car Malone n'était pas du genre à faire ce qui ne lui plaisait pas. Ils avaient déjeuné, puis fait le tour de Salisbury House, en étudiant attentivement les lieux.

« Elle s'en va », dit Luc en voyant Cassiopée Vitt quitter l'hôtel et se fondre dans la circulation, sans Josepe Salazar et les deux autres.

Malone et lui avaient attendu à l'aéroport de Des Moines, près du terminal réservé aux avions privés.

« Elle a pris la bonne direction, dit-il à Malone.

– Ne te fais surtout pas remarquer. Rien ne lui échappe. »

En temps ordinaire, il aurait répliqué vertement, mais ce n'était pas la peine de pousser le vieux à bout. Il préféra demander : « Que faisons-nous si elle va où nous pensons qu'elle va ?

– Tu te débrouilles avec elle. Elle ne te connaît pas. Tu peux parfaitement te fondre dans le paysage.

– Et vous ?

– Je te couvre et j'essaie d'anticiper ses mouvements. Je connais bien sa façon de penser.

– Stéphanie dit que nous devons à tout prix récupérer cette montre.

– Je sais. Elle me l'a dit aussi. »

Luc aimait ne pas trop en savoir, cela exigeait d'improviser. C'était excitant, surtout quand tout se passait bien. Comme à Montpelier. Katie Bishop était maintenant bien installée à la Maison-Blanche, oncle Danny l'ayant informée qu'elle ne retournerait pas en Virginie. On dirait à son employeur qu'on avait besoin d'elle à Washington pendant quelques jours, et son emploi ne serait pas menacé. Katie avait paru ravie et Stéphanie lui avait demandé d'étudier le journal de Madison en détail.

Il roulait à quatre cents mètres derrière Cassiopée, de nombreuses voitures les séparant. La route quittant le centre-ville en direction de l'ouest était encombrée, et elle ne pouvait pas voir qu'on la suivait.

Elle allait toujours dans la bonne direction.

« Ça va être plus difficile une fois dans le quartier de Salisbury House », dit Luc.

Ils avaient déjà fait le trajet, avant l'atterrissage de Salazar. Ils n'auraient pas pu le manquer, étant donné que l'armée américaine avait suivi le vol du Learjet à travers les États-Unis. Stéphanie n'avait pas hésité à faire appel aux militaires, cette affaire étant primordiale.

Devant eux, Cassiopée tourna à gauche, exactement comme prévu.

« Laisse-lui du champ », dit Malone, sur le même ton laconique.

C'était justement ce qu'il avait l'intention de faire.

Salazar entra dans sa chambre et referma la porte. Il se mit aussitôt à genoux et pria pour que l'ange apparaisse À son grand soulagement, l'apparition voltigea au-dessus du lit, avec le même regard doux et souriant qu'il connaissait.

« Les choses sont telles que tu les as ordonnées. Je lui ai fait confiance. »

« Elle ne te décevra pas. »

« Aide-la à réussir. Je ne veux pas qu'on lui fasse du mal. »

« Elle est destinée à faire partie de ton corps. À devenir ta femme. Ensemble, vous allez créer une famille qui va grandir et gagner la plénitude du ciel. Sache que c'est la vérité. »

Il était reconnaissant à l'ange de lui être apparu à cet instant. Cela l'apaisait. Il aurait préféré aller avec Cassiopée, mais il savait qu'elle avait raison. Il ne pouvait pas risquer de se faire remarquer. Pour le moment. L'habileté de Cassiopée et son indépendance étaient des atouts. Mais, une fois cette menace dissipée et la promesse de Sion remplie, il y aurait des changements. Guider et entretenir une famille étaient le devoir d'un père. Les mères, elles, élevaient les enfants. Il en avait été ainsi avec ses parents et il en serait de même dans sa famille. Que les deux parents se consacrent à une activité extérieure au foyer se faisait forcément au détriment des enfants, et il voulait une bonne descendance. Au moins un enfant avec Cassiopée, et plus avec d'autres femmes. Leurs âges respectifs, à Cassiopée et à lui, seraient un facteur déterminant, si bien que ses autres unions devraient se faire avec des épouses plus jeunes. Il était persuadé qu'une mère au foyer permettait aux enfants de mieux réussir à l'école, de les endurcir face à l'adversité, d'avoir une meilleure éthique de travail plus tard et des qualités morales renforcées.

C'était ce qu'il voulait pour sa progéniture.

Il avait été patient dans sa recherche d'une nouvelle femme. Il voulait donc bien faire les choses.

« Père céleste et Mère céleste se marièrent. En tant que parents, ils portèrent les enfants de l'esprit, ce qui signifie que tous les êtres humains sont littéralement les enfants de Dieu et donc frères et sœurs. Bientôt, tu augmenteras leur nombre. »

Il était content d'entendre ça.

Il inclina alors la tête et se mit à prier pour que Cassiopée réussisse.

54

Luc entra dans Salisbury House par la porte nord, à la suite d'un groupe de visiteurs. Malone l'avait déposé au bout de l'allée et il avait fait le reste du chemin à pied. Ils ne pouvaient pas se permettre de garer leur voiture sur un parking réservé, surveillé par un gardien. Malone préféra la laisser à quelques rues de distance, de l'autre côté du jardin, à l'arrière de la maison, au milieu des arbres. Ils avaient choisi l'endroit préalablement.

Il regarda sa montre : 19 h 25.

L'obscurité était tombée, et une centaine de personnes évoluaient tranquillement dans le rez-de-chaussée et sur une terrasse éclairée à l'arrière. Les portes de devant ouvraient sur ce qui devait être le grand hall, avec des poutres apparentes et une énorme cheminée de style médiéval dans le mur opposé. Au-dessus de lui, une rambarde encombrée de visiteurs bordait un balcon au premier étage qui surplombait le hall.

Il ne remarqua personne ressemblant à Cassiopée devant les vitrines consacrées aux objets ayant appartenu à Lincoln et disposées dans le grand hall. La sécurité se limitait à un agent de police en uniforme, sans arme, près de la cheminée, probablement là pour se faire un peu d'argent en dehors de ses heures de service.

Désolé de gâcher ta soirée, se dit-il.

Du hall, il descendit quelques marches vers ce qu'une pancarte désignait comme le Grand Salon. L'exposition continuait dans cette pièce, éclairée par des halogènes, et, comme lui, d'autres visiteurs s'y pressaient.

L'un d'eux attira son regard.

Longs cheveux bruns, légèrement bouclés. Silhouette canon. Visage ravissant. Comme un mannequin, mais avec des formes plus épanouies. Et portant un tailleur-pantalon en soie moulant qui soulignait ses courbes.

Cette fille-là valait le détour.

Pas étonnant que Malone ait pété les plombs.

Cassiopée Vitt était sacrément bandante.

Cassiopée admirait un magnifique Steinway à queue. Sur les murs du Grand Salon, elle avait déjà remarqué un portrait de Van Dyck datant de 1624 et les armoiries compliquées de l'Armand Company, fondée au tournant du XXe siècle par le premier propriétaire de la maison. Au centre de la pièce tout en longueur, plusieurs vitrines éclairées exposaient des objets en rapport avec Lincoln. Il y avait un coin servant à fendre du bois, différents vêtements, des livres, des écrits et même le chapeau haut de forme qu'il portait le soir de son assassinat. Le but était de présenter un portrait intime de Lincoln ainsi qu'un aperçu de son héritage. La vitrine qui attira son attention était la troisième en partant de l'extrémité, et elle contenait une montre gousset en argent. Le cartouche à l'intérieur lui confirma que c'était ce qu'elle cherchait.

Elle avait déjà jeté un coup d'œil aux pièces du rez-de-chaussée.

La lumière était volontairement tamisée pour mettre en valeur les objets exposés brillamment éclairés. Tant mieux. Elle n'avait vu que deux agents de sécurité, tous les deux en uniforme de la police locale. Ni l'un ni l'autre ne paraissaient vraiment concentrés sur leur surveillance et en aucun cas menaçants. La centaine de visiteurs présents étaient répartis un peu partout, comme autant de sujets de distraction.

Après le Grand Salon, elle retourna tranquillement vers le grand hall, admirant au passage l'armure près de l'escalier qui menait à un balcon. Il lui faudrait à peu près une minute pour prendre la montre. Le verre de la vitrine n'était pas très épais. Elle n'aurait pas de problème pour le casser sans abîmer la montre. De toute façon, d'après Josepe, ce qu'ils recherchaient se trouvait à l'intérieur de la montre.

Elle admira la décoration de la maison. Son œil aiguisé remarqua le chêne anglais, les placards élisabéthains, les vases chinois et les tableaux, tous anciens et remarquables. Mais elle appréciait aussi que cette maison ait été habitée. Des gens avaient vécu ici. Par certains aspects, elle lui rappelait la demeure de son enfance, laquelle avait des influences espagnoles et arabes au lieu des ornements Tudor. Ses parents eux aussi l'avaient décorée avec des objets qui signifiaient quelque chose pour eux. Et elle était restée intacte jusqu'à aujourd'hui, comme le salon de Josepe et de sa mère, car elle n'y avait à peu près rien changé.

Elle s'aventura sur la terrasse.

Un ravissant jardin s'étendait à l'arrière de la maison sur une quarantaine de mètres, jusqu'à une rangée d'arbres. Elle leva les yeux vers le sommet du toit et aperçut l'endroit où les câbles électriques pénétraient dans la grande maison. Elle suivit les fils jusqu'à un bâtiment extérieur. C'était ce qu'elle avait prévu. Après des décennies de modifications et d'améliorations, pratiquement tout était désormais centralisé. C'était la même chose dans son château en France et chez ses parents. Ici, c'était dans un cottage avec un toit à pignon recouvert de tuiles.

Il lui suffisait de pénétrer à l'intérieur.

Sans se faire remarquer.

Luc était resté en arrière, au milieu des visiteurs, allant même jusqu'à bavarder avec certains comme s'il faisait partie du personnel. Mais il gardait un œil sur Cassiopée Vitt, qui était visiblement en train de repérer les lieux. Il s'était attardé à l'intérieur pendant qu'elle explorait la terrasse, puis s'égarait dans le jardin.

Elle avait remarqué quelque chose.

Il retourna dans la maison et alluma la radio qu'il transportait dans sa poche. Il avait apporté un équipement de Washington, avec un micro-cravate et une oreillette, pour lui et Malone.

« Vous êtes là ? chuchota-t-il.

– Non, je suis allé au cinoche, lui dit Malone à l'oreille.

– Elle surveille la maison.

– Laisse-moi deviner. Elle est dehors, en train d'examiner le toit.

– Je vois que vous la connaissez bien.

– Prépare-toi, car il va bientôt faire noir.

– C'est-à-dire ?

– Tu verras bien. »

Malone était resté dans l'ombre des arbres derrière Salisbury House. Il avait garé leur voiture à une centaine de mètres dans une rue latérale à l'arrière de la propriété. L'absence de clôture lui avait permis de revenir jusqu'à un endroit d'où il pouvait espionner la terrasse illuminée de la maison, et les gens qui s'y étaient massés pour profiter de la fraîcheur de la nuit. Des lumières tamisées éclairaient les fenêtres du rez-de-chaussée. Il avait pu observer Cassiopée sortir et se promener tranquillement dans les jardins. Elle allait devoir improviser, et la meilleure façon de prendre l'avantage était de priver l'adversaire de sa capacité de voir.

Juste quelques minutes.

Ce qui était suffisant pour elle.

Lui aussi avait repéré les fils électriques sur le toit qui rejoignaient un bâtiment extérieur. S'il ne se trompait pas, c'était dans cette direction qu'elle ne manquerait pas de se diriger.

Le problème était de savoir jusqu'où laisser aller les choses.

Il fallait qu'elle vole la montre, mais il n'était pas question qu'elle puisse s'enfuir. Il observa attentivement la femme qu'il aimait. Elle était superbe, comme d'habitude, déambulant, l'air sûr d'elle. Ils s'étaient mutuellement sauvé la vie un nombre incalculable de fois. Il avait confiance en elle. Il comptait sur elle. Et il aurait juré qu'il en allait de même pour elle.

Mais, maintenant, il n'en était plus certain.

Les choses avaient changé du tout au tout en deux jours.

Comment ? Et pour quelle raison ?

Il n'aurait pas la réponse avant qu'ils puissent s'asseoir pour en parler, Cassiopée et lui. Et ce qui était sur le point de se passer n'allait pas arranger la situation.

Elle ne serait pas très contente de le voir.

Tant pis.

55

WASHINGTON, D.C.
20 H 50

Rowan approchait de Blair House. Depuis l'époque de Franklin Roosevelt, la propriété appartenait aux États-Unis et servait exclusivement aux invités du président. À présent, le gouvernement possédait aussi les trois maisons de ville adjacentes, et de nombreux dignitaires étrangers avaient profité des presque sept mille mètres carrés que représentaient ces demeures élégantes. Truman avait vécu ici pendant que la Maison-Blanche était rénovée de fond en comble, ce qui lui permettait de traverser la rue pour se rendre à son bureau tous les jours. Juste devant la porte d'entrée, le 1er novembre 1950, une tentative d'assassinat de Truman avait été déjouée par un agent des services secrets, qui y avait laissé sa vie. Une plaque de bronze ornait la grille en mémoire de l'agent, et Rowan avait pris le temps de rendre hommage au héros.

Il avait reçu un appel deux heures auparavant, dans son bureau du Sénat. Le président des États-Unis voulait le voir. Dans combien de temps pourrait-il être là ? C'était urgent. Un de ses attachés parlementaires l'avait cherché et lui avait transmis le message. Sachant qu'il ne pouvait pas se dérober à une telle demande, il avait accepté un rendez-vous à 21 heures.

Le choix du lieu était intéressant, en tout cas.

Pas la Maison-Blanche, mais la demeure des invités. Pas sur place. Comme si Daniels voulait lui faire comprendre qu'il n'était pas le bienvenu. Mais peut-être interprétait-il trop les choses. Danny Daniels n'avait jamais été considéré comme un grand stratège. Certains le craignaient, d'autres se moquaient de lui, la plupart ne s'en souciaient pas. Mais il était populaire. Les sondages en sa faveur restaient particulièrement élevés pour un homme au crépuscule de sa carrière politique. Daniels avait remporté haut la main les deux élections présidentielles. Malgré ça, l'opposition se réjouissait de le voir partir, heureuse de permettre au vieil homme de s'effacer tranquillement. Malheureusement, Rowan n'avait pas le choix. On l'avait convoqué.

Il fut conduit à travers un labyrinthe de salles, jusqu'à une pièce aux murs recouverts d'un papier peint à rayures jaunes, dominé par un portrait d'Abraham Lincoln accroché au-dessus d'une cheminée ornée de lampes rouges en cristal de Bohême. Il connaissait cette pièce. C'était là que les fonctionnaires étaient introduits avant de rencontrer les dirigeants étrangers logés à Blair House. Il y a quelques années, il avait attendu ici avant de saluer la reine d'Angleterre.

On le laissa seul.

Apparemment, le président voulait lui montrer qui était à la manœuvre. Très bien. Il pourrait supporter ce genre de mesquinerie encore quelque temps. Une fois l'État de Deseret créé, avec lui comme dirigeant séculier, les présidents viendraient lui rendre hommage. Les saints ne seraient plus ignorés, répudiés, ou tournés en ridicule. Sa nouvelle nation offrirait au monde entier un exemple remarquable en faisant cohabiter religion, politique et gestion saine.

La porte s'ouvrit, et Danny Daniels lui jeta un regard furieux.

« Il est temps que nous nous parlions tous les deux », dit le président sans hausser la voix.

Il ne lui tendit pas la main.

Pas plus qu'il ne lui proposa de s'asseoir.

Ils restèrent donc debout. Daniels faisait une tête de plus que lui, et il portait un pantalon de costume et une chemise à manches longues avec un col ouvert. Il n'avait pas de veste. Rowan, quant à lui, était vêtu de son costume habituel.

Daniels referma la porte.

« Vous êtes un traître. »

Sa réponse était toute prête.

« Au contraire. Je suis un patriote. C'est vous, monsieur, et tous les présidents avant vous, depuis cet homme-là en personne – il montra le portrait de Lincoln – qui êtes les traîtres.

– Qu'est-ce qui vous permet d'affirmer ça ? »

Le moment était venu de dire la vérité.

« Au sein de l'Église, nous savons depuis longtemps qu'il y avait autre chose dans la Constitution des États-Unis que ce que Lincoln voulait nous faire croire.

– Lincoln faisait confiance aux mormons, tout comme Brigham faisait confiance à Lincoln. »

Daniels acquiesça.

« Et voyez à quoi cela nous a conduits. Quand la guerre a été terminée, avec la menace derrière nous, le Congrès a voté la loi Edmunds-Tucker qui condamnait la polygamie, et ce gouvernement a poursuivi des centaines de membres de l'Église. Où était passée toute cette confiance ?

– La polygamie était contraire à notre société, dit le président. Même vos propres dirigeants ont fini par l'admettre.

– Non, nous avons été contraints de l'admettre, moyennant quoi nous avons pu devenir un État. À cette époque, tout le monde croyait que l'État était le garant de la sécurité et de la prospérité. Ce n'est plus le cas. »

Repenser à ce qui s'était passé il y a si longtemps le rendait malade. La loi Edmunds-Tucker de 1887 avait littéralement dissous l'Église de Jésus-Christ des saints du dernier jour. Jamais auparavant ni depuis le Congrès ne s'était autant acharné contre une organisation religieuse. La loi avait non seulement prévu la fin de l'Église, mais également la confiscation de tous ses biens. Et la diabolique Cour suprême des États-Unis avait confirmé en 1890 la constitutionnalité de ces mesures.

« Que cherchez-vous à obtenir ? demanda Daniels.

– Je veux ce qu'il y a de meilleur pour le peuple de l'Utah. Personnellement, je me moque complètement du gouvernement fédéral. Il a fait son temps.

– Je n'oublierai pas de vous le rappeler quand vos frontières seront attaquées. »

Rowan se mit à rire.

« Personne, excepté vous, ne voudrait envahir Deseret.

– C'est le nom que vous avez choisi ?

– Il a une signification pour nous. C'est ainsi que cette terre aurait dû être appelée au début. Mais ce gouvernement a insisté pour que le nom Utah soit adopté. »

Tout cela faisait partie de ces lamentables concessions qu'on avait exigées d'eux. C'était un jour de triste mémoire. Le 25 septembre 1890. Quand une déclaration avait été faite par le prophète d'alors, acceptant de se soumettre à toute la législation fédérale et annonçant la fin des mariages pluraux. Six ans plus tard, la dénomination d'État était accordée. Les propriétés furent progressivement rendues, y compris le temple de Salt Lake. Mais l'Église avait subi une sévère défaite. Très endettée et divisée, à la fois sur les questions théologiques et financières, elle allait mettre des décennies à panser ses plaies.

Mais elle l'avait fait. À présent, elle pesait des milliards. Personne en dehors d'une poignée d'apôtres et de quelques administrateurs de haut niveau ne connaissait le montant exact de sa fortune.

Et il veillerait à ce que ça ne change pas.

« Nous allons pouvoir acheter et vendre tous les États restant dans votre Union, dit-il, ainsi que de nombreuses nations du monde.

– Vous n'êtes pas encore sortis de l'Union.

– C'est juste une question de temps. Apparemment, vous êtes au courant de ce que les Fondateurs ont laissé derrière eux, quand ils ont signé la Constitution en 1787.

– Je le suis. Mais je sais aussi des choses que vous ignorez. »

Il était incapable de dire si Daniels était sérieux ou s'il faisait semblant. Le président passait pour un excellent joueur de poker, mais quelque chose lui faisait penser que, cette fois, ce n'était pas du bluff. Au contraire, et c'était pour cela qu'il avait été convoqué.

« Votre Église, dit Daniels, s'est vu confier quelque chose qui aurait pu, à l'époque, détruire cette nation. Au lieu de quoi, les États-Unis ont survécu, en partie grâce à Brigham Young qui n'a pas fait ce qu'il aurait pu avec ce qui était en sa possession. Heureusement, après l'assassinat de Lincoln, personne ne lui a réclamé le document, et Young n'en a toujours rien fait.

– Il a été assez stupide pour croire que le gouvernement fédéral continuerait à nous laisser tranquilles. Mais ça n'a pas été le cas. Vingt ans plus tard, vous avez bien failli nous détruire.

– Et pourtant aucun membre de l'Église n'a produit le document. Étonnant, non, avec une telle monnaie d'échange ?

– Personne n'était au courant. Young était mort entre-temps et il avait emporté le secret dans sa tombe.

– Ce n'est pas vrai. Des gens étaient au courant.

– Comment pouvez-vous savoir ça ? »

Daniels recula et ouvrit la porte.

Charles R. Snow apparut, debout sur ses jambes frêles, en costume cravate, véritable incarnation du chef de Sion. Le prophète entra à petits pas décidés.

Rowan était sidéré, ne sachant pas ce qu'il devait dire ou faire.

« Thaddeus, dit Snow, je ne trouve pas les mots pour dire à quel point tu me déçois.

– Tu m'as dit de chercher.

– Effectivement. Ma déception vient de tes motivations et de ton manque de jugement. »

Rowan n'était pas d'humeur à se laisser critiquer par cet imbécile.

« Tu es tellement faible, déclara-t-il. Nous ne pouvons plus nous permettre d'être dirigés par quelqu'un comme toi. »

Snow s'approcha d'un canapé vert pâle et s'assit.

« Ce que tu es sur le point de faire, Thaddeus, va ruiner un siècle d'efforts. »

56

DES MOINES, IOWA

Cassiopée examina le cottage qui lui rappelait la campagne anglaise, comme l'ensemble de Salisbury House. Personne n'avait remarqué qu'elle avait quitté le jardin, en empruntant un chemin pavé qui serpentait au milieu de l'herbe desséchée et des fleurs automnales. À deux reprises, elle s'était arrêtée pour admirer le feuillage, en profitant pour vérifier si elle était bien seule. Le cottage se trouvait à une trentaine de mètres de la grande maison, et les fils électriques passaient par un conduit sortant d'un pignon. Heureusement, l'entrée était éloignée de la terrasse et du jardin, et plongée dans une obscurité presque totale.

La porte en bois était fermée par un verrou fixé au-dessus de la poignée, un ajout évident. Heureusement, elle n'était pas venue les mains vides. Elle avait toujours des crochets de serrurier dans sa trousse à maquillage. Cela avait beaucoup amusé Cotton, de la voir voyager avec du matériel de cambrioleur – mais il n'était pas mieux –, lui qui gardait un petit crochet en permanence dans son portefeuille. Elle aimait ce côté scout chez lui. Toujours prêt à tout.

Elle prit les crochets dans sa pochette et les introduisit dans la serrure. L'obscurité ne la gênait pas, c'était plutôt une question de toucher. Il fallait que les mains sentent le travail qui se faisait à l'intérieur et trouvent la gorge.

Deux clics vinrent lui confirmer qu'elle avait réussi.

Elle manœuvra le pêne pour le dégager du montant, puis entra et ferma la porte, en poussant le loquet de l'intérieur. Comme elle s'en doutait, les armoires électriques étaient toutes sur le même mur. Le matériel de jardinage remplissait à peu près un tiers de l'espace, éclairé par la lumière tombant des quatre fenêtres. Une fois ses yeux adaptés à la pénombre, elle repéra la commande principale sur une des boîtes électriques.

Il suffisait de l'abaisser, ce qui devrait lui laisser cinq bonnes minutes avant que quelqu'un ne vérifie les branchements, après avoir remarqué à travers les arbres que les maisons alentour restaient éclairées.

Elle n'aurait pas besoin de plus de temps.

Elle trouva un chiffon sale près d'une tondeuse et s'en servit pour essuyer le loquet, puis pour se saisir de la commande électrique.

Malone sourit en voyant Salisbury House plongée dans l'obscurité.

« C'est quoi, ça, papy ? lui demanda Luc au téléphone.

– Elle entame sa manœuvre. À toi de jouer, gamin.

– Faites-la venir par ici. Je suis prêt. »

Ouais, allons-y.

Luc était dans le grand hall quand les lumières de la maison s'éteignirent. Un murmure monta autour de lui.

Puis, lorsque les visiteurs eurent compris que l'électricité ne revenait pas, des voix s'élevèrent. Il fit aussitôt demi-tour et se dirigea vers le Grand Salon, où se trouvait la montre de gousset. L'obscurité à l'intérieur était totale, et il ne pouvait pas avancer rapidement, devant faire attention aux autres et s'excuser constamment.

« Elle est rentrée dans la maison, lui dit Malone dans l'oreillette. Amuse-toi bien. »

Luc imaginait facilement le petit sourire narquois de Malone. Mais, jusqu'à présent, aucune femme n'avait pu lui résister. Katie Bishop en était l'exemple parfait. Il s'était finalement très bien débrouillé avec elle.

Il trouva les quelques marches qui descendaient au Grand Salon. Heureusement, le couloir était large et pas aussi encombré. Il entra dans la grande pièce et remarqua qu'on faisait dégager le centre de la salle, tandis qu'une voix masculine demandait à chacun d'avancer doucement jusqu'au mur. Malin. Il fallait protéger les vitrines au milieu. Garder les gens sous contrôle et s'assurer qu'ils ne s'énervent pas. Montrer qu'il y avait un responsable. Évidemment, il ne tint aucun compte des consignes et se glissa vers la troisième vitrine.

Cassiopée Vitt y était déjà.

« Pas question, chuchota-t-il.

– Qui êtes-vous ? demanda-t-elle.

– Le type venu exprès pour vous empêcher de voler cette montre.

– Erreur, gamin, lui dit Malone dans l'oreillette. N'abats pas tes cartes tout de suite. »

Ignorant sa remarque, Luc continua : « Éloignez-vous de la vitrine. »

La forme noire ne bougeait pas.

« Je n'aime pas me répéter, annonça-t-il. Éloignez-vous de cette vitrine.

– Il y a un problème ? » demanda une autre voix masculine, celle qui canalisait les gens quelques instants auparavant.

Sans doute un des policiers.

Cassiopée ne perdit pas de temps.

Elle lança sa jambe et atteignit le flic en pleine poitrine, l'envoyant valdinguer en arrière dans une vitrine voisine, laquelle tomba sur le parquet dans un fracas de verre brisé.

Les gens alentour poussèrent une exclamation de surprise.

Avant que Luc ne puisse réagir, un second coup de pied lui arriva en plein dans l'aine, lui coupant le souffle. La douleur le submergea.

Seigneur !

Ses jambes se dérobèrent sous lui.

Il tomba.

Il s'efforça de se relever, mais la douleur était trop forte. Il passa ses bras autour de son ventre tout en luttant contre la nausée, incapable du moindre geste, tandis que Cassiopée brisait le dessus de la vitrine et s'emparait de la montre.

« Que se passe-t-il ? demanda Malone. Dis quelque chose. »

Il eut beau essayer, rien ne sortit de sa bouche.

Il avait joué un peu au football au lycée et avait déjà été pris en tenaille. Ça lui était même arrivé deux fois à l'armée.

Mais jamais comme ça.

Cassiopée disparut dans l'obscurité, en profitant de la confusion générale.

Il respira profondément et se remit péniblement debout.

Les gens tentaient de sortir de la pièce.

Prends ça dans les gencives, se dit-il.

« Elle a volé la montre… et… elle s'en va », annonça-t-il dans le micro.

Il partit à sa poursuite.

Cassiopée se demandait comment cet homme avait pu savoir ce qu'elle cherchait. Il avait certainement attendu qu'elle se manifeste. La voix lui avait paru jeune, avec une trace d'accent du Sud qu'elle avait appris à reconnaître avec Cotton. Stéphanie l'avait-elle fait suivre jusqu'ici ? Elle ne voyait pas d'autre explication plausible, ce qui voulait dire que ce type n'était pas venu seul.

Elle continua à progresser à travers la masse sombre des gens, en direction de la porte d'entrée. Sa voiture l'attendait à quelques centaines de mètres derrière. Il valait mieux ne pas essayer de traverser la maison.

Faire le tour par l'extérieur serait largement préférable.

Elle ouvrit la porte, avant de se fondre dans la nuit.

Luc se dirigea vers l'entrée et le grand hall. Les gens restés dans le Grand Salon se déplaçaient avec difficulté, prenant garde au verre brisé, si bien qu'il profita de ce moment de distraction pour s'éclipser dans l'obscurité.

Il avait toujours mal au ventre, mais la douleur était moins intense.

De toute façon, il n'allait pas laisser Cassiopée Vitt s'en tirer comme ça. Il n'avait pas fini d'entendre des commentaires de la part de Malone ou de Stéphanie, surtout après l'avertissement du vieux. Il franchit un angle et suivit le mur jusqu'aux quelques marches qui menaient à l'entrée.

Il entendit la porte de devant s'ouvrir, puis se refermer.

Est-ce que c'était elle ?

Probablement.

Il se dirigea vers la sortie.

Il ouvrit la porte et regagna l'extérieur.

Il n'y avait personne devant lui.

Puis il aperçut Cassiopée Vitt, près du mur de la maison, qui tournait au coin, et se dirigeait vers l'arrière de la bâtisse. Cette fois, il évita de l'avertir, mais dit dans le micro : « Elle vient vers vous, papy. »

Puis il la suivit.

57

Richard Nixon entra dans la salle de conférences et serra la main du prophète Joseph Fielding Smith, de ses deux conseillers et de tout le quorum des douze apôtres. Le président des États-Unis s'était rendu à Salt Lake pour soutenir les candidats républicains locaux pour les élections de mi-mandat au Congrès. Il était venu avec sa femme, sa fille Tricia, et deux membres de son cabinet – George Romney et David Kennedy – qui étaient tous les deux des saints. Les rituelles apparitions publiques étaient terminées, et maintenant, ils étaient en sécurité à l'intérieur du principal bâtiment administratif de l'Église, toutes portes fermées, avec des murs lambrissés et un plafond en bois à caissons tout autour. Nixon et Smith étaient assis à une extrémité d'une table vernie, le reste des apôtres sur les côtés.

« J'ai toujours trouvé mes visites à Salt Lake City extrêmement réconfortantes, dit Nixon. Votre Église est une grande institution qui a joué un rôle important dans cette administration. »

C'était le 24 juillet 1970. Le jour des Pionniers. Une fête officielle en Utah, destinée à commémorer l'entrée, en 1847, de la première vague de gens dans la cuvette de Salt Lake. La journée était traditionnellement marquée par des parades, des feux d'artifice et des rodéos. L'équivalent du 4-Juillet[1] pour les saints du

1. Jour de la fête nationale des États-Unis. Commémore le jour de l'Indépendance en mémoire de la Déclaration d'indépendance du 4 juillet 1776. *(N.d.T.)*

dernier jour. Un peu plus tard, Nixon lui-même devait assister au rodéo des célèbres journées de 47.

«Je ne connais aucun autre groupe en Amérique qui ait contribué davantage à notre puissant leadership moral et à nos valeurs – ce courage qui a permis à l'Amérique de traverser les bons comme les mauvais jours. Aucun n'y a contribué autant que les membres de cette Église.

– Pourquoi êtes-vous ici ?» demanda Smith.

Nixon parut surpris par cette question abrupte.

«Je viens de vous le dire. Je suis venu vous remercier.

– Monsieur le président, vous avez personnellement sollicité cette audience privée avec moi-même, mes conseillers, et le quorum des douze. Aucun président ne nous l'avait jamais demandé. Vous comprendrez certainement que nous nous montrions curieux. Nous voici donc. Nous seuls. Que voulez-vous ?»

Bien qu'étant un parfait gentleman, Smith n'était pas un imbécile. Il était le dixième prophète à la tête de l'Église, son père avait été le sixième, et son grand-père le frère du fondateur, Joseph Smith. Il était devenu apôtre en 1901, à 25 ans, et venait, seulement six mois plus tôt, d'être élevé au titre de prophète à l'âge de 94 ans, devenant le plus âgé à avoir jamais été choisi. Il était le seul dans la salle à avoir assisté à la consécration du temple de Salt Lake en 1893.

Il ne s'inclinait devant personne.

Pas même devant le président des États-Unis.

Nixon, qui avait arboré jusque-là une expression excessivement aimable, prit soudain l'air préoccupé d'un homme chargé d'une mission.

« Très bien. J'apprécie la franchise. Cela fait gagner du temps. Un document vous a été donné en 1863 par Abraham Lincoln, un document que vous n'avez jamais rendu. Je veux le récupérer.

– Pourquoi ? demanda Smith.

– Parce que cela appartient aux États-Unis.

– Pourtant, il nous a été confié pour que nous le gardions en sécurité. »

Nixon regarda les hommes autour de la table.

« Je vois que vous savez de quoi je parle. Bien. Cela simplifie les choses. »

Smith pointa un doigt desséché en direction du président.

« Vous n'avez aucune idée de ce que cela contient, n'est-ce pas ?

– Je sais que cela préoccupait beaucoup Lincoln. Je sais qu'il l'a fait mettre à l'abri pour une bonne raison. Je sais que, dans le cadre de l'accord, Brigham Young a livré à Lincoln l'emplacement d'une mine, que certains recherchent depuis longtemps. Un endroit où une grande partie de votre or est peut-être cachée, l'or perdu pendant l'exode des mormons quand trente-deux chariots ont disparu.

– Cet or n'a jamais été perdu. Pas une seule once. L'ensemble a été réinjecté dans notre économie, après que la menace de guerre venant du gouvernement fédéral a été dissipée. Le prophète Brigham s'en est assuré. Il n'y a aucun mystère à ce sujet.

– C'est intéressant que vous disiez ça, dit Nixon. J'ai fait faire des recherches à ce propos. Brigham Young a expédié l'or en Californie. Mais, d'après vos propres archives, ces chariots ont été attaqués, des hommes tués. On a volé l'or et il a disparu à jamais. Voulez-vous dire que votre prophète a été impliqué dans ce vol ?

– Nous ne disons rien de la sorte, intervint un autre apôtre, sinon que l'or n'a pas disparu.

– Ne connaissez-vous donc pas la prophétie du Cheval blanc ? Ne deviez-vous pas être les sauveurs de notre Constitution ? »

Quelques-uns des apôtres pouffèrent de rire.

« C'est une légende, dit l'un d'eux. Une histoire inventée par les premiers pères de l'Église pour soutenir notre nouvelle religion. Ce sont des racontars suivis d'une fausse interprétation qui se sont répandus ensuite, comme le font les rumeurs. Chaque théologie

s'accompagne d'histoires similaires. Mais ce n'est pas vrai. Il y a longtemps que nous avons désavoué ce texte.»

Nixon sourit.

«Messieurs, j'ai participé à de nombreuses parties de poker et j'ai joué contre les meilleurs. Je ne crois pas à votre bluff. Brigham Young a passé un accord avec Abraham Lincoln, et tous deux l'ont respecté, il faut le reconnaître. J'ai lu un courrier datant de l'époque de Lincoln. Un message de la main de James Buchanan, adressé à Lincoln, et qui lui annonçait l'envoi d'un document. D'après d'autres notes, le document fut finalement expédié, comme garant de l'accord de la part de Lincoln. Mais, grâce à la mort soudaine de celui-ci, vous avez gardé ce document.

– Imaginons un peu, dit Smith. Si un tel document était restitué, qu'en feriez-vous ?

– Tout dépend de ce qu'il contient. À mon avis, il concerne les Pères fondateurs, et ce qu'ils auraient ou non pu faire à Philadelphie.

– La Constitution est une référence capitale pour nous, qui doit sa création à la sagesse de Dieu, dit le prophète. C'est une bannière céleste. Pour tous ceux qui bénéficient des privilèges de la liberté, elle symbolise l'ombre rafraîchissante d'un grand rocher au milieu d'une pauvre terre assoiffée et les eaux désaltérantes qui coulent de sa source.

– Très belle comparaison, dit Nixon. Mais vous n'avez toujours pas répondu à ma question.»

Smith regarda les apôtres autour de la table.

«Vous avez devant vous un exemple de ce à quoi nous avons été confrontés depuis le début. L'arrogance du gouvernement fédéral qui vient ici, chez nous, et exige que nous lui obéissions.»

Certains hochèrent la tête en signe d'acquiescement.

«J'ai accepté cette demande d'audience en espérant que ce président serait différent.» Smith se focalisa sur George Romney et David Kennedy. «Deux d'entre nous servent dans cette administration, ce que nous avions pris pour un bon signe.»

Le prophète s'arrêta, comme pour réfléchir. Smith avait servi de nombreuses années comme historien et archiviste de l'Église. Si quelqu'un devait savoir ce que les archives contenaient, c'était bien lui.

Au bout d'un moment, Smith se tourna vers Nixon.

« Nous sommes effectivement les gardiens d'une chose qui nous a été remise il y a longtemps. Mais Brigham Young avait pris la décision de garder ce qui nous avait été donné, et tous les prophètes depuis ont agi de la même façon. Cette décision m'appartient donc. Et je décline votre requête.

– Vous refusez d'obéir à une demande expresse du président des États-Unis ?

– Dans notre ouvrage canonique Doctrine et Engagements, *section 109, 54, il est dit : "Aie pitié, Seigneur, de toutes les nations de la terre, aie pitié des dirigeants de notre pays ; que ces principes, qui furent si honorablement et noblement défendus par nos pères, à savoir la Constitution de notre pays, demeurent à jamais." C'est ce à quoi j'obéis… monsieur le président. Pas à vous. »*

Rowan ne quittait pas des yeux Charles Snow et Danny Daniels.

Il avait écouté Snow raconter ce qui s'était produit plus de quarante ans auparavant.

« Je me tenais là, dit Snow, assis à cette table. Je n'étais qu'un apôtre de fraîche date, mais j'ai regardé Joseph Fielding Smith traiter avec Richard Nixon. C'était la première fois que j'apprenais l'existence de notre grand secret.

– Les autres étaient au courant ? »

Snow acquiesça.

« Certains parmi les plus anciens l'étaient.

– Charles, dit Rowan. Tu m'as envoyé à sa recherche.

– Non, Thaddeus. Je t'ai montré ce qui provenait des archives de la pierre angulaire simplement pour te donner suffisamment de corde pour te pendre. Le président Daniels et moi-même en débattons depuis de nombreux mois. »

Il avait du mal à croire ce qu'il entendait. Le prophète un espion ? Un traître ? Mettant les intérêts des Gentils au-dessus de ceux des saints ?

« Joseph Fielding Smith, dit Snow, était un homme brillant. Il a servi cette Église pendant les trois quarts du XXe siècle. Ce jour-là, après le départ de Nixon, nous avons tous été mis au courant d'une partie des événements qui s'étaient produits en 1863. C'est seulement quand je suis devenu prophète que j'ai su le reste. Chaque prophète depuis a transmis cette information à son successeur. Tous les hommes présents ce jour-là avec Nixon sont morts maintenant. Je suis le seul survivant. Mais le devoir de transmission s'achève ici dès maintenant. Je ne te dirai rien.

– Charles, nous pouvons obtenir ce que nous voulons, dit Rowan. Nous pouvons quitter cette Union maudite, avec toutes ses lois, ses réglementations, ses impôts et ses problèmes. Nous n'en avons plus besoin. Nous avons fait des sondages. Le peuple est massivement en faveur de la sécession. Les habitants de l'Utah approuveront toute résolution la réclamant.

– Vous rendez-vous compte de ce qui arrivera si vous poursuivez dans cette direction ? demanda Daniels. Les États-Unis sont une puissance mondiale.

– En quoi le fait de perdre l'Utah y changerait quoi que ce soit ? répliqua Rowan. Vous êtes ridicule.

– Malheureusement, cela ne s'arrêtera pas à l'Utah. Ce qui fait d'ailleurs partie de votre plan. D'autres États suivront. Vous avez raison, nos problèmes sont graves. Les gens sont prêts à faire dissidence. Ils croient qu'il y a mieux. Mais je peux vous dire que ça n'est pas vrai. Malgré tous ses défauts, notre système politique est de loin le meilleur jamais conçu par l'homme. Il fonctionne. Mais seulement en tant qu'entité forte de cinquante États. Je ne peux pas vous laisser détruire ça.

– Même si les Fondateurs eux-mêmes étaient d'accord ? »

Snow soupira.

« Thaddeus, nos propres fondateurs ont dit toutes sortes de choses. Certaines étaient sages, d'autres stupides. Il est de notre devoir, de notre responsabilité, d'ignorer le mauvais et de garder le bon. Les temps ont changé. Ce qui aurait pu être vrai en 1787 ne l'est plus aujourd'hui.

– Ce n'est pas à nous d'en décider », répondit Rowan. Il haussa le ton. « C'est au peuple de choisir. Il a le droit de savoir.

– Si c'est le cas, dit Daniels, pourquoi tenir secrète cette information ? Pourquoi se réunir à huis clos pour prendre les décisions relatives à la sécurité nationale ? Parce qu'il nous appartient, en tant que représentants du peuple, de prendre les bonnes décisions. Nos concitoyens votent pour nous et nous font confiance. Et ils ont régulièrement l'occasion de nous dire ce qu'ils pensent de notre action. Monsieur le sénateur, nous vous demandons d'arrêter ça. Votre président et votre prophète vous demandent ensemble de mettre un terme à votre action. »

La première pensée de Rowan fut de se demander ce qui se passait dans l'Iowa. La montre de Lincoln recelait-elle la dernière pièce du puzzle ? Il s'interrogeait également sur le double jeu de Stéphanie Nelle. Elle lui avait fourni des informations essentielles. Mais que venait de dire Snow à propos de sa propre proposition de coopération ?

Suffisamment de corde pour te pendre.

« Vous m'avez envoyé Stéphanie Nelle, n'est-ce pas ? demanda-t-il à Daniels.

– Je n'ai envoyé personne. C'est une voleuse et une traîtresse. Je vais la virer puis la faire mettre en prison. C'est là que vous allez finir vous aussi, si vous n'arrêtez pas. »

Rowan se tourna vers Snow.

« Nous avons le droit de vivre libres, comme bon nous semble, selon les prophètes. Nous avons gagné ce droit. Nos fondateurs avaient imaginé cela.

– Mais nous sommes libres, Thaddeus.

– Comment peux-tu dire cela ? Il est de notre devoir de réaliser la prophétie du Cheval blanc.

– C'est un fantasme. Ça l'a toujours été.

– Non, ce n'est pas vrai. On nous a dit de nous conformer à la Constitution des États-Unis, car elle était le fruit de l'inspiration de Dieu. Ce qui impliquait de la respecter dans son intégrité. Et c'est ce que je fais. Les Fondateurs eux-mêmes disaient qu'un État pouvait partir, s'il le désirait. Je suis prêt à voir si l'Utah le souhaite. »

Quelque chose lui vint alors à l'esprit.

« Vous avez menti à Nixon à propos de la prophétie, n'est-ce pas ? » dit-il en regardant Snow.

Snow le fixa à son tour.

« C'est précisément ce que vous avez fait, insista Rowan. Vous lui avez dit que c'était un fantasme.

– Nous nous sommes contentés de lui répéter ce que l'Église avait exprimé publiquement à propos de cette déclaration, énonça Snow.

– Ce qui était un mensonge. Vous avez simplement dit que tous les prophètes depuis Brigham Young connaissaient l'existence de ce que nous conservions pour les États-Unis.

– Et cela n'a rien à voir avec cette prophétie, dit Snow. En revanche, cela concerne l'avenir de la nation. Nous avons simplement choisi de ne pas détruire ce pays. Bien sûr, la Constitution ne tiendrait qu'à un fil si on vous laissait continuer.

– Où est-il, Charles ? » Le moment était tellement crucial que Rowan en tremblait. « Où est caché ce document ? Dis-le-moi. »

Snow secoua la tête.

« Cela ne sera pas transmis au prochain prophète. Et je te l'assure, je suis le seul à le savoir.

– Dans ce cas, tu as trahi ta foi et tout ce qu'elle implique.

– Je suis prêt à en répondre devant le Père céleste. Et toi ?

– Absolument. Je sais que Lincoln a mené une guerre qui n'aurait jamais dû avoir lieu. Le Sud avait le droit de partir, et il le savait. C'est lui personnellement qui a choisi de faire la guerre. Des centaines de milliers de gens sont morts. Comment crois-tu que le peuple américain réagira en l'apprenant ?

– Ils comprendront qu'il a choisi l'Union, intervint Daniels. Il a choisi ce pays. J'en aurais fait autant.

– Alors, vous aussi, vous êtes un traître.

– Lincoln a décidé que les États-Unis étaient plus importants que chaque État pris séparément, dit Daniels. D'accord, les temps ont changé. Nous ne sommes pas soumis aux mêmes pressions que lui, mais nous en subissons d'autres tout aussi menaçantes. Des problèmes à l'échelle mondiale. Il est capital que cette nation survive. »

Rowan regarda le président des États-Unis bien en face.

« Cette nation va s'écrouler, dit-il en détachant bien ses mots.

– Je te délivre de tes vœux, dit Snow. Je veux que tu renonces à ton titre d'apôtre.

– Et moi, je veux que vous quittiez le Sénat, dit le président.

– Allez vous faire foutre tous les deux. »

Jamais il ne s'était laissé aller à prononcer des mots aussi désobligeants. Jurer était contraire à sa religion. Mais il était en colère. Et il ne lui restait plus qu'à espérer que Salazar ait réussi. À présent, tout reposait sur lui.

Il fit demi-tour pour se diriger vers la porte, mais ne put résister à l'envie de lancer une dernière pique.

« Ce mythe de Lincoln a fait son temps. La nation va comprendre qui il était réellement. Un homme qui a déclenché une guerre pour rien, qui a dissimulé la vérité dans son propre intérêt. Contrairement à vous deux, j'ai confiance dans le jugement du peuple. C'est lui qui va décider si cette Union est éternelle ou pas. »

58

Malone surveillait Salisbury House, toujours plongée dans le noir. L'électricité était coupée depuis une quinzaine de minutes, et il finit par apercevoir des faisceaux de lumière dans le cottage où Cassiopée avait sévi. Deux minutes plus tard, les éclairages intérieurs et extérieurs s'allumèrent. On avait dû comprendre que quelqu'un avait intentionnellement actionné le disjoncteur. La police ne tarderait pas à envahir les lieux.

Son oreillette grésilla. C'était Luc.

« Elle vient vers vous, papy. »

Il quitta son poste d'observation et se dirigea à travers les arbres vers l'endroit où il avait garé la voiture de location. Elle se trouvait sur le bas-côté d'une rue bordée d'arbres, dont les maisons étaient toutes situées à une trentaine de mètres en retrait de la route. Un de ces quartiers anciens où les gens tenaient à leur intimité et où le terrain ne coûtait pas cher.

Il ignorait ce qui s'était passé à l'intérieur de Salisbury House. Le gamin avait gardé les détails pour lui. Le fait que Cassiopée soit maintenant en possession de la montre signifiait que Luc l'avait sous-estimée.

Grossière erreur.

Luc hâta le pas. Son ventre lui faisait toujours mal. Il lui revaudrait ça. Il atteignit le coin de la maison et tourna. Le mur latéral était bordé d'arbres, de buissons et de bosquets. Un bruissement devant lui confirma que Cassiopée avançait toujours. L'électricité était revenue à l'intérieur, et les lumières du rez-de-chaussée éclairaient à présent ce côté du bâtiment.

Il se fraya un chemin à travers le feuillage.

Malone devait être quelque part par là, et Cassiopée se dirigeait tout droit vers lui.

Toujours au milieu des arbres, Cassiopée franchit la limite du jardin. Sa voiture l'attendait à cinquante mètres, dans une rue du nom de Greenwood Drive. Elle avait la montre. Josepe serait content. Une fois qu'elle la lui aurait donnée, peut-être pourrait-elle savoir ce qu'elle signifiait ? Josepe lui avait seulement dit que c'était sans doute la pièce manquante d'un puzzle de la plus haute importance. Allait-elle en informer Stéphanie ?

Probablement pas.

On entendait des sirènes à présent.

L'électricité étant revenue à Salisbury House, le vol n'allait pas tarder à être découvert.

Il fallait partir. Au plus vite.

« Elle devrait arriver sur vous », dit Luc dans le micro.

Pas de réponse.

« Malone. »

Toujours rien.

Où était passé le vieux ?

Il décida de prendre les choses en main. La douleur avait fini par disparaître, ses muscles aguerris étaient prêts à l'action, tout son corps en alerte maximale.

Il fit un bond en avant.

Cassiopée entendit quelqu'un courir dans sa direction.

Elle accéléra le pas et se précipita à travers les bois en direction de son véhicule. Quelqu'un se rapprochait. Les portières de la voiture n'étaient pas fermées, et les clés étaient dans son sac avec la montre, sac auquel elle se cramponnait.

Les bois s'étendaient jusqu'à la route.

Elle repéra sa voiture, monta à l'intérieur, enfonça la clé dans le démarreur et alluma le moteur. Elle passa la première, le pied sur l'accélérateur, prête à démarrer en trombe, quand quelque chose heurta le capot. À travers le pare-brise, elle aperçut un homme allongé dessus. Jeune. La trentaine à peine, peut-être moins.

« Vous partez déjà ? » lui demanda-t-il.

L'homme leva le bras gauche, sa main tenant un semi-automatique avec lequel il la mit en joue.

Elle sourit sans détourner les yeux.

Puis elle enfonça la pédale de l'accélérateur.

S'attendant à une réaction de sa part, Luc s'était accroché de la main droite au bord du capot, à la base du pare-brise.

La voiture bondit en faisant patiner ses roues dans la terre et l'herbe avant d'atteindre les pavés.

Elle tourna brusquement le volant à gauche, puis à droite, pour le déstabiliser.

Il tenait bon.

Elle accéléra.

« Papy, dit-il, je ne sais pas où vous êtes, mais j'ai besoin de vous. Il va falloir que je tue cette folle. »

Les ordres de Stéphanie étaient clairs.

Se procurer la montre.

À n'importe quel prix.

Cassiopée n'avait aucune envie de blesser sérieusement l'homme agrippé à son capot, mais il fallait qu'il s'en aille. Il travaillait certainement pour Stéphanie Nelle. Qui d'autre aurait pu se trouver là ?

Ils roulaient le long d'une rue sombre sans la moindre circulation, bordée de chaque côté par des bois.

Devant, quelque chose sortit des arbres.

Un autre véhicule.

Bloquant les deux voies, perpendiculairement à elle.

La porte du conducteur s'ouvrit et un homme en sortit.

Un homme qu'elle connaissait.

Cotton.

Elle écrasa le frein. La voiture dérapa avant de s'arrêter.

Malone ne bougea pas d'un pouce.

Luc se laissa tomber du capot et ouvrit brutalement la porte du conducteur, son arme braquée sur Cassiopée.

Elle ne fit pas un geste.

La lumière intérieure éclairait son visage. Même masque de pierre qu'à Salzbourg, regard braqué sur lui. Luc tendit la main et éteignit le moteur.

« Sortez de là ! » hurla-t-il.

Elle l'ignora.

Malone s'approcha d'elle à pas lents. Arrivé tout près, il aperçut un objet sur le siège du passager. Une pochette Chanel noire. Avec ces ornements iconiques qui étaient depuis longtemps le symbole de la marque. Il l'avait achetée à Paris l'an dernier et l'avait offerte comme cadeau de Noël à une femme qui avait déjà à peu près tout.

Il se dirigea vers la portière du passager, l'ouvrit et se saisit de la pochette. À l'intérieur se trouvait une montre, qu'il prit, avant de jeter le sac sur le siège. Il était aussi furieux contre elle qu'elle l'était contre lui, et, comme elle, il préféra ne rien dire.

Il fit un geste, indiquant qu'ils devaient partir.

« Vous êtes sûr ? demanda Luc.

– Laisse-la. »

Luc haussa les épaules, puis lui jeta les clés sur les genoux.

Toujours pas l'ombre d'une réaction. Elle se contenta de claquer la portière et effectua un virage sur l'aile avant de s'éloigner à toute vitesse.

« Ça n'a pas été une réussite », dit Luc.

Malone regarda le véhicule se fondre dans la nuit.

« Non, murmura-t-il. Vraiment pas. »

59

MARYLAND

Rowan s'assit dans le temple.

Depuis son enfance, il s'était toujours senti en sécurité entre les murs d'un lieu de culte. Puis il y avait eu le temple de Salt Lake. Depuis son arrivée au Sénat, celui de Washington était devenu son foyer. Ici, derrière les murs épais et les portes fermées à clé, les saints pouvaient pratiquer comme ils le voulaient. Personne ne pouvait entrer, sinon les saints ayant obtenu une recommandation du temple. Ses portes n'étaient ouvertes aux Gentils que durant les semaines précédant la consécration du bâtiment. En 1974, près d'un million de personnes avaient visité cette magnifique construction dans la campagne du Maryland. *Time, Newsweek* et *U.S. News & World Report* avaient tous publié des articles à son sujet. L'ouverture au public avait toujours été la norme depuis les débuts, une façon de contrer les folles rumeurs et les conceptions erronées à propos de ce qui se trouvait à l'intérieur. Mais, une fois le temple consacré, il devint le royaume exclusif des saints.

Il avait quitté Blair House en hâte et pris un taxi pour venir jusqu'ici, pour la seconde fois de la journée. Plus tôt, dehors, dans le froid matinal, il avait envisagé l'étape suivante avec ses collègues parlementaires.

Maintenant, il n'était plus sûr de rien.

Charles R. Snow lui-même était entré en lice.

Un événement extraordinaire dont il n'aurait jamais pensé qu'il se produirait. En fait, il comptait plutôt sur la mort de Snow. Une fois ordonné comme prophète, ce qui était une certitude, il aurait eu l'Église entière de son côté. Au lieu de quoi, Snow l'avait relevé de ses vœux et avait exigé sa démission. C'était un fait sans précédent. Les apôtres restaient en poste jusqu'à leur mort. C'était lui qui avait servi le plus longtemps, en gravissant les échelons de la hiérarchie, et il était maintenant tout près de devenir prophète.

Et pas n'importe quel prophète.

Le premier depuis Brigham Young à conduire à la fois l'Église et le gouvernement. Et le premier à agir ainsi au sein d'une nation indépendante parfaitement viable.

Deseret.

Évidemment, un référendum et un procès devaient encore suivre, dont il était certain que les deux pourraient être gagnés.

Mais, à présent, le rêve paraissait terriblement menacé.

Daniels et Snow savaient tout. Stéphanie Nelle l'avait-elle vendu ? Était-ce un espion ? Son intervention avait été singulièrement opportune.

La paranoïa commençait à s'installer.

Comme cela avait été le cas après la guerre de Sécession et avant le début du XXe siècle, quand les saints avaient été poursuivis en justice et emprisonnés en vertu de la loi Edmunds-Tucker contre la polygamie. Lorsque l'Église elle-même avait été décrétée illégale et que les gens s'en étaient pris les uns aux autres. Il y avait des espions partout. L'époque des Troubles, c'est comme ça qu'on l'avait appelée. Et elle avait pris fin seulement quand l'Église avait cédé et s'était ralliée à la loi commune.

Il était seul, à l'intérieur d'une des pièces célestes.

Il avait besoin de réfléchir.

Son téléphone mobile vibra.

Généralement, ces appareils n'étaient pas autorisés dans le temple. Mais les circonstances étaient exceptionnelles. Il regarda l'écran.

Salazar.

« Que s'est-il passé ? demanda-t-il, après avoir pris l'appel.

– La montre a disparu. C'est le gouvernement qui l'a maintenant. »

Il ferma les yeux. La soirée tournait au désastre. Rien ne s'était passé comme prévu.

« Va à Salt Lake, ordonna-t-il. J'y serai demain matin.

– Ils savaient que nous étions là », dit Salazar.

Évidemment. Pourquoi ne l'auraient-ils pas su ?

« Nous parlerons à Salt Lake. »

Il mit fin à la conversation.

Dans la suite de l'hôtel, Cassiopée regardait Josepe téléphoner.

La communication s'acheva.

« Rowan l'Aîné paraissait sonné, dit-il d'une voix à peine audible. Je le comprends. Nous travaillons à ça depuis plusieurs années. Mais c'est seulement au cours de ces derniers mois que nous avons entrevu le but. Ça a été une lutte de tous les instants pour parvenir jusque-là.

– Je suis désolée d'avoir perdu la montre.

– Ce n'est pas ta faute. C'est la mienne. J'aurais dû anticiper les problèmes et être prêt à agir. J'aurais pu envoyer mes associés avec toi.

– Ils m'auraient gênée. C'est moi qui n'ai rien compris. »

Josepe poussa un grand soupir.

« Et si nous parlions d'autre chose ? Assez de défaitisme pour ce soir. Allons dîner quelque part. »

Elle n'était vraiment pas d'humeur, comédie ou non.

« Je souffre encore du décalage horaire. M'en voudrais-tu si j'allais simplement me coucher ? »

Stéphanie avait organisé une sorte de quartier général dans sa chambre du Mandarin oriental, avec son ordinateur portable connecté au serveur sécurisé de la division Magellan, son téléphone prêt. Elle avait amené Katie Bishop qui était dans la pièce contiguë, en train d'éplucher les notes secrètes de Madison, pour récolter toutes les informations utiles. La jeune femme était brillante et s'exprimait particulièrement bien. Et apparemment Luc Daniels lui avait tapé dans l'œil. Dans le taxi en revenant de la Maison-Blanche, elle avait posé une foule de questions à son sujet.

Et maintenant, ils avaient la montre.

Luc et Cotton avaient réussi.

Son écran affichait la vidéo en provenance du portable de Luc à Des Moines. Katie avait consulté les sites Internet et parlé avec un conservateur au musée d'Histoire américaine du Smithsonian qui lui avait expliqué comment la première montre de Lincoln avait été ouverte.

Tout simplement.

Le dos se dévissait, de droite à gauche, dans le sens opposé aux aiguilles d'une montre, permettant d'accéder au mécanisme. Le seul point délicat serait de dégager le filetage de la corrosion, la montre n'ayant pas fonctionné depuis longtemps. Quelques petites tapes au bon endroit avaient suffi la première fois.

Informations qui avaient été intégralement transmises dans l'Iowa.

Malone prit la montre sur le bureau. Avec Luc, ils avaient trouvé une chambre dans un hôtel du centre-ville, loin de l'endroit où était descendu Salazar, et s'étaient connectés avec Stéphanie à D.C.

Il admira la montre, qui était en parfait état.

« Essayons sans trop faire de dégâts », dit Stéphanie dont le visage s'était affiché à l'écran.

Il lui adressa un petit sourire narquois.

« Tu dis ça pour moi ?

– Disons que tu as tendance à abîmer ce que tu touches.

– Au moins, il ne s'agit pas d'un monument classé au Patrimoine mondial. »

D'expérience, ceux-là semblaient être ses cibles favorites.

La rencontre avec Cassiopée l'avait affecté. Ils avaient un problème, il en faudrait beaucoup plus pour le résoudre qu'une simple conversation. Il avait fait exactement ce qu'elle lui avait demandé de ne pas faire, et ça laisserait des traces.

Il tendit la montre à Luc.

« À toi l'honneur. »

Luc saisit la montre et essaya d'ouvrir l'arrière. Stéphanie avait dit que ça pourrait être difficile et c'était le cas.

Il essaya encore, deux fois, trois fois, sans résultat.

« Ça ne tourne pas », dit Luc.

Ils tentèrent trois petits coups sur le côté, comme on le leur avait recommandé, mais toujours rien. Il se souvint alors qu'il y a des années il achetait une certaine marque d'agrumes en conserve, oranges et pamplemousses, tout épluchés, et vendus dans un conteneur en plastique doté d'un couvercle à vis qui était toujours difficile à ouvrir la première fois. Jusqu'à ce qu'un jour il finisse par trouver le truc. Ne pas trop serrer. Dans sa frustration, il avait tendance à tenir tellement fort le plastique qu'on ne pouvait plus dévisser le couvercle. Il attrapa donc la montre doucement par les bords, en la tenant juste assez pour que ses doigts ne glissent pas.

Il tourna, sentant la résistance du filetage.

Il insista et l'arrière bougea.

Légèrement.

Mais suffisamment.

Il recommença, sans trop serrer, et détacha le dos.

Il reposa la montre, puis il dirigea la caméra de l'ordinateur portable vers le mécanisme et les ressorts. Stéphanie lui avait transmis une photo de l'intérieur de l'autre montre de Lincoln quand elle avait été ouverte au Smithsonian, et il s'attendait à voir le même ensemble de gravures à l'intérieur.

Mais il n'y avait rien.

Ils pensèrent aussitôt à la même chose.

Malone fit alors un signe de tête au jeune homme.

Luc retourna la montre.

Rowan s'était réfugié dans le silence d'une salle de scellement vide. Des gens étaient arrivés dans la pièce céleste, mais n'étant pas d'humeur à supporter la compagnie, il avait préféré partir. Il se demandait combien de mariages avaient été célébrés là. Il se souvenait du sien, à l'intérieur d'une salle de scellement au temple de Salt Lake. La mariée et le marié à genoux, face à face de chaque côté de l'autel, leurs familles assises derrière eux de chaque côté. Ils se tenaient les mains et prenaient l'engagement de rester fidèles l'un à l'autre et à Dieu, et de respecter ses commandements. Être consacrés au nom de Jésus, par l'autorité du scelleur dans un temple, revenait à être liés pour l'éternité – et pas seulement «jusqu'à ce que la mort vous sépare». Ici, comme dans la plupart des salles de scellement, des miroirs placés sur les murs permettaient aux couples de se voir symboliquement unis pour toujours à travers leurs multiples reflets.

Je te donnerai les clés du Royaume des Cieux. Ce que tu lieras sur terre sera lié dans le ciel, et ce que tu délieras sur la terre sera délié dans les cieux.

Matthieu, XVI, 19.

Croire ce mariage éternel contribuait encore à renforcer le lien terrestre entre le mari et la femme. Le divorce, bien qu'autorisé par l'Église, n'était pas bien considéré. L'engagement tel qu'on l'avait enseigné devait être respecté.

Et c'était très bien ainsi.

Il priait depuis une demi-heure, sans savoir ce qu'il devait faire. Il avait du mal à croire que le Père céleste lui ait permis d'arriver jusque-là pour le priver au dernier moment de son heure de gloire.

Son téléphone portable vibra à nouveau dans sa poche. Il regarda l'écran.

Un numéro inconnu.

Il décida de répondre.

«Vous ne pensiez tout de même pas que j'allais vous faire confiance, dit Stéphanie Nelle.

– Vous m'avez tendu un piège.

– Vraiment ? Et comment aurais-je fait ?

– Je n'ai ni le temps ni l'envie de m'expliquer.

– Je veux que votre comité cesse d'enquêter sur mon département. Je veux que vous me laissiez tranquille, monsieur le sénateur. Je veux que vous sortiez de ma vie.

– Je n'ai que faire de vos exigences…

– J'ai la montre. »

Avait-il bien entendu ?

« J'ai envoyé mes hommes la prendre, et ils l'ont.

– Comment saviez-vous que je la voulais ?

– Moi aussi, j'ai lu ce que Lincoln avait laissé dans ce livre. J'ai fait une photocopie de la page avant que vous ne l'arrachiez. »

C'était un sursis ? Une deuxième chance ?

« D'accord, sénateur ? »

Il n'avait pas le choix.

« D'accord. Je ferai rédiger une lettre demain. Mon comité dira que nous n'attendons plus rien de votre part.

– Parfait. Sauf que je veux que la lettre soit rédigée et signée d'ici une heure, et que l'original me soit livré.

– C'est comme si c'était fait. À présent, j'attends.

– Ouvrez votre boîte mail. J'ai envoyé des photos en même temps que l'adresse où envoyer la lettre. Si je ne la reçois pas d'ici une heure, votre petite machination s'arrêtera immédiatement. Vous comprenez ?

– Je comprends.

– Au revoir, monsieur le sénateur. »

Il tapota l'écran de son smartphone et trouva le mail. Deux images téléchargées. La première montrait une montre gousset ouverte. La seconde était un gros plan de la plaque arrière de la montre, avec deux mots gravés dans l'argent.

Falta Nada.

« Rien ne manque. »

Il pensa à la carte que Lincoln avait griffonnée dans le *Livre de Mormon*, avec tous les sites identifiés, sauf un.

Elle était là, l'information manquante.

Il sourit, leva les yeux vers le Père céleste et chuchota : « Merci. »

Ses prières avaient été exaucées. Quelques instants plus tôt, il était coincé, littéralement au bout du rouleau, et à présent, il était reparti de plus belle. Et même plus que ça, car il n'avait plus besoin de Charles Snow, de Stéphanie Nelle, de Danny Daniels, de Brigham Young ou d'une carte laissée par Lincoln.

Il savait exactement où se trouvait l'objet de ses rêves.

60

22 HEURES

Stéphanie quitta le Mandarin oriental et prit un taxi en direction de la Maison-Blanche. Elle avait fait exactement ce que voulait Danny Daniels, autrement dit transmettre à Rowan les informations fournies par la montre. Pour renforcer sa crédibilité, une photo de l'intérieur de la montre avait également été envoyée. Rowan, beau joueur, avait signé la lettre de renonciation et l'avait fait porter à l'hôtel, comme elle l'avait exigé. À présent, Salazar et Cassiopée devaient connaître ce que Rowan savait. Elle comprenait maintenant la sagesse du président, mais elle n'aimait pas les implications que cela aurait. Près de vingt années passées dans le renseignement lui avaient appris à anticiper la fin de la partie.

Le taxi la déposa près de Blair House et elle fit le reste du trajet à pied. Introduite à l'intérieur par les services secrets, elle fut conduite jusqu'à une pièce aux murs couverts d'un papier peint à rayures jaunes où elle nota la présence d'un portrait d'Abraham Lincoln. L'y attendaient Daniels et Charles R. Snow, le 17e prophète de l'Église de

Jésus-Christ des saints du dernier jour. Daniels lui avait déjà raconté par téléphone la confrontation avec Rowan quelques heures auparavant.

Les deux hommes paraissaient agités.

« Le 20 décembre 1860, moins de deux mois après qu'Abraham Lincoln eut été élu président, la Caroline du Sud fit sécession et sortit de l'Union, dit Daniels. Le premier État à faire ça. Au cours des soixante jours suivants, le Mississippi, l'Alabama, la Géorgie, la Louisiane et le Texas en ont fait autant. »

Il avait repris sa voix monotone de la veille.

« Ici même, dans cette pièce, dit le président, quelques jours après que Sumter eut été attaqué, Francis Preston Blair s'assit en compagnie de Robert E. Lee. Lincoln voulait que Lee conduise les forces nordistes et il demanda à Blair si c'était possible. Conforme à sa réputation, Lee refusa. *Comment pourrais-je dégainer mon sabre contre la Virginie, mon État natal ?*

– Cette guerre a mis la loyauté de tout le monde à rude épreuve, dit Snow. Les saints aussi ont dû faire des choix. Nous avions beau être loin, dans la vallée de Salt Lake, la guerre nous a rattrapés.

– Lincoln vous faisait suffisamment confiance pour vous envoyer ce document.

– Je ne suis pas certain que c'était de la confiance. Il fallait qu'il calme Brigham Young et qu'il s'assure de la solidarité de l'Ouest avec le Nord. Il savait que Young ne se contenterait pas de sa parole, aussi il lui envoya quelque chose de suffisamment précieux pour que Young comprenne qu'il était sérieux.

– Mais Young aurait pu donner le document au Sud, dit-elle. Pour en finir une bonne fois pour toutes. D'après tout ce que j'ai lu, les mormons de cette époque détestaient le gouvernement fédéral.

– C'est vrai. Nous trouvions qu'il nous avait abandonnés. Mais il est aussi vrai que nous aimions beaucoup la Constitution. Nous n'avons jamais cru qu'il était de notre devoir de détruire la nation.

– Vous ne croyez pas à la prophétie du Cheval blanc, n'est-ce pas ? demanda Daniels.

– Si vous m'aviez posé cette question il y a quelques jours, j'aurais dit non. À présent, je n'en suis plus aussi sûr. Elle est en train de se réaliser en grande partie. »

Le président avait l'air fatigué.

« La guerre de Sécession a fait plus de six cent mille victimes. Plus que toutes nos autres guerres réunies. Cela fait beaucoup de sang américain répandu. »

Et elle comprit qu'il se retenait d'ajouter : *Probablement pour rien.*

« Mais nous ne pouvons pas reprocher à Lincoln ce qu'il a fait, dit Daniels. Il avait une décision difficile à prendre, et il l'a fait. Nous sommes ici grâce à lui. Le monde est plus sûr grâce à lui. Révéler ce document au grand jour aurait aussitôt entraîné la fin de la nation. Et qui sait alors ce que serait le monde aujourd'hui. » Le président se tut. « Et pourtant il n'a pas tenu compte de la volonté et des paroles des Fondateurs. Il a voulu décider tout seul, sans demander à qui que ce soit ce qui était préférable pour ce pays. »

Elle avait enfin compris pourquoi elle était là.

« Un choix que vous allez peut-être devoir faire bientôt, vous aussi », dit-elle.

Daniels la regarda dans les yeux.

« Si ce document existe encore, je vais avoir la même décision à prendre. Les notes de Madison posent un problème, mais ce sont seulement des notes. Le fait qu'on sache qu'il avait l'habitude de corriger ses écrits et de les remanier les rend suspectes. En tout cas, pas de quoi constituer une preuve suffisante pour dissoudre l'Union. Mais le document lui-même signé et scellé serait une cause de dédit. Qui sait ce que les tribunaux en feraient. Cette balle pourrait rebondir dans toutes les directions. Quant à l'opinion publique, elle n'apprécierait pas. »

Elle se tourna vers Snow, bien décidée à profiter de l'occasion.

« Que veut dire *Falta Nada* ?

– C'est un endroit que Rowan connaît. »

Elle crut lire quelque chose dans les yeux de Snow.

« Vous aimeriez qu'il y aille ?

– Il *faut* qu'il y aille. Mais il est important que ce soit de sa propre initiative. Il ne faut pas qu'il ait l'impression qu'on l'y envoie.

– Connaissez-vous le premier propriétaire de cette maison ? » lui demanda Daniels, en changeant de sujet.

Elle le savait effectivement. Francis Preston Blair. Membre du groupe officieux de conseillers d'Andrew Jackson, le fameux Kitchen Cabinet, éditeur d'un journal influent de Washington. Il avait fini par vendre le journal et se retirer de la politique, avant de revenir sur le devant de la scène en 1861, comme ami de Lincoln, un de ceux en qui il avait une totale confiance.

« Lincoln a envoyé Blair à Richmond pour préparer officieusement l'ouverture des négociations de paix, dit Daniels. Ces négociations se déroulèrent à Hampton Roads en février 1865. Lincoln lui-même s'y rendit, mais quand le Sud exigea l'indépendance comme condition préalable à la paix, ils ne réussirent pas à parvenir à un accord. Pour

Lincoln, la pérennisation de l'Union n'était absolument pas négociable. Jusqu'au bout, il refusa d'en démordre.

– Vous n'avez pas fini de répondre», dit-elle à Daniels.

Il regarda droit devant lui.

«Je refuse d'avoir à décider de ce qu'il convient de faire de ce document, dit-il. Je ne veux même pas le voir.

– Alors, pourquoi avoir dit à Rowan ce qu'il y avait dans la montre ?

– Lui et Salazar doivent être stoppés, dit Snow. Si je meurs, ce qui peut survenir à tout instant, Thaddeus Rowan sera le prochain prophète. C'est la tradition chez nous. Il est le plus âgé des candidats. Une fois devenu prophète, il ne dépendra plus de personne.

– Nous lui avons demandé de renoncer, dit Daniels. Mais vous vous doutez de ce qu'il a répondu.»

Effectivement.

«Pour l'instant...» Daniels compta sur ses doigts «... nous avons dix personnes qui sont au courant. Dont trois que nous ne contrôlons pas – Rowan, Salazar et Cassiopée. Nous ignorons de quelles informations elle dispose, mais je suppose qu'elle en sait suffisamment. Je m'inquiète pour nos hommes – pour vous, pour moi et le prophète ici présent. Nous pouvons tous garder un secret, et aucun de nous ne le connaît intégralement de toute façon. Mais les trois autres ? Ce sont des électrons libres.»

Elle comprenait.

«Même si nous réussissions à mettre la main sur ce document, Rowan, Salazar et Cassiopée peuvent très bien parler», dit-elle.

Daniels acquiesça.

«Et l'un d'entre eux deviendra le prochain chef d'une organisation religieuse riche et influente. Rowan jouit d'une solide réputation et d'une crédibilité à un niveau national. Tout indique que Salazar sera à ses côtés. C'est un homme dangereux dont nous savons qu'il a assassiné un des nôtres. »

Les conséquences éventuelles commençaient à se dessiner.

« Avez-vous jamais entendu parler du massacre de Mountain Meadows ? » lui demanda Snow.

Elle secoua la tête.

« Un chapitre honteux de notre histoire. Un convoi de chariots reliant l'Arkansas à la Californie traversa le territoire de l'Utah en 1857. C'était au pire moment des tensions entre les saints et le gouvernement fédéral. Une armée était en route pour nous mater. Nous le savions. La peur était permanente. Les chariots s'arrêtèrent à Salt Lake, puis mirent le cap sur le sud, en faisant halte à un endroit nommé Mountain Meadows. Pour des raisons toujours inconnues, des hommes appartenant à des milices locales attaquèrent les chariots et massacrèrent cent vingt hommes, femmes et enfants. Seuls dix-sept enfants de moins de 7 ans furent épargnés.

– Horrible, dit-elle.

– Horrible, reprit Snow. Mais c'était une époque agitée. Je ne défends pas ce qui s'est passé, mais je comprends que cela ait pu arriver. La paranoïa régnait. Nous avions fait le voyage vers l'ouest pour être en sécurité, pour qu'on nous laisse tranquilles, et voilà que nous étions encore attaqués par un gouvernement qui aurait plutôt dû nous protéger. »

Snow s'arrêta, comme pour réfléchir.

« Cela a pris dix-sept ans, mais, en 1874, neuf personnes ont été inculpées pour ces meurtres. Un seul homme a finalement été jugé. John Lee. Il a fallu deux procès, mais un jury uniquement composé de saints l'a finalement condamné et il a été exécuté. Jusqu'à aujourd'hui, beaucoup de gens pensent encore que Lee était un bouc émissaire. Certains prétendent que Brigham Young lui-même était impliqué. D'autres disent que c'est impossible. Nous ne le saurons jamais.

– Parce qu'on a voulu cacher la vérité ? »

Snow acquiesça.

« Le temps a bien embrouillé les choses. Mais Brigham Young, en tant que prophète, a fait en sorte que l'Église survive. C'est ma tâche, à moi aussi.

– Mais à quel prix ? Des gens sont morts à l'époque pour cela, dit Stéphanie.

– Et on dirait bien que nous en sommes revenus au point de départ.

– Sauf qu'une nation tout entière doit survivre à cette crise », intervint Daniels.

Elle comprit.

« Vous voulez que Rowan et Salazar disparaissent ? »

Snow frémit devant son franc-parler, mais la question devait être posée.

« Les États-Unis d'Amérique n'assassinent pas les gens, répondit Daniels. Et nous ne fermons pas non plus les yeux sur les meurtres politiques. Mais, si une troisième partie choisissait de ne pas permettre à Rowan de survivre, nous n'aurions aucune raison d'intervenir. »

Elle saisit le message. *Trouvez un moyen acceptable.*

« Avec Salazar, dit le président, c'est une tout autre histoire. »

Elle était bien d'accord.

Les États-Unis d'Amérique tenaient à venger les leurs.

« Salazar l'Aîné révère une idole dont je crains qu'elle n'existe pas, dit Snow. Joseph Smith, notre fondateur, avait beaucoup de bonnes idées, et il était tout aussi audacieux que courageux. Mais des hommes comme Salazar ne voient que ce qu'ils veulent. Ce corps des Danites qu'il a mis sur pied est un groupe dangereux, exactement comme à l'époque de Smith. Ils n'ont pas leur place dans notre Église.

– Saviez-vous que les Danites existaient avant que je vous en parle ? demanda Daniels.

– J'avais entendu une rumeur. C'est la raison pour laquelle je surveillais Rowan et Salazar. »

Elle se souvenait de ce qu'Edwin Davis avait dit : *Nous espérions que le temps avait réglé les choses. Mais nous avons reçu des informations montrant que ce n'était pas le cas.*

Et elle comprit quelque chose.

« Vous nous en avez informés ? » demanda-t-elle.

Daniels acquiesça.

« Pendant plus d'un an. À cette époque, nous étions déjà en train de surveiller Rowan. Donc nous scindions les renseignements. Chacun savait des choses que les autres ne savaient pas.

– À présent, vous deux êtes les seuls à tout savoir ? »

Elle n'obtint aucune réponse.

« Le fait que Salazar ait tué un de vos agents m'attriste, finit par dire Snow. Mais ça ne me surprend pas. Jadis, au début, nous croyions à la réparation par le sang. Le fait de tuer était rationalisé et même légitimé. Nous avons renoncé depuis longtemps à ce genre de barbarie. Notre Église n'admet pas le meurtre, sous aucune forme et sous aucun prétexte. Mon cœur pleure à la pensée de ce défunt.

– Il faut que tout ça s'arrête, dit Daniels, d'une voix décidée. Nous avons découvert des mouvements sécessionnistes dans tout le pays, et Rowan souffle sur les braises. Il a des gens tout prêts à exploiter ce qui va se produire dans l'Utah. Comme nous l'avons appris ce matin, il dispose d'une majorité au sein des parlementaires de l'Utah et le gouverneur le soutient aussi. Ce sera exactement comme en 1860. La Caroline du Sud a montré la voie, et d'autres États se sont dépêchés de suivre. Nous ne pouvons en aucun cas faire usage de la violence, et étant donné ce que nous savons sur les Fondateurs, nous ne pouvons peut-être même pas nous y opposer légalement.»

Un silence pesant s'abattit sur la pièce. Chacun paraissait mesurer les conséquences des actions à prendre.

«Je veux que vous raccompagniez le prophète dans l'Utah et que vous trouviez un moyen pour stopper Rowan et Salazar à Falta Nada…» Le président marqua un temps d'arrêt. «Définitivement.»

Mais ce n'était pas tout.

Elle demanda: «Et Cassiopée?»

Cotton avait eu l'occasion de s'en charger dans l'Iowa et il avait échoué. Le rapport de Luc n'était pas plus encourageant. Cassiopée était beaucoup trop impliquée pour être encore efficace.

Stéphanie savait quoi faire.

«Je m'occupe d'elle aussi.»

61

SALT LAKE CITY

SAMEDI 11 OCTOBRE
10 HEURES

Malone admirait Temple Square. Il n'y était jamais venu auparavant, mais il connaissait pour l'avoir lu tout ce qui avait été réalisé ici il y a longtemps. Une plaque de bronze fixée en haut du mur de pierre qui le ceinturait en rappelait d'ailleurs l'origine.

APPOSÉE PAR ORSON PRATT ASSISTÉ DE HENRY
G. SHERWOOD, LE 3 AOÛT 1847, POUR MARQUER
LE DÉBUT DE LA PREMIÈRE ÉTUDE DE « LA GRANDE
VILLE DE SALT LAKE » AUTOUR DU SITE DU
TEMPLE « MORMON » CRÉÉ PAR BRIGHAM YOUNG
LE 24 JUILLET 1847.
LES RUES DE LA VILLE ONT ÉTÉ NOMMÉES
ET NUMÉROTÉES À PARTIR DE CE POINT.

Un monument en béton se dressait derrière la plaque, sur lequel étaient gravés au ciseau les mots BASE ET

MÉRIDIEN. C'était à partir de là que tout ce qui l'entourait avait été construit, soit une ville entière, abritant maintenant deux cent mille habitants.

Difficile de ne pas être impressionné.

Luc et lui avaient quitté Des Moines juste après l'aube dans un avion du ministère de la Justice envoyé par Stéphanie. On les avait prévenus que Salazar et Cassiopée avaient également pris la même direction. Le sénateur Thaddeus Rowan avait décollé de Washington tard la veille au soir et il avait rejoint sa résidence de l'Utah.

Les instructions de Stéphanie étaient claires : ils devaient se trouver là tous les deux à 10 heures. On leur expliquerait tout, avait-elle dit. La pancarte et le monument étaient à côté de la South Temple Street, une artère très animée, juste en face d'un centre commercial et de la Deseret Book Company.

Tous deux portaient des Beretta de la division Magellan semblables à celui que Malone conservait sous son lit à Copenhague. Il avait téléphoné à la librairie juste après avoir atterri, pour voir comment tout se passait. Heureusement, ses trois employées considéraient le magasin comme le leur, si bien qu'il n'y avait jamais de problèmes. Moyennant quoi, il leur octroyait un très bon salaire et les associait aux bénéfices. D'ailleurs, compte tenu des ravages qu'avait subis la librairie ces dernières années, c'était un miracle qu'elles soient encore là.

Une Lincoln Navigator noire avec des vitres teintées sortit de la circulation et s'arrêta au bord du trottoir. La vitre arrière descendit, découvrant le visage d'un vieillard.

« Monsieur Malone, monsieur Daniels. Je suis Charles Snow et je suis venu vous chercher. »

La portière avant côté passager s'ouvrit et Stéphanie apparut.

« Pourquoi ne suis-je pas surpris de te voir ici ? demanda Malone.

– Parce que ça n'est pas ton premier rodéo. »

Il se tourna vers Luc.

« Tu étais au courant.

– Ce sont eux qui me paient, papy. »

Le conducteur, un homme plus jeune, descendit de voiture et leur tendit un jeu de clés.

« Je pensais que M. Daniels pourrait peut-être conduire, dit Snow. Et vous et moi pourrions nous asseoir à l'arrière, monsieur Malone. »

Il connaissait son nom et son visage, et savait que Snow était le chef actuel de l'Église de Jésus-Christ des saints du dernier jour.

Il monta à l'arrière de la Navigator, avec Luc et Stéphanie à l'avant.

« Il est important que je vienne avec vous, dit Snow. Mes jambes sont faibles, mais il va falloir qu'elles tiennent. J'y veillerai. »

Malone voulut en savoir plus.

« Pourquoi est-ce tellement important ? »

Snow hocha la tête.

« Ça l'est, aussi bien pour mon Église que pour notre pays.

– Nous allons à Falta Nada ?

– Effectivement. Monsieur Daniels, si vous vouliez bien démarrer, le trajet est déjà programmé. Il y en a pour une heure à peu près. » Snow fit une pause. « Dans les anciens temps, on mettait deux bonnes journées pour faire le voyage à cheval. »

Luc démarra, un œil sur l'écran du GPS qui lui indiquait la route à prendre.

« Mlle Nelle me dit que vous avez été autrefois un des meilleurs agents du gouvernement, dit Snow.

– Elle exagère toujours.

– Le président Daniels a dit la même chose.

– Lui aussi n'est pas avare de compliments. »

Snow se mit à rire.

« C'est un homme solide. J'ai de la peine pour lui. Il risque d'avoir bientôt des décisions difficiles à prendre. »

Il crut avoir compris.

« Salazar ? »

Snow inclina la tête.

« Le mal incarné. Mais j'ignorais à quel point il était mauvais jusqu'à ces deux derniers jours. Il a tué un de vos agents. J'ai prié pour son âme.

– Drôle de consolation pour sa veuve et ses enfants. »

Le vieillard le jaugea d'un œil indifférent.

« C'est vrai. »

Snow comprenait ce que tuer voulait dire. Ce n'était jamais une bonne solution. Mais il y avait une différence entre se défendre au combat et tuer de sang-froid, ce que Josepe Salazar n'hésitait visiblement pas à faire.

« Il faut que je sache ce qu'est Falta Nada », dit Malone.

Il remarqua que Stéphanie ne s'était pas retournée pour se mêler à la conversation. Elle préférait regarder la route devant elle, sans rien dire.

« Je n'aurais jamais cru que je retournerais au pays haut, dit Snow. Voyez-vous, monsieur Malone, je ne tarderai pas à mourir. Il n'y a qu'à me voir. Mais, récemment, j'ai retrouvé des forces. Peut-être est-ce le chant du cygne. Je peux seulement espérer que cela dure jusqu'à ce que nous ayons terminé. »

Malone connaissait suffisamment la situation pour pouvoir dire : « Ce problème ne date pas d'hier. Vous en avez hérité.

– C'est exact. Mais mon problème, c'est Thaddeus Rowan. Le président et moi-même avons essayé d'obtenir sa démission, mais il a refusé. Je ne peux pas me permettre de le défier publiquement à cause de son rang et du caractère sensible de toute cette affaire. Nous allons devoir traiter avec lui. Aujourd'hui. »

Peu d'hommes sortaient du rang pour diriger les grandes religions du monde. Les papes catholiques. Les patriarches orthodoxes. Les archevêques protestants. Cet homme était le prophète des saints. Malone le plaignait, à la fois pour son état de santé et la situation difficile à laquelle il était confronté, mais ce qui les attendait était infiniment plus risqué.

Et il fallait qu'il se prépare.

« Falta Nada, dit-il. Si vous m'en parliez un peu. »

L'Utah fut créé deux ans avant la ruée vers l'or en Californie, en 1849. L'Église de Jésus-Christ des saints des derniers jours était fermement opposée à la recherche de l'or sous toutes ses formes, car cela détournait ses membres de la construction de Sion. En 1847, quand les premiers pionniers arrivèrent, la plupart étaient sans le sou. Et pourtant, dès 1850, les saints battaient des pièces en or et couvraient leur nouveau temple de feuilles d'or. D'où avaient-ils tiré leur fortune ?

La cuvette de Salt Lake était depuis longtemps occupée par des Utes. Curieusement, ces Indiens avaient bien accueilli les immigrants religieux. Wakara, leur chef, avait noué une relation étonnamment amicale avec les nouveaux venus, et surtout avec un saint du nom d'Isaac Morley. Plus tard, Wakara avoua à frère Isaac que, des années auparavant, il avait eu une apparition de Towats, le mot ute pour « Dieu ». Dans cette vision, le chef s'était vu intimer l'ordre de donner de l'or aux « hauts chapeaux » qui viendraient un jour dans son pays. Les saints correspondant parfaitement à cette description, Wakara conduisit frère Isaac à Carre-Shinob, un endroit sacré que l'on disait avoir été construit par les ancêtres. Là, Morley reçut cent seize kilos d'or raffiné qu'il expédia à Brigham Young, à Salt Lake City. Un accord fut conclu pour en obtenir davantage, ce que Wakara accepta à deux conditions. Un seul homme connaîtrait l'endroit de la mine, et les deux parties devraient éprouver une confiance mutuelle. Frère Isaac fut choisi, mais à un moment, il devint trop vieux pour faire le voyage annuel.

En 1852, un nouvel homme fut désigné. Thomas Rhoades.

De son premier voyage à la mine secrète, Rhoades revint avec cent vingt-quatre d'or. Il effectua d'autres expéditions au cours des années suivantes. Wakara mourut en 1855, et son fils, Arapeen, lui succéda comme chef. Au même moment, Rhoades tomba lui aussi malade et ne fut plus en mesure de faire le voyage annuel jusque dans les montagnes.

Brigham Young avait donc un problème. Il n'était même pas certain que le nouveau chef veuille bien respecter l'accord. Si c'était le cas, Young aurait besoin qu'Arapeen autorise Caleb Rhoades, le fils de Thomas, à reprendre l'extraction de l'or. Cette autorisation fut accordée temporairement, à condition que Caleb soit accompagné par un Indien lors de ses visites. Au bout d'un moment, Arapeen eut suffisamment confiance en Caleb pour qu'il s'y rende seul et il put faire de nombreuses expéditions. Le successeur d'Arapeen dénonça l'accord, ce qui n'empêcha pas Caleb de continuer à faire ses voyages clandestinement. Il déposa même une demande au Congrès pour obtenir un bail sur le terrain, mais sa requête fut rejetée. Le gouvernement fédéral engagea ensuite d'autres sociétés pour fouiller et exploiter la région. Des géologues payés par le gouvernement y menèrent des recherches, mais ils ne trouvèrent jamais la légendaire mine de Rhoades.

Brigham Young savait que, si on apprenait que l'Utah possédait de tels trésors, il s'ensuivrait une ruée vers l'or pire que celle qui avait eu lieu en Californie. C'était la dernière chose qu'il souhaitait, étant donné que les saints avaient fui vers l'ouest pour échapper aux Gentils. Il interdit donc qu'on parle de la mine. Tout saint se livrant à la prospection serait excommunié.

«La mine de Rhoades fait partie de nos légendes, dit Snow. Grâce à Young, qui avait fait vœu de silence, on n'a que très peu d'informations sérieuses sur elle. Plutôt un tas d'histoires farfelues. Mais tout n'est pas faux.

– C'est intéressant que vous admettiez ça, dit Malone.

– Jusqu'à maintenant, ça n'était rien d'autre qu'une légende inoffensive. Mais, aujourd'hui, les choses ont changé.»

C'était le moins qu'on puisse dire.

«Brigham Young a eu une tâche difficile, dit Snow. Il avait une nation à construire, et une religion à gérer. Ses saints vivaient dans une des régions les plus rudes qui soient. Il n'y avait pas d'argent. Il a donc fini par faire ce qu'il fallait.»

Malone suivait la route et vit Luc s'engager sur l'autoroute 15 vers le nord, à la sortie de Salt Lake, en direction d'Ogden. Il remarqua aussi que le jeune homme les observait dans le rétroviseur.

Stéphanie n'avait toujours pas ouvert la bouche.

«Il y avait de l'or raffiné dans la mine sacrée que Wakara avait montrée à Isaac Morley. Probablement transporté au Nord par des Espagnols venant de Mexico des siècles auparavant et caché à cet endroit. Sous forme de lingots, de pièces, de pépites, de poussière. Les Utes avaient découvert tout ça, mais l'or n'avait rien de précieux à leurs yeux. Si bien que Wakara passa l'accord en pensant faire plaisir non seulement aux nouveaux venus, mais à son propre Dieu. Contrairement à la légende, ce fut Young, et non les

Utes, qui insista pour qu'une seule personne y ait accès. Pendant dix ans, il exploita cette cachette, permettant à l'or de passer progressivement dans notre économie. Des pièces furent frappées, des gages payés avec ces pièces, des biens achetés avec ces gages. Personne ne posa jamais de question sur son origine. Tout le monde se contentait d'en profiter. N'oubliez pas, nous étions une société qui vivait en autarcie. Cet or était utilisé en circuit fermé, sans jamais disparaître, et en bénéficiant toujours à son détenteur. Puis, en 1857, à l'approche de la guerre avec les États-Unis, cette fortune finit par être menacée. Young ordonna à chacun de rapatrier son or. Tout fut fondu, chargé sur des chariots et envoyé, paraît-il, en Californie pour être mis en sécurité jusqu'à ce que la menace se soit éloignée. »

Snow chercha dans sa poche et en sortit quelque chose.

Une pièce d'or.

Sur une face, figuraient des mains jointes, entourées par des lettres capitales GSLCPG et la valeur de la monnaie, 5 dollars. Sur l'autre face, on voyait un œil écarquillé bordé par les mots SAINTETÉ AU SEIGNEUR.

« Ces lettres signifient qu'il s'agit d'or pur des environs de Salt Lake City. Une légère tromperie sur la marchandise, ses pièces ayant été fabriquées à partir d'un alliage contenant également de l'argent et du cuivre. Il renferme environ 80 % d'or. C'est une des pièces battues par Brigham Young et enfermées dans une capsule témoin ménagée à l'intérieur d'une pierre angulaire du temple de Salt Lake. Nous l'avons ouverte en 1993. Les autres pièces étaient identiques, mais de différentes valeurs, allant de 2,5 dollars à 20 dollars. La prétendue monnaie mormone.

– C'est notamment cela qui lui a causé des problèmes avec le gouvernement fédéral, dit Malone. La Constitution précise que seul le Congrès peut battre monnaie.

– Brigham Young avait tendance à ignorer les lois avec lesquelles il n'était pas d'accord. Mais, pour sa défense, il faut dire que nous étions loin du pouvoir central et que nous devions survivre. Pour ça, nous avions besoin d'une économie que nous pouvions contrôler. Il en avait donc créé une.

– Sauf que ces chariots ne sont jamais arrivés en Californie, dit Luc depuis le siège avant. En fait, ils ont été retrouvés il y a quelques jours, dans le parc national de Zion, cachés dans une grotte avec quatre squelettes.

– C'est exact, dit Snow. D'ailleurs, en 1857, la mine sacrée des Utes était épuisée. C'est pourquoi Young avait pris la décision de reconstituer ses réserves avec l'or des chariots. La même richesse, comme au commencement. Mais, cette fois, elle n'était plus cachée dans la mine sacrée. Young s'arrangea pour se faire donner des terres par le parlement territorial, rien qu'à lui, dont il était le seul responsable. Falta Nada.

– *Rien ne manque.* Pas dénué d'humour, non ?

– Je l'ai toujours pensé. Au cours des deux décennies suivantes, cet or fut lentement réintroduit dans notre communauté.

– Mais pas rendu à ses propriétaires légitimes. »

Snow se tut, puis secoua la tête.

« Non, j'en ai peur. Une autre de ces décisions difficiles prises par Young. Mais elle s'est révélée brillante. Notre économie s'est développée. Nous avons superbement prospéré après la guerre de Sécession et surtout au tournant du XXe siècle.

– Quatre hommes sont morts dans cette grotte contenant les chariots, dit Luc depuis le siège avant.

– Je sais, dit Snow. Fjeldsted. Hyde. Woodruff. Egan. Nous connaissons leurs noms depuis des années.

– Que signifiait le message trouvé dans la grotte? demanda Luc. *Damnation au prophète. Ne nous oubliez pas.*»

Personne n'avait parlé d'une grotte à Malone, mais il s'abstint de le faire remarquer.

«Je crains qu'on ne puisse pas ignorer les implications. Young était le prophète à l'époque, et ils l'ont rendu responsable de leurs morts.

– Ils avaient probablement de bonnes raisons, dit Luc.

– Ce que je vous ai raconté jusque-là s'est transmis uniquement de prophète à prophète. Mais, quand ces chariots ont été retrouvés, j'ai appris un nouveau chapitre de l'histoire. Le fait que quatre hommes aient été assassinés a toujours été passé sous silence.

– Rowan est au courant de ça?»

Snow secoua la tête.

«Il est courant pour les chariots, mais je ne lui ai pas raconté le reste et je n'ai aucune intention de le faire.»

La voiture continuait à filer sur l'autoroute, et le paysage devenait de plus en plus champêtre et accidenté.

«Falta Nada a fini par devenir un lieu pour les prophètes, dit Snow. L'or était épuisé, le fourneau pour le fondre fut enlevé. Il devint un refuge en pleine nature.»

Inquiet du silence venant du siège avant, il demanda: «Stéphanie, où sont Salazar et Cassiopée?

– Ils nous précèdent, dit-elle, les yeux toujours rivés sur le pare-brise. À présent, ils doivent être arrivés sur le site avec Rowan.»

Malone perçut son ton laconique. Ce qui était troublant pour maintes raisons. Il était suffisamment au courant de la situation pour savoir qu'aucune de ces informations ne serait jamais révélée. Trop explosives, avec des implications trop importantes. Non seulement pour l'Église mormone, mais pour les États-Unis d'Amérique.

Salazar ?

Rowan ?

C'était une chose.

Mais Cassiopée...

C'en était une autre.

Cette fois, elle était vraiment plongée dedans jusqu'au cou.

62

Cassiopée était debout à côté de la voiture. Ils avaient mis un peu plus d'une heure, Josepe et elle, pour faire le trajet nord-est en partant de Salt Lake City, et cela faisait vingt minutes qu'ils attendaient dans l'air montagnard du matin. Les pics tout autour n'étaient pas particulièrement hauts, mais des glaciers avaient sculpté leurs pentes, y creusant de profondes cicatrices et des canyons obscurs. La nationale à deux voies quittant l'autoroute vers l'est traversait une nature sauvage spectaculaire avec des peupliers, des bouleaux et des épicéas, tout nimbés de l'or de l'automne. Après trois kilomètres sur un chemin gravillonné, ils avaient débouché dans une clairière où ils s'étaient garés. Une pancarte annonçait :

PROPRIÉTÉ PRIVÉE
NE PAS ENTRER
TERRITOIRE SURVEILLÉ

Josepe était resté silencieux aussi bien pendant le vol depuis l'Iowa que durant le trajet en voiture au nord de l'aéroport. De toute façon, elle préférait le silence, ayant du mal à contrôler sa fureur. Quelqu'un transmettait des informations à Thaddeus Rowan. Quelqu'un qui tenait ces informations de Cotton. Sinon, comment aurait-on pu savoir ce qu'il y avait à l'intérieur de cette montre ? Cotton l'avait certainement ouverte et avait rapporté ce qu'elle contenait à Stéphanie. Ensuite, cela avait été transmis à Rowan. Elle avait fini par insister auprès de Josepe, qui avait appelé Rowan, et le sénateur lui avait révélé qu'il avait un informateur au sein du gouvernement qui travaillait pour lui.

Mais pourquoi faire confiance à une telle personne ?

La réponse était évidente.

Rowan *voulait* croire. Comme Josepe. Ils avaient perdu toute objectivité et étaient prêts à prendre des risques sans aucune prudence. Ils étaient fous. Mais elle, qu'est-ce qu'elle était ? Une menteuse ? Une tricheuse ?

Pire ?

Elle était furieuse après Cotton. Elle lui avait demandé de ne pas se mêler de ça, mais il n'en avait pas tenu compte. Il s'était préparé et l'avait attendue à Des Moines, visiblement au courant du moindre de ses gestes. Mais comment ne l'aurait-il pas été ? Ils se connaissaient par cœur. Ils s'aimaient.

Du moins, c'est ce qu'elle croyait.

Mais elle devait aussi se répéter que c'était son pays à lui qui était impliqué, pas le sien. La menace était bien plus réelle et imminente pour lui. Et cela faisait toute la différence, surtout pour lui.

« Quel bel endroit », dit Josepe.

Elle acquiesça. L'altitude était plus élevée, et l'air pur et frais lui rappelait Salzbourg. Les sommets au loin étaient enneigés, et un haut plateau forestier s'étendait sur des kilomètres devant eux, portant encore les traces d'anciens feux de forêt. Le soleil matinal se reflétait sur la surface d'un lac voisin. Les deux Danites avaient voyagé avec eux et ils veillaient de près sur leur employeur. Tous deux étaient probablement armés. Comme Josepe. Elle avait aperçu un holster sous sa veste.

Curieusement, personne ne lui avait proposé d'arme.

Salazar ne s'était jamais aventuré au-delà de Salt Lake, dans la nature sauvage que les pionniers avaient parcourue. Mais, cette fois, il y était, parmi les montagnes et les étendues couvertes d'arbres de Deseret que les premiers saints avaient traversées lors de leur voyage vers la terre promise. Ces colons étaient tellement différents des autres immigrants occidentaux. Ils n'employaient pas de guides professionnels, préférant trouver leur chemin tout seuls. Ils amélioraient aussi l'état de la route au fur et à mesure de leur voyage en prévision du prochain groupe. Ils gardaient une cohésion parfaite, se déplaçant comme un seul homme, avec une culture, une foi, un peuple – des pèlerins modernes, chassés de chez eux par l'intolérance et les persécutions – bien décidés à trouver leur salut sur Terre.

Le premier groupe avait mis deux ans pour parcourir les deux mille six cents kilomètres qui séparaient l'Illinois de la grande cuvette.

Mille six cent cinquante d'entre eux étaient arrivés dans la vallée en 1847. Cette première année avait été rude, mais la suivante l'avait été encore plus. Les semailles de printemps avaient semblé prometteuses, mais des hordes de criquets s'étaient abattues sur elles – trois à quatre par feuille, d'après un saint – et s'étaient mis à dévorer les récoltes. Ils s'étaient défendus avec des balais, des bâtons, le feu et l'eau. Tout était bon. Les prières, aussi. Et soudain, comme pour les récompenser, une vision céleste. Des mouettes. Qui avaient fondu par milliers et dévoré les insectes.

Le miracle des Mouettes.

Certains prétendaient que tout cela était exagéré. D'autres que ça n'était jamais arrivé. Mais il y croyait fermement. Pourquoi en aurait-il été autrement ? Dieu et les prophètes avaient toujours veillé sur eux – pourquoi cette aide n'aurait-elle pas pu survenir juste au bon moment ? La mouette était restée le symbole officiel de l'Utah, et il était certain que les mêmes miracles se produiraient avec la prochaine nation indépendante de Deseret.

Il se sentait mieux.

Bientôt, tout cela leur appartiendrait à nouveau.

« C'est un endroit extraordinaire, dit-il à Cassiopée.

– On ne voit rien, répondit-elle.

– Il faut que nous marchions. Falta Nada n'est pas loin. »

Il entendit le grondement d'un moteur et se retourna pour voir un petit coupé rouge approcher. La voiture s'arrêta et Rowan l'Aîné en sortit, en bottes et en jean, prêt à affronter la pleine nature.

Ils se serrèrent la main.

« Je me réjouis de te revoir, frère, dit Rowan. C'est un grand jour, un moment comparable à celui de l'arrivée des premiers pionniers. Si nous réussissons, tout changera. »

Lui aussi était revigoré à cette perspective.

Rowan remarqua Cassiopée.

« Qui est-ce ? »

Salazar fit les présentations.

« Elle a été très précieuse ces derniers jours. C'est elle qui a réussi à prendre la montre, mais elle se l'est fait voler ensuite.

– Tu n'avais pas parlé d'elle, dit Rowan.

– Je sais. Son intervention s'est décidée au dernier moment. »

Il expliqua que Cassiopée et lui se connaissaient depuis l'enfance, qu'ils avaient même été très proches à une époque et qu'ils s'étaient retrouvés. Rowan sembla se réjouir d'apprendre que la jeune femme s'était rapprochée de sa religion et que sa famille faisait partie des premiers Européens convertis.

« D'ailleurs, je me souviens de votre père, dit Rowan. Dans les années 1970, je travaillais au sein de l'Église en Europe. Il dirigeait le pieu de Barcelone, si ma mémoire est bonne. Un homme d'une grande spiritualité, et dévoué.

– Merci pour ces compliments. C'est ce que j'ai toujours pensé aussi. »

Si l'Aîné semblait d'abord avoir éprouvé une certaine appréhension en voyant Cassiopée, il avait retrouvé son calme à présent. Peut-être le fait de savoir que c'était une sainte de naissance ?

« Cassiopée sait ce que nous sommes en train de faire, déclara Salazar. Elle a aussi contribué à repousser les Américains à Salzbourg. Tous les deux, nous réfléchissons à un avenir commun. »

Il espérait ne pas paraître trop présomptueux en faisant cette annonce.

« Aussi, j'aimerais qu'elle participe à notre projet, ajouta-t-il.

– Alors elle y participera, dit Rowan. Nous revenons de loin, frère. À certains moments, j'ai douté que nous puissions arriver jusque-là. Mais nous y sommes. Allons-y donc tous ensemble et prenons ce qui nous revient. »

Salazar se tourna vers ses deux hommes.

« Restez ici et montez la garde. Nous pouvons toujours nous joindre par téléphone, si besoin. »

Les deux Danites acquiescèrent.

Ils ne devaient pas voir ce qui allait se passer ensuite.

Il se tourna vers Rowan l'Aîné.

« Je t'en prie, passe devant. »

Rowan était déjà venu ici une fois, des années plus tôt. Le prophète qui avait servi avant Charles Snow y avait organisé une retraite pour les anciens. Ils avaient passé trois jours à prier, à prendre des décisions concernant la gouvernance de l'Église dans les prochaines années. Depuis, il n'avait pratiquement plus entendu parler du site, même s'il savait qu'il était toujours entretenu. La maison avait été construite une cinquantaine d'années auparavant et restaurée plusieurs fois. Cent vingt hectares de forêt entouraient le bâtiment, propriété de l'Église. Dans son souvenir, une société de sécurité privée gardait un œil sur tout, et à un moment donné, il risquait d'avoir à faire à eux. Mais il était peu probable qu'ils s'en prennent au second plus haut gradé de l'Église.

Il s'enfonça le premier parmi les arbres, suivant un chemin bien dessiné qui serpentait entre les bois tout en montant avec le terrain. Les saints s'étaient principalement installés le long de la façade occidentale de la chaîne Wasatch, bien arrosée, et avaient fondé vingt-cinq villes sur une distance de cent soixante kilomètres. 85 % de la population de l'Utah vivait toujours à moins d'une vingtaine de kilomètres de la chaîne Wasatch, soit deux millions de personnes, sur ce qu'on appelait simplement le Front. Les pentes côté est étaient plus douces et abritaient des stations de ski. Ici, sur la bordure ouest, le terrain était beaucoup plus accidenté et mille six cents mètres plus haut que Salt Lake. Avec Falta Nada, on avait voulu créer quelque chose qui rappelle les anciens temps. À travers les arbres, il aperçut la maison à deux étages. D'imposantes solives taillées à la main avaient été assemblées, et du ciment dans les interstices soulignait les poutres anciennes avec d'épaisses lignes grises. De grands bow-windows laissaient passer un flot de lumière au rez-de-chaussée, ainsi que d'autres fenêtres au-dessus. La maison était faite d'un plaisant mélange de bois, de pierre et de verre, et elle se trouvait à une centaine de mètres d'une montagne, avec un sentier derrière montant en zigzag à travers les arbres.

« Cette maison n'est pas Falta Nada, leur dit-il. Elle a été construite après la découverte du refuge.

– Et maintenant, où allons-nous ? » demanda Salazar tout en continuant à marcher.

Rowan montra la montagne du doigt.

« Là-bas, à l'intérieur. »

63

Luc négocia un virage sur le chemin en terre et aperçut deux voitures garées. Ils avaient quitté l'autoroute trente minutes auparavant, puis roulé sur une route en asphalte pendant trois kilomètres, toujours guidés par le GPS. Assise à côté de lui pendant tout le trajet, Stéphanie n'avait pratiquement pas ouvert la bouche. Malone et Snow à l'arrière n'avaient pas dit grand-chose non plus depuis quelque temps. Tout le monde paraissait inquiet. Lui était juste impatient de continuer. Il remarqua deux hommes debout près des véhicules.

« Ce sont les mêmes types qu'à Salzbourg, dit Malone. Ils ne vont pas être très heureux de me voir.

– Je m'en occupe, dit Snow. Rapprochez-vous. »

Luc arrêta la voiture et le prophète baissa la vitre. Les deux Danites étaient sur le qui-vive, prêts à dégainer. Luc saisit son automatique de la main droite.

« Savez-vous qui je suis ? » demanda Snow.

Ils acquiescèrent.

« Dans ce cas, vous allez faire exactement ce que je vous dis. C'est bien clair ? »

Les deux hommes ne répondirent pas.

« Je suis votre prophète, dit Snow. Vous avez fait le serment de me protéger, n'est-ce pas ? »

Les deux hommes acquiescèrent à nouveau.

« *Dan sera un serpent sur la route, une vipère sur le chemin, qui mord les talons des chevaux pour faire tomber en arrière le cavalier.* Vous connaissez la signification de ces mots ?

– Ils sont tirés de la Genèse, dit l'un. Nous avons fait le serment de nous y conformer.

– Dans ce cas, rangez vos armes. »

Ils s'exécutèrent.

« Reculez et attendez. »

La vitre de la portière remonta en grinçant.

« Je prierai pour le pardon de ces malheureux pécheurs, dit Snow. Vous trois avez un travail à faire. »

Luc croisa le regard furieux de Stéphanie. C'était la première fois qu'elle se tournait vers lui depuis le début du voyage. Ils s'étaient parlé au téléphone un peu plus tôt, juste après que Malone et lui étaient arrivés dans l'Utah. Elle lui avait dit ce qu'il fallait faire, chose qu'il n'aimait pas particulièrement. Son regard noir était une façon de lui rappeler que – comme les Danites à l'extérieur – il avait juré de faire son devoir.

Il hocha la tête.

« Je prierai pour que vous réussissiez », dit Snow.

Luc se tourna vers le prophète.

« Vous vous foutez du monde, le vieux. Vous avez conduit Rowan et Salazar ici, parce que ce trou perdu est au milieu de nulle part. Maintenant, vous voulez que nous y allions pour faire votre sale boulot. Alors épargnez-nous vos remarques. Il n'y a rien de juste ou de sacré là-dedans.

– Je vous demande d'excuser la grossièreté de mon agent, dit Stéphanie.

– Il a raison, dit Snow. Il n'y a rien de juste là-dedans. C'est une affaire lamentable. Je me suis demandé toute la nuit si Brigham Young avait éprouvé la même chose quand il a ordonné que ces chariots soient saisis et l'or récupéré pour la communauté.

Il devait bien savoir que des hommes allaient mourir. Mais il n'avait pas le choix. Et moi non plus. »

Luc ouvrit sa portière et descendit.

Malone et Stéphanie en firent autant.

Les deux Danites sortirent leurs armes quand ils reconnurent Malone.

« Il fait partie de nos ennemis, dit l'un d'eux.

– Non, dit le prophète. Votre ennemi est infiniment plus complexe. »

Les deux hommes ne reculèrent pas.

« Je ne me répéterai pas, dit Snow. Jetez ces armes et faites ce que je vous dis. Ou vous vous en repentirez au ciel. »

Ils jetèrent leurs pistolets.

Snow fit signe à Stéphanie, à Luc et à Malone de partir.

« Passez devant. Je vous rattraperai. »

Stéphanie ouvrit la marche en direction du sentier.

« Tu ne vas pas t'en prendre à Cassiopée », dit Malone.

Stéphanie s'arrêta et fit face à son ancien subordonné.

« Tu m'en crois vraiment capable ?

– Ça dépend de la suite des événements.

– On m'a ordonné de veiller à ce que rien ne sorte de cet endroit qui puisse mettre en danger l'avenir des États-Unis d'Amérique.

– Parfait. Fais ton boulot. Mais toi et le gamin, vous avez intérêt à comprendre dès maintenant que personne ne lui fera de mal. Point final.

– Moi aussi, j'ai un boulot à finir, dit Luc.

– Eh bien, fais-le. Mais si tu touches à Cassiopée, je te tue. »

Luc n'avait jamais aimé les menaces. Vraiment pas. Mais Stéphanie lui avait aussi ordonné de ne pas provoquer

Malone. Ils s'occuperaient de Cassiopée le moment venu. Elle l'avait averti que Malone compterait les points et qu'il valait mieux l'amadouer que le provoquer.

Ils n'étaient pas là pour gagner des batailles, seulement pour gagner la guerre.

Malone ne plaisantait pas. Il tuerait le gamin s'il arrivait quelque chose à Cassiopée. Il avait compris la gravité de la situation au silence de Stéphanie. On ne pouvait négliger aucun détail de cette opération. Stéphanie, Luc, lui-même ? C'étaient tous des pros. Assermentés, tenus au secret. Il n'y avait aucun danger qu'ils révèlent quoi que ce soit. Mais Rowan, Salazar et Cassiopée ? C'était une tout autre affaire. Surtout Cassiopée, qui n'était pas dans son état normal. Il avait le plus grand respect pour Stéphanie et comprenait parfaitement son dilemme – les ordres étaient les ordres –, et les enjeux n'avaient jamais été aussi importants. Mais ça ne changeait rien. Et si Cassiopée s'était trop engagée pour se protéger elle-même, il s'en chargerait.

Elle l'avait souvent fait pour lui.

Le moment était venu de lui rendre la pareille.

Que ça lui plaise ou non.

Contrairement à son habitude, Stéphanie était armée d'un Beretta, dans un holster sous son manteau. Malone l'avait certainement remarqué. Avant de quitter Blair House, Danny Daniels l'avait prise à part.

« Nous n'avons pas le choix, lui avait-il dit. Absolument pas.

– On a toujours le choix.

– Pas cette fois. Vous vous rendez compte qu'il y a des tas de gens dans ce pays qui verraient la sécession d'un bon œil. Et Dieu sait que c'est pourtant à cause de nous.

J'ai essayé pendant huit ans de gouverner, et ça n'est pas facile, Stéphanie. En fait, ça doit même être impossible. Alors qu'un État puisse vouloir sortir de l'Union, je peux le comprendre. Et ça n'a pas d'importance s'il réussit. L'existence de ce document suffirait à compromettre l'avenir de cette nation. Les choses ne seront plus jamais pareilles avec, et je ne peux pas permettre que cela se produise. Nous avons réussi à concentrer l'ensemble de nos problèmes dans un seul endroit. Alors débrouillez-vous tous les deux, Luc et vous.

– Il y a aussi Cotton.

– Je sais. Mais c'est un pro.

– Aucun d'entre nous n'est un assassin.

– Personne ne dit le contraire. »

Il la prit doucement par le bras. Un frisson la parcourut.

« Lincoln a fait face exactement au même problème, dit-il d'une voix à peine audible. Il a été obligé de choisir. La seule différence dans son cas, c'est que les États avaient déjà fait sécession, et qu'il a dû faire la guerre pour les récupérer. Ça n'est pas étonnant que toutes ces victimes de guerre lui aient pesé sur la conscience. Il avait pris la décision tout seul. Il avait dû se demander "Dois-je faire ce que les Fondateurs souhaitaient ? Ou dois-je les ignorer ?" C'était à lui de choisir, non ? Sans aucun doute. Mais l'Amérique a survécu et elle est devenue ce que nous connaissons aujourd'hui.

– Un pays déchiré ? »

Il lui jeta un regard peiné.

« Vous connaissez un meilleur système sur la planète ? Je ne vais certainement pas le laisser se dissoudre.

– Les fondateurs de ce pays n'étaient pas de cet avis.

– Lincoln non plus, d'ailleurs. »

Elle attendit qu'il continue.

«Il a fait un discours en 1848. Edwin l'a retrouvé. Il dit que tous les peuples, où que ce soit, ont le droit de se soulever, de renvoyer leur gouvernement et d'en former un qui leur convienne mieux. Pour lui, c'est un droit précieux et sacré. Et même pire, il dit que ce droit n'est pas réservé à l'ensemble du peuple, mais qu'une partie de ce peuple, comme un État ou un territoire, peut en faire autant. Ce salaud a déclaré tout net que le droit de faire sécession était un droit naturel.

«Mais ensuite, treize ans plus tard, en tant que président, quand le moment est venu de permettre à ces États de s'en aller, il a choisi la nation plutôt que les droits des États. Je suis face à la même décision. Tous les présidents, à la fin de leurs mandats, pensent à l'histoire. Je mentirais si je disais que ça n'est pas mon cas. Voilà quel sera mon héritage, Stéphanie. Personne ne le saura, sinon nous, mais tant pis. Comme Lincoln, je choisis de sauver les États-Unis d'Amérique.»

Elle avait écouté ce que Malone avait dit à Luc et savait que la menace était également dirigée contre elle. Malone était à bout de patience.

Mais il n'avait pas perdu son sens des responsabilités.

«Cotton, dit-elle, nous ferons ce que nous avons à faire.»

Malone s'arrêta et se rapprocha d'elle. Ils se connaissaient depuis longtemps, avaient vécu des moments difficiles. Il l'avait toujours aidée quand elle en avait besoin, et elle lui avait rendu chacun de ces services, comme le font des amis.

«Je comprends, Stéphanie. Ce combat est différent. Mais c'est toi qui as embringué Cassiopée là-dedans et tu as menti pour qu'elle reste. Après quoi, tu m'as mouillé dans cette affaire. Alors je te le répète. Fiche-lui la paix. Je vais me débrouiller avec Cassiopée. Elle ne te posera plus de problèmes.

– Et si tu te trompais ? »

Le visage de Malone se durcit.

« Je ne me trompe pas. »

Et il s'éloigna.

64

Cassiopée admirait le majestueux paysage de montagne. Tout paraissait tellement paisible et agréable, plutôt qu'effrayant et menaçant, comme ça aurait dû l'être. Ils avaient fait le tour de l'immense maison et emprunté un sentier rocheux qui montait en zigzaguant. Des grappes de baies écarlates jonchaient un épais tapis de mousse verte. Sapins, érables et chênes étendaient leurs branches au-dessus de leurs têtes, et des feuilles tombaient par vagues. Deux cerfs émergèrent du feuillage, puis s'éloignèrent tranquillement, peu farouches.

« Nous n'autorisons pas la chasse ici, dit Rowan. Nous ne touchons pas à la nature. »

Elle avait du mal à juger le sénateur. C'était un bel homme d'âge mûr plein d'énergie et qui grimpait allègrement la pente, sans même avoir besoin de reprendre son souffle. Il donnait l'impression d'être quelqu'un de responsable, ce qui, d'après Josepe, était effectivement le cas, étant donné que c'était le deuxième plus haut gradé de l'Église. Le prochain prophète. Elle avait remarqué la méfiance dans son regard lors de leur rencontre. Elle se souvenait, étant enfant, de tous ces hommes en costume sombre, chemise blanche et cravate fine, qui leur rendaient visite. Elle avait toujours su que son père était un dirigeant religieux, et sa mère lui avait expliqué que les visiteurs étaient d'autres responsables venus de partout. Mais ces hommes la mettaient mal à l'aise.

Et, à présent, elle comprenait pourquoi.

C'était des disciples.

Qui suivaient aveuglément un chemin tracé par d'autres, en espérant, entre-temps, récolter quelques faveurs. Jamais ils ne décidaient par eux-mêmes.

Rowan et Josepe étaient différents.

Le chemin était le leur.

Et ils arrivaient au bout.

Ils grimpèrent encore dix minutes le long du sentier avant de parvenir à une grande déchirure noire dans le flanc de la montagne. Un écriteau en fer-blanc avertissait que la caverne était une propriété privée et l'entrée en était interdite. Une grille en fer protégeait l'accès, fermée par un cadenas.

Rowan la secoua plusieurs fois.

Elle était solidement verrouillée.

Le sénateur fit alors un signe à Josepe, qui sortit son arme et tira trois coups dans le cadenas.

Stéphanie entendit trois détonations dans les bois.

Des coups de feu.

Malone et Luc accélérèrent, et elle en fit autant. Jamais elle ne s'était sentie aussi loin de Cotton. Mais elle n'avait pas le choix. Ce qu'elle ferait une fois confrontée au problème, elle n'en avait aucune idée. Elle improviserait au fur et à mesure.

Une chose était certaine. Elle était bien d'accord avec Danny Daniels. Les États-Unis devaient survivre.

Salazar arracha les restes du cadenas et ouvrit la grille. Juste après l'entrée du tunnel, il aperçut un boîtier électrique avec un gros câble sortant de sa base et disparaissant dans le sol. Rowan passa devant lui et remonta le levier sur le côté.

Des lumières s'allumèrent, dissipant l'obscurité.

« Voici Falta Nada », dit Rowan.

Cassiopée et Salazar suivirent l'Aîné dans un large tunnel qui débouchait sur une petite chambre. Des stalactites, des stalagmites et des pierres de lave se tordaient devant eux, défiant la gravité, délicates et fragiles comme du verre soufflé. Les lumières se reflétant sur les cristaux produisaient un ensemble inouï de couleurs. Le spectacle était sidérant et on avait pris le soin de ne pas trop l'éclairer afin de ne pas gâcher son effet.

« C'est extraordinaire, n'est-ce pas ? » demanda Rowan.

Cassiopée était en train d'examiner des dessins sur la paroi rocheuse. Salazar les regarda à son tour et vit un groupe d'animaux étranges, ressemblant à des lamas, conduit par un homme vêtu d'une sorte d'armure.

« Les Espagnols, expliqua Rowan. Ils ont découvert cette grotte en remontant du Mexique au XVIe siècle et ils ont creusé ces montagnes pour y trouver de l'or. »

Rowan s'approcha d'un tas de quartz blanc et souleva une pierre qui présentait des stries jaunes.

« On l'a trouvée en même temps que des traces laissées sur les murs par des pelles et des pioches. Les Espagnols étaient là bien avant les saints. »

Rowan montra un passage.

« Ce n'est pas tout. »

Rowan laissa passer Salazar et Cassiopée Vitt devant lui, puis il reposa le quartz et les suivit. Il n'avait rien osé dire quand Josepe lui avait présenté sa compagne, faisant semblant de ne rien savoir, avant d'accepter sa présence.

Mais il connaissait parfaitement le rôle de Cassiopée Vitt.

Elle travaille pour le président, avait déclaré Stéphanie Nelle.

Le coup de téléphone lui était parvenu juste avant qu'il ne quitte Salt Lake City en voiture pour prendre la direction du nord.

Elle ne quitte plus Salazar depuis quelque temps. Ils ont été amants étant jeunes, ce qui a fait penser qu'elle pourrait l'approcher, alors que personne n'y arrivait. Et elle l'a fait. Il ne se doute de rien.

Il l'avait écoutée avec un mélange d'inquiétude et de colère. Combien de fois le gouvernement fédéral s'était-il mêlé des affaires de l'Église ? Combien d'espions leur avait-il envoyés ? Impossible de les compter. Tout le monde disait que ce genre de violation était passé de mode. Erreur totale.

Elle a été envoyée par Daniels. Il vous surveille vous et Salazar depuis plus d'un an. Votre prophète, Charles Snow, travaille avec lui aussi.

Ce qu'il savait.

« Pour Vitt et Snow, je m'en suis aperçue récemment, avait déclaré Stéphanie Nelle.

– Pourquoi me le dire ?

– Parce que j'ai besoin que vous réussissiez dans votre entreprise, quelle qu'elle soit. Cela m'aide pour ce que je suis en train de faire. J'ai donc préféré vous mettre au courant.

– Je suis content de cette initiative. Mais que voulez-vous que je fasse de cette information ?

– Je m'en moque. Finissez ce que vous êtes en train de faire et continuez à occuper le président. C'est tout ce dont j'ai besoin. »

En fait, il ne savait toujours pas quoi faire. Son prophète un ennemi ? Son président contre lui ? À présent, son principal allié avait une espionne dans son équipe ? Il ne voyait pas très bien quelle pouvait être la solution, mais il était persuadé qu'une fois la vérité révélée Josepe saurait quoi faire. Les Danites ne manquaient pas de ressources en la matière. Jamais on ne l'avait mis au courant de choses malhonnêtes ou illégales. Son cœur était pur. Tous ces détails étaient le lot de Salazar, qui, il fallait bien le reconnaître, s'en était toujours très bien occupé.

Et c'est ce qui se produirait encore une fois aujourd'hui.

Ici, à Falta Nada.

Le nom était bien choisi.

Rien ne manque.

65

Malone monta le sentier au pas de course en direction de l'endroit d'où provenaient les trois détonations, Luc sur les talons. À un tournant, une énorme maison apparut. Un mélange de poutres et de pierre sur deux étages, avec de grands bow-windows et un toit à pignon en pente raide surmonté de deux cheminées de pierre. Des arbres tout autour, une montagne derrière et une clairière herbeuse jusqu'à l'entrée.

Stéphanie arriva en courant derrière eux.

« C'est là, dit-elle. Ils sont à l'intérieur.

– Je vais devant, dit-il à Luc. Tu passes par l'arrière. » Il regarda Stéphanie. « Toi, tu attends ici. »

Elle acquiesça.

Luc se précipita vers la droite, pistolet au poing, et se fraya un chemin entre les arbres.

Malone se baissa et courut jusqu'au pied d'un escalier en séquoia qui menait à la porte de devant. Il regarda en arrière et vit Stéphanie s'abriter derrière un tronc. Les marches de l'escalier étaient imbibées d'eau par endroits après des années d'exposition aux éléments. La maison elle-même paraissait en bon état. Quelqu'un devait l'entretenir. Il parvint à la véranda, qui semblait faire le tour de la maison.

La porte était constituée d'un bloc massif posé sur un cadre en bois.

Il essaya de tourner la poignée. Elle était fermée à clé.

Il regarda prudemment par les fenêtres, en écoutant attentivement. Il n'y avait aucun bruit.

Luc se tenait devant la porte de derrière, sur une terrasse couverte. Une montagne s'élevait à une centaine de mètres, couverte d'une forêt dense. Il essaya d'ouvrir la porte, mais elle était fermée à clé. Des fenêtres jouxtaient l'entrée, et il regarda à l'intérieur. Dans la grande pièce, le bois était à nu, les nuances de pin et d'épicéa se fondant avec les colonnes et les poutres qui soutenaient un plafond très haut. Le mobilier était simple et fonctionnel, relevé par la touche de couleur venant des tissus recouvrant les canapés et les chaises. Une autre fenêtre donnait sur une cuisine équipée de comptoirs en pierre, de placards en bois et d'appareils en acier chromé. Derrière la terrasse, il perçut le gargouillis d'un torrent et vit une roue à eau qui tournait.

Ça ne collait pas.

Il n'avait entendu personne à l'intérieur.

Pour entrer, il allait falloir qu'il déloge la porte de son montant d'un coup de pied, ce qui n'était pas un problème, sauf que cela signalerait sa présence.

Il entendit bouger sur la terrasse.

Et sentit une vibration sur le sol en bois.

Malone regarda par les fenêtres en même temps qu'il faisait le tour de la véranda couverte. Tout, à l'intérieur, indiquait un refuge de montagne typique, sauf que la taille de l'endroit et son mobilier trahissaient la richesse de son propriétaire. On n'entendait toujours aucun bruit dans la maison. Peut-être les avait-on vus venir et s'était-on réfugié quelque part ?

Il n'y croyait pas.

La couche de poussière sur le plancher à l'intérieur confirmait ce qu'il pensait. Il n'y avait aucune trace. Personne n'était entré dans la maison.

C'était une impasse.

« Luc », appela-t-il.

Le jeune agent apparut au coin.

« J'espérais que c'était vous, dit-il. Il n'y a personne là-dedans. »

Malone hocha la tête en signe d'approbation. Pourtant, Stéphanie avait assuré que c'était là que Rowan, Salazar et Cassiopée se rendaient.

« Elle nous a menti. »

Ils se précipitèrent tous les deux vers le devant de la maison. Stéphanie n'était nulle part. Malone dévala l'escalier et courut jusqu'à l'arbre où il l'avait vue pour la dernière fois.

Elle était partie.

Un bruit sur le sentier le fit sursauter. Il fit volte-face et brandit son pistolet. Luc en fit autant. Charles Snow apparut, soutenu par les deux jeunes Danites.

Ils baissèrent leurs armes.

« Que se passe-t-il ? demanda Snow tout en se dégageant.

– Stéphanie a disparu, dit Malone.

– La maison est vide et fermée à clé, remarqua Luc.

– Elle ne vous a rien dit ? Cette maison n'est pas Falta Nada. Elle a été construite plus tard. » Snow montra la montagne du doigt. « Falta Nada est là-haut, c'est une caverne, vous ne pouvez pas la rater. »

Stéphanie avançait d'un pas rapide le long du sentier rocailleux qui gravissait l'arête couverte d'arbres. L'air était nettement plus frais. Elle avait fourvoyé Cotton et Luc pour pouvoir s'éclipser. Snow lui avait donné tous les détails au cours du vol de la nuit dernière.

« Il y a quelque chose que vous devez savoir à propos de cet endroit, avait dit Snow. Il y a bien une habitation, mais ce n'est pas Falta Nada. Le site se trouve au-dessus de la maison, dans la montagne. Le sentier est facile à trouver. Un des premiers colons avait découvert l'endroit. L'histoire raconte qu'il coupait des arbres quand il a remarqué des traces de puma. Il les a suivies jusqu'à une saillie en hauteur et a trouvé une déchirure dans le rocher. Une caverne s'ouvrait derrière. Il décida de l'explorer. Cinquante ans plus tard, nous y avons installé l'électricité, et il y a toujours du courant. C'est un endroit auquel peu de gens ont eu accès. Autrefois, c'était un endroit très spécial, aujourd'hui, il est oublié. Le fait que Brigham Young l'ait choisi comme coffre-fort, à la fois pour l'or et pour le document que Lincoln lui avait confié, n'est pas surprenant. »

Malone avait raison. Elle était à l'origine de cette pagaille, et c'était à elle d'y remédier. Comment ? Elle n'en savait encore rien, mais elle finirait bien par trouver un moyen. Il y avait peu de chance que Luc ou Cotton la retrouvent, étant donné qu'ils ignoraient où était située leur véritable destination. Évidemment, Charles Snow pourrait le leur dire. Mais le temps qu'ils retournent aux voitures et reviennent, tout serait terminé.

Elle repéra l'entrée de la grotte, encadrée par des troncs de pin couverts de mousse verte. Une porte métallique au centre était entrouverte, avec un cadenas en miettes par terre. Elle le ramassa et constata les dégâts. Elle comprenait maintenant pourquoi on avait tiré trois coups.

Elle jeta le cadenas sur le côté et sortit son pistolet.

Devant elle s'ouvrait un passage éclairé.

Le moment était venu de mettre en pratique tout ce qu'elle prônait.

Elle entra.

Malone était furieux.

Il avait poussé Stéphanie, et maintenant elle fonçait tête baissée dans quelque chose qui la dépassait.

« Papy, ça sent vraiment mauvais, lui dit Luc tandis qu'ils se précipitaient en haut du sentier.

– Elle va se faire tuer.

– À nous d'éviter ça.

– Évidemment. Malheureusement, nous ignorons ce qu'il y a là-haut. À moins que tu saches quelque chose que je ne sais pas.

– Pas cette fois. Elle ne m'a rien dit. »

Il regarda en haut du sentier. Tout le monde avait une longueur d'avance sur eux.

« Il n'y a plus que nous deux, dit-il à Luc.

– Compris. De toute façon, vous pouvez compter sur moi jusqu'au bout. »

66

Cassiopée était impressionnée. La chambre où ils se trouvaient faisait vingt mètres de longueur, et beaucoup plus en largeur et en hauteur. Des stalactites pendaient comme des glaçons, ainsi que des cristaux pointus et des hélictites polies en spirales. De fines draperies de calcaire orange translucide se déployaient vers le bas, laissant passer la lumière des lampes à incandescence de manière spectaculaire. Des flocons de roche blanche parsemaient les murs. Vers le centre, une mare d'eau verte stagnante brillait tel un miroir. À une extrémité, un socle soutenait une énorme statue de l'ange Moroni. Quatre mètres de haut, sculptée dans la pierre, et le représentant comme d'habitude en train de jouer de la trompette, l'ensemble couvert de feuilles d'or.

Elle s'approcha de la statue.

« *Disposant de l'Évangile éternel pour prêcher auprès de ceux qui peuplent la terre, et dans toutes les nations, et les familles, et les langues, et les peuples,* dit Rowan. Révélations, 14, 6. Moroni est notre messager du ciel. Ceci est le modèle original à partir duquel a été faite la statue en cuivre martelé qui se trouve en haut du temple de Salt Lake. Brigham Young en personne l'a apporté ici. »

Josepe était visiblement en admiration.

« C'est lui, l'ange de lumière qui portait une grande robe de la plus exquise blancheur, dit-il. Une blancheur immaculée défiant l'imagination. Et de sa personne tout entière émanait une gloire indescriptible. »

Rowan acquiesça.

« Tu cites parfaitement le prophète. C'est exactement comme ça que Joseph Smith a décrit Moroni et c'est ainsi que nous essayons de le dépeindre.

– Mais il est doré, pas blanc, dit Cassiopée.

– C'est notre façon de mettre en valeur son rayonnement. »

Elle n'en était pas si sûre.

Elle avait lu quelque part que Smith aurait pu trouver le nom de Moroni dans les histoires de chasse au trésor de William Kidd. La légende voulait que Kidd ait enterré son trésor dans les îles Comores. Moroni était la capitale de l'Union des Comores. Smith avait également nommé la montagne où il avait trouvé les plaques dorées Cumorah. Coïncidence ?

« Ceci est un temple souterrain, dit Rowan. Créé il y a longtemps par les prophètes comme lieu de culte à l'intérieur de la terre. Très peu de gens y viennent encore. Mais c'est là que le prophète Brigham a caché ce qu'Abraham Lincoln lui avait donné. »

Elle avait déjà parcouru la chambre du regard. À part la statue et l'éclairage artificiel, on ne voyait rien d'autre qui ait été fait par l'homme.

« La seule fois où je suis venu, dit Rowan, il y avait encore des objets datant de l'époque des Espagnols. Des ossements, des boutons, des morceaux de fer et des jougs en cèdre, d'environ quatre-vingt-dix centimètres de large et incurvés au centre pour s'adapter au cou du porteur. Il y avait des entailles à chaque extrémité pour attacher les lourds sacs de minerai en peau. J'ai été sidéré de les voir dans cet état après des siècles. »

Mais les objets n'étaient plus là maintenant.

« Où cherchons-nous ? demanda Josepe.

– Un instant, dit Rowan. Nous avons d'abord un problème à résoudre. »

Le sénateur pointa son doigt en direction de Cassiopée.

« Cette femme est une espionne. »

La déclaration de l'apôtre sidéra Salazar.

« Une espionne ? Tu dois te tromper.

– Vraiment ? Pose-toi la question, Josepe, comment est-elle revenue dans ta vie ? Au bout de tant d'années et à ce moment précis ?

– Elle n'a pas cessé de nous apporter son aide.

– C'est ce que font toujours les espions. Sinon comment pourraient-ils se faire admettre ? Tu as insisté hier pour savoir comment j'ai entendu parler de cet endroit. J'ai fini par te dire que j'avais une source au sein du gouvernement, quelqu'un qui est proche de nos ennemis. Cette source ne m'a pas seulement parlé de cet endroit, mais elle m'a également dit que cette femme travaillait pour le président des États-Unis.

– Et vous l'avez crue ? demanda Cassiopée. Il est évident que vos ennemis cherchent à semer la confusion dans vos rangs. Le meilleur moyen est de fournir de fausses informations.

– Comment cette source pouvait-elle connaître votre nom ? demanda Rowan. Comment pouvait-elle même connaître votre existence ? »

Salazar attendait qu'elle réponde.

« On peut supposer qu'elle travaille dans le renseignement, dit-elle, et qu'elle est au courant des agissements de ce Malone.

– Curieux que vous citiez ce nom. Ma source m'a aussi dit que non seulement vous connaissiez Cotton Malone, mais que vous aviez une liaison avec lui.

– C'est vrai ? » demanda Salazar en haussant le ton.

Cassiopée se sentait prise au piège.

Stéphanie l'avait volontairement trahie, probablement après qu'elle eut rompu tout contact et volé la montre.

Josepe était visiblement furieux.

Quel choix avait-elle ?

Mentir ou dire la vérité.

Salazar attendait une réponse, sans savoir ce qui allait sortir de la bouche de Cassiopée. Le fait qu'elle n'ait pas aussitôt réfuté cette accusation avait instillé le doute en lui. Son cœur battait la chamade, et il respirait mal. La tête lui tournait.

L'ange apparut.

Il flottait près de la statue de Moroni, arborant son habituel sourire réconfortant.

« Il se peut que nous ayons eu tort à son sujet. »

Faute de pouvoir répondre, il secoua simplement la tête, tout doucement, refusant de reconnaître les faits.

« N'aie pas honte, Josepe. Le temps n'est plus à faire semblant. Révèle-leur mon existence. Dis-leur que les prophètes sont avec vous. »

Il n'avait jamais parlé de l'ange à quiconque.

« Que regardes-tu ? » lui demanda Rowan.

Il ignora l'Aîné et se concentra sur la vision.

« Protège-moi. »

Et il vit quelque chose sur le visage de l'ange qu'il n'avait jamais vu.

De l'inquiétude.

Il plongea la main droite sous sa veste et prit le pistolet.

Stéphanie s'était lentement frayé un chemin dans le passage, en suivant les lumières et les voix. Elle avait traversé une petite chambre puis en avait trouvé une plus grande, et elle continua à se glisser entre les formations rocheuses illuminées sans se faire remarquer. Elle avait entendu Rowan, Salazar et Cassiopée parler, et perçu la réaction de colère de Salazar après ce que Rowan lui avait révélé.

« Josepe, avait dit Rowan, je dis la vérité. Cette femme est une espionne. Elle est exactement comme ceux qui se sont acharnés sur nous pendant la période des Troubles. Combien de nos frères sont allés en prison à cause des espions ? Je suis ton aîné. Je ne t'ai jamais menti et je ne te mens pas. »

Mais Salazar ne faisait pas attention au sénateur ; son attention était focalisée sur la statue en haut de son socle, le regard lointain, la tête penchée vers le plafond de la caverne.

Bizarre.

Salazar tenait un pistolet de la main droite.

Stéphanie prit son arme.

Non.

Ça ne ferait qu'empirer la situation.

Il n'y avait qu'un seul moyen. Elle ne savait pas comment s'y prendre quand elle était entrée dans la caverne, mais à présent, c'était clair. Elle posa le pistolet, sortit de sa cachette et cria : « Il dit la vérité. »

Tous les trois firent volte-face dans sa direction.

« C'est moi, sa source. »

Rowan fut stupéfait de voir apparaître Stéphanie Nelle. Elle n'avait rien à faire là.

Il l'observa qui s'approchait lentement. L'arme de Salazar était maintenant braquée sur elle, et il n'aimait pas du tout le regard enflammé de l'Espagnol.

« Qui êtes-vous ? demanda Salazar.

– Stéphanie Nelle. Ministère de la Justice des États-Unis. Dis-lui, Cassiopée. Dis-lui la vérité.

– Quelle vérité ? » cria Salazar.

Stéphanie ne quittait pas Cassiopée des yeux.

« Dis-lui.

– Rowan a raison. Je suis une espionne. »

Salazar avait l'air incrédule.

« C'est impossible. Je refuse de croire ça.

– C'est vrai, dit Cassiopée. Cette femme m'a demandé de reprendre contact avec toi pour le compte du gouvernement américain, et je l'ai fait. Mais j'ai agi seule. » Elle se tut un instant. « Je me souviens de toi comme d'un homme bon et doux. Ce sont des moments précieux pour moi. Que t'est-il arrivé, Josepe ? Comment as-tu pu changer ainsi ? »

Salazar ne répondit pas. Il semblait s'être de nouveau concentré sur la statue, et ses lèvres bougeaient sans qu'aucun son en sorte.

« Qu'est-ce que tu regardes ? demanda Cassiopée.

– Frère Salazar, dit Rowan.

– Le prophète Joseph est ici. Il ne me quitte plus depuis un moment. »

Salazar braqua son pistolet sur Cassiopée.

« Lui aussi a été déçu par toi, lui lança-t-il.

– Elle n'est pas la seule à vous avoir trompé, dit Stéphanie en désignant Rowan. Le sénateur est également un espion. »

67

Luc avait été sincère avec Malone. Il le couvrirait. Stéphanie les avait trompés tous les deux et elle était maintenant dans un sale pétrin. Il fallait qu'ils opèrent ensemble. Fini les chamailleries, fini les discussions. Malone avait su parfaitement décrypter Cassiopée Vitt dans l'Iowa, s'arrangeant pour garder une longueur d'avance. En plus, il connaissait Stéphanie bien mieux que Luc. Malheureusement pour eux, ils avaient maintenant au moins deux tours de retard sur le peloton.

Ils avaient gravi en courant la pente couverte d'arbres. À l'intérieur du tunnel, ils avaient vite repéré une petite chambre, puis avaient franchi un autre boyau débouchant sur une seconde salle. Cet endroit était surréaliste, avec des concrétions ressemblant à des œuvres d'art et des lumières donnant un effet de peinture sur une toile.

Malone leva la main pour lui faire signe de s'arrêter.

On entendait des voix au bout du tunnel.

Ils s'en rapprochèrent, et il aperçut Cassiopée, Rowan et Salazar, ce dernier avec un pistolet braqué sur Stéphanie, qui se tenait à six ou sept mètres de l'Espagnol, les mains en l'air.

Luc faillit d'abord faire irruption dans la salle.

Ils avaient deux armes, et Salazar une seule.

Comme s'il lisait dans ses pensées, Malone secoua la tête.

Malone n'aimait pas du tout ce qu'il voyait.

Stéphanie avait été trahie, à moins qu'elle ne se soit trahie elle-même. Il opta pour la seconde solution, surtout après avoir remarqué son Beretta par terre, tout près d'une grosse pierre, à peine visible. Elle les avait délibérément induits en erreur, lui et Luc, pour arriver ici avant eux. Elle avait dû calculer qu'ils retourneraient d'abord vers Charles Snow, qui les mettrait au courant pour la caverne, ce qui lui laisserait quinze ou vingt minutes d'avance.

Heureusement, il leur avait fallu deux fois moins de temps pour arriver jusque-là.

Réfléchis.

Tu n'as pas droit à l'erreur.

Stéphanie avait les mains en l'air, face à Salazar. Elle n'avait pas peur, peut-être à tort. Daniels lui avait dit que, si une troisième partie venait à intervenir et tout perturber, ils ne pourraient pas s'interposer. Mais elle avait compris le message du président des États-Unis. *Et si vous pouvez vous-même tout perturber, ne vous gênez surtout pas.*

« Pourquoi dites-vous que Rowan l'Aîné est un espion ? demanda Salazar.

– C'est un membre de longue date du Sénat américain. Il a fait le serment de défendre les lois et la Constitution de ce pays. C'est l'un des hommes les plus puissants de Washington.

– Je suis également un saint des derniers jours, ajouta Rowan. Une charge que je prends encore plus au sérieux que mon serment à ce pays. »

Elle allait devoir faire très attention.

Le timing était primordial.

« Ce que le sénateur a dit sur Cassiopée est vrai. Quand j'ai su que vous gardiez une photo de vous deux, j'ai compris que vous teniez peut-être encore à elle. J'ai demandé à Cassiopée de se rapprocher de vous et elle a accepté.

– C'est vrai ? » demanda Salazar.

Cassiopée acquiesça.

« On m'a dit que tu étais impliqué dans des activités illégales. Et accusé de meurtre. Je voulais te disculper.

– De meurtre ? demanda Rowan.

– Il a tué un homme dans le Michigan pour obtenir un journal mormon, répondit Stéphanie. Ensuite il a tué un de mes agents. »

Le sénateur paraissait sidéré par cette information.

« Josepe, dit Rowan, dis-moi qu'elle ment. »

Salazar regarda l'ange pour savoir ce qu'il devait faire.

« Ils ne savent pas ce à quoi nous sommes confrontés. Nous protégeons les saints et tout ce qui leur est cher. Rowan l'Aîné voulait que ce soit fait. Il ne peut pas nous reprocher la méthode. »

« Leur agent avait été envoyé pour nous détruire, dit-il. Ma tâche était d'empêcher ça. L'homme n'a pas été assassiné. Il a été contraint d'expier et peut à présent profiter de sa récompense auprès du Père céleste.

– Vous l'avez battu, dit Stéphanie. Puis vous l'avez abattu. Il avait une femme et des enfants. »

« C'est la faute de cette femme. Pas la tienne. »

« Josepe, dit Rowan. Ce qu'elle dit est-il vrai ? »

« N'aie pas peur. »

« C'est la vérité.

– Alors tu as gravement péché.

– Permettre à nos ennemis d'expier a toujours fait partie de nos coutumes. C'était ainsi au début et c'est toujours ainsi.

– Non, déclara Rowan. Nous avons renoncé à la violence depuis longtemps. Ça n'a jamais été une fin en soi. J'ai passé ma vie à faire en sorte que les saints soient indépendants, libres de toute influence extérieure, et le tout sans violence. »

Avait-il bien entendu ? Il était réprimandé pour avoir fait ce qu'on attendait de lui. Et Cassiopée ?

« Pourquoi m'as-tu menti ? lui demanda-t-il. Pourquoi avoir agi ainsi ?

– C'était nécessaire. Ce que tu as fait est mal. »

« Comment ose-t-elle ? Elle devrait savoir rester à sa place. »

« J'ai fait le serment d'obéir aux prophètes et je m'en suis tenu à ça.

– Quand tu as proposé la formation du corps des Danites, dit Rowan, je n'aurais jamais imaginé que tu irais si loin. »

« Cet homme est un faible, Josepe. Un idiot, comme tous les autres. N'accepte pas ce que l'on veut t'imposer. Nous ne pouvons pas. Plus maintenant. »

L'ange avait raison.

« Prophète Joseph me dit que tu te trompes, dit-il.

– Joseph Smith est mort il y a plus de cent cinquante ans, dit Stéphanie.

– La ferme ! hurla-t-il, en braquant le pistolet à hauteur de sa poitrine. Ne dites jamais ça. Il est vivant. »

« Renseigne-toi sur l'Aîné. Nous devons savoir de quel côté il est. »

« C'est un traître ? » lui demanda-t-il, en montrant Rowan avec son arme.

Rowan avait toujours laissé le champ libre à Salazar sans lui poser beaucoup de questions, mais, en toute honnêteté, il n'aurait jamais envisagé qu'il puisse s'agir de meurtre.

« As-tu tué cet homme dans le Michigan, comme le dit Mlle Nelle ? demanda-t-il.

– Nous avions besoin de ce journal, et il refusait de le vendre. Alors il a dû expier pour son péché.

– À savoir ?

– La cupidité. Quoi d'autre ? Et nous nous retrouvons ici aujourd'hui en partie à cause de ma compassion envers lui.

– C'est ainsi que tu décris le fait de tuer ? demanda Rowan. De la compassion ?

– C'est ainsi que le prophète l'a défini. » Salazar reporta son attention sur Stéphanie. « En quoi cet apôtre est-il un traître ?

– Vous êtes venus ici pour retrouver un document confié par Abraham Lincoln aux mormons. Demandez-lui plutôt où il est. »

Une question que Rowan s'était posée. Il avait cru que les choses seraient évidentes une fois sur place. Mais il n'y avait rien à l'intérieur de Falta Nada, sauf des rochers, le lac et une statue. Et pourtant, c'était bien l'endroit que Lincoln avait indiqué. Il avait vu l'intérieur de la montre. Mais encore fallait-il que la montre ainsi que la photo fussent authentiques.

Rowan désigna Stéphanie.

« Elle m'a dit que c'était le bon endroit.

– Et ça l'est, dit-elle. C'est cet endroit que Brigham Young a indiqué à Lincoln. Là où l'or des mormons était conservé. Lincoln l'a gravé à l'intérieur de la montre. Alors, où est le document ? »

Elle lui avait posé directement la question.

Salazar, lui aussi, attendait visiblement la réponse.

Mais Rowan n'en avait aucune.

Stéphanie baissa les bras.

« Il n'a pas de réponse, Salazar, car il n'y a rien dans cet endroit. Le sénateur Rowan n'est pas votre allié. En fait, c'est même votre ennemi. Il vous donne son accord pour la formation du corps des Danites et ensuite il est furieux de la façon dont ils opèrent. Il veut des résultats, mais se plaint de la manière dont ils sont obtenus. C'est un membre respecté du Sénat américain. Un élément du gouvernement des États-Unis. Croyez-vous un seul instant qu'il va endosser la moindre responsabilité pour les actes illégaux que vous pourriez avoir commis ? »

Elle voulait appâter Salazar.

« Ne l'écoute plus ! » hurla Rowan.

Salazar se tourna vers lui.

« Pourquoi ? Parce qu'elle dit la vérité ?

– Il faut en finir, Josepe.

– Et ça va bientôt empirer, dit Stéphanie. D'autres agents vont arriver d'ici peu. Tout ça va bientôt se terminer. Le sénateur Rowan le sait. Nous avons planifié tout ça ensemble. »

Rowan s'avança vers Salazar.

Le pistolet changea de direction, le figeant sur place.

« Josepe, dit Rowan d'une voix calme. Tu dois m'écouter. »

Cassiopée préférait ne rien dire, inquiète du niveau de folie de Salazar. Il prétendait voir Joseph Smith en ce moment. Mais elle avait aussi lu la douleur dans ses yeux, quand elle l'avait blessé pour la deuxième fois.

« Que personne ne bouge, dit Josepe à Rowan.

– Le prophète est toujours là ? demanda Stéphanie.

– Il vous surveille tous, en même temps qu'il me protège.

– Depuis combien de temps le voyez-vous ?

– De nombreuses années. Mais il ne m'a révélé sa vraie nature que très récemment. J'avais toujours cru que c'était Moroni.

– C'est le prophète qui vous a dit de tuer mon agent ? » demanda Stéphanie.

Josepe lui jeta un regard noir.

« Il m'a dit de lui permettre d'expier ses péchés pour qu'il puisse profiter du bonheur éternel. Et c'est ce que j'ai fait.

– Ils se sont moqués de vous, dit Stéphanie. Rowan et Cassiopée.

– Ça ne m'empêche pas d'être là, avec un pistolet braqué sur vous. »

Cassiopée avait compris que Stéphanie essayait de provoquer une réaction chez lui, et que, à force d'insister, elle allait y parvenir.

« Josepe, je vous demande de baisser ce pistolet et d'en finir. C'est terminé.

– Terminé ? Ça ne fait que commencer. Dis-lui, Rowan l'Aîné. Parle-lui du grand rêve qui va devenir réalité.

– Oui, monsieur le sénateur, dit Stéphanie, parlez-moi de cette gloire prochaine. Évidemment, pour ça, vous allez avoir besoin du document signé par les Fondateurs. Avez-vous réussi à vous souvenir de l'endroit où il est ?

– Vous m'avez tendu un piège, éructa Rowan. Vous m'avez amené là où vous vouliez et vous m'avez tendu un piège !

– Je vous ai dit la vérité – à chaque étape. *Falta Nada* était inscrit à l'intérieur de la montre de Lincoln. La lettre de Mary Todd était authentique, comme les notes de

Madison. Je vous ai fourni tout ça. Et à propos, les avez-vous montrées à votre acolyte ici présent ?

– Arrête ! hurla Cassiopée.

– Vraiment ? dit Stéphanie. Tu veux arrêter maintenant ? Tu n'avais aucune envie d'arrêter quand tu es allée en Autriche. Ou quand tu es allée en avion dans l'Iowa. Bien sûr, ton ex-amant ne connaissait pas la vérité. Tu lui mentais. Tu te servais de lui. Tout en obéissant à mes ordres.

– La ferme ! » hurla à nouveau Cassiopée.

Stéphanie s'approcha de Josepe.

« Demandez à votre prophète ce qu'il en coûte de mentir. »

Salazar ne voulait pas écouter, mais il ne pouvait pas empêcher les mots de franchir les lèvres de cette femme. Cassiopée elle-même avait reconnu avoir menti. Et Rowan l'Aîné ne savait pas du tout pourquoi ils se trouvaient là. Tout ça l'intriguait. Lui avait-on tendu un piège ? Nelle avait annoncé que d'autres agents allaient arriver. Peut-être devrait-il partir et appeler ses deux hommes. Mais ça n'était pas possible de l'intérieur de la caverne. Et Cassiopée, Nelle et Rowan ne le laisseraient pas sortir.

« Elle a raison, Josepe. La punition pour avoir menti est lourde. Une expiation s'impose. Ces trois âmes perdues méritent ta bienveillance. Tuer pour le salut de l'âme ne constitue pas du tout un péché. »

68

Malone en avait assez entendu. Salazar était cinglé, ça ne faisait aucun doute. Mais l'homme était armé. Ils pouvaient faire irruption en tirant et en finir, mais le risque de dommages collatéraux était évident.

Ou ils pouvaient la jouer en finesse.

Il avait entendu Stéphanie provoquer Salazar, en tentant de l'embrouiller avec les trahisons de Cassiopée et de Rowan. Il se doutait bien de ce qu'elle était en train de faire, mais il n'allait pas attendre qu'elle se retrouve avec Cassiopée en ligne de mire.

« Il faut que nous y allions », chuchota-t-il à l'adresse de Luc.

Le jeune homme acquiesça.

Malone fit un geste avec son pistolet et secoua la tête.

« Pas avec ça. »

Luc parut comprendre.

Mais Malone n'était pas dupe.

« Je suppose que tu as deux pistolets sur toi ? » dit-il.

Luc remonta sa jambe droite de pantalon pour dévoiler un petit revolver attaché à son mollet. Lui-même en faisait autant à une époque. Il demanda à Luc de le glisser à sa taille, bien serré sous la ceinture.

«Il faudra que tu restes devant moi», fit-il dans un murmure.

Stéphanie savait qu'il n'y avait rien dans cet endroit. Avant de quitter Blair House, Danny Daniels lui avait dit que le document avait bien été caché là à l'époque de Lincoln, mais qu'il ne l'était plus. Charles Snow avait tout raconté au président, et ce dernier lui avait transmis l'information. Elle avait omis de donner ces détails à Rowan, car elle voulait qu'il vienne ici, avec Salazar et Cassiopée. Si elle ne se trompait pas – et vingt années passées à anticiper le comportement des gens avaient fait d'elle une experte –, Cotton et Luc devaient maintenant être dans les parages.

«La punition réservée au mensonge est lourde, dit Salazar. Elle l'a toujours été.

– Je ne mens pas, dit Stéphanie. En fait, je suis la seule qui dise la vérité. Le sénateur Rowan ne vous a toujours pas dit où se trouve le document. Il ne peut pas, car il n'en sait rien. Je suis la seule à le savoir. Mon but était de vous faire venir ici pour que je puisse traiter avec vous. Il était partie prenante.

– Traiter avec moi ?» demanda Salazar.

Elle le regarda dans les yeux.

«La punition réservée au meurtre de mon agent est lourde, elle aussi.

– Brigham Young a eu tort de faire confiance au gouvernement fédéral, dit Rowan. Lincoln était vraiment différent, mais ses successeurs ne l'étaient pas. C'étaient tous des serpents. Cette femme leur ressemble, Josepe. Je n'ai jamais fait confiance au gouvernement. Tu le sais.

– Montre le document», dit Salazar.

Stéphanie perçut un nouvel élan dans sa voix.

Un effort pour parvenir à ses fins ?

« Agents fédéraux ! cria Malone, tout en restant caché dans le passage avec Luc. C'est fini, Salazar. Vous êtes cuit. »

Il jeta un coup d'œil au bout du tunnel et vit l'Espagnol réagir : il se précipita sur Stéphanie, lui passa le bras autour du cou et enfonça le pistolet dans sa jugulaire.

« Montrez-vous ! » cria Salazar.

Malone fit un pas en avant, précédé de Luc.

Ils levèrent les bras, avec leurs Beretta bien en vue. Il espérait que Salazar ait l'esprit suffisamment confus pour se contenter de l'évidence.

« Jetez ces pistolets dans l'eau », demanda Salazar.

Ils hésitèrent un instant avant d'obéir.

« Vous êtes seuls ?

– Juste nous deux, *amigo*, dit Luc. Mais ça devrait largement suffire. »

Malone se retint de sourire. Il ne pouvait pas s'empêcher d'apprécier ce sale petit prétentieux.

Il laissa Luc passer devant lui, sans quitter des yeux l'arme que celui-ci portait dans le dos, à une trentaine de centimètres. Il croisa le regard de Stéphanie et essaya de deviner ses pensées. Il jeta un coup d'œil à Cassiopée ; elle l'observait sans rien exprimer. Tout avait mal tourné dans cette affaire en ce qui la concernait.

« J'aurais dû vous tuer à Salzbourg, lui dit Salazar. Quand j'en avais l'occasion.

– Qui vous en a empêché ? » demanda Stéphanie.

Salazar ne dit rien.

Stéphanie désigna Cassiopée.

« Elle. »

Cassiopée connaissait assez Cotton pour savoir qu'il n'était pas sorti de l'ombre sans avoir pris ses précautions.

Lui et ce jeune homme qu'elle avait vu dans l'Iowa avaient bien trop vite renoncé à leurs armes. Ils auraient aussi bien pu rester cachés et les attaquer le moment venu. Au lieu de quoi, ils étaient là, les mains en l'air, vulnérables.

Mais peut-être pas tant que ça.

« Josepe, je t'en supplie, dit-elle. Pose ton pistolet. Ne fais pas ça.

– Tu connais Malone ? »

Elle acquiesça.

« Tu as… une relation avec lui ? »

Elle hésita, mais elle se refusa à cacher la vérité.

Un autre signe de tête affirmatif.

« Tu m'as menti sur tout ! hurla-t-il. Tu n'es pas du tout revenue vers la foi des mormons. Les mots du prophète ne t'ont pas émue. Tu te moques de tout ce qui est saint.

– Tu n'es plus l'homme que j'ai connu.

– Je suis exactement le même homme. J'étais un disciple fervent du prophète Joseph Smith et je le suis toujours. Le Père céleste m'a envoyé le prophète. Il est là maintenant, en train de vous regarder tous. C'est mon guide. Lui ne ment jamais.

– Tout ceci n'est pas la réalité », lui dit-elle.

Il promenait son pistolet de l'un à l'autre, un doigt tremblant sur la gâchette. Elle savait que Josepe était un tireur chevronné, mais il n'avait plus tous ses esprits.

« Frère Salazar, dit Rowan. Je m'en vais. Je ne veux plus rien avoir à faire avec tout ça.

– Vous voyez ? Il vous laisse tout le sale boulot, intervint Stéphanie. Comme ça, il pourra toujours nier toute implication. Demandez à l'ange s'il souhaite que son apôtre agisse ainsi. »

Josepe tourna les yeux vers la statue et la fixa pendant un moment.

« Tu le vois vraiment ? » demanda Cassiopée.

Il acquiesça.

« C'est un spectacle merveilleux.

– Josepe, soupira Rowan, d'un ton compatissant.

– Voyez comment il vous traite, dit Cotton. Il vous a permis de tuer cet agent au Danemark. Il n'y voyait aucun inconvénient, tant que c'était vous qui appuyiez sur la gâchette. Maintenant, il se moque bien de ce que vous allez faire de nous, du moment qu'il ne s'en mêle pas. »

Rowan fit demi-tour et commença à s'éloigner.

« Arrête ! » hurla Josepe.

Le sénateur hésita, tourna la tête et dit :

« Que vas-tu faire ? Me tuer ? Je suis membre du quorum des douze apôtres. Tu prônes une telle obéissance. Je suppose que cela signifie quelque chose pour toi.

– Il vous abandonne, insista Stéphanie. Il vous laisse avec nous. Mais vous ne pouvez pas nous tuer tous – pas avant que nous vous tuions. Croyez-vous vraiment que je n'aie amené que deux agents ? »

En fait, c'était ce que pensait Cassiopée.

Josepe avait déjà fait suffisamment de mal.

Elle ne pouvait pas le laisser continuer.

Salazar nageait en pleine confusion.

Il regarda une nouvelle fois l'ange.

« J'étais le prophète, le voyant, le révélateur. J'étais le guide en matière de divin et les fidèles avaient le devoir de m'écouter et de faire ce que je leur disais. »

Ça, il savait que c'était vrai.

« J'avais le projet de créer un royaume temporel qui ne serait soumis à aucune loi d'aucun gouvernement. Nous ferions nos propres lois et aurions nos propres fonctionnaires pour les faire

exécuter. Une fois leurs décrets pris, on leur obéirait sans le moindre murmure. »

C'était son rêve à lui aussi.

« Frère Salazar, dit Rowan, regarde-moi. »

Il se détourna de l'apparition.

« Il n'y a rien là-haut. Joseph Smith est mort. Il ne peut pas servir de guide. »

« Il blasphème. Il m'insulte. Je suis son prophète. Oblige-le à obéir. »

Luc était sur le qui-vive, prêt à passer à l'action. Salazar était imprévisible, et il devait pouvoir l'empêcher d'agir. Il sentait le pistolet contre son dos. Malone était juste derrière lui, sur sa gauche, de façon à pouvoir facilement saisir l'arme de la main droite. Mais pas tant que le regard de Salazar était braqué sur eux. Il leur fallait un moment de distraction, mais il était inutile que quelqu'un se fasse tuer pour ça.

« Frère Salazar, dit Rowan, je prierai le Père céleste pour ton âme, car tu t'es éloigné du bon chemin.

– S'il l'a fait, dit Stéphanie, c'est à cause de vous. Dites-moi, señor Salazar, qui vous a incité à former le corps des Danites ? Qui vous a dirigé de bout en bout ? Qui donnait tous les ordres ? Et qui obéissait ? Maintenant, interrogez-vous. Cet homme, ce sénateur des États-Unis, est-il avec ou contre vous ? »

Salazar était visiblement ébranlé.

« Alors ? demanda Salazar à Rowan. Avec moi ? Ou contre moi ? »

Salazar attendait la réponse à sa question. Tout comme l'ange, qui considérait Rowan l'Aîné d'un regard sévère.

« Je n'ai pas encouragé le meurtre, pas plus que je ne l'ai pardonné, dit Rowan. Jamais. »

« Nous ne tuons personne, énonça l'ange. *Nous sauvons ces pécheurs du froid et de l'obscurité. C'est bien et juste. Il est contre nous, Josepe. La femme dit la vérité. »*

« Je n'ai pas commis de meurtre, affirma Salazar. J'ai permis aux pécheurs d'expier. C'est notre façon d'agir.

– Non, dit Rowan. Ce n'est pas vrai. Rien ni personne dans notre Église ne pardonne une telle atrocité. Ce que tu as fait est mal. »

Salazar parut blessé par le reproche.

« Nous avions un grand rêve, dit Rowan. Bâtir une nouvelle Sion. Exactement ce que le prophète Joseph voulait. C'est toujours à notre portée. Mais toi, avec ta stupidité, tu as tout compromis.

– Où est le document ? voulut savoir Josepe.

– Je pensais qu'il était ici. Je me trompais. »

« Et maintenant, il a l'intention de te laisser aux mains de ces ennemis. »

Rowan fit demi-tour et s'éloigna.

Les autres le regardèrent partir sans bouger.

Josepe tenait toujours le pistolet, le doigt sur la gâchette. Cassiopée le suppliait du regard.

« Vas-y. »

Je ne peux pas.

« Dans ce cas, tu ne vaux pas mieux que lui. Tu n'as pas tenu parole. »

Il ne pouvait pas supporter ce reproche. L'ange était resté un long moment avec lui, sans se laisser fléchir, le guidant jusqu'à cet instant précis où il devait décider de ce qui était primordial.

Maintenant ou l'éternité ?

Pour lui, ce choix avait toujours été évident.

Et surtout, il restait loyal envers les prophètes.

Il fit volte-face et tira.

Rowan entendit la détonation et sentit la balle lui transpercer l'épaule droite. Ce fut d'abord comme si quelqu'un l'avait poussé violemment, puis une douleur fulgurante se diffusa, une souffrance atroce qu'il n'avait jamais ressentie.

Il fit quelques pas en titubant, puis se retourna.

La douleur se calmait, ce qui l'inquiéta.

Salazar le visait toujours avec le pistolet.

Il ouvrit la bouche pour protester, pour demander pourquoi, pour contester la folie d'un acte aussi irrationnel, mais il entendit une autre détonation.

Et le monde s'arrêta.

69

Stéphanie regardait mourir le sénateur Thaddeus Rowan.

Elle n'avait pas bougé, pas plus que Luc, Cotton et Cassiopée.

Tout le monde était resté immobile tandis que Salazar se chargeait du problème.

Un de moins.

Encore deux.

Cassiopée tressaillit en voyant Josepe commettre ce crime. D'abord dégoûtée, elle était furieuse à présent.

« C'est toi qui as fait ça ! hurla-t-elle à Stéphanie. Tu l'as poussé à bout.

– Cet homme est un meurtrier. Et c'est pire, il agit car il est persuadé qu'il fait le bien.

– Je suis un guerrier de Dieu, dit Salazar. Le serviteur des prophètes. »

Il tenait maintenant son pistolet braqué sur Stéphanie.

« Mettez-vous à genoux ! lança-t-il en détachant chaque syllabe.

– C'est ce que demande l'ange ? demanda-t-elle.

– Vous vous moquez de lui ? »

Cassiopée voulut tenter quelque chose.

« Josepe. Je t'en supplie. Laisse ces gens tranquilles, et partons tous les deux.

– Tu m'as menti. Tu m'as utilisé. Tu es aussi mauvaise qu'eux.

– Non, je ne suis pas du tout comme eux. »

Josepe agita le pistolet en direction de Stéphanie.

« Je vous ai dit de vous mettre à genoux. »

Malone voyait bien que la situation devenait de plus en plus délicate.

Salazar était fou, mais on pouvait quand même essayer de le manœuvrer. En fait, cela pouvait même faciliter la tâche. Il croisa le regard de Stéphanie et lui fit un petit signe de tête pour qu'elle sache qu'il était avec elle.

Elle s'agenouilla donc sur le sol sec.

Luc était devant lui, et tous les deux avaient les bras le long du corps, le pistolet à une trentaine de centimètres, visible seulement par lui. Malone fouilla dans sa mémoire pour trouver quelque chose qu'il avait lu dans le livre resté dans sa boutique. Salazar vivant apparemment dans le passé, il se servirait du passé comme arme. Il dit :

« *Donc, voici la terre de promesse et l'endroit pour la ville de Sion. Et comme le dit le Seigneur votre Dieu, si vous recevez de la sagesse, voici de la sagesse.*

– Vous connaissez *Doctrine et Engagements* ? demanda Salazar stupéfait.

– Je l'ai lu. *En vérité, ceci est la parole du Seigneur que la ville de la Nouvelle-Jérusalem soit construite par l'ensemble des saints.*

– Et nous l'avons construite, poursuivit Salazar. Dans l'Ohio. Le Missouri. L'Illinois. Et enfin à Salt Lake. Si vous connaissez nos enseignements, vous savez alors que le prophète Joseph a déclaré que la rédemption de Sion ne peut s'obtenir que par la force.

– Et pourtant vous n'en avez aucune.

– J'ai ce pistolet. Mon ennemie est à genoux. Et vous autres, vous êtes à ma merci.

– *Vous les Aînés d'Israël, n'avez-vous pas pris un engagement avec Dieu disant que vous ne vous trahiriez jamais les uns les autres ? Un engagement de ne jamais rien dire contre ceux qui sont consacrés*», récita Malone.

Il s'agissait d'une déclaration faite par un des anciens de l'Église primitive.

« Tous les saints en font le serment, proclama Salazar. Nous devons rester ensemble. C'est de là que nous tirons notre force.

– Et pourtant, vous étiez entouré par des menteurs », dit Stéphanie.

Salazar essayait de ne pas perdre le sens de la réalité, mais il était submergé par trop de choses. Heureusement, l'ange était resté là, sans rien dire, lui laissant le temps de réfléchir. Il était furieux contre tout le monde, y compris Cassiopée. Rowan l'Aîné gisait par terre, inerte, probablement mort.

« Répandre le sang humain est nécessaire pour la rémission des péchés, dit l'ange. *L'apôtre a péché. Il est heureux maintenant, auprès du Père céleste, et il te remerciera un jour. Son âme torturée ne pouvait être sauvée qu'en répandant son sang. »*

Cette pensée le réconfortait.

Et pourtant, Rowan avait été un homme choisi.

Avait-il eu tort de le faire expier ?

« Ne t'inquiète pas si ce que tu vois à Sion peut te surprendre. Si je voulais trouver les meilleurs hommes du monde, j'irais à Sion. Si je voulais trouver le pire démon, je chercherais aussi à Sion. Car c'est parmi le peuple de Dieu que je peux trouver les plus grands coquins. »

Ce qui expliquait de toute évidence la trahison de Rowan.

Et maintenant ? se demanda-t-il, en fixant l'apparition.

Son ennemie était toujours à genoux devant lui.

« Elle doit expier. »

Il était de cet avis.

« Tous doivent expier. »

Y compris Cassiopée ?

« Elle surtout. Elle t'a vendu à tes ennemis. »

« Salazar. »

La voix de Malone le détourna de l'apparition.

« C'est fini.

– Pas du tout.

– Si, bien sûr », dit Cassiopée.

Salazar braqua le pistolet vers elle.

« Ne dis pas ça. Ne dis jamais ça. Tu n'as pas le droit de formuler de jugement sur moi ni sur quiconque. »

« Tu vas me tuer ? » demanda-t-elle.

« Fais-la expier. »

« Je ne peux pas ! s'écria-t-il. Je ne peux pas ! »

Stéphanie était inquiète pour Cassiopée. Non seulement Salazar voyait des choses, mais il leur parlait. On ne pouvait pas savoir ce qu'il allait faire l'instant d'après. Pourvu que Luc et Cotton aient la maîtrise de la situation. Ils avaient volontairement abandonné leurs Beretta, ce qui signifiait qu'au moins un des deux était encore armé. Elle avait observé la façon dont Cotton collait aux fesses de Luc, en le gardant à sa droite, juste devant lui.

Il devait y avoir une raison.

Heureusement, Salazar, dans son état, était incapable de remarquer quoi que ce soit.

Cassiopée fit un pas en direction de Josepe.

Il réagit en braquant à nouveau le pistolet sur elle, le regard furieux.

« Souviens-toi quand nous étions jeunes, dit-elle, à voix basse. Quand nous étions ensemble. Quand tu m'aimais.

– J'y pense tous les jours.

– Nous étions innocents à cette époque. Nous ne pouvons pas retourner en arrière, mais nous pouvons vivre quelque chose de nouveau et de différent. Pose ton pistolet et renonce à tout ça.

– Le prophète m'ordonne de combattre.

– Il n'y a pas de prophète ici.

– J'aimerais que tu puisses le voir. Il est tellement beau dans son halo de lumière, plein de bonté. Il ne m'a jamais détourné du droit chemin.

– Josepe, ils ne te feront pas de mal si tu n'as pas d'arme.

– Ils ne peuvent pas me faire de mal. »

Elle regarda Cotton et le jeune homme.

« Malheureusement, si. Ils attendent l'occasion pour te tuer. »

Cette perspective ne sembla pas l'émouvoir. En revanche, le calcul était évident de la part de ces trois professionnels au regard implacable. Josepe n'était pas de leur trempe. Ils le savaient.

« S'il te plaît, dit-elle. Je t'en supplie. Aucun d'entre eux ne tirera sur un homme désarmé. »

Josepe paraissait perplexe.

« Regarde la vérité en face, poursuivit-elle, ils sont venus pour te tuer. Ni toi ni Rowan ne deviez ressortir d'ici vivants.

– Comment le sais-tu ?

– Parce que c'était son boulot de vous faire venir ici », intervint Stéphanie.

Luc frémit en entendant Stéphanie. À genoux, sans arme, mais toujours à l'offensive. Elle avait du cran. Il éprouva du respect pour sa patronne.

« Elle fait tout pour te faire sortir de tes gonds, dit Cassiopée. Elle n'y parviendra pas, si tu déposes ton arme et que tu te rends.

– Tu n'as plus aucun pouvoir sur moi.

– Josepe, il faut que tu m'écoutes. Ces gens savent ce qu'ils font. Ce n'est pas toi qui as la direction des opérations.

– Ils ne représentent pas un problème pour moi, dit Salazar. Les tuer ne serait pas difficile.

– Alors allez-y, dit Luc.

– Je pourrais aussi vous tirer dans les genoux et vous laisser infirme pour le restant de vos jours. C'est tout ce que vous méritez. La mort serait bien trop douce pour vous tous.

– Pour moi aussi ? demanda Cassiopée.

– Tes pensées sont impures, tes motifs, mauvais. Tu t'es jouée de moi il y a des années et tu as recommencé ces derniers jours. Alors, oui, tu es comprise dans le lot. »

Malone évalua la distance entre sa main droite et le pistolet caché dans le dos de Luc. Quelque six centimètres. Parfait. Il était rangé le canon vers l'extérieur, ce qui lui faciliterait la prise. Mais il fallait qu'il agisse vite et prudemment, sans rien laisser voir à Salazar. Cassiopée avait compris ce qu'ils mijotaient. Heureusement, Salazar était suffisamment perturbé pour ne plus savoir qui croire.

«Josepe, dit Cassiopée, je veux que tu poses ce pistolet et que tu viennes vers moi. À nous deux, nous allons pouvoir arranger les choses.

– Comment ?

– Je n'en sais rien. Nous allons trouver ensemble. Ne rends pas les choses encore plus difficiles. Il n'y a pas d'autre issue. »

Salazar braqua son arme sur Stéphanie.

Cassiopée s'interposa, le mettant au défi de tirer. Malone avança la main vers le pistolet.

« Je ne vais pas te laisser faire ça, dit Cassiopée. Tu vas devoir tirer sur moi avant de l'atteindre.

– Je n'éprouve plus rien pour toi, déclara Salazar. Plus rien du tout. »

Salazar s'efforçait de garder son sang-froid.

« Elle ne devrait pas plus attendre de protection de ta part que le loup ou le chien que le berger surprend à tuer le mouton. Il est de notre devoir de se débarrasser de tous les êtres impies qui nous entourent. Laisse le Père céleste s'occuper d'eux. »

L'ange lui jeta un regard noir.

« Quand un homme souhaite quelque chose, il devrait être prêt à le faire lui-même. »

Effectivement.

« Tue-les tous. Commence par la tentatrice menteuse. »

Malone passa la main autour du pistolet. Il sentit que Luc était tendu quand il mit le doigt sur la gâchette. Cassiopée avait suffisamment distrait Salazar pour que celui-ci ne se rende compte de rien.

« Si tu changes d'avis et que tu piétines les saints commandements de Dieu, dit Salazar à Cassiopée, que tu enfreins tes engagements sacrés et solennels pour devenir un traître envers le peuple de Dieu, ne mérites-tu pas la mort ?

– Tu ne peux pas…

– Tu as commis un péché qui ne peut pas être pardonné dans ce monde. »

Salazar éleva la voix.

« Que la fumée monte de l'encens jusqu'à Dieu en signe d'expiation pour tes péchés. »

Malone entendit le mot magique.

Expiation.

Il resserra la main sur le pistolet, mais il ne l'avait pas encore sorti de la ceinture de Luc.

« Arrête ça ! s'écria Cassiopée. Arrête tout de suite !

– Tu n'es pas différente de Judas qui a trompé et trahi Jésus. »

Salazar hurlait maintenant.

Pour se donner du courage.

« Pas différente du tout. Les prophètes disent que nous devrions supporter qu'on nous arrache nos entrailles avant de trahir les engagements que nous avons passés avec Dieu. Judas ressemblait à du sel qui aurait perdu ses vertus, bon à rien sinon à être jeté et piétiné par l'homme. »

Malone libéra le pistolet.

« Un, chuchota-t-il à Luc, sans bouger les lèvres.

– Je t'aime, Josepe. »

Les mots de Cassiopée lui glacèrent le cœur.

Était-ce vrai ou voulait-elle simplement calmer Salazar ?

« Tu n'es même pas digne d'amour, éructa Salazar. Tu n'es pas crédible.

– Je t'en prie. »

Des larmes coulaient sur son visage.

« Je t'en prie, Josepe. »

L'attention de l'Espagnol était complètement focalisée sur elle. Stéphanie était toujours à genoux, le dos droit, la tête haute, sur le qui-vive. Le pistolet visait maintenant Cassiopée en pleine poitrine. Malone détestait la situation dans laquelle il se trouvait. Stéphanie était venue pour résoudre le problème. Mais la tâche lui incombait maintenant.

« Deux », souffla-t-il.

Salazar se raidit.

« Si les Gentils veulent qu'on leur montre quelques tours, dit l'ange, *nous pouvons le faire. Ils te traitent de démon. Ça n'est pas une insulte. Nous, les saints, avons les pires des démons sur Terre. Nous ne pouvons pas atteindre notre but sans que ces démons soient présents. Nous ne pouvons pas faire de progrès, ni prospérer dans le Royaume de Dieu sans eux. Nous avons toujours eu besoin de nourrir en notre sein ceux qui volent les poteaux des barrières ou le foin du hangar de notre voisin, ou le blé d'un champ. Ces hommes ont toujours répondu à un besoin. Comme toi. »*

Il n'aimait pas qu'on le traite de démon, mais il comprenait ce que l'ange voulait dire. Les tâches rudes avaient toujours demandé des hommes rudes. Les larmes de Cassiopée coulaient de plus en plus. Il ne l'avait jamais vue pleurer auparavant, et ce spectacle était déconcertant.

Et ces mots.

Je t'aime.

Cela le faisait réfléchir.

« Le Père céleste aura pitié de toutes leurs âmes. »

Il aimait bien cette idée.

« Nous posséderons la terre, car elle appartient à Jésus-Christ, et qu'il nous appartient, et nous à lui. Nous ne faisons qu'un et nous prendrons possession du royaume sous les cieux tout entiers et régnerons sur lui pour l'éternité. Vous tous, rois et empereurs et présidents, servez-vous, si vous le pouvez. »

« C'est vrai », dit-il à l'apparition.

« Les nations s'inclineront devant notre royaume et tout l'enfer n'y pourra rien. Fais ton devoir. Fais-le maintenant. »

« Trois. »

Malone prit le pistolet tandis que Luc plongeait à terre.

Il braqua l'arme.

Salazar se jeta vers la gauche.

« Non ! hurla Cassiopée.

– Jetez ce pistolet ! cria Malone. Ne me forcez pas à tirer. »

Salazar dirigea le canon vers lui.

Tant pis.

Malone fit feu.

La balle atteignit Salazar en pleine poitrine, le faisant chanceler en arrière. Puis il reprit son équilibre et n'hésita pas un seul instant à viser de nouveau avec son arme.

Malone tira une seconde fois.

À la tête.

La balle fit un trou écarlate parfaitement dessiné, puis l'arrière de la boîte crânienne explosa, projetant du sang et des morceaux de cervelle sur les rochers.

Salazar chercha l'ange, mais l'apparition était partie.

Il tenait toujours le pistolet, mais ses muscles ne répondaient plus. Il survécut quelques instants, bientôt paralysé, pourtant encore conscient de ce qui l'entourait.

L'obscurité l'enveloppa.

Le monde disparaissait puis réapparaissait par intermittence.

La dernière chose qu'il vit fut le visage de Cassiopée.

Il aurait tellement voulu que tout se passe différemment entre eux.

Cassiopée se précipita vers Josepe tandis qu'il s'effondrait. Il était bel et bien mort. Cotton avait tiré deux fois sur lui, une fois dans la poitrine, une fois dans la tête. Exactement comme elle l'avait prévu.

Stéphanie se releva.

L'air méprisant, Cassiopée jeta un regard furieux à Cotton.

« Tu es content maintenant ?

– Je lui ai laissé sa chance.

– Pas vraiment.

– Il t'aurait tiré dessus.

– Non, il ne l'aurait pas fait. Vous auriez dû me laisser me débrouiller.

– C'était impossible, dit Stéphanie.

– Vous êtes des assassins.

– Mais non, dit Stéphanie en haussant le ton.

– C'est ce que vous vous dites. Ça vous soulage. Mais vous êtes exactement du même acabit que lui. »

70

Washington, D.C.

Lundi 13 octobre
4 h 50

Stéphanie suivait Danny Daniels dans l'escalier à l'intérieur du Washington Monument. Le président était sorti à pied de la Maison-Blanche dans le froid du petit matin. Elle l'attendait devant l'entrée basse. Il lui avait téléphoné la veille, pendant le vol de retour en provenance de l'Utah, et lui avait dit de le retrouver là.

Elle était rentrée seule avec Luc. Cotton avait pris un vol transatlantique pour Copenhague. Cassiopée était restée, avec l'intention de rapatrier le corps de Salazar en Espagne. À Falta Nada, l'atmosphère avait été tendue, Cassiopée refusant de parler à qui que ce soit. Malone avait essayé de l'aborder, mais elle l'avait repoussé. Sagement, il avait préféré la laisser tranquille. Cassiopée avait en partie raison. Ils étaient effectivement des criminels. Mais ils possédaient un permis, ce qui leur évitait la prison. Stéphanie s'était toujours demandé si c'était juste de tuer dans le cadre de son travail. Avec toutes ces conneries de *bien supérieur.* Tuer était toujours tuer, où que ce soit et quels qu'en soient les raisons et les moyens.

« Mon garçon s'est bien débrouillé, non ? » lui demanda Daniels, tout en continuant à monter.

Elle savait qui il désignait par *mon garçon.*

« Luc s'est conduit comme un pro.

– Ça va être un bon. Vous allez être contente de l'avoir. Je pense même que nous allons finir par faire la paix tous les deux. »

Elle était heureuse que Danny ait marqué un autre point.

Un nouveau pas vers sa retraite.

Elle n'était jamais entrée à l'intérieur du Washington Monument. Curieux, étant donné qu'elle l'avait vu des milliers de fois. C'était le genre de visite qu'on remettait toujours à plus tard. Tout en marbre, granit et grès bleu, l'obélisque de cent soixante-neuf mètres de haut pouvait s'enorgueillir d'être la plus grande structure en pierre au monde. Il se dressait depuis 1884, date à laquelle la pierre du sommet avait été posée. Un tremblement de terre, phénomène plutôt rare sur la côte Est, avait endommagé l'extérieur, qu'on avait mis deux ans à réparer.

« Il y a une raison pour ne pas prendre l'ascenseur ? lui demanda-t-elle.

– Vous verrez.

– Où allons-nous ? »

Les services secrets attendaient en bas de l'escalier, qui montait à angle droit depuis sa base jusqu'au sommet – une longue ascension de huit cent quatre-vingt-dix-sept marches, comme le directeur du site l'avait expliqué.

« Nous en sommes à peu près à la moitié, dit-il. Que se passe-t-il ? Vous avez perdu la forme ? »

Elle sourit. Il semblait avoir retrouvé sa bonne humeur.

« Je vous suivrais n'importe quand, n'importe où. »

Il s'arrêta et se retourna.

« Je vous le rappellerai.

– Je l'espère bien. »

Ils étaient seuls, toujours aussi à l'aise l'un avec l'autre. Bientôt, il ne serait plus président des États-Unis et elle ne serait plus son employée.

Elle montra ce qu'il tenait. Un ordinateur portable.

« J'ignorais que vous saviez vous en servir.

– Vous n'allez pas tarder à comprendre que je m'y entends même très bien. »

Il ne précisa pas pourquoi il l'avait apporté, mais elle n'attendait pas grande explication.

Ils reprirent leur montée.

Tout le long, des pierres commémoratives étaient scellées dans les murs extérieurs, gravées de messages patriotiques de la part de donateurs. Elle avait relevé toutes sortes de références : certaines villes et certains États, de nombreux pays, des loges maçonniques, des versets de la Bible, des cartes, des régiments militaires, des universités, un peu tout et n'importe quoi.

« Toutes ces pierres sont des donations ? demanda-t-elle.

– Absolument toutes. Toutes en l'honneur de George Washington. Il y en a cent quatre-vingt-treize à l'intérieur. »

Ils n'avaient pas parlé de Rowan ni de Salazar. Elle avait simplement remis son bref rapport disant qu'ils étaient morts tous les deux, sans la moindre implication de qui que ce soit dépendant officiellement du gouvernement américain. Charles Snow était resté à les attendre à l'extérieur de la caverne, l'air triste et solitaire. Du personnel militaire avait été envoyé pour enlever les corps. Et toute trace de coup de feu avait été effacée des restes de Rowan, au cours d'une autopsie de grande envergure effectuée par des médecins légistes de l'armée. On avait dit à la famille du sénateur qu'il était mort d'une crise cardiaque en discutant des affaires de l'Église avec le prophète. Il recevrait des funérailles officielles à Salt Lake au cours de la semaine. Le corps de Salazar avait été remis à Cassiopée qui s'était rendue en Espagne à bord du jet de Salazar.

Daniels s'arrêta devant elle sur le palier suivant.

« Nous sommes à soixante-dix mètres. En fait, j'ai assez mal aux cuisses. Je ne suis pas habitué à ce genre d'exercice. »

Les siennes la faisaient souffrir aussi.

« Nous sommes là pour ça », dit-il en montrant une autre pierre commémorative.

Elle examina le rectangle, qui représentait apparemment une ruche posée sur une table. Au-dessus de la ruche, on voyait un œil dont les rayons se dirigeaient vers le bas, révélant les mots SAINTETÉ AU SEIGNEUR, autour de la ruche. Sous la table était gravé DESERET. Un ensemble en relief de trompettes, de fleurs, de plantes grimpantes et de feuilles jaillissait de la pierre.

« Ceci a été donné en septembre 1868 par Brigham Young en personne. La pierre a été extraite dans l'Utah et gravée par un pionnier mormon du nom de William Ward. La ruche était le symbole de l'État de Deseret, le nom que Young voulait donner à son nouveau pays. Évidemment, nous avions d'autres idées. Presque trente années allaient s'écouler avant que la notion d'État ne se généralise, mais cela illustre parfaitement les intentions premières de Young. »

Daniels ouvrit l'ordinateur et le posa sur les marches au-dessus. L'écran s'alluma, et le visage de Charles Snow apparut.

« Il doit être vraiment très tôt chez vous, dit le président au prophète.

– C'est vrai. Mais je n'ai pas beaucoup dormi ces derniers jours.

– Je sais ce que c'est. Moi non plus, d'ailleurs.

– J'ai prié pour Rowan l'Aîné et frère Salazar. J'ose espérer que le Père céleste est bon pour eux.

– Nous avons fait ce qu'il fallait. Vous savez que c'est vrai.

– Je me demande combien de mes prédécesseurs ont dit la même chose. Eux aussi ont fait ce qu'ils pensaient devoir faire. Mais ont-ils eu raison pour autant ?

– Ils ne nous ont pas laissé le choix, dit le président. Aucune marge même.

– Je vois la pierre derrière vous. Cela fait longtemps que je ne l'ai pas contemplée. Je me suis rendu une fois dans ce monument, il y a longtemps, quand je pouvais encore monter les marches. »

Elle se demanda ce qui se passait. Pourquoi cette liaison informatique avec l'Utah, dont elle supposait qu'elle empruntait une ligne codée ?

« Notre Église a toujours aimé la pierre, dit Snow. C'est notre matériau de construction préféré. Peut-être que c'est plus difficile à détruire. Nos temples en bois n'ont jamais duré longtemps, et la plupart ont été brûlés par des foules en colère. Dès que nous avons commencé à les construire en pierre, ils ont duré. À ce jour, presque toutes ces bâtisses anciennes sont encore debout. »

Elle examina une nouvelle fois la donation de l'Utah.

« La pierre a aussi servi à d'autres choses, dit Snow. Joseph Smith a vu les plaques dorées pour la première fois dans un coffret en pierre. Le 2 octobre 1841, Smith a placé le manuscrit original du *Livre de Mormon* dans la pierre angulaire du Nauvoo Hotel. Brigham Young a enfermé des documents et des pièces dans la pierre angulaire du temple de Salt Lake, une pratique répétée maintes fois dans d'autres temples. Pour nous, enfermer des choses à l'intérieur de la roche est un signe de respect. »

Elle comprit soudain.

« Le document des Fondateurs est ici ?

– Brigham Young a trouvé que cela s'imposait de le ramener à Washington, dit Snow. Il l'a donc scellé à l'intérieur de son don pour le monument. Et il l'a dit à John Taylor, l'homme qui devait lui succéder, et le secret s'est transmis d'un prophète à l'autre. Nous respectons cette nation et sommes honorés d'en faire partie. Seuls quelques-uns, comme Rowan, étaient d'un avis différent. Mais ces hommes sont des exceptions, comparables aux extrémistes de toutes les autres religions. Les hommes qui se sont succédé à la tête de cette Église ont compris la gravité de ce qu'ils savaient et ils ont préféré garder le secret. Comme il fallait le faire.

– Est-ce pour cette raison que Nixon essuya un refus en 1970 ? demanda Daniels.

– Bien sûr. L'information ne pouvait en aucun cas être révélée. Rowan, il faut le lui reconnaître, fut le premier à en savoir autant. Mais le fait d'être le prochain dans la ligne de succession lui avait permis d'accéder à plus d'informations que d'autres. Et son poste de sénateur lui avait procuré encore davantage de possibilités. »

Elle s'approcha de la pierre commémorative et caressa doucement sa surface gris pâle. Derrière, se cachait un document capable de détruire les États-Unis d'Amérique.

« Pourquoi m'avez-vous amenée ici ? demanda-t-elle. Pourquoi me permettre de savoir ça ?

– Ces morts pèsent sur nous tous, dit Daniels. Vous avez le droit de savoir que ce pour quoi ils sont morts existe réellement. »

Elle appréciait son geste. Mais elle n'était pas née de la dernière pluie non plus. Beaucoup de gens étaient morts de son fait. Aucune des morts n'avait été anodine, et elle n'en avait oublié aucune.

« La réputation d'Abraham Lincoln reste intacte, dit Snow depuis l'écran. Comme il convient. Toutes les nations ont besoin de héros. »

« Le pire ennemi de la vérité est souvent non pas le mensonge – délibéré, forcé et malhonnête – mais le mythe – persistant, convaincant et irréaliste. »

Impressionnée par la déclaration de Daniels, elle lui demanda de qui elle était.

« John Kennedy. Et il avait raison. Un mythe est tellement plus difficile à démonter qu'un mensonge. Nous permettrons au mythe de Lincoln de perdurer. Apparemment, il a parfaitement servi ce pays.

– Dans la prophétie du Cheval blanc, dit Snow, le peuple des montagnes Rocheuses, les saints, était décrit comme le Cheval blanc. Il était prédit qu'ils créeraient la nouvelle Sion et protégeraient la Constitution. Le peuple des États-Unis était le Cheval pâle. Le Cheval noir personnalisait les forces de l'obscurité menaçant la Constitution. Il y avait aussi le Cheval rouge, sans identification propre, mais désigné comme étant une force puissante qui jouerait un rôle majeur. »

Snow s'arrêta.

« Mademoiselle Nelle, vous, M. Malone et le jeune M. Daniels, c'est vous qui êtes ce Cheval rouge. Joseph Smith a dit qu'il aimait la Constitution. Il a aussi déclaré : *Elle a été inspirée par Dieu, et sera toujours préservée et épargnée par le Cheval blanc et le Cheval rouge, qui, ensemble, se réuniront pour la défendre.* Nous avons toujours jugé cette prophétie suspecte, elle qui est née longtemps après la guerre de Sécession, et qui semblait plus proche de la fiction que de la réalité, mais tout s'est passé exactement comme prédit. Donc la personne susceptible d'avoir créé cette prophétie avait raison.

– Et que faisons-nous pour le contenu de cette pierre ? demanda-t-elle.

– Rien, dit Daniels. Il reste là.

– Et les notes de Madison sur le sujet ?

– Je les ai brûlées. »

C'était incroyable, mais elle en comprenait parfaitement la raison. Katie Bishop avait déjà fait le serment de garder le secret, sous peine de poursuites. Mais, en l'absence de toute preuve tangible, ce qu'elle pourrait dire n'aurait aucune crédibilité.

« Il ne s'est rien passé », dit Daniels.

Mais elle n'en était pas aussi sûre.

Cassiopée entra dans le petit cimetière adjacent à la propriété de Salazar. Une cinquantaine de tombes occupaient l'espace couvert d'herbe. Terre consacrée, où, depuis plus d'un siècle, les Salazar étaient enterrés. Elle était arrivée la veille et s'était occupée de l'incinération de Josepe. Certes, ce n'était pas la coutume mormone, mais Josepe savait parfois s'exonérer de leurs traditions. Même si le paradis existait et qu'il y avait un Dieu, elle doutait fort que Josepe se retrouve jamais en Sa présence.

Ses péchés avaient été beaucoup trop nombreux.

Bien que Josepe ait eu des frères et des sœurs, elle n'en avait contacté aucun. Elle avait préféré s'organiser pour que les responsables de la gestion de son domaine soient à l'aéroport et transportent le corps jusqu'à un crématorium local, qui avait accepté de procéder très vite à l'incinération. C'était beaucoup trop compliqué d'expliquer à des frères et des sœurs comment un des leurs s'était enfoncé dans la folie. Et elle ne pouvait certainement pas leur dire que le gouvernement américain avait autorisé la mort de leur frère.

Sa colère n'était pas retombée. Il était inutile de tuer Josepe. Elle aurait fini par le neutraliser. Apparemment, il représentait une telle menace que le supprimer était devenu la seule solution. Ce qu'elle comprenait en partie. Mais pas suffisamment pour l'accepter.

Cotton n'aurait pas dû appuyer sur la gâchette.

Mais il l'avait fait. Pas seulement une fois, mais deux.

Impardonnable, peu importe ce que Josepe avait fait. Les tribunaux étaient là pour ça.

Mais Stéphanie ne souhaitait pas qu'il puisse s'exprimer publiquement. Il valait mieux le réduire au silence.

L'un des employés avait déjà creusé le trou destiné à recevoir l'urne en argent. Elle y mettrait Josepe et expliquerait ensuite à sa famille ce qui était arrivé, en omettant les détails horribles et en précisant que leur frère avait atteint un point de non-retour.

Mais ce serait pour une autre fois.

Aujourd'hui, elle allait lui faire ses propres adieux.

Malone sortit de derrière le comptoir de sa librairie. Les affaires étaient calmes, comme tous les lundis. Il était rentré chez lui vingt-quatre heures auparavant après un vol de nuit Salt Lake City-Paris. Il ne se souvenait pas d'avoir été aussi perturbé. Cassiopée ne lui avait pratiquement pas adressé la parole avant de quitter Falta Nada comme une furie.

Il était frustré, vanné, et en complet décalage horaire.

Rien de nouveau, sauf sa frustration.

Encore une fois, ses employées avaient fait un magnifique boulot et permis à la boutique de tourner normalement. Elles étaient parfaites. Il leur avait donné la journée, bien résolu à se débrouiller tout seul. Ce qui était d'ailleurs parfait pour son humeur, car il n'avait aucune envie de faire des amabilités.

Il s'approcha d'une des vitrines et contempla Højbro Plads. Il faisait humide et orageux, mais ça n'empêchait pas les gens de flâner. Tout avait commencé ici cinq jours plus tôt, dans la boutique, par un coup de téléphone de Stéphanie. Il se demanda ce qu'allait faire Luc Daniels. En le quittant à Salt Lake, il lui avait souhaité bonne chance, en espérant qu'ils se retrouvent un jour.

La porte d'entrée s'ouvrit alors, le tirant de ses pensées.

Un livreur de FedEx pénétra avec un paquet. Il signa la tablette électronique et, à peine l'homme parti, déchira la languette perforée du paquet. À l'intérieur se trouvait un livre enveloppé dans du papier bulle. Il le posa sur le comptoir et le déballa soigneusement.

Le *Livre de Mormon.*

Édition originale, 1830.

Celui qu'il avait acheté à Salzbourg et qui lui avait été volé par Cassiopée et Salazar.

Un papier dépassait. Il l'enleva et lut la note écrite à l'encre noire.

Ceci a été trouvé lors de la fouille de l'avion de Salazar. J'ai décidé qu'il vous revenait en remerciement de tout ce que vous avez fait. Vous ne devriez pas travailler gratuitement. Je n'ignore pas que cela a été dur et qu'il risque d'y avoir des conséquences. Dieu sait que je suis mal placé pour donner des conseils à propos d'une femme, mais ne vous pressez pas et soyez patient. Elle reviendra.

Danny Daniels

Il secoua la tête et sourit. Ce livre avait coûté plus de 1 million de dollars. Il devait en valoir le quart, mais ce n'était quand même pas une mauvaise affaire. Le fait est qu'il fallait bien payer ses factures, et se balader autour du globe n'était pas forcément rentable.

Il appréciait le geste.

Danny Daniels allait lui manquer.

Il s'approcha de la vitrine et regarda l'orage en se demandant ce que faisait Cassiopée.

Cassiopée versa la dernière pelletée de terre dans le trou et l'égalisa.

Josepe avait été enterré. Son père, sa mère et son premier amour étaient morts. Elle se sentait seule. Elle n'aurait pas dû être aussi triste, compte tenu de tout ce que Josepe avait commis d'horrible. Mais une certaine mélancolie s'était installée en elle, et elle avait l'impression qu'elle n'était pas prête de s'effacer.

Son cœur était vide, l'amour l'avait déserté.

Malgré ce qu'elle avait dit à Josepe dans cette caverne.

Elle était furieuse après Stéphanie et Cotton et voulait surtout qu'ils lui fichent la paix.

Le moment était venu de faire un break.

Avec une nouvelle vie et de nouveaux défis.

Elle planta la pelle dans la terre humide et se dirigea vers l'entrée.

La campagne espagnole était tellement paisible, la journée fraîche et ensoleillée. Sa maison de famille n'était pas loin. Elle était venue là à de nombreuses reprises.

Cette fois serait la dernière. Encore un lien coupé avec son passé.

Elle prit son téléphone, afficha ses contacts et déroula la liste jusqu'à Cotton Malone.

Tout était là.

Numéro de mobile, de la librairie, e-mail.

Tout ce qui avait un jour compté pour elle.

Et qui ne comptait plus.

Elle appuya sur EFFACER.

Le téléphone lui demanda si elle confirmait.

Elle confirma.

Malone tenait toujours le *Livre de Mormon.*

Il le mettrait aux enchères et en obtiendrait du liquide. Son contenu n'avait aucune signification particulière pour lui, comme pour des millions de gens. Cinq jours auparavant, il aurait juré que sa vie était rangée. Mais il venait d'y avoir un changement radical. Il n'avait pas été amoureux depuis longtemps et il commençait à s'y habituer. Il avait tué Salazar parce que, un, ce salaud le méritait, et, deux, il n'avait pas le choix. Il avait donné à l'homme l'occasion de se rendre. Tant pis pour lui s'il n'avait pas accepté. Jamais, au grand jamais, il n'avait aimé tuer. Mais, parfois, il fallait le faire.

Les États-Unis d'Amérique étaient sauvés.

La menace écartée.

Justice avait été rendue.

Tout était bien, à une exception près.

Il regarda la pluie dehors et se demanda s'il reverrait jamais Cassiopée Vitt.

NOTE DE L'AUTEUR

Ce livre a nécessité plusieurs voyages sur le terrain. Elizabeth et moi nous nous sommes rendus à Washington, D.C., Des Moines dans l'Iowa, Salt Lake City dans l'Utah, et Salzbourg en Autriche.

Maintenant, le moment est venu de séparer la réalité de la fiction.

La rencontre décrite dans le prologue entre Abraham Lincoln et Mme John Frémont a eu lieu. L'endroit (le salon rouge de la Maison-Blanche) existe bien, et une grande partie de leur dialogue provient de récits historiques. Le général Frémont a effectivement dépassé les bornes, et Lincoln a fini par le limoger. Ce que Lincoln dit à Jesse Frémont concernant la libération des esclaves ou le fait de sauver l'Union est tiré mot pour mot d'une réponse de Lincoln à une lettre de Horace Greeley, l'éditeur du *New York Tribune*, publiée en 1862. La note de James Buchanan et le document en provenance de George Washington que lit Lincoln sont de mon invention, bien que Buchanan ait effectivement déclaré qu'il serait peut-être le dernier président des États-Unis.

L'Église de Jésus-Christ des saints du dernier jour joue un rôle important dans ce roman. C'est une religion essentiellement américaine, née sur cette terre et qui s'y est développée et enrichie. C'est la seule religion qui inclut la Constitution des États-Unis dans sa philosophie (chapitres

37, 57). Il ne fait aucun doute que les mormons ont joué un rôle dans l'histoire américaine, formant, après des débuts modestes, une Église de plus de quatorze millions d'adeptes dans le monde entier. Ils ont littéralement créé et bâti l'État de l'Utah.

Dans tout le roman, les mots « mormons » et « saints » sont employés de façon interchangeable. À une certaine époque, ce terme de « mormon » aurait été considéré comme une insulte, car c'était l'étiquette que leur donnaient au XIXe siècle ceux qui les persécutaient. Mais ce n'est plus le cas, et mormon est désormais une dénomination parfaitement acceptée. Néanmoins, j'ai permis aux dévots, comme Rowan et Salazar, de garder le mot « saints » pour parler de leurs frères. Aujourd'hui, on dit souvent SDJ (saints du dernier jour), mais j'ai préféré ne pas l'employer ici. Le chef de l'Église de Jésus-Christ des saints du dernier jour est appelé soit le président soit le prophète. Je m'en suis tenu à ce terme de prophète, de façon à ne pas créer de confusion avec les présidents des États-Unis.

Les apôtres de l'Église doivent se consacrer à plein-temps à leur mission. Pourtant, Thaddeus Rowan reste sénateur des États-Unis. Bien que cet arrangement soit exceptionnel, il existe un précédent. Reed Smoot (chapitre 11) a servi à la fois comme apôtre et comme sénateur tout au début du XXe siècle.

L'expiation par le sang, décrite pour la première fois au chapitre 2, était autrefois une notion familière à la communauté mormone – ou, en tout cas, l'idée était que cela pouvait se justifier. Elle était née en réponse à la violence à laquelle étaient soumis ces premiers croyants. Qu'elle ait été réellement pratiquée demeure sujet à débat. Une chose est certaine : son concept ou son application éventuelle n'existent plus depuis longtemps et ne font plus partie de la théologie mormone. Il en va de même pour les Danites (chapitre 8), un groupe qui a disparu. Ce que dit Sidney Rigdon au chapitre 8 était vrai alors, mais plus maintenant. L'Église a officiellement renoncé au mariage plural le 25 septembre 1890 (chapitres 18 et 55).

Pendant tout le roman, Josepe Salazar reçoit la visite d'un ange, une invention de son esprit dérangé. Presque tout ce que dit l'ange est tiré de la doctrine mormone du XIXe siècle, de discours et de sermons, et, comme l'expiation par le sang et les Danites, reflète le monde hostile dans lequel évoluaient ces gens. Ce n'est plus du tout le cas aujourd'hui. Néanmoins, l'ange Moroni demeure le pivot de la théologie mormone (chapitre 39).

Le parc national de Zion (chapitre 3) est décrit avec exactitude. La légende des vingt-deux chariots disparus appartient au folklore mormon (chapitre 11), mais personne n'en a jamais trouvé la moindre trace. La guerre mormone de 1857 a bien eu lieu, et Lincoln a effectivement passé un accord (comme il est raconté au chapitre 9) avec Brigham Young. Ses termes sont cités avec fidélité. Les deux parties ont respecté ce pacte. La loi Morrill de 1862 contre la polygamie n'est jamais passée, et les mormons n'ont pris aucune part à la guerre de Sécession. Ce supposé bénéfice collatéral à cet accord (conclu par les deux parties) est une invention de ma part.

Les endroits évoqués à Copenhague, Kalundborg, Salzbourg, l'Iowa, Washington, D.C., et l'Utah existent tous. Les lecteurs des précédentes aventures de Cotton Malone auront peut-être reconnu le Café Norden (chapitre 10), qui donne sur la Højbro Plads à Copenhague. La résidence du vice-président sur le terrain de l'Observatoire naval correspond à ce que j'ai décrit (chapitre 25). L'Hôtel Monaco à

Salt Lake City (chapitre 26) et le Mandarin oriental dans la capitale de la nation (chapitre 38) sont des endroits merveilleux.

Le temple de Washington, D.C., est un monument remarquable du Maryland (chapitres 50 et 59). Le temple de Salt Lake (décrit au chapitre 14) est un édifice emblématique, comme l'est Temple Square qui l'entoure (chapitre 61). Le chant cité chapitre 11 est authentique et l'endroit où vit le prophète à Salt Lake City est rigoureusement décrit.

La pierre contenant les archives (mentionnée au chapitre 14) a été extraite du temple de Salt Lake en 1993. À l'intérieur se trouvaient divers objets laissés là par Brigham Young en 1867. L'inventaire fourni au chapitre 14 est exact, excepté l'ajout du message de Young. L'histoire relate que Joseph Smith a vu pour la première fois les plaques dorées à l'intérieur d'un coffret en pierre. Le 2 octobre 1841, Smith a placé le manuscrit original du *Livre de Mormon* à l'intérieur de la pierre angulaire de l'hôtel Nauvoo. Ce que fit Brigham – c'est-à-dire enfermer des objets, des documents et des pièces en or à l'intérieur d'une pierre – devint un signe de respect (chapitre 70), qui fut repris dans des temples tout autour de la planète. C'est pourquoi il devenait plausible d'enfermer la garantie écrite que Lincoln avait envoyée en direction de l'Ouest à l'intérieur de la dalle en pierre que Young donna au Washington Monument (chapitre 70). Ce don y est toujours, scellé à l'intérieur à plus de soixante-dix mètres de hauteur.

Le meurtre de Joseph Smith et de son frère le 27 juin 1844 est un fait avéré (chapitre 16). Edwin Rushton a également existé, comme son journal. La prophétie du Cheval blanc, citée tout au long du roman (chapitres 17 et 18), a fait jadis partie du folklore mormon. Personne ne sait quand la prophétie a été formulée, mais on reconnaît généralement que c'est bien après que Joseph Smith s'en fut fait l'écho en 1843. Le texte du chapitre 17 est tiré du journal de Rushton daté des années 1890. La prophétie elle-même est tellement précise, tellement détaillée, qu'on se demande si elle n'a pas été embellie par la suite. En tout cas, elle a été rejetée par l'Église au début du xxe siècle (chapitre 52), bien qu'elle soit encore souvent mentionnée dans divers textes mormons.

Ce que Brigham Young dit au chapitre 51 : « La Constitution sera-t-elle détruite ? Non. Elle sera protégée par ce peuple, et, comme l'a dit Joseph Smith : "Le moment viendra où le destin de la nation ne tiendra plus qu'à un fil. À ce moment critique, ce peuple s'avancera et la sauvera de la destruction annoncée" » est vrai. Comme l'est la prophétie de John Taylor, formulée en 1879 (chapitre 51), qui est aussi incroyablement exacte.

L'original du *Livre de Mormon* de 1830 décrit aux chapitres 20 et 30 est rare et précieux. L'édition de 1840 trouvée à la Bibliothèque du Congrès (chapitre 41) y est bien conservée. Lincoln reste le premier (et le seul) président à l'avoir lu, et les dates pendant lesquelles il a eu le livre en sa possession (mentionnées au chapitre 41) proviennent des archives de la Bibliothèque du Congrès. Toutes les notes manuscrites ajoutées à ce livre sont imaginées, mais les passages cités au chapitre 43 sont exacts. La visite de Joseph Smith au président Martin Van Buren a bien eu lieu ainsi que je l'ai relatée dans le livre (chapitre 21).

Salzbourg est une ville magnifique. Le Goldener Hirsch accueille ses hôtes depuis des siècles (chapitre 27), et la forteresse de Hohensalzbourg monte toujours la garde d'en haut (chapitre 30). Le cimetière de Saint-Pierre, les catacombes et la chapelle Sainte-Gertrude sont décrits avec précision (chapitres 34, 37), comme l'imposant Mönchsberg (chapitre 48). Le Dorotheum (chapitres 20 et 30) est une salle des ventes qui existe depuis longtemps en Europe.

Mary Todd Lincoln traversa de nombreuses épreuves. Elle perdit presque tous ses enfants et son mari de mort prématurée. Sa lettre figurant au chapitre 28 est imaginée, mais sa formulation est reprise de sa véritable correspondance. La montre de Lincoln (décrite au chapitre 47) est exposée au Musée national d'histoire américaine du Smithsonian. L'inscription à l'intérieur fut découverte quand on ouvrit la montre en 2009. L'ajout d'une deuxième montre est de mon fait. Salisbury House, à Des Moines, Iowa, est décrite de façon exacte – le domaine, la topographie et son mobilier (chapitres 53 et 58). Seule l'addition d'un cottage dans le jardin sort de mon imagination. Blair House à Washington, D.C., existe également, comme le salon avec le portrait de Lincoln (chapitres 55 et 60).

Richard Nixon a effectivement rencontré en privé les dirigeants de l'Église mormone en juillet 1970 (chapitre 31). Une réunion sans précédent de trente minutes derrière des portes closes. Personne ne connaît à ce jour la nature de cette conversation, et tous ses participants sont morts.

Montpelier, son temple dans le jardin et son puits à glace sont réels (chapitres 33, 35, 40 et 42). Le puits lui-même est scellé, et je n'ai pu trouver aucune photo de l'intérieur. L'ajout de chiffres romains n'était donc pas difficile à concocter.

La mine d'or de Rhoades appartient, jusqu'à ce jour, à l'histoire mormone. L'histoire de la mine, comment elle a été trouvée et exploitée, est fidèlement racontée au chapitre 61. Cette mine est entourée de tellement de légendes qu'il est difficile de démêler le vrai du faux. La carte montrée au chapitre 18 est l'une des innombrables versions de la « réalité ». L'histoire de Brigham Young fondant tout l'or des mormons et le transportant vers l'ouest en Californie pour le mettre en sécurité (chapitre 61) est vraie. Ces vingt-deux chariots ont effectivement disparu. Pour ce roman, j'ai mélangé la mine de Rhoades avec l'histoire de l'or perdu des mormons et avancé l'hypothèse que Brigham Young s'était contenté de confisquer cette fortune pour l'injecter dans la communauté (chapitre 61), en me servant de la mine comme prétexte. Cela paraissait logique, mais nous n'avons aucun moyen de savoir si c'est vrai. Des pièces en or, semblables à celles décrites au chapitre 61, ont été battues et existent encore aujourd'hui. L'endroit dénommé Falta Nada est entièrement une création de ma part.

Ce livre traite de la sécession, un sujet que n'aborde pas la Constitution des États-Unis. Il n'est fait aucune mention nulle part de la façon dont un État pourrait quitter l'Union. Le compte rendu définitif de la Convention constitutionnelle figure dans les *Notes sur les Débats à la Convention fédérale de 1787* de James Madison. Les discours cités chapitre 46 sont tirés de ces notes. La formulation en est exacte à 90 %, le seul ajout étant des commentaires portant sur la manière de sortir de l'Union.

Mais les notes de Madison sont évidemment suspectes.

Elles n'ont été publiées que cinquante-trois ans après la Convention, alors que tous les participants à cette réunion étaient morts, et Madison reconnut ouvertement qu'il en avait modifié le compte rendu (chapitre 25). Ce qui s'est réellement passé à la Convention constitutionnelle, nous ne le saurons jamais. Mais dire que la sécession est inconstitutionnelle, ou que les Fondateurs n'ont jamais envisagé une telle possibilité serait contraire à la vérité. Et pourtant, c'est exactement ce que dit la Cour suprême des États-Unis dans l'arrêt *Texas contre White* (1869). Les parties de ce jugement citées au chapitre 19 attestent du peu de raisonnement ayant présidé à cette décision. Mais que pouvait faire d'autre la Haute Cour ? Déclarer que toute la guerre de Sécession avait été un gâchis ? Que six cent mille personnes étaient mortes pour rien ?

Difficile.

Les juges n'avaient littéralement aucun choix.

Nous, en revanche, avons beaucoup plus de latitude.

La révolution américaine a sans aucun doute été une guerre de sécession (chapitre 9). Le but des colonisateurs n'était pas de renverser l'Empire britannique pour le remplacer par quelque chose de nouveau. Ils voulaient juste avoir la paix. La Déclaration d'indépendance a été leur déclaration de sécession (chapitre 26). Pourquoi les Pères fondateurs auraient-ils mené une longue guerre sanglante et rejeté le joug d'un roi autocrate uniquement pour mettre en place un autre régime autocrate sous leur nouveau gouvernement ?

La réponse est claire.

Ils ne l'auraient pas fait.

Ce qui avait précédé la Constitution était les *Articles de Confédération et d'Union immuable*, qui avaient duré de 1781 à 1789 – date à laquelle ils avaient été sommairement rejetés et remplacés par la Constitution des États-Unis.

Qu'était-il arrivé à cette *union immuable* ?

Plus significatif encore, la nouvelle Constitution ne fait aucune mention du mot *immuable.* Au lieu de cela, son Préambule dit : « Nous, peuple des États-Unis, dans le but de créer une Union plus parfaite. »

Une « Union plus parfaite » voulait-elle dire qu'elle ne serait pas éternelle ?

Question intéressante.

Et, comme il est mentionné au chapitre 26, la Virginie, Rhode Island et New York, lors de leurs votes de ratification de la nouvelle Constitution, se sont spécifiquement réservé le droit de faire sécession, ce à quoi ne se sont pas opposés les autres États.

La sécession reste un sujet brûlant, et tous les arguments qu'avance Thaddeus Rowan chapitre 26 se tiennent. Les termes repris ici d'une pétition du Texas signée par cent vingt-cinq mille partisans sont exacts. Et cent vingt-cinq mille Texans ont bel et bien signé ce document en 2012. Tous les sondages cités peuvent être vérifiés dans les journaux. La voie légale actuelle menant à la sécession – comment cela peut se passer, ainsi que ses conséquences politiques et économiques (comme il est décrit chapitre 50) –, tout cela provient de textes sur le sujet faisant autorité. Si un État faisait sécession, il y aurait évidemment une autre bataille juridique, qui permettrait de tester la solidité de la jurisprudence de l'arrêt *Texas contre White*, mais cette fois, la décision pourrait être radicalement différente, surtout en l'absence d'une personnalité aussi forte et déterminée qu'Abraham Lincoln pour en gérer les conséquences.

Lincoln est véritablement plus un homme de mythe que de faits.

La citation dans l'épigraphe du roman en est un bon exemple. Là, il explique clairement que « tout peuple enclin à prendre le pouvoir, où qu'il soit, a le droit de se rebeller et de se débarrasser du gouvernement en place pour en former un nouveau qui lui convient mieux. Ce droit est précieux et particulièrement sacré – un droit dont nous espérons et croyons qu'il peut libérer le monde. Et ce droit n'est pas limité à des cas où le peuple entier dépendant d'un gouvernement existant choisit de l'exercer. N'importe quelle partie d'un tel peuple, qui en est capable, peut se révolter et faire sien le territoire qu'il habite».

Lincoln était absolument persuadé que la sécession était légale.

Du moins en 1848.

Mais les mythes qui l'entourent disent tout à fait autre chose.

Tous les écoliers apprennent que Lincoln a libéré les esclaves par sa proclamation d'émancipation. Mais rien n'est plus éloigné de la vérité. Ce qui est dit au chapitre 7 à ce sujet est un fait historique. À l'époque de cette proclamation, l'esclavage était à la fois reconnu et admis par la Constitution (chapitre 7). Aucun président n'avait autorité pour y remédier. Seul un amendement constitutionnel pouvait changer les choses. Comme finit par le faire le treizième amendement, ratifié longtemps après la mort de Lincoln.

Et il y a surtout la raison pour laquelle Lincoln a engagé la guerre de Sécession. Le mythe veut que ce soit pour mettre fin à l'esclavage. Mais Lincoln expliqua clairement sa position en 1862 quand il déclara: «Ma tâche est de préserver l'Union. Je le ferai de la manière la plus directe en accord avec la Constitution (…) Si je pouvais sauvegarder l'Union sans libérer le moindre esclave, je le ferais. Si je pouvais le faire en libérant tous les esclaves, je le ferais. Si je pouvais le faire en en libérant certains sans toucher aux autres, je le ferais également. Ce que je fais concernant l'esclavage, et les gens de couleur, je le fais parce que je crois que cela contribue à sauvegarder l'Union. Ce dont je m'abstiens, je m'en abstiens parce que je ne crois pas que cela contribuerait à sauvegarder l'Union.»

Là encore, ses intentions étaient claires.

Et parfaitement contraires au mythe.

En tant que président, Lincoln ne tint aucun compte de ce qu'il avait dit en 1848 et combattit pour faire respecter l'idée que le Sud n'avait pas le droit de quitter l'Union, cela ne fait aucun doute. Les discussions pour conclure la paix auxquelles je me réfère dans le chapitre 60 ont bien eu lieu à Hampton Roads en février 1865. Lincoln lui-même y assistait, et quand le Sud insista sur son indépendance comme condition à la paix, il mit fin aux discussions.

Pour Lincoln, l'Union n'était pas négociable.

John Kennedy le formula parfaitement: *«Le pire ennemi de la vérité est souvent non pas le mensonge – délibéré, forcé et malhonnête – mais le mythe – persistant, convaincant et irréaliste.»*

L'idée d'une Union des États permanente et indivisible n'existait pas avant 1861. Personne ne croyait à une telle bêtise. Les droits des États prévalaient à cette époque. Le gouvernement fédéral était considéré comme restreint, faible et insignifiant. Si un État pouvait décider de rejoindre l'Union, alors un État pouvait décider de la quitter.

Comme il est mentionné dans le prologue, James Buchanan, le prédécesseur de Lincoln, avait ouvert la voie à la Caroline du Sud pour qu'elle puisse faire sécession, en reprochant à cet acte «les interférences intempestives des gens du Nord sur la question de l'esclavage». Buchanan exprima également ce que beaucoup de gens dans la nation pensaient: que les États esclavagistes devaient gérer leurs propres affaires à leur façon. Les États du Nord devraient également abroger toutes les lois encourageant les esclaves à devenir des fugitifs. Sinon, comme le disait Buchanan, «les États victimes, après avoir d'abord mis en œuvre tous les moyens pacifiques et constitutionnels pour remédier à cela, seraient en droit d'opposer une résistance révolutionnaire au gouvernement de l'Union ».

Des paroles fortes de la part du 15e président des États-Unis.

Mais les choses ne tardèrent pas à changer.

Le 16e président croyait en une union immuable. Une Union dont aucun État n'était libre de sortir.

Derrière le mythe, voilà les faits.

Lincoln n'a pas fait la guerre de Sécession pour *préserver* l'Union.

Il l'a faite pour la *créer*.

MIXTE
Papier issu de sources responsables
FSC® C003309

Les papiers utilisés dans cet ouvrage
sont issus de forêts responsablement gérées.

Mis en pages par Graphic Hainaut 59410 Anzin
Imprimé en France par Normandie Roto Impression s.a.s., 61250 Lonrai
Dépôt légal : novembre 2014
N° d'édition : 4093 – N° d'impression : 1404148
ISBN 978-2-7491-4093-3